폭우 쏟아지다

폭낭 속았수다

성우제의
제주올레
완주기

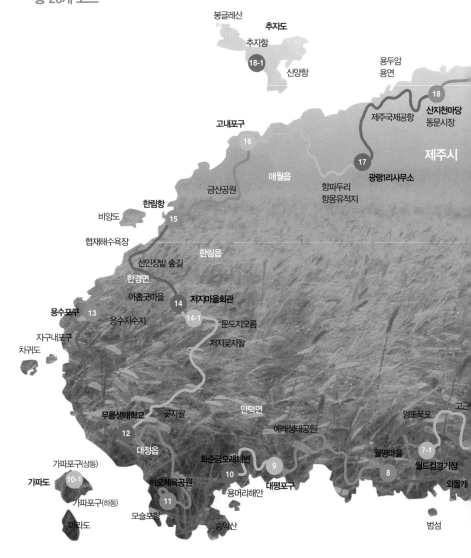

제주올레
총 26개 코스

봉글레산
추자도
추자항
18-1
신양항

용두암
용연

18
신지천마당
동문시장

제주국제공항

제주시

고내포구

16

17
광령1리사무소

애월읍

항파두리
항몽유적지

금산공원

한림항

비양도

15

협재해수욕장

한림읍

선인장밭 숲길

한경면

아홉굿마을

14
저지마을회관

용수포구
13

14-1

용수저수지

문도지오름

자구내포구

저지곶자왈

차귀도

무릉생태학교

곶자왈

안덕면

예래생태공원

엄뜨폭포

고근

12

월평마을

7-1
월드컵경기장

대정읍

화순금모래해변

8

10

9

외돌개

가파포구(상동)

10-1

화오체육공원

대평포구

가파도

11

용머리해안

가파포구(하동)

모슬포항

마라도

송악산

범섬

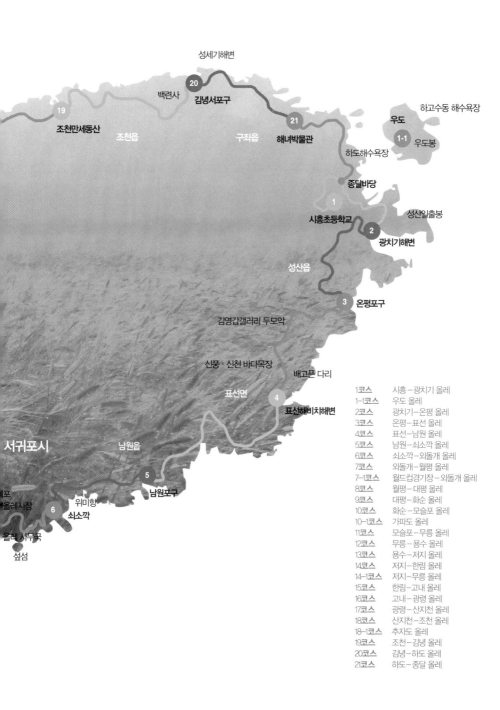

성세기해변

백련사

20 김녕서포구

19 조천만세동산

조천읍 구좌읍 21 해녀박물관

하고수동 해수욕장

우도

1-1 우도봉

하도해수욕장

종달바당

1

시흥초등학교

성산일출봉

2 광치기해변

성산읍

3 온평포구

김영갑갤러리 두모악

신풍 · 신천 바다목장

배고픈 다리

표선면

4

표선해비치해변

서귀포시

남원읍

5

남원포구

포

올레시장

위미항

6

쇠소깍

올레 사무국

섶섬

제주올레길을 스무 날 동안 걸었다. 26개 코스 425킬로미터. 제주섬을 한 바퀴 돌면서 많은 사람을 만났다. 마을 사람, 길을 만든 사람, 길을 걷는 사람……

제주도에 가보니 바람과 돌, 여자만 많은 게 아니었다. 뭍에서 건너온 사람들이 예상 외로 많았다. 살러 온 사람, 구경 온 사람, 걸으러 온 사람……

나는 제주올레길을 걸으며 아름다운 자연 풍경을 즐기는 한편, 길위에서 만난 사람들의 이야기에 귀를 기울였다. 자신의 아픔을 길위에 풀어놓고 치유하려는 사람들이 눈에 자주 띄었다. 실직 걱정에 몸을 떠는 대기업 간부, 돌연 찾아온 우울증에 힘들어하는 중년의 연구원, 갑작스런 은행 합병에 앞날을 염려하는 30대 은행원……그들은 제주올레길을 그저 묵묵히 걸었다. 걷는 것은 순도 높은 힐링이었다.

길을 걷는 사람뿐 아니라 제주도에 사는 사람, 제주올레길을 만든사람들이 재미있고 감동적인 이야기를 들려주었다. 이 책은 제주도의 자연 및 길이 품고 있는 사연과 더불어 사람들이 들려준 바로 그 이야기를 적은 것이다.

제주올레길을 만든 사람들, 길을 내도록 해준 제주도 사람들, 길 위에서 만난 사람들, 책을 잘 만들어준 강출판사 사람들에게 전하고 싶은 말이 있다.

"폭삭 속았수다(정말 수고하셨습니다)."

2014년 1월
캐나다 토론토에서
성우제

차례

프롤로그

"욕심 부리지 말고 동성이부터 만나봐. 한나절 늦게 출발한다고 손해 날 건 없어."

점심을 먹고 1코스 출발 지점인 성산읍 시흥리로 바로 가겠다는 나를 서명숙 선배(제주올레 이사장)가 붙들어 앉혔다. 제주올레길을 걷는 것이 캐나다에서 온 나에게는 바쁜 해외 출장이나 마찬가지여서 마음이 조급할 수밖에 없었다. 어서 길 위에 들어서고 싶었다.

그러나 과거 직장 선배였을 뿐 아니라 제주올레를 만든 주인공이 하는 말인데 가벼이 여길 수는 없었다. 함께 만난 안은주 씨도 "그렇게 해, 선배. 서두른다고 빨리 가는 건 아니야"라고 했다.

제주올레길을 걷기 위해 2013년 4월 30일 김포공항에서 오전 9시 비행기를 타고 제주도에 갔던 나는 처음부터 이렇게 운이 좋았다. 나는 구체적인 일정표 없이 1코스부터 무작정 걸을 참이었다. 그래도 안은주 씨는 만나 점심식사라도 함께 해야겠다 싶었다. 예전 한 솥밥을 먹은 후배 기자가 제주올레 사무국장으로 일하고 있으니 이런저런 도움말도 얻고 싶었다.

제주공항에 내려 서귀포로 넘어갔더니 뜻밖에도 서명숙 선배가 은주와 함께 나왔다. 미국 피닉스에서 열린 국제트레일심포지엄(제주올레는 2013년 국제트레일상을 수상했다)에 참가하고 강연하러 뉴욕에 갔다고 들었는데 엊그제 귀국했노라고 했다.

　과거 한 직장 선후배였다고 하지만 제주올레길을 만들고 운영하는 '올레 거물'들과의 만남으로 올레길 걷기를 시작한다는 것은 초짜 올레꾼에게 예상치 못한 행운이었다.

　서선배에게 말했다.

　"유명해져도 그대로네. 아니, 서선배 처음 봤을 때 모습을 찾았네."

　"그럼. 딱히 달라질 게 뭐 있겠나"라고 선배는 예전처럼 심드렁하게 답했다.

　2011년 가을 캐나다 브루스트레일에 '제주올레 우정의 길'을 내려고 토론토에 왔던 서명숙 이사장은 겉으로 봐서는 예전 모습이 아니었다. 정치부 베테랑 기자로서 늘 회색빛 정장 차림이었던 그는 주황색 옷에 연두색 두건을 쓴 전형적인 도보 여행자의 모습으로 등장했다. 길 위에서 벌어진 작은 축하 공연에서 백인 아저씨들이 기타를 치며 노래를 부르자 서이사장은 음악에 맞춰 홀로 춤을 추었다. 빈틈없는 표정의 정치부 기자였던 서선배에게서 처음 보는 여유로운 모습이었다. 우정의 길 개통식에 참가한 2백여 한인들은 서이사장을 '효리' 대접하듯 했다. 그들은 줄을 서서 사인을 받고 함께 사진을 찍었다.

　그때 그 모습을 보면서 나는 '서선배, 참 많이도 변했네'라고 생각했더랬다. 그런데 서귀포에 와서 보니 달라진 것은 겉모습뿐이었다. 일에 지독하게 충실한 것일 뿐 후배를 대하는 소탈하고 넉넉한 심성은 그대로였다.

　제주올레 초창기부터 실무 책임자로서 사무국을 이끌어온 은주도 마찬가지였다. 은주는 기자 생활을 하면서도 화를 내는 법이 없었다. 여전히 잘 웃고 시원시원하게 말하는 것도 그대로였다. 은주는 예의 그 씩 웃는 얼굴로 "선배, 나 많이 변했어. 요새는 열받으면 막 소리도 질러"라고 했다.

서선배가 만나보라고 권유한 이 또한 올레길의 '거물'이다. 서동성 씨. 서선배가 제주올레길을 만들겠다며 고향인 서귀포로 내려갔을 때 형 서동철 씨와 더불어 서선배를 도와 올레길을 닦은 인물이다. 탐사대장으로서 길을 직접 만든 주인공이니 그이는 제주올레길을 손금 보듯 읽어냈다.

"언제 돌아가요? 멀리서 왔으니까 빨리 끝내면 좋겠지요?"

그는 이렇게 묻더니 내가 가져간 『제주올레 가이드북』의 지도를 펼쳐놓고 20일 안에 끝나는 일정표를 뚝딱 만들어냈다. 보고, 먹고, 자는 것까지 고려한 섬세한 일정표였다. 전문가가 만들어준 일정표는 무리가 없는 동시에 효율적이다. "동성이부터 만나고 가라"고 한 것은 서선배가 내게 준 선물이었다.

일정표를 손에 쥐자 마음이 가벼웠다. 그날 오후, 나는 서귀포 이곳저곳을 기웃거리며 서명숙 선배와 놀았다. 1989년 5월 첫 직장에서 만난 첫번째 상사가 서선배였다. 처음으로 오랜 시간 편안하게 놀았다. 서선배는 아주 드물게 맞이한 한가한 날이라고 했다.

그날 저녁 나는 서동성 씨가 운영하는 게스트하우스 '꼬닥꼬닥'에 여장을 풀었다. 하루 요금 2만 원을 냈더니 일하는 이가 "패스포트 있어요?"라고 묻는다. '게스트하우스에서 패스포트를 왜?' 하는 표정을 지었다. 그는 금세 "아, 제주올레 패스포트요"라고 말한다. 파란색을 내밀었다. 2천 원을 내준다.

2층 안쪽의 방으로 들어갔다. 2인용 방에 먼저 들어온 내 또래의 남자가 인사를 한다. 이형환 씨. 경기도 안양에서 왔다고 했다. 제주 올레에 와서 만난 첫번째 올레꾼이다. 그는 "사업 때문에 머리가 복잡해 잠시 쉬러 왔다"고 했다. "산에 오르고 길을 걸으면 잊어버리게 되니까 잊는 것 자체가 카타르시스가 된다."

제주도에는 오랜만에 왔다면서 그는 제주도 예찬을 길게 이어나갔다.

"외국에도 많이 가봤지만 제주도가 그 어느 곳보다 좋다. 볼거리 많고 깨끗하고 음식 좋고……"

나도 좋은 줄은 알고 왔지만 이씨의 말을 듣고 보니 마음이 더 설렜다. 그날 한라산을 넘어왔다는 이씨는 피곤했던지 자리에 눕자마자 가볍게 코를 골았다. 나도 바로 그이를 따라갔다.

1-1 코스

우 도 올 레

제주도의
'미니어처' 우도

새벽에 잠에서 깼다. 한국과 캐나다의 시차 탓이다. 배낭을 챙겨 꼬닥꼬닥게스트하우스에서 나왔다. 시외버스 정류장 가는 길. 새벽에 밥을 파는 집이 눈에 띈다. 메뉴는 시래기국밥과 미역국밥 두 가지다. 그냥 지나치기가 어려웠다. 3천 원짜리라고 우습게 볼 음식이 아니었다. 맛이 깊고 구수하다.

옛 서귀포시외버스터미널에서 6시 20분 버스에 올랐다. 버스에 오르기 전에 통과의례처럼 하면 좋은 게 있다. "○○에 갑니까?"라고 운전기사에게 묻는 것이다. 기사들은 친절하다.

버스는 일주도로를 타고 동쪽을 향해 강한 아침 햇살을 받으며 나아간다. 산이 없는 캐나다 동부 못지않게 강한 햇살이다. 이른 시간이어서, 일반 승객보다 중고생들이 많다. 성산포까지 가는 한 시간여 동안 그들은 수시로 오르내린다. 모두들 이어폰을 끼고 스마트폰을 보면서 말이 없다.

버스에서는 안내 방송이 계속 흘러나온다. "이번 정류장은 ○○입니다. 올레길 6코스 시작점입니다." 주요 지점에서는 영어·중국어·일본어로도 방송을 한다. 외국에 살면 모국어의 달콤함에 대해 잘 알게 된다. 낯선 곳에서 버스를 탔는데도 긴장할 필요가 없으니 얼마나 좋은지 모르겠다.

안내 방송이 나오기도 전에 운전기사가 내게 "다음에 내리라"고 말해준다. 5분여를 걸어 성산항에 도착했다. 표를 끊고 도항에 필요한 서류를 작성한 뒤, 배에 오른 시각은 오전 8시. 비교적 이른 아침인데도 배는 붐볐다. 자동차가 배의 1층을 빈틈없이 메웠다. 세어보니 스물일곱 대이다.

2층 선실에도 승객 수십 명이 앉아 있다. 대부분 관광객이다. 나처럼 배낭을 멘 올레꾼들, 헬멧을 쓴 자전거족이 절반은 넘어 보인다. 우도 주민처럼 보이는 이에게 "늘 이렇게 사람이 많으냐"고 물었더니 "오늘이 근로자의 날 휴일이라 그렇다"고 말했다.

나는 올레길을 1코스부터 걷고 싶었으나, 일정표를 짜준 서동성씨는 "우도부터 먼저 걷고 나오는 게 나을 것"이라고 권했다. 15분 정도밖에 걸리지 않는 짧은 뱃길이지만 바다를 건너야 하는 부담이 있기 때문이다. 1-1코스에서 출발하기를 잘했다는 생각이 배를 타자마자 들기 시작했다.

아침 바다를 가르며 배가 당도한 곳은 하우목동항. 원래 올레길 출발 지점은 남쪽에 있는 천진항이다. 두 항구에 배가 엇갈려 들어가므로, 배에서 내린 곳에서 출발해 섬을 한 바퀴 돌아오면 1-1코스를 마칠 수 있다.

8시 15분쯤 항구에 내리자마자 편의점부터 들렀다. 물을 샀더니 땅콩을 권한다. 250그램짜리가 만 원이었다. 주저하는 기색을 읽었던지 주인은 말했다.

"우도에 와서는 땅콩을 먹어봐야 한다. 세상에서 제일 고소한 땅콩이다. 작년 태풍 때문에 땅콩 농사를 망쳐서 만 원도 싼 거다."

이런 말까지 듣고 사지 않을 수 없다. 우도에 땅콩을 심은 지 20여 년밖에 되지 않았다는데, 땅콩이 어찌하여 이 섬의 명물이 되었는지 금세 알 수 있었다. 크기는 일반 땅콩의 절반도 되지 않는다. 우도 땅콩은 껍질째 그대로 먹어도 껍질이 입천장에 달라붙지 않는다. 일반 땅콩과 비교할 수 없이 고소하다. 보기에는 작았으나 250그램이 결코 작은 양이 아니어서 우도를 다 돌아 나올 때까지 먹을 수 있었다.

가게 주인에게 "올레길이 언제 났느냐"고 물었다. "날짜는 기억 못하지만 노무현 대통령이 서거한 날"이라고 했다. 나중에 찾아보니 2009년 5월 23일이다.

올레길이 생겨서 좋은 것이 무엇이냐는 질문에, 가게 주인은 "사람이 많이 와서 장사가 잘된다" 같은 상투적인 말 대신 재미있는 답을 내놓았다.

"해안도로를 돌면서 숨어 있던 옛 이름들을 살려내서 좋다. 산물통·답다니탑 같은 정겨운 이름들을……" 그이는 한때 작가 지망생이었다고 했다.

1-1코스는 서쪽 항구에서 시작해 우도 가장자리를 시계 방향으로 한 바퀴 도는 15.4킬로미터에 이르는 길이다. 왼쪽으로는 바다가 이어지고 오른쪽으로는 동네와 들판이 번갈아 나타난다. 자동차가 함께 다니는 시멘트 도로로 올레길이 계속 이어지지만 아름다운 바다 풍경을 보고 걸으니 지루하지 않다. 수평선과 파도를 바라보는 것만으로도 가슴이 뻥 뚫리듯 시원해진다.

바다뿐 아니다. 길 중간중간에 볼거리는 또 얼마나 많은가. 대학 1학년 여름방학 여행을 시작으로 신혼여행·회사 MT·가족여행·출장 등으로 그동안 수없이 제주도에 드나들었으나 한 번도 본 적 없는 생소한 것들이 줄줄이 나타난다.

방사탑인 할아방탑·할망탑 2기가 서 있다. '동네 젊은이들이 뜻밖의 사고로 죽지 않도록' '해녀들이 무사 안녕할 수 있도록' 기원하기 위해 세웠다는 설명 문구가 눈에 들어온다. 육지의 장승이나 솟대 기능을 한다는 방사탑은 우도에만 13기가 있다고 적혀 있다.

이번에는 돈짓당과 불턱이라는 것이 나온다. 본향당은 마을의 수호신을 모신 곳으로 마을에 드는 액운을 막아달라고 주민 전체가 날을 정해 제를 올리는 장소이다. 이런 당이 제주도 마을에는 몇 개씩 있다. '만8천 신들의 고향'으로서의 제주도를 처음 접하는 순간이다.

불턱은 '불을 피우는 자리'라는 뜻으로, 해녀들이 물질을 하면서 얼어버린 몸을 녹이는 공간이다. 사람 허리 높이로 둥글게 쌓인 돌담이 바람을 막아주고 시야를 가려준다. 작업복을 갈아입고 세상 돌아가는 이야기를 나누는 등 예전에는 불턱이 해녀 공동체 문화의 모태였으나 1980년대 중반 들어 현대식 탈의장에 그 기능을 넘겨주었다고 했다.

이름만으로도 생소한 것들이 길을 걷는 중에 연달아 나타난다. 풀을 뜯으며 관광객을 기다리는 조랑말이 보이는가 하면 집들을 둘러싼 제주도 특유의 검은색 돌담, 오름, 등대, 무덤, 밭, 원담, 환해장성(외침을 막기 위해 쌓은 바닷가의 성) 등 우도에는 제주도에서 볼 수 있는 모든 것들이 오밀조밀 한데 모여 있는 느낌을 준다.

항일투쟁 기념비를 이곳에서도 볼 수 있다. 1932년 우도 해녀들이 세화·종달·하도리와 연합해 전국 최대 규모의 여성 집단 항일투쟁을 벌인 것을 기리며 세운 우도해녀항일기념비이다. 제주도에 있는 모든 것들이 이렇게 작은 섬에 모여 있으니, 우도를 제주도의 미니어처라 불러도 좋겠다.

우도는 넓다

올레길 주변에 펼쳐진 갖가지 볼거리를 접하면서, 어찌 표현할 바를 모른 채 그저 "와~" "와~" 하고 감탄사만 내지르는 내 입을 닫게 하는 장면이 등장한다. 해녀들이 물질하는 광경이다. 그 모습을 보면서 '내가 진짜로 제주도에 왔구나' 하는 기분이 들기 시작했다. 나는 제주도의 상징이 해녀라고 여기고 있기 때문이다.

우도에서도 나는 운이 좋았다. 해녀들이 고무 작업복을 입고 마을에서 나와 바다로 들어가는 광경을 가까이에서 지켜볼 수 있었다. 그뿐 아니라 물질을 시작하기 직전 그이들과 잠깐 이야기까지 나누었다.

우도에서 해녀의 남편을 만나 친해진 덕분이다. 걷기 시작한 지 한 시간쯤 지나자 파라솔을 펼쳐놓고 막걸리와 해물 안주를 파는 이동식 간이식당이 나온다. 중년 남자 세 명이 앉아 이야기를 나누는데, 그중 한 사람이 주인이다. 바다에서 갓 건져 올린 해산물을 썰어 한 접시에 만 원을 받고 팔고 있다. 막걸리는 우도답게 땅콩 막걸리다.

혼자 왔으니 반 접시만 먹으라며 삶은 문어를 뭉텅뭉텅 썰어준다. 안 먹겠다는 주인에게 막걸리 잔을 권해가며 자연스레 이야기를 나누었다. 윤봉국 씨. 1955년생이다. 우도에서 태어나 지금까지 살아

우도에서 나는 운이 좋게도 해녀들이 바다로 들어가는 광경을 가까이에서 지켜볼 수 있었다. 우도 오봉리 전흘동 해녀회장 여숙희 씨는 잠시 이야기를 들려주고 이렇게 멋진 포즈까지 취해 주었다.

왔다. "바깥출입을 열 번도 하지 않았다"는 그의 말이 끝나기가 무섭게 옆에서 "그 형님 말은 해석 잘해야 한다. 다 믿으면 안 된다"고 주의를 주었다. 거기에 아랑곳하지 않고 우도가 얼마나 큰가에 대해 윤씨는 말을 이어나갔다.

"차범근이 우도에 와서 공을 찬 적이 있다. 뭘 모르는 바깥사람들은 공이 바다에 떨어질 거라고 했다. 그런데 아무리 세게 차도 우도 안에 떨어졌다. 우도는 그만큼 넓다."

우도의 크기에 대해서는 역시 제주도에 딸린 섬 추자도와 흔히 비교된다. 우도의 면적은 5.9제곱킬로미터. 흔히 추자도를 가리키는 상추자도 1.3제곱킬로미터와 하추자도 4.2제곱킬로미터를 합한 면적보다 크다. 그러나 추자군도 마흔두 개를 다 모으면 우도가 상대가 안 된다. 이쯤 이르러 우도는 비장의 카드 하나를 내민다. 윤씨가 말했다. "추자도에는 산이 많아서 쓸 만한 땅이 별로 없다. 우도는 전부 평지여서 버리는 땅이 하나도 없다." 우도는 섬 전체가 누워 있는 소처럼 평퍼짐하고 초지와 밭이 펼쳐져 있어서 '해상의 평야'라 불린다.

우도는 반농반어半農半漁의 해촌이지만 1970년대까지만 해도 땅에서는 돈 될 것이 별로 없었다. 1980년대 들어 고구마 대신 땅콩을 심고 쪽파를 생산하면서 살림살이가 나아지기 시작했다.

윤씨는 농사를 짓고 부인은 물질을 한다. 윤씨가 나이 스물, 부인은 열여덟 되는 해에 결혼했다. 무엇보다 서로의 직업에 반했노라고 했다. 윤씨는 한국전력에서 일했고 부인은 해녀였다. "예전에는 직장 갖기가 하늘의 별 따기였다. 1969년에 월급이 9천 원이었는데, 그것도 많은 편이었다. 여자들이 그걸 크게 생각한 거지."

처녀들에게 월급쟁이가 인기 있었으나, 총각들은 해녀를 최고 신붓감으로 쳤다. 윤씨는 말했다. "동네 해녀와 결혼해야 잘살 수 있겠구나 생각했다. 결혼하고 얼마 지나지 않아 직장을 그만두고 농사를 짓기 시작했다."

해녀가 말 그대로 산업의 역군이었으니, 육지와 달리 제주도에는 예부터 여아 선호사상이 있었다. 윤씨는 슬하에 딸 셋을 두었으나 딸 선호는 옛말이 되고 말았다. "해녀를 시키면 잘살 줄 알았더니 해녀는 고사하고 셋 모두 헤엄도 칠 줄 몰라." 윤씨는 말했다. "돈이 되기는 하지만 힘이 들어서 젊은 세대가 물질을 안하려고 한다."

어머니들 또한 딸들에게 해녀 일을 물려주려 하지 않는다. 다른 일을 할 수 있는데 목숨을 담보로 하고 피를 말리는 그 힘든 물질을 할 이유가 없다는 것이다.

예전에는 한 동네에 해녀가 백 명이 넘고, 바쁜 철에는 여중고생들까지 학교에서 조퇴를 해가며 물질을 했다. 요즘에는 고교생은 고사하고 30대 해녀도 찾아보기 어렵다. 오히려 80대 해녀는 어느 동네에서든 쉽게 만날 수 있다.

윤씨와 이야기를 하는 중에 해녀들이 우리 곁을 지나 바다로 나간다. 윤씨의 부인은 오늘 병원에 가느라고 일을 못한다고 했다. 나로서는 가까이에서 처음 보는 해녀들이다. 평소라면 쉽게 다가갔겠으나 오늘은 조심스럽다. "그 힘든 일을 하는데 카메라 막 들이대면 누구라도 기분 좋을 리 없지"라는 말을 해녀의 남편에게서 들었기 때문이다.

해녀의 남편과 동석했다는 것을 방패 삼아 바닷가까지 따라갔다. "오늘 몇 분이나 나오셨어요?"라고 물었다. 오봉리 전흘동 해녀 열여덟 명 가운데 다섯 명이 나왔다고 했다. 옆에서 "그 사람이 회장이니까 더 물어봐요"라는 말이 들렸다.

여숙희 씨. 올해 55세라고 했다. 최고 베테랑인 상군의 '포스'를 금방 느낄 수 있다. 해녀의 리더를 대상군이라 부르는데, 동료들은 그이를 회장이라고 했다.

여회장은 "파도가 센 날이어서 많이 나오지 못했다. 오늘은 성게와 소라를 잡는 날이어서 젊은 사람들만 일한다"고 말했다. 비교적 쉬운 우뭇가사리를 채취하는 날에는 노소 해녀 모두가 나와 일을 한다는 것이다.

"요즘은 오분자기 철인데 하루 7~8킬로그램밖에 잡지 못한다. 예전에는 120킬로그램도 잡았는데…… 하루 5만 원 벌이도 안 돼서 걱정이다." 여회장은 바다에 들어갈 준비를 하면서 글쓰기에 적절한 멘트를 속사포처럼 들려준다. "사진 한 장만……"이라는 말에 "바빠요. 빨리 찍어요" 하면서 까꾸리(성게·소라 등을 채취할 때 쓰는 갈퀴)를 세우고 프로답게 포즈를 잡는다. 이 정도 사진을 건졌으면 횡재에 가깝다.

땅콩 막걸리 낮술 한잔을 걸치면서 해녀의 남편 및 해녀와 한 시간 이상 이야기를 나누었다. 경북 내륙 상주에서 태어나 열 살 때 서울로 간 뒤 지금까지 줄곧 대도시에서만 살아온 나에게 섬과 바다, 해녀 이야기는 낯설고 깊었다. 물으면 물을수록 궁금증이 더해지는 미지의 세계이다. 한국에서 살아온 세월이 있고, 여행과 출장으로 남들보다 제주도에 자주 갔던 만큼 나는 제주도에 대해 어느 정도는 안다고 생각했다. 그러나 우도에 사는 사람들과 나눈 짧은 대화를 통해 '내가 알던 제주도'는 실제의 백분의 일에도 미치지 못한다는 사실을 금세 깨달았다. 우도는 제주도의 많은 것을 한데 모은 작은 섬인 동시에, 제주도 여행 오리엔테이션을 받기에 좋은 곳이라는 생각이 들었다.

작은 깨달음을 얻어서 그런지 다시 길을 나서면서 마음이 뿌듯했다. 원담이 눈에 들어온다. 해변에 돌을 쌓아 밀물 때 들어온 멸치 등이 썰물 때 나가지 못하게 만든 담이다. 마을에서 돌담을 쌓아 만든 '돌그물'이다. 신기한 볼거리 곁에는 우도주민자치위원회에서 세운 친절한 안내판이 서 있다.

어느새 눈에 익은 풍경이지만 바다는 시시때때로 색깔을 바꿔가며 색다른 모습으로 다가온다. 해녀들의 작업 도구인 감귤 색깔 테왁이 동동 떠 있는 바다에서 오른쪽으로 눈을 돌리면 마을이 보이고 사람이 보인다. 낮은 돌담 너머로 집 안이 보이기도 한다. 바닷바람을 조금이라도 더 막아내려고 돌담과 지붕이 맞닿아 있는 모습도 자주 볼 수 있다.

우도 이민자들

길거리에 포장마차가 서 있다. 1톤짜리 흰색 트럭에 어묵과 붕어빵, 말린 해산물을 갖춰놓았다. 배는 부르지만 이번에는 국물을 마시고 싶었다. 주인은 경상도 사투리를 썼다. 부산이 고향이라고 했다. 우도에 살러 온 지 9년쯤 되었으니 제주 이민자로는 선배 세대에 속한다.

이유근 씨(69세)는 화승실업 창업 멤버로서 서열로 치면 '넘버 4'였다고 했다. 인도네시아 지사에 나가 11년을 일했고, 이후 개인 사업을 하다가 실패하고 말았다.

"2억5천만 원까지 날리고 손을 들었다. 동서가 이곳에 5천만 원 주고 땅을 사놓았다고 해서 들어왔더니, 그 땅마저도 사기를 당한 것이었다. 남의 리조트를 빌려 장사를 하다가 계약이 만료되어 나왔다. 지금은 내 건물을 짓는 중이다."

포장마차를 굳이 연 까닭을 물었다. 땅콩·톳·우뭇가사리 등 이곳 특산물을 조금씩 사다가 리조트 손님들에게 선물을 하다 보니, 그게 자연스레 비즈니스로 연결되더라는 것이다. 포장마차는 건물이 완공되기 전까지 임시로 열어둔 것이다.

이씨의 어묵 국물에는 사연이 있다. 낚시를 좋아하는 이씨가 낚시 천국인 이곳에 눌러앉았으나 적응이 쉽지는 않았다. 이웃들과 친해지는 일이 힘들었다. 사투리의 억세기로 따지자면 부산과 제주도는 우열을 가리기가 어렵다.

"처음에는 무인고도에 와 있는 것처럼 대화가 안 되었다. 서로 말을 못 알아들으니 감정싸움으로 번지기도 하고…… 내가 말을 하면 꼭 욕하는 것처럼 들렸던 모양이다. 그래서 많이 다투기도 했다."

마을 사람들과 친해지기까지 2년쯤 걸렸다고 했다. 알고 보면 순하디순한 우도 사람들이 처음에 퉁명스럽게 대한 이유가 있었다. "사기를 치고 간 육지 사람들 때문에 순박한 사람들이 상처를 많이 입었다"고 이씨는 말했다. 마을 사람들의 말랑말랑한 속을 들여다 본 그이는 이곳 사람들을 탓하기보다 친해지려고 덤벼들었다. 한겨울, 물질을 하고 올라오는 해녀들에게 어묵을 끓여주었다. 뜨끈한 어묵 국물을 훌훌 마시면 몸은 물론이고 마음이 풀리지 않을 리 없다. 이런 과정을 거치며 부산 사나이는 우도 사나이로 변신하는 데 성공했다.

"걱정거리가 없으니 행복하다"고 이씨는 말했다. 나이는 들었지만 팔다리 움직여 일을 하며 사는 게 즐겁다고 했다. 포장마차는 그 뒤에 짓고 있는 건물이 완공되면 사라질 것이다. 부모를 도와주려고 잠시 왔던 30대 중반의 딸이 이곳에 살겠다며 눌러앉는 바람에 우도 이민자는 또 한 명 늘어났다.

하수고동 바다 빛깔이 아름다운 해수욕장 앞에서 숨을 돌리고 있는 올레꾼(위).
'노장 해녀'가 바다에서 채취한 우뭇가사리를 말리고 있다(아래).

부모 곁에 살러 온 젊은 사람을 또 만났다.

하고수동 해수욕장 앞 도로에서 우뭇가사리를 말려 손질하는 모습이 보이기에 곁에 앉았다. 윤남규 씨(65세)는 우도 민박집 1호인 백악관민박 주인이다. 1996년에 문을 열었다. 그는 민박집에 대해 유별나게 자랑스러워했다. "아들 낳는 집으로 유명하다"는 사실 때문이다. 방 열네 개 가운데 네 개에서 일출을 볼 수 있는데, "해가 뜰 때 합방을 하면 틀림없다"고 그는 말했다. "합방할 적절한 시간에 바깥에서 내가 종을 쳐준다."

재미는 있고 어이는 없어서 "정말이냐?"고 반문하자 그는 내 손을 잡고 방에 들어가 벽에 붙여놓은 신문 기사를 보여준다. 신문에는 열두 쌍 이상이 실제로 아들을 낳았다고 나와 있다. 창문을 열고 보니 초록빛 바닷물이 한눈에 들어온다.

윤씨는 쪽파·마늘·땅콩 농사를 지으면서 민박집을 운영하고, 부인은 지금도 물질을 한다. 한창 민박집 자랑을 하던 그는 "아, 그렇지" 하면서 민박집 바로 옆에 있는 카페로 내 손을 또 잡아끈다. 아들 부부가 서울에서 내려와 문을 연 지 한 달이 되었다는 것이다. '나는 유명하니 우리 아들 집 홍보 좀 해달라'는 얘기다.

1974년생인 아들 부부는 서울에서 귀금속 세공업에 종사하다가 얼마 전 우도로 귀향했다. 우도에서 유명한 땅콩 아이스크림 손님이 줄을 서는 바람에 몇 마디 나누지는 못했다. 괜찮은 직업 두고 왜 왔느냐고 했더니 "아이들 키우기가 좋을 것 같아서……"라고 했다. 부부는 '우도&살레'라는 카페를 차렸다. '올레'처럼 이름이 예뻐서 무슨 뜻이냐고 물었다. 살레는 제주말로 찬장이라고 했다.

올레길에는 이상한 힘이 있다

하얀 모래사장에서 시작하여 연두→초록→파랑→검정색으로 차츰 변해가는 하고수동 해수욕장은 절경이다. 햇살이 따갑지만 바람에 쌀쌀한 기운이 남아 있는데도, 옷을 입고 바다로 뛰어드는 젊은 이들의 모습이 보인다. 그래도 차가운 물은 두려운 듯 모두 "아자, 아자, 아자" 하고 큰 소리로 기합을 넣으며 뛰어나간다.

한낮이 되자 아침에 별로 보이지 않던 도보 여행자들이 눈에 많이 띈다. 나처럼 순방향으로 걷는 사람도 있고, 반대편에서 걸어오는 사람도 있다.

시멘트 포장길에는 걷는 사람 외에도 자동차가 다니고, 사륜 스쿠터도 많이 돌아다닌다. 스쿠터 관광은 제주올레길보다 먼저 시작되었다고 하는데, 소음이 이만저만 귀에 거슬리는 게 아니다. 자동차들은 경적을 안 울리는 매너라도 지키는데, 사륜 스쿠터는 운행 자체가 심각한 소음 공해를 유발한다. 사업자는 돈 벌어 좋고 타는 사람은 즐거워 좋겠으나, 그들이 좋은 만큼 걷는 사람은 불편하다.

길은 우도에서 120미터 떨어진 비양섬으로 이어진다. 현무암 다리로 연결되어 있다. 해신당·봉수대 같은 볼거리들이 많다. 가장 먼저 눈에 들어오는 것은 사람이 드나드는 '해녀의 집'이다. 해녀의 집은 탈의장과 식당을 겸하고 있다.

식사를 권하기에 "죄송해요. 배가 불러서 더 못 먹어요"라고 했더니, 어른 한 분이 "커피나 한잔해요"라고 한다. 관광객이 많을 텐데도 처음 보는 낯선 사람에게 베푸는 인심이 고맙다. 커피를 앞에 두

푸른 밭 너머로 보이는 우도봉. 일명 쇠머리오름으로, 우도의 머리에 해당한다.

고 친절한 그분과 이러저런 이야기를 나눴다. 김옥순 씨. 올해 77세. 현역 해녀이다. "여든 넘는 분들도 근력이 있으면 일을 한다"고 그이는 말했다.

김씨는 제주도 출신이 아니다. 일본에서 태어나 열다섯 살 때까지 부산에서 살다가 제주도로 건너왔다. 그즈음 물질을 배웠고 스물두 살에 우도 남자와 결혼해 지금껏 살아왔다. 남편은 마흔 둘의 젊은 나이에 암으로 사망했다. "아들 다섯 개와 딸 한 개를 두었다. 다들 도시에 가서 산다." 제주도에서는 부모가 자식 숫자를 '몇 명'이 아니라 '몇 개'로 센다고 했다.

김씨는 자식들을 따라가지 않고 이곳에서 홀로 산다. 일반적인 시각으로 보자면 '독거노인'이다. 제주도에는 나이 들어 혼자 사는 노인은 많지만 그들은 독거노인과 거리가 멀다. 그들은 자식들과 따로

우도에서 바라본 제주도. 바다로 달려나가는 모양의 성산일출봉이 멀리 보인다.

살면서 힘이 닿는 데까지 일한다. 굳이 이름을 붙이자면 독거노인이 아니라 '독립노인'이라고 할 수 있겠다. 여든 넘는 어른들이 물질하는 것이 제주도에서는 놀라운 일이 아니다.

　팔순을 앞둔 김옥순 씨는 물질을 하면서 농사도 짓는다. 겨울이 되면 잠깐 쉰다. "오늘처럼 파도가 높아도 놀고……" 김씨와 이야기를 더 나누고 싶었으나 해녀의 집 식당에 단체 손님이 들어왔다. 젊은 해녀들을 도우려고 그이도 자리에서 일어났다.

　조일리 마을. 마을과 밭이 잇달아 등장한다. 밭에서는 파란 파가 보이고 보리가 노릇노릇 익어간다. 해녀이자 농군인 여성들이 앉아 일하는 모습이 보인다. 땅콩을 심는다고 했다. "언제 수확해요?" "10월에요."

　우도의 보리밭 풍경을 카메라로 열심히 찍는 청년들이 보인다. 올레길을 걷는 사람들이다. 몇 년 전 올레길에서 만나 친하게 지내는 사이라고 했다. 윤원준 씨는 서른일곱, 이동엽 씨는 서른한 살이다. 대도시의 평범한 직장인인 두 사람은 1년에 대여섯 번씩 올레길을 걷는다고 했다.

"올레길은 사람을 끌어당기는 이상한 힘이 있다. 일반 관광지에 비해 역사와 문화가 많아 좋고…… 마음이 정화되는 느낌이 든다"고 윤씨는 말했다. 이씨는 길을 거꾸로 걸어보라고 했다. "새로운 풍경이 보인다."

우도는 말 그대로 소섬이라는 뜻이다. 소가 머리를 들고 있는 모양인데, 우도봉은 그 머리에 해당한다. 일명 쇠머리오름으로, 제주도 동쪽 맨 끝 바다에 떠 있는 오름이다. 아래에서 올려다보니 하얀 등대를 이고 바다 위에 둥실 떠 있는 풍경이 일품이다.

쇠머리오름 정상(표고 132.5미터) 부근. 대학생과 고교생이 유난히 눈에 많이 띈다. MT나 수학여행을 온 모양이다. 그들은 우리나라에서 하나뿐이라는 등대공원(97년 동안 사용하다가 2003년에 불을 끈 옛 우도등대가 원형 그대로 남아 있다)을 구경하고 사진들을 찍는다. 오름의 푸른 경사면에서 뒹굴기도 하고, 옆에서 풀을 뜯는 망아지들처럼 펄쩍펄쩍 뛰어오르기도 한다. 오름의 푸른색, 바다의 푸른 빛깔과 남녀 청춘들이 잘 어우러진다.

저 멀리 성산일출봉이 보이고, 제주도의 아름다운 풍광이 바다 건너 아스라이 펼쳐진다. 마음이 설렌다.

1코스

시 흥 - 광 치 기 올 레

조각보 풍경에 취하고
해돋이에 넋을 잃고

성산포행 배를 타고 나와 버스 정류장을 향해 걷고 있는데, 택시가 다가와 선다.

"어디 가요?" "시흥초등학교요." "가까우니까 타요."

오전 내내 메고 다닌 배낭도 이제는 무겁고, 시간도 아낄 겸하여 택시에 올랐다. 한국에서 택시를 탈 때마다 기분이 좋다. 마치 돈을 버는 듯한 느낌이 들기 때문이다. 한국의 택시 기본요금은 캐나다의 버스·지하철(3달러, 약 3천백 원)보다 싸다. 토론토에서는 택시 탈 엄두를 내지 못한다. 한국의 기본요금 거리만 가도 10달러를 훨씬 넘어간다. 버스와 택시는 제주올레길이 지닌 대단히 큰 매력이다.

제주올레 1코스가 시작되는 서귀포시 성산읍 시흥리 시흥초등학교 앞에 도착하자마자 강태여할망집을 찾았다. 캐나다에서 『제주올레 가이드북』(제주올레 사무국 펴냄)으로 지면 사전 답사를 하면서, 가장 가보고 싶은 곳 중의 하나가 바로 할망(할머니)숙소였다. 내 집 같은 곳에서 편히 쉬고 싶어하는 여행자에게는 더 이상 바랄 게 없는 최적의 숙소인 듯했다. 제주올레가 만들어낸 명품 민박이 바로 할망숙소이다.

서명숙 제주올레 이사장에 따르면, 할망숙소 아이디어는 한밤중 작은 마을에 도착한 한 여성 올레꾼의 경험에서 연유한다. 숙소를 못 찾아 밤늦도록 오도 가도 못하는 젊은 여성을 혼자 사는 할망 한 분이 재웠고 아침에 밥까지 든든히 먹여 보냈다는 것이다.

서귀포시와 더불어 할망민박집을 선정하고 도배와 침구류를 제공하자, 할머니들이 사는 집은 제주도에서만 경험할 수 있는 세상에서 가장 따뜻한 숙소로 거듭났다. 자식과 일부러 떨어져 사는 '독립노인' 전통이 강한 제주도이니 가능한 일이다. 캐나다에도 침대와 아침식사를 제공하는 B&B라는 가정식 민박집이 있으나 '가정'보다는 '민박'에 무게중심이 있다.

강태여할망집은 2009년에 문을 연 '할망민박 1호점'이어서 제주올레의 명소 가운데 하나로 꼽힌다. 방 하나가 마침 비어 있었다. 배낭을 내려놓고 1코스를 걷기 위해 나오는데 강태여 할머니가 "식사는 밖에서 하고 오는 게 좋겠다"고 했다. 원래 원하는 손님에게 5천 원을 받고 상을 차려주었는데 "요즘은 힘에 부쳐서 밥은 못한다"면서 미안해했다.

오후 3시 30분께 제주올레 1코스 출발점인 시흥초등학교 앞에 섰다. 사진을 찍고 있는데, 장년의 남성 올레꾼이 걸어 내려온다. 어느 기업의 제주공항 지점장으로, 제주도에 발령받아 내려온 지 4개월째라고 했다. 올레길 걷기에 푹 빠져 벌써 열일곱 개 코스를 걸었다. 오늘은 1코스를 거꾸로 걸어오는 길이다.

걸으면 걸을수록 활력소를 얻는다는 그이는 걸으면서 만난 사람들에 대해 이야기했다. "제주올레에 여자들만 많이 오는 게 아니다. 나 같은 장년층 남자들을 많이 만난다. 우리 연배도 하루 20킬로미터는 거뜬하게 걸을 수 있다." 제주올레가 젊은이와 여성 들이 많이

강태여할망민박의 강태여 할망. 제주올레길의 명소 할망민박 1호점 주인이다. 할망민박집은 시골 외갓집처럼 따뜻하고 편안한 숙소이다. 강할머니는 "제주올레가 비탄에 빠져 있던 나를 살렸다"고 말했다.

걷는 길로 알려진 데 대해 불만이 조금 있는 모양이다.

2007년 9월 17일 제주올레 1코스가 열린 그날은 우리나라에서 '걷기'라는 새로운 문화가 탄생한 날이다. 느리게 가자는 걷기 문화가 이토록 빠르게 널리 확산되리라고는 애초에 그 문화를 만든 당사자도 몰랐을 것이다. 올레길은 이제 제주올레를 지칭하는 고유명사일 뿐만 아니라, 걷는 길을 뜻하는 보통명사가 되어버렸다.

걷기 문화의 시발점이 시흥리 바로 이곳이다. 제주올레길은 여가 문화의 새로운 장을 열고 퍼뜨리고 정착시켰다. 그 폭발력을 감안하면 시흥리는 문화혁명의 발상지라 할 만하다.

올레길 입구의 안내문을 보니 백 년 전 정의군 군수 채수강이 '첫 마을'이라는 뜻으로 '시흥'이라는 이름을 지었다고 했다. 제주도에 부임한 목사가 섬을 처음 둘러볼 때 시흥리에서 시작해 섬을 한 바퀴 돌아 바로 윗동네 제주시 구좌읍 종달리에서 끝을 냈다. 하여 두 마을 이름에 시始와 종終이 붙었다. 올레길 또한 시흥리에서 출발해 제주도를 한 바퀴 돌아 종달리에서 끝난다. 길은 제주도에서 끝나지만 이른바 '올레 스피릿'은 한반도를 휩쓸고 북미 대륙 캐나다에까지 와 있다(55쪽 2코스 참조).

1990년대 유홍준 씨의 『나의 문화유산 답사기』가 보잘것없어 보이던 문화유산의 아름다움에 눈을 뜨게 했다면, 2000년대 제주올레는 누구도 관심 두지 않던 우리 땅 구석구석의 평범한 아름다움에 눈을 돌리게 했다. 유홍준식의 답사 문화가 1990년대 마이카 시대의 산물이라면, 서명숙식의 걷기 여행은 힐링을 표방하는 21세기형 자아 찾기와 국토 예찬이다.

시흥리와 종달리

시흥리에 펼쳐진 밭을 따라 올라가는 말미오름은 표고 145.9미터의 이중식 화산이다. 수중 분출물로 오름이 형성된 다음 그 분화구 안에서 새끼 오름(알오름)이 솟아올랐다. 아침 일찍부터 움직여서 조금 피곤하던 차에, 오름 오르는 길이 가파르지 않아 무엇보다 반갑다. 흙으로 잘 다져진 산책로를 따라 천천히 올라가는데, 숲에서 노루가 한 마리 껑충 뛰어나와 길을 가로지른다. 카메라를 들이댔더니 점잖게 포즈까지 취한다.

정상 가까이에 이르자 라디오 소리와 함께 "여기 와서 이름 적고 가요"라는 사람 소리가 났다. 초소가 보인다. 2012년 7월 바로 이곳에서 발생한 불상사 때문에 생긴 것인가 싶었더니, 10년 전에 세운 산불 감시 초소라고 했다. 11월 1일~12월 15일, 2월 1일~5월 15일 사이에 감시원이 올라온다. 초소원은 성산읍 소속 강아무개 씨. 연배는 일흔이 넘어 보이는데 목소리는 우렁우렁 힘이 넘친다.

"노루가 많이 보인다"고 했더니 강씨는 "그놈들 때문에 농민들이 골탕을 먹는다"고 말했다. 수확을 앞둔 당근과 무밭에 들어가 땅을 파헤친다는 것이다. 밭담 위에 쳐놓은 망사는 노루를 막기 위한 것이다. 1990년대까지만 해도 멸종 위기라고 했는데 요즘은 사냥도 하지 않는다. "야생이라 고기가 맛이 없어서 그렇다"고 했다.

시흥리에 산다는 그이에게 시흥리와 종달리의 사이가 좋지 않았다는 옛이야기를 슬쩍 물어보았다. 강씨는 "전쟁이었지"라며 무용담을 펼쳐놓는다. 해경날(바다에서 미역이나 우뭇가사리가 자라도록 일정 기간 채취를 금하다가, 한날한시에 동네 해녀들이 모여 채취하기 시작하는 날) 두 동네 앞바다에서는 늘 긴장감이 감돌았다. 옆 동네에서 자기네 쪽 바다로 넘어올까 싶어 감시하고 두렁박으로 만든 해녀의 테왁을 깨뜨리는 싸움이 벌어지기도 했다. 바다 위에 명확하게 경계선을 그을 수 없었기 때문이다.

바다에서의 전쟁은 육지로 이어져 어린아이들까지 가세하는 동네 싸움으로 번지곤 했다. "서귀포와 제주의 경계니까 더 그랬던 거 같다. 사돈끼리도 으르렁댔으니까. 40년 전의 다 옛날이야기다. 지금은 싸울 일도 없고 사이좋게 잘 지낸다." 그러면서도 그이는 뭔가 미진한 듯 못을 박았다. "시흥리에서 먼저 공격한 적은 없다. 저쪽

시흥리 말미오름으로 올라가는 호젓한 길에 노루 한 마리가
뛰어나와 올레꾼을 반긴다(위). 아래는 오름 안에 조성된 무덤.
마소가 들어가지 못하도록 돌담을 둘렀다.
오른쪽에 제주도 무덤 특유의 동자석이 보인다.

에서 넘어오면 상대해줬을 뿐. 우리 동네에는 '깡다구' 좋고 힘 좋은 사람이 많아서 동네 이름도 심돌이거든."

말미오름 능선. 발아래 펼쳐지는 풍경이 장관이다. 왼쪽에는 말 그대로 소가 편안하게 누운 듯 보이는 우도가 있고, 오른쪽으로는 바다에 불뚝 솟아오른 성산일출봉이 보인다. 그 사이 바닷가에 시흥리가 자리잡았다. 오밀조밀 붙어 있는 집들의 지붕은 파랑색과 주황색이다. 두 색깔은 하늘과 바다와 환상적인 조화를 이룬다. 그 뒤쪽으로 밭이 펼쳐져 있는데, 연두·초록·황토·검정색 빛깔의 영락없는 조각보이다. 바로 이 풍경이 제주올레의 기념품 스카프로 옮겨져서 제주올레를 상징하는 멋스러운 이미지가 되었다.

말미오름을 지나 알오름으로 가는 길. 부드러운 잔디밭이 넓게 펼쳐진다. 마을 공동목장이라는데, 오늘은 소와 말이 보이지 않는다. 노루들만 여기저기 뛰어다닐 뿐이다.

오름의 분화구 안에 만들어진 밭을 지난다. 오름이라 하여 작은 산등성이라고 여기면 곤란하다. 분화구 입구는 경운기가 들어올 수 있을 만큼 평평한 땅이다.

알오름의 정상에 서자 아래로는 다시 초원이 펼쳐진다. 멀리 북쪽으로 오름 군단이 물결치듯 펼쳐져 있고, 바로 건너편 지미봉 아래로 마을이 보인다. 종달리다.

오늘 어차피 1코스를 다 걷지 못하니 서두를 이유는 없었다. 마을로 가는 들길을 따라 휘파람까지 불어가며 천천히 걸었다. 푸른 보리밭 가운데 조성된 무덤이 퍽 인상적으로 보인다. 오름에 있는 무덤도 그렇고 밭에 있는 무덤도 그 주위에 돌담을 쌓아놓았다. 방목하는 마소가 들어오지 못하도록 만든 담이라고 했다. 제주도에서는 무덤을 '산'이라 부른다. 산을 둘러싼 돌담 이름은 산담이다.

집담·밭담·원담에 이어 산담까지 본다. 돌이 많은 제주도에는 어딜 가든 이렇게 돌담이 있다. 검정색으로 쓱쓱 금을 그은 듯 구불구불 끝없이 이어지는 제주도 돌담을 빼고는 제주도를 이야기할 수 없다.

종달리 마을로 들어서자 종달초등학교가 보인다. 운동장에는 잔디가 곱게 깔려 있고 붉은색 트랙이 잔디를 감싸고 있다. 해거름 무렵 할머니 두 분이 트랙을 걷고 있고, 놀이터에서는 아이들 몇 명이 놀고 있다. 전교생은 마흔다섯 명. 학교 크기에 비해 학생 수는 적다. 학교 시설은 캐나다보다 나아 보인다. 캐나다든 한국이든 학생 수는 이렇게 점점 줄어든다.

운동장에서 걷는 어른과 이야기를 나누려고 두어 바퀴를 함께 걸었다.

"시흥리와 사이가 궂었지. 지네 바당(바다) 놔두고 우리 바당 넘어와서 다 해먹자 하니까. 바다에서 싸움 붙어서 바깥으로도 나와서 겁나게 싸웠지. 돌도 던지고. 부에가 나니까." 올해 여든넷으로, 친정도 시집도 이 동네라는 고일록 씨는 어릴 적에 싸움 구경을 여러 번 했다고 말했다. "요새는 사이가 좋아."

"자꾸 말을 시키니까 못 걷겠잖아"라고 할머니는 푸념한다. 얼마나 빨리 걷는지 자식 같은 내가 숨이 다 찰 지경인데도 나 때문에 늦어진다고 불만이다. "좀 천천히 걸으세요"라고 했더니 "난 지금 일부러 천천히 걷는디?"라고 반문한다.

살암시니 살아진다

종달리 골목길로 들어갔다. 4백 가구가 넘는 큰 동네라 골목이 많고 깊다. 트레일을 걸으며 동네를 구경할 수 있으니 좋다. 제주올레가 지닌 특징 가운데 하나이다.

외국의 유명 트레일의 경우, 길 중간에 동네가 나오면 길은 마을을 우회한다. 반면 제주올레길은 동네 안으로 곧장 들어가 마을과 사람 사는 모습을 직접 볼 수 있게 해놓았다. 서명숙 이사장이 스페인의 산타아고 길을 걸으며 느낀 아쉬움을 제주올레길에서 해소한 셈이다.

2013년 4월 미국 피닉스에서 열린 국제트레일심포지엄에서 외국 트레일 관계자들이 제주올레길에서 가장 큰 관심을 가진 대목이 바로 이것이었다. 트레일이 마을 속으로 들어간다는 것은 고정관념을 깨는 발상의 전환을 의미했다. 캐나다를 대표하는 브루스트레일을 걷다 보면 가끔 인가를 만나기도 한다. 그러나 문은 꼭꼭 닫혀 있다. 마을 구경은커녕 사람 만나기도 어렵다.

어릴 적 동네 골목길 걷듯이 느릿느릿 종달리를 지난다. 저녁 무렵이어서 그런지 오가는 사람은 눈에 띄지 않는다. 한적하고 깨끗하다. 과거 시골 동네에서 느끼던 남루함은 보이지 않는다. 집집마다 단장이 잘되어 있다.

동네를 벗어나 바다를 향해 걷는데 민물 못이 보인다. 과거 방목하던 조랑말들이 내려와 목을 축이던 연못이 아닌가 싶다. 못과 바다를 가르는 둑 위의 정자에서 어린아이들 웃음소리가 들려온다. 그 곁을 지나는데 "음료수 한잔하고 가세요"라며 나를 부른다. 이런 호의는 거절하면 안 된다. 호의를 고맙게 받는 것이 베푸는 사람에 대한 예의이고 나도 다른 사람에게 베푸는 것으로 갚으면 된다, 라고 나는 들었다.

정자에서는 두 가족이 모여 음료수와 간식을 놓고 아이들과 함께 놀고 있다. 다문화가정으로, 부인들이 모두 필리핀에서 왔다. 성산리 사는 친구가 종달리 친구를 만나러 왔다고 했다. 종달리 부인이 얼음이 든 음료수 컵을 건네준다. 종달리 남편 한아무개 씨에게 "이 근처에 옛날에 소금밭이 있었다면서요?"라는 질문으로 말을 붙였다.

제주도는 사방이 바다지만 물이 싱거워서 소금이 영글지 않았다. 소금은 비싸고 귀했다. 4백여 년 전 처음으로 종달리에 염전이 만들어졌다. 제주도에서 유일한 이 염전은 1930년대까지 소금을 생산했고 이후에는 논으로 변했다. 10년 전부터 염전이었던 논은 울창한 억새밭이 되었다.

나는 사라진 소금밭보다 새로 생겨난 다문화가정이 더 궁금했다. 한씨는 이야기를 잘해준다. 결혼한 지 6년 되었고 자녀를 둘 두었다. "성산리 쪽에는 다문화가정이 많은데 이 동네는 우리 집뿐이다. 성산리에도 모두 필리핀 사람이다. 필리핀 사람들이 적응을 잘한다. 우리말도 빨리 배우고……" 토론토에서 보면 필리피노들은 언어에 관한 한 거의 천재들이다. 그들의 공용어인 타갈로그어와 영어는 기본이고, 스페인어·중국어까지 하는 사람이 많다.

올레길 때문에 동네가 소란스러워지지 않았느냐, 그 때문에 불편하지 않느냐고 물었다. 한씨는 말했다. "조용한 동네에 사람들이 오니 재미있다. 무리 지어서 지나가면 보기에도 좋고. 그 사건(2012년에 발생한 올레길 살인사건) 때문에 덜 와서 안타까웠는데, 요즘에 다시 많아져서 다행이다."

한씨는 종달리에서 당근과 감자 농사를 짓는다. 농사 규모가 예전과 달리 매우 커졌다고 말했다. 30년 전만 해도 돈은 바다에서 나왔다. 지금은 사정이 달라져서 밭농사가 돈이 된다. "구좌읍 감자는 전국적으로 유명하다. 월급쟁이 하는 것보다는 나으니까 젊은 사람들이 많이 들어와 농사를 짓는다."

한씨 가족에게 인사를 하고 떠나려는데, 부인이 유창한 한국말로 "좋은 여행 되세요"라고 말한다.

올레길을 걸으면서 몇 차례 겪게 될 곤혹스러운 상황을 처음으로 맞이했다. 길을 잘못 들었다는 사실을 20분쯤이나 걷고 난 다음에야 알았다. 딴생각을 하다가 21코스로 접어들었다. 날은 저무는데 동네는 보이지 않고 난감했다. 공터에서 트럭 한 대가 출발하려 하기에 불러 세웠다. 제주에 와서 건축 일을 한다는 차 운전자는 "오늘은 이 정도에서 마치고 내일 새벽에 일출을 보며 걸으면 끝내준다"고 했다. 내일 '끝내준다'고 하니 오늘은 여기서 끝냈다. 어두워져서 더 걸을 수도 없다.

바깥에서 저녁을 먹고 강태여할망집으로 되돌아갔다. 친정이 이웃 동네 종달리라는 할머니는 지금 사는 이 집으로 시집을 왔다. 안채에 방이 세 개 있고 바깥채에 일곱 개가 있는데, 네 개만 민박으로 운영하고 나머지는 월세로 돌렸다고 했다. 힘이 부쳐서……

나는 안채의 할머니 방 바로 옆에 들었다. 편하기가 마치 시골 고향집에 간 느낌이었다. 모든 것이 정결하다. 할머니 표정도 밝았다. "제주올레가 나를 살렸다"고 그이는 말했다.

사연을 들어보니 그 말이 나올 법하다. 할머니의 친정은 오빠 둘을 일본에 유학시킬 정도로 부자였고, 시댁은 제주도에서 가장 크게 선박업을 하고 있었다. 제주 4·3사건으로 오빠들이 모두 희생되면서 친정은 풍비박산이 났다. 일본에서 가수 생활을 하다 돌아온 멋쟁이 남편이 30대 젊은 나이에 세상을 뜨는 바람에 집안이 하루아침에 몰락했다.

친정도, 시댁도 큰 부자여서 평생 일이라고는 모르고 살다가 마흔 넘어 물질을 하러 바다에 들어갔다. 남들은 열댓 살부터 하는 일을 중년이 되어 시작하니, 힘은 힘대로 들고 성과는 별로 없었다.

1남 1녀를 그렇게 키워 독립시켰다. 세월이 흘러 몸고생, 마음고생이 끝난 줄 알았다. 그런데 몇 해 전 환갑에 이른 맏아들이 암에 걸려 투병하다가 세상을 먼저 떠났다. "집에 들어앉아서 그저 울기만 했다. 동네 사람들이 나 죽는다고 아침저녁으로 들여다보았다."

강할머니는 "제주올레가 아니었더라면 나는 죽었을 것"이라고 말했다. 자식을 앞세운 터여서 살고 싶은 마음이 없었다. 그런 그이에게 제주올레에서 할망숙소를 의뢰했다. 얼떨결에 하겠다고 했는데, 혼자 사는 집에 사람들이 찾아오니 온기가 돌고 무엇보다 큰 위로가 되었다. "일을 하니까 차츰 슬픔이 잊혔다. 또 이렇게 이야기를 하다 보니 외롭지 않고…… 살암시니 살아진다(살다 보니 다 살게 마련이다)는 말이 있잖아. 그렇게 살아왔다."

제주올레가 사람 목숨 여럿 살린다. 제주올레를 걷다가 죽고 싶은 마음을 고쳐먹게 되었다는 글을 어디선가 읽은 적이 있다. 강태여 할망은 이야기를 나누는 내내 표정이 밝았다.

슬픔과 기쁨이 뒤섞인 곳, 터진목

이튿날 역시 새벽에 눈을 떴다. 잠자리가 편해서 그런지 어제 열 시간여 동안 25킬로미터 정도를 걸으며 다소 무리를 했는데도 몸이 가뿐하다. 배낭을 메고 강태여할망집에서 나왔다. 오전 5시. 너무 이른 시간이라 아직 일어나시지 않아 간단한 인사말을 적어두었다.

시흥리 마을을 가로질러 어제 걷다가 중단한 1코스 중간 지점으로 나간다. 새벽이라 마을은 잠들어 있다. 아침 일찍 조용한 시골 골목 길을 감상하며 홀로 산책하는 맛이 여간 좋은 게 아니다. 동쪽을 향해 설렁설렁 20여 분 걸었더니 바닷길이 나온다. 1코스 중간 지점쯤 되는 바당 올레이다.

1코스의 이 지점, 바당 올레는 차도를 따라 걷는 다소 지루한 길로 알려져 있다. 그러나 동쪽 하늘이 붉게 타오르면서 천천히 모습을 드러내는 해돋이를 보면서 걸으면 반전이 일어난다. 지루한 올레길이 올레길의 백미로 돌변한다.

5시 45분쯤 구름 뒤에서 하늘을 붉게 물들이던 태양이 계란 노른자 모양으로 구름 위에 쏘~옥 솟아오른다. 하늘에 이어 바다가 물들 차례이다. 나는 박두진 시인이 「해」에서 노래한 '말갛게 씻은 얼굴' '고운 해'를 처음으로 온전히 보고 느낀다. 한자리에 서서 보는 일출도 장관이지만 해 돋는 쪽을 향해 걸어가면서 감상하는 것도 일

1코스를 걸으며 맞이한 해돋이. 바당 올레길을 걸으면서 볼 수 있는 장엄한 광경이다(위).
올레길을 걸어서 성산일출봉에 가면 평소 못 보던 옆모습을 감상할 수 있다(아래).

품이다. 아스팔트 도로가 4킬로미터 가까이 이어지지만 순간순간 풍경이 달라져서 지루해할 틈이 없다.

중세 유럽의 성채 모양을 한 성산일출봉에서 보는 일출이 가장 장엄하다고 알려져 있다. 숨이 턱 막힐 것 같다는 표현을 쓰는 사람들이 많은데, 바로 그 장엄한 해돋이 목록에 이제는 1코스 바당 올레를 추가해도 좋을 것 같다.

성산포항에서 해 뜨는 쪽으로 길을 잘못 드는 바람에 등대가 있는 방파제로 한참을 걸어나갔다. 술에 취한 듯 풍경에 취했기 때문이다. 길을 잃었을 때의 당혹스러움보다는 길을 잃어서 참 다행이라는 생각이 든다. 길을 잃지 않았더라면 아침 바다의 황홀한 풍경을 그냥 지나쳤을 것이기 때문이다.

갑문교를 건너 성산일출봉으로 향한다. 제주도에서도 손꼽히는 관광지여서 그동안 여러 차례 왔었지만 바닷길을 돌아 뒤로 가는 것은 처음이다. 언덕에 난 좁은 길을 따라가며 성산일출봉을 바라본다.

오늘도 갈 길이 먼데다, 여러 번 구경을 했던 터라 성산일출봉 정상은 그냥 지나치기로 했다. 널찍하게 조성된 주차장 앞에 외국 프랜차이즈 커피점들이 두어 곳 문을 열고 있다. 커피 마니아로서 커피 허기가 느껴졌으나 들어가고 싶은 생각이 별로 들지 않는다. 값은 비싸고 커피를 제대로 다룰 줄 몰라 신선하지 않을 것이 뻔하기 때문이다.

커피점 대신 눈에 들어오는 게 있다. 유명 관광지에 어울리지 않는 작고 허름한 식당. 김치찌개·콩국수 등이 적혀 있는 차림표에서 해물라면을 주문했다. 혼자 아침을 먹던 여자 주인이 라면을 끓여

내온다. 그런데 라면에 해물을 넣어 끓인 게 아니라, 해물탕에 라면을 넣었다. 조개와 새우 등이 넘쳐난다. 반찬은 깍두기.

주인은 말했다. "이리 와서 함께 드실랍니까?" 경상도 사투리이다. 주인 상에는 나물 반찬이 많다. 쌉쌀한 파란색 나물 맛이 좋아서 자꾸 먹었더니 냉장고에서 통째 내온다. "여기선 잔대라 부르는데 맛있지요?" 어제 산에 올라가 캐온 것이라 했다. 밥 한 공기까지 내주어서 아침부터 포식을 했다.

부른 배를 만지면서 바닷가로 내려오는데 소주와 안주 쟁반을 들고 가는 관광객이 보인다. '바닷가에서 웬 해장술?' 하며 호기심에 따라가보았다. 그들은 수마포 해녀의 집에서 해물 한 접시를 썰어 나오는 길이었다.

해물라면에, 나물에 밥 한 공기까지 먹어서 배가 터질 것 같았으나 그냥 지나치기는 불가능했다. 해녀의 집에 들어가니 해녀복을 입고 물질 준비를 하는 '원로 해녀'가 앉아 있다. 그 옆에 앉았다. 납덩이를 이어 만든 띠가 보인다. '연철'이라며 들어보라고 했다. 무거워서 "어이쿠" 하는 소리가 절로 났다. 8킬로그램이라고 했다. 팔순 해녀가 그것을 허리에 두르고 아침 바다에 들어간다.

"옷이 가벼운 스펀지라서 연철을 두르지 않으면 잠수를 할 수 없다." 팔순 해녀는 고무 잠수복을 '스펀지'라고 불렀다. 그이가 연철이라고 말한 것의 본래 이름은 '뽕돌'. 철을 연결했다 하여 연철이라 부르는 것 같았다. 힘이 좋은 젊은 해녀는 3~4킬로그램짜리 가벼운 것을 두른다.

열일곱에 물질을 시작했다는 할머니는 무릎을 다쳐서 운동을 겸해

수마포 해녀의 집에서 먹은 해삼. 바다에서 갓 잡아 올린 싱싱한 것이어서 이가 들어가지 않을 정도로 딱딱했다.

물질을 한다고 했다. "며느리와 딸들도 하느냐"고 물었다. "힘이 들어서 그런지 안해." 수마포에는 해녀가 스무 명 있는데 본인이 최고령자고, 가장 젊은 사람은 마흔다섯이라고 했다. "성함은 어떻게 되세요?" "팔십 할망 이름 알아 뭐할라꼬?" "그냥 좀 알려주세요." "싫어."

할머니와 이야기하며 젊은 해녀가 썰어준 해삼을 집어먹었다. 바다에서 방금 따온 것이라고 했다. 얼마나 싱싱하고 딱딱한지 이가 들어가지 않을 정도였다.

성산일출봉을 뒤로하고 모래사장을 걷는다. 길게 이어지는 탁 트인 바닷길, 모래가 검다. 1코스 종점인 광치기해변에 이르는 길목에 터진목이라는 곳이 나온다. '트인 길목'이라는 뜻이다. 성산일출봉을 구경하기에 가장 좋다는 바로 이곳에 "섬에는 우수가 있다"로 시작되는 프랑스 작가 르 클레지오의 제주 기행문 일부가 적힌 비석이 서 있다. 들으려 하지 않아도 들리고, 보지 않으려 해도 보이는 제주 4·3항쟁의 깊은 상흔이 제주를 여행하는 외국 작가의 예민한 감각에 포착되지 않을 리 없다. 르 클레지오는 말한다.

"오늘날 제주에는 달콤함과 떫음, 슬픔과 기쁨이 뒤섞여 있다. 섬의 우수. 우리는 새벽 바위라 불리는 성산일출봉에서 그것을 느낄 수 있다. 바위는 떠오르는 태양과 마주한 검은 절벽이다. 1948년 9월 5일(음력) 아침 군인들이 성산포 사람들을 총살하기 위해 트럭에서 해변으로 내리게 했을 때 그들의 눈앞에 보였던 것이 새벽 바위다. 나는 그들이 그 순간 느꼈을 (슬픔을), 새벽의 노르스름한 빛이 하늘을 비추는 동안 해안선에 우뚝 서 있는 바위의 친숙한 모습으로 향한 그들의 눈길을 상상할 수 있다."

터진목 모래밭은 새벽 바위를 감상하는 가장 달콤한 자리인 동시에 "냉전의 가장 삭막한 한 대목"이 펼쳐진, 슬픔과 기쁨이 뒤섞인 대표적인 지점이다. 이곳에서 성산읍 지역 양민 4백여 명이 학살을 당했다. 성산읍 4·3사건 유족회는 2012년 유적지를 만들어 그 넋들을 담담하게 위로하고 있다.

2코스

광 치 기 - 온 평 올 레

올레길 위에서
칠순 잔치

캐나다에서도 제주올레길을 걸을 수 있다. 뜬금없는 얘기가 아니다. 토론토에서 북동쪽으로 80킬로미터를 가면 제주올레길이 나온다. 브루스트레일 호클리밸리 구간 9.6킬로미터. 좀더 정확하게 말하면 '브루스트레일·제주올레 우정의 길'이다. 하늘색 제주올레 간세(조랑말 모양의 상징물)가 길 입구에 서 있다. 토론토 한인들은 그곳에 가면서 "올레길 걸으러 간다"고 말한다.

2011년 9월 제주올레와 브루스트레일의 '우정의 길' 개통 행사가 열렸을 때 3백 명이 넘는 인파가 몰렸다. 그중 한국 사람이 2백 명은 넘어 보였다. 평소 브루스트레일을 걷는 사람들은 다 온 듯했다. 홍보를 조금 도와준 내가 깜짝 놀랄 정도였다. "브루스트레일에 제주올레길 생긴다"는 소식이 삽시간에 퍼져나갔던 모양이다. 올레길이 토론토 한국인들 사이에서도 그만큼 유명하고, 많은 이들이 올레길 걷기를 꿈꾸고 있기 때문이다. 모국을 들썩이게 만든 제주올레가 브루스트레일에까지 연결되었으니, 토론토 한인들이 열광하는 것은 당연하다. 참가자들은 앞을 다투어 서명숙 이사장과 사진을 찍었다.

브루스트레일 호클리밸리가 캐나다의 제주올레라면, 제주올레 2코스는 제주도의 브루스트레일이다. 2코스 출발점에 브루스트레일 상징물이 붙어 있으나, 캐나다에서 제주올레 간세를 보았을 때의 감동 같은 것은 생겨나지 않는다.

광치기해변을 지나 2코스로 접어든다. 바다와 바다 사이에 뚝방길이 다리처럼 길게 이어져 있다. 길을 걸으며 어느 쪽으로 눈을 돌려도 바다이다. 바람도 별로 불지 않아 바다와 성산일출봉 풍광을 느끼며 걷기에 더없이 좋다.

백선배

백승기 선배에게서 전화가 왔다. 예전 한 직장(원『시사저널』) 선배로, 사진기자 겸 산악인이다. 아웃도어 활동의 전문가여서 한국에 오기 전에 갖춰야 할 도구와 복장에 대해 조언을 받았던 터였다.

2012년 가을 경북 내륙 지역에 난 트레일 '외씨버선길'을 걸으면서 나는 옷과 신발을 제대로 갖추지 않아 고생을 많이 했다. 그 악몽 때문에 제주도에 오기 전 나는 백선배와 이메일을 주고받으며 장비에 관해 배우고 그대로 따라 했다.

배낭은 그레고리 50리터(260달러). 재킷과 바지는 고어텍스를 사라고 했다. 노스페이스 재킷(350달러), 파타고니아 바지(150달러). 상의는 노스페이스(30달러), 모자는 OR(30달러).

마지막으로 신발. 백선배는 여러 회사를 거론하면서 자기 발과의 궁합이 가장 중요하니 방수가 되는 고어텍스를 선택하되 유명 상표에 집착하지 말라고 조언했다. 본인은 이탈리아제 라스포르티바를 좋아한다고 했다. 마음에 드는 라스포르티바를 찾지 못해, 나는 머렐(160달러)을 선택했다.

이 밖에도 백선배는 '서바이브 키트'를 준비해 늘 배낭 속에 넣어 두라고 했다. 머리전등·칼·성냥(라이터)·물통·비상식량에 최근에는 휴대폰이 추가된다.

장비와 옷을 구입하는 데 모두 천 달러(약 110만 원)를 들였다. 나는 1989년 백선배를 처음 만난 이후, 선배가 권하는 것은 앞뒤 가리지 않고 그대로 따랐다(물어보고 그대로 따르지 않으면 성질낸다). 가격이 비싸서 처음에는 조금 주저하다가도 결국은 선택한다. 진가는 반드시 드러난다. 카메라도 백선배가 소개한 파나소닉 루믹스 LX5를 샀다.

첫날부터 투자 효과를 누렸다. 옷과 양말, 서바이브 키트, 노트북, 책, 취재수첩까지 들어 있는 배낭은 무거웠다. 그러나 지기에는 아주 편했다. 어깨와 허리만이 아니라 몸 전체가 감당할 수 있도록 배낭이 무게를 분산시킨다는 느낌이 들었다.

다른 이들이 메고 다니는 작은 배낭을 보니 은근히 부러웠다. 그렇다고 숙소에서 숙소까지 짐을 옮겨주는 서비스는 이용하고 싶지 않았다. 올레길이 험난한 등산로가 아닌 만큼 내 짐 정도는 내 몸으로 감당하고 싶었다.

전화를 걸어온 타이밍이 좋았다. 백선배는 "너, 양말하고 속옷은 뭘 갖고 다니냐?"고 물었다.

"둘 다 면인데요?" 상의나 바지는 저녁에 빨면 아침에 입을 수 있는 것이어서 여벌로 하나씩 있었다. 그러나 속옷과 양말은 열 벌 이상씩 가져왔다. 부피와 무게가 만만치 않았다.

"지난번에 이야기하는 걸 빼먹었는데……" 하며 백선배는 울 양말의 좋은 점에 대해 이야기했다. 두 켤레를 사서 하루 한 켤레씩 번갈아 신으면 된다, 여행 기간 내내 빨지 않아도 된다는 말이 귀에 쏙 들어왔다. 그 대신 울 양말 안에 아주 얇은 양말을 신고 매일 그것만 빨아 말리면 된다고 했다. 울 양말이 좋은 이유는 젖은 상태에서도 체온을 보존해준다는 것이다. 울 장갑은 물에 젖어도 물을 짜서 끼면 따뜻하다고 했다.

"어디서 사요?" "사서 부쳐줄게." 제주도로 살러 온 후배 기자 집이 올레길 앞에 있으니 그 집에서 찾으라고 했다. "가격은요?" "한 켤레에 3만 원쯤 할걸?"

양말 이야기를 빼먹었던 백선배는 "명숙이가 산티아고 갈 때도 내가 챙겨줬어"라는 자랑은 빼먹지 않았다. 배낭 싸는 방법도 가르쳐줬다고 했다. "아래는 가벼운 거, 위에는 무거운 거." 서선배도 자기 책에 신발이며 양말 덕을 많이 보았다고 적어놓았다.

백선배와 전화 통화를 하면서 걷다 보니, 바다를 내려다보는 작은 언덕이 나타나고 숲길로 접어든다. 언덕 위에서 성산일출봉을 배경으로 말이 밥을 먹고 있다. 말밥은 사람 장딴지를 닮은 무다. 올레꾼으로 보이는 이가 사진을 찍고 있기에 나는 사진 찍는 광경을 찍었다.

그이는 정면 사진을 찍어도 전혀 개의치 않았다. 얼굴은 모자와 선글라스, 마스크로 꼭꼭 쌌다. 장갑까지 끼어서 외부로 노출한 살갗은 한 점도 없다. '저렇게까지 해야 하나?' 싶었는데, 다음날부터 내가 그 모습을 하고 걸었다. 햇살이 너무 강해서 선크림을 발라도 밤에 얼굴과 목이 따끔거렸다. 장갑을 끼지 않은 손에는 두드러기 같은 점들이 잔뜩 생겨났다.

．
성산일출봉과 바다가 보이는 2코스 초반의 언덕. 무를 먹는 말을 올레꾼이 카메라에 담고 있다.

　그이도 나처럼 혼자 걸어 종주할 계획이라고 했다. 넉넉하게 한 달을 잡았다. 하루에 한 코스 걷는 것을 목표로 삼았다. 외국에서 동 포를 만난 기분이어서 한참을 걸으며 이야기를 나누었다.

　강아무개 씨. 서울에 사는 50대 후반 가정주부이다. 예전부터 여 행을 즐겨 했는데 제주도에는 17년 전에 온 적이 있다. 별로 마음에 들지 않아 오지 않다가 한 달 전에 다시 왔다. "제주도에 사는 어떤 분이 별로 유명하지 않은 곳들을 가보라고 했다. 자동차로 다녔는데 단번에 매료되었다."

　걸어 다니며 구경해야 제대로 즐기겠다 싶어, 강씨는 집에 가자마 자 제주도행 준비에 돌입했다. 우선 몸부터 만들어야 했다. 걷는 체 력이 필요했기 때문이다. 하루 네 시간씩 한강변을 걸으며 혼자 훈 련을 했다. 자료를 모으고 장비를 구입했다. "왜 혼자 왔느냐?"고 물었다. "남편은 돈 벌어야 하니까. 친구들은 아이들이 어려서 움직

일 수 없거나 남편들이 허락 안해주니까." 걷기 시작한 지 이틀째인
데 아직까지는 별 어려움이 없다고 강씨는 말했다.

제주도의 기부 문화를 아시나요?

오조리라는 마을에 들어서면서 그이와 헤어졌다. 동네의 너른 길
옆에 큰 마당이 있고, 그 앞에 비석이 도열해 있어서 그 내용이 궁금
했다. 선정을 베푼 관리를 칭송하는 조선 시대 송덕비는 더러 보았
으나 이런 비석은 처음 구경한다. 지난 수십 년에 걸쳐 세운 비석이
었다. '여사 김평길 기념비'를 시작으로 '운동장 설치 기념비' '재일
교포 전화사업후원 기념비' '고태생 선생 공덕비' 등 낯선 내용의 비
석들이 십여 개 이어진다.

마을회관 건물로 들어갔더니 리사무소가 나왔다. 면사무소는 익
숙해도 리사무소 또한 처음 본다. 육지의 면 못지않게 큰 제주도의
리에는 이렇게 리사무소가 행정 업무를 맡아보고 있다. 3년 임기의
이장은 동네에서 선출하고, 직원으로는 리사무장이 있다.

홍근수 오조리 이장은 "비석 내용을 정확하게 아는 분이 있다"며
박태보 노인회장(76세)을 모셔왔다. 박회장은 과거 청년회장·이장
등으로 일해서 동네 역사를 꿰고 있었다.

비석이 있는 곳의 이름은 비석거리. 그곳에 서 있는 비석들은 동
네를 위해 좋은 일 했던 분들을 기리는 '공덕비' '송덕비'라고 했다.
가장 오래된 비석의 주인공은 김평길 여사.

수십 년 전 김여사는 이 동네 고씨 집안으로 시집을 왔는데, 남편

이 딸 하나를 두고 일찍 세상을 떴다. 딸과 더불어 셋째 시동생 아들을 양자로 삼아 키우던 중 친정에서 동네 한가운데에 있는 땅을 여사에게 물려주었다. 여사는 그 땅 2백 평을 마을에 희사했다. 지금 리사무소와 어린이 놀이터, 마을 마당 등이 들어선 노른자위 땅이다.

여사는 1945년에 돌아가셨다. "외손녀 이름이 갑배여서 우리가 갑배 할머니라고 부른 기억이 난다"고 박회장은 말했다. "마을에서는 너무 고마워서 그 보답으로 톳과 거름용 해조류가 나오는 마을 공동 바다 일부를 후손에게 내줬다."

갑배 할머니의 뒤를 이어 마을에는 기부가 계속되었다. 특권층인 개인 소유로 넘어가려 하는 마을의 산을 마을 사람들이 따로 노동을 해서 구입하고 마을 소유로 귀속시킨 것을 기리는 비석, 2천6백 평이나 되는 땅을 희사해 마을 운동장을 만든 이를 기리는 비석 등이다.

그 가운데서도 눈에 띄는 것은 이 마을 출신 재일교포들의 기부이다. 마을에 전기가 들어오게 하거나 마을길을 포장하는 데 이 마을 출신 재일교포들이 크게 기여했다.

제주도 출신 재일교포는 마을마다 없는 곳이 없다. 일본에 있는 제주도 사람들은 어느 마을 출신이건 땀 흘려 번 돈을 고향 마을 발전기금으로 기부했다. 오조리는 그 문화를 내게 보여준 첫번째 마을일 뿐이다. 마을마다 재일교포 공덕비가 서 있다.

일제강점기의 혹심한 수탈과 가난, 광복 후 4·3사건 등으로 쫓겨나다시피 하며 일본으로 건너간 제주 사람들, 그들은 참담한 고통 속에서 번 돈을 고향에 희사했다. 온갖 수모와 고생을 견뎌가며 번 피눈물 젖은 돈이었다.

성산읍 오조리 마을의 비석거리. 마을 발전에 크게 기여한 이들의 공덕을 기리는 비석들이 즐비하게 서 있다. 공덕비를 가리키는 이는 박태보 노인회장이다.

육지에서는 애향심이 고루한 말로만 남아 있는 경우가 많지만, 제주도에서는 지금도 곳곳에서 애향심이 살아 숨 쉰다. 제주도에는 육지에서 상상도 하지 못하는 문화가 아직도 많이 남아 있다. 마을 사람들의 기부 문화는 놀라움을 넘어 말 그대로 신선한 충격을 안겨준다. 외국에 살아보면 안다. 오로지 믿을 것이라고는 자기 몸뚱어리 하나밖에 없는 낯선 땅에 살면서, 자기 가족도 아닌 마을 발전을 위해 큰돈을 쾌척한다는 것은 보통 사람들이 할 수 있는 일이 아니다. 더군다나 그것이 한 개인의 선행이 아니라 제주도 전체가 공유한 집단 문화라는 사실은 고향에 대한 제주도 사람들의 사랑과 자부심이 얼마나 크고 깊은지를 알려주는 가장 확실한 증표이다.

비석거리를 떠나지 못하고 구경하던 중에 할머니 한 분이 지나가기에 "이게 뭔지 아시지요?" 하고 물었다. "마을에 좋은 일 하신 분들 칭송하는 거지"라는 심상한 답이 돌아왔다. 오복춘 씨. 놀랍게도 올해 92세라고 했다. 남편은 일제강점기에 서울 선린상고를 졸업했고, 올해 69세인 아들은 서울대를, 그 아래인 딸은 이화여대를 나왔다고 자랑한다.

엘리트 남편과 자식들을 두었으나 할머니는 여든 직전까지 물질을 했다. "제주 사람은 물질이 직업이니 할 수밖에 없지." 오복춘 할머니가 젊었을 적에는 속곳에 수건·물안경만 쓰고 맨발로 바다에 뛰어들었다. 모자 쓰고, 잠수복 입고, 장갑에 오리발까지 모두 갖춘 것은 1970년대 들어서이다.

"예전에는 물에 들어가면 추워서 한 시간도 못 있었어. 나오면 바로 불 쬐야 했고…… 잠수복을 입고 나서는 춥질 않아서 물속에서 대여섯 시간도 견뎌. 우리 마을에선 동네 바다에서도 일했지만 배 타고 우도 앞바다까지 나갔어. 소라·전복·미역·우뭇가사리를 땄지."

할머니는 연세가 믿어지지 않을 만큼 말을 분명하고 조리 있게 잘했다. 게다가 외지 사람이라고 사투리 대신 거의 표준말로 이야기를 했다.

"나 일하러 가야 해. 더 이상 이야기 안해" 하면서 할머니는 휙 가버린다. 허리를 펴고 꼿꼿하게 걷는다. 가는 쪽을 보니 연꽃으로 가득 찬 연못이 보였다. 정자나무 폭낭(팽나무) 옆에는 어린이 놀이터가 있다. 동네가 예쁘고 평화로워 보인다.

오조吾照라는 마을 이름은 성산 앞바다 일출봉에서 뜬 해가 햇살을 펴면 가장 먼저 와 닿는다는 뜻이다. 마을은 바다 쪽으로 트여 있어서,

마을을 빠져나가는 동안에도 성산일출봉은 계속 따라왔다.

처음 보는 이들과 함께 걷는 기쁨

고성리가 나온다. 분위기가 오조리와는 딴판이다. 오조리가 전형적인 시골이라면, 고성리는 도시 분위기를 물씬 풍긴다. 자동차 도로가 마을 중간으로 지나고, 슈퍼마켓과 과일 가게, 미장원 등이 즐비하게 늘어서 있다. 나중에 그 이유를 찾아보니, 고성리는 제주 섬의 동부 중심지로 성산읍 청사와 각종 관공서가 들어서 있다고 했다.

머리도 깎고 마을 이야기도 들을 겸하여 미장원에 들어갔다. 캐나다에서 왔다고 했더니 미용사 이미경 씨가 초등학생 학부모답게 부쩍 관심을 보인다. 요즘은 캐나다 하면 '교육 이민' '조기 유학' '기러기'를 가장 먼저 떠올리기 때문이다. 이씨는 초등학교 6학년인 딸을 제주시에 보내 공부시킨다고 했다. "촌에서는 제주시로, 제주시에서는 육지로, 육지에서는 해외로 보낸다." 어디를 가든 아이들 공부가 젊은 부모들의 첫번째 관심사이다.

"요즘 고사리 철이라는데……"라고 화제를 돌렸더니 이씨는 "그렇지 않아도 요즘 고사리를 캐러 다닌다"고 말했다. 이씨에 따르면 제주도 고사리는 전국에서 알아주는 쫄깃쫄깃한 명품이다. 고사리를 캐는 시기는 4월부터 '뱀 나오기 전'까지. 제주도 사람이나 제주도에 오는 사람이나 한번쯤은 재미 삼아서라도 캐는데 "관광버스들이 사람들을 풀어놓으면 고사리보다 사람이 더 많다"고 이씨는 웃으며 말했다.

돌과 돌담을 빼고는 제주도를 이야기할 수 없다.
제주도 어디를 가든 구멍이 송송 뚫린 검은색 돌담을
만날 수 있다. 밭과 집, 목장 등을 둘러싼 검은색
돌담이 구불구불 끊임없이 이어진다고 하여
제주도 돌담은 '흑룡만리'라 불린다.

아침을 배부르게 먹어서 그런지 점심시간이 지났는데도 배가 고프지 않다. 밥 대신 과일 가게에서 참외를 사서 깎아 먹었다. 성주 참외라는데 좋은 색깔에 비해 맛이 없다. 참외가 맛없으면 무보다 못하다.

고성리 시골길로 접어들었다. 농부가 무를 물에 씻는 모습이 보인다. "무가 참 굵다"는 말에, 그이는 "나도 이렇게 굵은 무는 처음이다"라고 답했다. 도시 느낌이 나는 농부여서 농사지은 지 얼마나 되었느냐고 물었다. "25년." 짧게 말하는 것이 그의 스타일인 듯했다. 그래도 할말은 다 한다.

옛날에 부산에서 나전칠기 사업을 하다가 1986년 아시안게임 때 "돈이 짤짤 다 묶여서 쫄딱 망했다. 그래서 귀향했다"고 했다. "바깥에서 사업하다가 들어오니 처음에는 참 답답했다. 바다를 보면서 견뎠다. 그때가 스물두 살이었다."

1년 농사는 보통 9월에 시작되어 이듬해 5월이면 끝난다. 무와 당근 파종을 9월에 하기 때문이다. 무 수확기는 12월부터 5월까지. "그럼, 여름에는 뭘 해요?" "놀아요." "뭐 하고?" "낚시."

대수산봉大水山峰이다. 표고 137.3미터. 오르는 데 별로 힘이 들지 않을뿐더러 울창한 소나무 아래를 걷는 맛이 좋다. 15분 정도를 걸으니 정상이다. 성산일출봉은 여기까지 따라와 있다. 성산일출봉을 중심으로 제주도 동쪽 해안이 한눈에 들어온다. 우도가 바다를 요삼아 편안하게 누워 있는 소의 형상이라면, 성산일출봉은 태평양을 향해 포효하는 호랑이 모습이다.

성산일출봉 아래 수마포부터 섭지코지에 이르는 해안선이 일품이다. 1940년대까지만 해도 밀물 때마다 터진목 부근이 물에 잠겨 성산일출봉이 섬이 되곤 했다. 위에서 바라보니 터진목 부근은 가느다란 선처럼 연결되어 있다.

대수산봉을 내려오면서 마을로 접어드는 길. 공동묘지가 드넓게 펼쳐진다. 산담을 두르지 않은 봉분이 어림잡아 수백 기는 모여 있다. 돌보는 후손이 없는 듯 잡초가 무성하고 군데군데 허물어진 묘도 더러 보인다.

이제는 중산간 마을의 농로이다. 푸른 배추밭, 무 수확을 끝낸 밭, 파종을 위해 땅을 골라놓은 밭 등이 잇달아 나타난다. 육지에서 보는 풍경과 다른 것이 첫째는 검은색 화산토요 두번째는 역시 돌담이다. 검은색 돌담으로 둘러싸인 밭 풍경은 외지인에게는 그 자체로 훌륭한 볼거리이다.

앞에 천천히 걸어가는 네 명의 올레꾼이 보인다. 두 쌍의 장년 부부이다. 자연스럽게 동행을 하게 된다. "캐나다에서 왔다"는 말은 낯선 사람에게 말을 붙이는 데 아주 효과적인 멘트이다. 열에 아홉 사람은 "멀리서 여기까지 어떻게?"라며 관심을 보인다.

남편들이 고교 동창이라고 했다. 김아무개 씨는 은퇴를 했고, 박아무개 씨는 아직 일을 하고 있다. 은퇴한 친구가 칠순을 맞았는데 "결혼 생각 없는 39세 골드미스 딸이 잔치 대신 제주올레를 선물로 주었다"고 했다. 골드미스는 칠순 부모의 제주올레 종주를 기획해 선물 세트로 맞추었다. 아버지는 말했다. "딱 세팅해서 우리를 이곳에 넣은 거지."

하루에 부모님이 걸을 만한 거리(한 코스, 평균 15킬로미터)를 계산

제주올레길은 꽃길이다. 어디를 가든 쑥부쟁이 같은 야생화가 지천으로 피어 있다(위). 칠순
생일을 기념해 제주올레길을 걷는 부부와 친구. 남편들이 고교 동창이라고 했다(아래).

해 숙소를 다섯 군데 예약했다. 평소 등산을 즐기는 부모님이지만 딸은 머리끝에서 발끝까지 유니폼을 새로 갖추는 것도 빼놓지 않았다. 부부가 신은 신발 하나만 봐도 딸이 얼마나 신경썼는가를 알 수 있다. 백승기 선배가 좋아한다는 '라스포르티바'. 명품이다.

친구를 따라온 박아무개 씨 부부는 이틀만 걷고 돌아가려고 했다. 걷다 보니 생각이 바뀌었다. "동창 모임에서 어떤 친구가 종주했다고 제주올레 패스포트를 가지고 와서 자랑했다. 스탬프가 찍혀 있었다. '뭐, 저런 게 자랑거리나 되나?' 하면서 비웃었는데 길을 직접 걸어보니 자랑할 만했다." 박씨는 말했다. "사실 스탬프 찍는 거, 자동차로 이동하면 전부 찍는 데 하루도 안 걸린다. 그런데 걸으면서 이걸 찍는 게 참 중요한 일이 되었다."

각 코스의 출발·중간·도착 지점에서 스탬프를 찍는 것은 '내가 걸었다'는 것을 나 스스로 확인하는 문화 행위이자 나를 칭찬하는 의식이다. 남이 알아주든 말든 상관없다. 내가 나 스스로를 대견해 하고 혼자 뿌듯해하면 그만이다. 김씨는 말했다. "오전 9시부터 오후 6시까지 천천히 걷는다. 힘들지만 좋다. 걸어온 길을 되돌아보면 내가 대단한 사람이라는 느낌이 든다."

"지금 농로가 계속되는데 지루하지 않느냐"고 물었다. "농촌이라도 볼 것이 많아서 심심할 겨를이 없다. 비행기를 타면 서울에서 제주도에 오는 데 한 시간도 안 걸리지만 계획 세우기가 쉽지는 않다. 어렵게 왔으니 길도 걷고 주변 풍광도 알뜰하게 즐긴다"고 박씨가 말했다.

처음 보는 이들과 걸으며 이야기를 나누는 기쁨도 크다. 한 시간

이상을 함께 걸었다. 기와집 여러 채가 나타난다. 혼인지婚姻池. 삼성혈三姓穴에서 솟아난 탐라의 개벽 시조 고高·양梁·부夫 삼신인三神人이 동쪽 바닷가에 떠밀려온 함 속에서 벽랑국, 즉 푸른 파도의 나라에서 온 세 공주를 맞아 혼인을 했다는 곳이다. 삼신인은 함에서 나온 송아지·망아지를 키우고 오곡 씨앗을 뿌렸다. 탐라의 농경 생활은 이렇게 시작되었다는 전설이 전해진다.

탐라의 시조들이 혼인을 한 장소인 만큼 이곳에서 결혼식을 많이 하는 모양이다. 우리가 도착했을 때 결혼식에 이은 피로연까지 끝내고 마무리를 하는 중이었다. 뒷정리를 하는 이들이 우리를 보고 오히려 아쉬워한다. "조금만 더 일찍 왔으면 잔치 음식 드셨을 텐데……"

혼인지에는 함에서 나온 공주들이 혼인을 하기 전에 목욕을 했다는 연못이 있다. 그 안에는 연꽃이 가득하다. 그 위를 지나는 다리로 올레길이 연결된다. 고즈넉한 산책로이다.

제주도 이민의 성공 비결은……

길은 온평리로 이어진다. 푸른 파도의 나라 공주들을 맞은 온평포구가 있는 동네다. 시골 동네답지 않게 길이 널찍널찍하게 나 있다. 돌담이 집을 둘러싼 것은 똑같지만 담쟁이덩굴이 돌담을 뒤덮어 온평리에는 푸른색 담이 많다.

동네 이름은 따뜻하고 평평하다는 뜻이다. 다른 지역에 비해 기온이 높고 암반 위에 터를 잡아 평평하다고 했다. 주변에 오름이 없는 대신 마을 앞 해안선 길이가 6킬로미터에 이르러, 제주도에서 가장 너른 바다를 보유하고 있다.

북상하는 태풍을 맨 먼저 맞이하는 동네라는데 온평리는 마을 전체가 단정하고 평온하다는 느낌을 준다. 아열대 식물이 집을 덮을 정도로 많기도 하지만 정원을 아름답게 꾸민 집들이 눈에 많이 띈다. 동네가 아늑하고 예뻐 동네 구경을 하면서 기분이 좋아진다. 2코스 마지막에 받는 선물 같다는 느낌이 든다.

담장 너머로 이웃과 이야기를 나누는 중년 여성이 보인다. 새로 지은 집의 정원과 텃밭이 근사하다. 50대 중반인 주인 부부는 경기도 수원에 살다가 3년 전에 이사 왔다고 했다. 남편은 한국전력공사에 다녔다.

"마음 편하게 살려고 보너스, 주 5일 근무, 자동차 유지비 같은 거 다 포기했다"고 부인은 말했다. "한 살이라도 젊을 때 가야 보람이 있을 것 같았다. 오래전에 사둔 땅이 조금 있어서 그 위에 집을 지었다."

캐나다든 제주도든 이민을 가면 가장 큰 문제는 뭘 해먹고 사느냐 하는 것이다. "벌어놓은 돈이 많으냐?"고 물어보았다. 이민자끼리는 이런 말 하기가 비교적 수월하다. 육지보다 아무래도 생활비가 적게 들고, 남편이 일당을 받고 농사일을 한다고 했다. "지금도 무 씻는 일을 하려고 나갔는데 농촌이라 일거리가 많다."

하나 있는 딸은 서울에서 직장 생활을 한다. 부인은 말했다. "이웃이 좋아 외롭지도 않다. 남편이 직장 다닐 때는 스트레스를 많이 받았는데 여기서는 마음이 편하다. 건강도 좋아졌다."

한 코스를 걷고 난 다음 종점에서 제주올레 패스포트에 스탬프를 찍는 올레꾼들. 길을 걸어본 사람만이 종점에서 스탬프 찍는 맛을 안다.

12년차 캐나다 이민자가 보기에, 이 집은 이민에 성공했다. 가장 큰 비결은 '나는 과거에 무슨 일 했다'며 폼 잡지 않고 무슨 일이든 가리지 않고 하는 것이다.

2코스 종점에 도착한 시간은 오후 4시 30분이었다. 열한 시간 동안 25킬로미터 가까이 걸었다. 농로에서 만나 먼 길을 함께 걸어온 동창생 부부들과 여기서 헤어졌다. 약간 서운했다. 그들은 2코스 종점에서 제주올레 패스포트에 스탬프를 꼭꼭 눌러 찍었다. 진지하고 뿌듯한 표정으로, 신성한 의식을 치르듯……

3코스

온 평 - 표 선 올 레

바다목장길 따라
바다 속으로

눈을 뜨니 새벽 3시다. 게스트하우스에서의 저녁식사를 겸한 술자리에서 밤 9시쯤 빠져나와 잠자리에 들었더랬다. 방에는 2층 침대가 세 개 놓여 있다. 투숙객은 나를 포함해 세 명. 다른 두 사람은 깊은 잠에 빠져 있다.

불을 켜면 잠을 방해할 것 같아, 머리전등과 노트북을 켜고 어제 하루를 정리했다. 저녁식사를 함께한 남자 생각이 났다. 1960년생이라는 그이는 밥 대신 술만 마셨다. 취기가 오르자 자기 이야기를 털어놓았다. 나와 30대 초반 남녀가 함께한 자리였다.

그는 5개월 전 회사에서 해직 통보를 받았다. 절박한 개인 사정을 내세워 매달리는 사람들도 있었다지만 그는 "회사가 더 큰 손해 볼 것"이라며 호기 있게 걸어나왔다.

"첫 달은 그런 대로 견딜 만했다. 시간이 지날수록 충격이 점점 더 커진다. 인생 후반부를 어떻게 살 것인지 생각도 할 겸 무작정 제주로 내려왔다." 그는 직장 생활 29년 만에 혼자 하는 첫번째 외출이라고 말했다. 한 달 예정으로 올레길을 모두 걸어볼 참이다. "한 직장에서 정말 열심히 일했다. 이렇게 잘릴 줄은 꿈에도 생각하지 못했다." 그이는 아픈 속마음을 혼잣말하듯 털어놓았다.

"가만있으면 슬프잖아. 퇴직자 지원 프로그램에 등록해서 학원도

두 달 다녔는데…… 나를 낮추는 게 어려워. 버리기가 힘든 거지. 어제 엔지니어로 일했다는 어떤 인생 선배를 만났는데, 2년 쉬다가 경비한대. 나도 금방은 안 될 것 같아, 낮추는 게."

5시 30분이 되자 전화가 걸려왔다. 숙소에서 3코스 시작점 온평포구까지 걸어가기는 무리라고 해서 택시를 불러놓았다. 기사는 거리에 비해 많은 돈(5천 원)을 받는다며 미안해했다. 그러나 캐나다 택시와 비교하자면 많이 싼 가격이다.

새벽 바다가 나타났다. 파도 소리를 음미하며 천천히 걸음을 옮겼다. 길은 오른쪽으로 꺾여 해안 마을에서 중산간 마을을 향한다. 자료를 보니 해안 마을은 해발 백 미터까지, 산간 마을은 4백 미터 이상, 중산간 마을은 그 사이를 의미한다.

새벽 산책을 나온 사람이 보인다. 그이를 따라 차도를 올라갔다. 오른쪽에 소나무 숲이 나타난다. 숲을 돌자마자 벌통을 잔뜩 쌓아놓은 공터가 보인다. 멀리 주인이 있기에 조심조심 다가갔다. 어릴 적, 산에서 무심코 벌집을 건드렸다가 벌들에게 머리통 공격을 집중적으로 받은 적이 있다. 울면서 정신없이 도망가는 나를 산 아랫집 친구 엄마가 붙들어 된장을 덕지덕지 처발라주었다.

벌통 주인 이상헌 씨는 아카시아꽃을 따라 뭍으로 넘어갈 준비를 하느라 분주했다. 5월 10일 경북 성주에 도착해 충북 청원, 경기도 포천을 거쳐 철원의 제2땅굴 부근까지 아카시아꽃을 따라갔다가 6월 말 제주도로 돌아온다. 벌통 110개를 1톤짜리 트럭 여섯 대에 실어 움직인다고 했다.

경기도 포천 출신으로 17년째 양봉을 하는 그이가 제주도에서 10

개월을 사는 까닭은 간단하다. "사계절 꽃이 있는 곳은 여기뿐이니까." 2개월 육지 나들이를 하는 이유는 제주도에는 양봉에 맞는 아카시아가 없기 때문이다. 제주도에 양봉업자가 4백 명쯤 있는데 육지에 다녀오는 사람은 여덟 명 정도다.

꿀은 뭍에서 아카시아꽃 순례를 마치고 제주도로 복귀하는 중에 딴다. "타이밍을 놓치면 안 된다. 출산할 때와 같다. 아이가 나올 때 제대로 잘 받아야지." 이 일을 어떻게 하게 되었느냐고 물었다. 이씨는 "몸을 생각해서 시작했다"고 말했다. "동물 농장을 했었는데 땅을 오염시키고 결국 내 몸이 망가졌다. 양봉은 오염시킬 일이 없으니……" 그는 젊어 보였다. 올해 일흔이라는데 50대 중반 정도로 보였다.

기어이 한 방 쏘이고 말았다. 쏘인 팔뚝을 입으로 빨며 정신을 차리고 보니 길을 잘못 들었다. 산책하는 사람을 무작정 따라온 게 잘못이었다. 10분쯤 되돌아갔더니 올레길 리본이 보인다. 이번에도 길 잘못 든 것에 대해 별로 속상해하지는 않았다. 꿀벌 치는 장면을 보았고 시간도 넉넉하니까.

김평담 할아방, 고정화 할망

난산리가 나온다. 전형적인 농촌 마을이다. 육지와 다른 점이라면 검은색 밭과 밭담이다. 감귤밭에서는 하얀색 꽃이 한창 피어난다.

1967년부터 제주도 출신 재일교포들은 자기 고장에 귤나무 묘목 기증 운동을 활발히 전개했다. 5년 동안 제주도에 보낸 온주밀감 묘목은 자그마치 3백만 그루. 이후 감귤나무는 제주 경제를 일으키는 황금의 나무로 성장했다. 난산리에 묘목이 들어와 집단 과원이 대대적으로 조성된 것은 1969년이라고 했다.

마을에는 사람들이 별로 보이지 않는다. 농촌의 아침이 바쁘다는 것을 농촌 출신인 나는 잘 안다. 마을 분위기가 차분하고 좋아서 이장을 찾아 마을 이야기를 듣고 싶었다. 이장은 귤밭에서 약을 치고 있다. 불러내기가 미안하여 그냥 마을을 벗어나려는데, 길가 나무에서 가지를 치고 있는 어른 한 분이 보인다. 식전 댓바람부터 임자를 제대로 만났다. 김평담 씨. 그는 아는 것도, 할 이야기도 많은 '활동가'이다.

김씨에 따르면 난산리는 광산김씨 집성촌으로 8백 년 전통의 유서 깊은 양반 마을이다. 예전에는 관리가 말을 타고 오다가도 이 마을에 이르면 말에서 내려 걸어 들어왔다. 교육열이 높아서 1893년에 초등학교 과정인 사설 간이학교를 세워 역사와 수학을 가르칠 정도였다. 이후 서울 유학은 물론 미국·유럽에까지 많은 인재들이 공부를 하러 나갔다.

교육 이야기를 하다가 김씨는 "나는 중학교만 간신히 마쳤다"고 말했다. 화제는 자연스럽게 그의 개인사로 옮겨갔다. 그이가 가장 통탄스러워하는 것은 역시 제주 4·3사건이다. 여행자로서 나는 현대사의 가장 큰 비극인 제주 4·3에 대해 일부러 묻고 싶지는 않았다. 그러나 묻지 않아도 이렇게 이야기가 자연스럽게 흘러간다.

그의 부친은 농사꾼이었다. 4·3 당시 산사람들을 막기 위해 쌓은 동네 성담에서 보초를 서다가 그들에게 완장을 빼앗겼다. 이튿날 경찰이 와서 마을 사람들을 소집한 뒤 완장을 빼앗긴 여섯 명을 터진 목으로 데려갔다. 어제 내가 지나온 바로 그 자리에서 그들은 모두 총살당했다. "연락책이라는 혐의를 씌웠다. 총을 들이대고 완장을 빼앗아 가는데 어떻게 안 빼앗길 수 있나?"

당시 김씨는 열한 살이었다. 이듬해 초등학교를 졸업했으나 가난해서 중학교에 진학하지 못했다. 학교에 가지 않으니 나와서 성담을 쌓고 보초를 서라고 했다. "우리 어머니가 너무 억울해서, 거기에서 벗어나게 하려고 중학교에 억지로 집어넣었다."

"아이큐 테스트에서 1등을 하여" 육군본부에서 군대 생활을 한 뒤, 면사무소에 응시해 합격했다. 근무한 지 2개월이 지나자 면장이 불러서 "집에 가 있으라. 있다 보면 안다"고 통보했다. 연좌제에 걸린 것이다. 이후, 그는 서울에서도 살다가 귀향해 운수 사업 등을 했으나 "다 날렸다."

이야기를 나누다 보니 그이는 유명한 활동가였다. 1994년 10월 17일 제주도에 처음으로 4·3사건 유족회가 만들어졌는데, 김평담 씨는 단체를 만든 핵심 인물 가운데 한 명이었다.

"4·3 때 몇 명이나 죽었는지 조사하다가 유족회를 결성했다. 그때만 해도 살이 떨릴 정도로 무서웠다." 사건이 발생한 지 46년이 지난 김영삼 문민정부 시절인데도 유족회를 만들면서 두려움에 벌벌 떨 정도였으니, 유족들이 지난 세월을 어떻게 보냈는지 어렵지 않게 짐작할 수 있다.

그는 행사를 하면 주로 사회를 보았다. 국회 항의 방문, 명동성당 집회 등을 위해 서울도 수시로 드나들었다. 유족회 성산읍 회장을 했으나 "사실은 유족회 전체의 총지배인이었다"고 그는 말했다. 김 씨는 지금도 '제주 4·3 진상규명과 명예회복을 위한 도민연대' 공동 대표를 맡고 있다.

나무 그늘에 앉아 긴 이야기를 나누다가 인사를 하고 일어서는데 "저기가 우리 집이야"라며 골목 '올레'를 가리킨다. 그 앞에 간판이 두 개 서 있다. '제주올레 추천 숙소 통오름 고정화할망집.' 또 다른 간판이 눈에 번쩍 띈다. '제주 올레국수 휴게소.'

고정화할망집이 김평담할아방집이자 국수 휴게소이다. 휴게소에 서 잠시 쉬어 가기로 했다. 국수는 없고 밥이 있었다. 제주도에 와서 처음 먹어보는 집밥이다. 우영팟(텃밭)에서 방금 따온 상추·고추를 필두로, 콩나물·시금치 무침, 절인 고추와 구운 생선, 된장국이 있 는 깔끔한 상이다. 밥값이 5천 원이 아니라 5만 원이어도 나 같은 사 람에게는 아깝지 않을 정도이다.

밥을 먹으면서 고정화 할망에게 말을 붙였다. 남편이 바깥일로 분 주한 동안 할망은 시어머니와 함께 오랫동안 조와 보리, 고구마, 유 채 농사를 지었다고 했다. 보리농사 이야기가 인상 깊었다.

비료가 없어서 똥돼지 똥과 보리씨를 섞어서 마당에 펼쳐놓고 소 나 말이 밟게 했다. 그것을 가져다가 밭에다 손으로 뿌렸다. 남이 떡 이라도 주면 그냥 그 손으로 받아먹었다. "그땐 장갑이란 게 없었으 니까. 더러운 것도 몰랐어. 고생하는 걸 그냥 보통으로 생각했지, 뭐."

할머니와 이야기를 나누던 중에 친정 신양리 이야기가 나왔다. 절 경으로 이름난 섭지코지가 있는 마을이다. 음력 3월 열닷새 금채했 던 미역밭의 미역 채취가 허가되는 해경날, 두 마을 해녀들 간의 작

고정화할망민박의 고정화·김평담 씨 부부. 남편 김평담 씨가 픽업 서비스를 하면서 '할머니 사업을 적극적으로 돕고 있다(위). 아래는 고정화할망민박에서 받은 아침 밥상. 여행을 하면서 '집밥'을 먹는 것은 작지 않은 행운이다. 푸성귀는 집 텃밭에서 따온 것들이다.

업 구역 싸움은 시흥리·종달리만의 것이 아니었다.

"해녀들이 모여서 회의를 하다가 '들어가라' 하면 테왁을 지고 빨리 들어가려고 달음박질을 했지. 고성리·신양리 해녀들 싸우는 거 정말 볼 만했어. 아주 지독하게 드세게들 싸웠지. 시집간 딸이 왜 거기 와 있나 어쩌나 하면서 트집도 잡고……" 마을 바다의 경계선이 곧 생존선이었으니, 바다에 선을 그을 수도 없는 노릇이어서 분쟁이 나는 것은 당연했다. 이럴 때 타고난 욕쟁이를 보유한 동네가 단연 유리한 고지를 점했다.

고정화 할머니는 난산리로 시집오고 난 뒤에는 바다에 들어가지 않았다고 했다. 중산간 마을의 양반 동네라고 바다 일을 하지 않았다. 동네 바다도 아랫마을에 줘버렸다는 것이다.

마침 빈방이 있다. '할아방'이 '할망의 사업'을 돕기 위해 픽업 서비스를 한다 하여 나는 방을 예약하고 집을 나섰다. 바짝 마른 하천이 보인다. 눈부신 화강암을 뼈처럼 드러낸 건천의 풍경이 의외로 멋지다. 오른쪽으로는 돌 축대가 세워져 있고 왼쪽으로는 담을 끼고 있는 보리밭이다.

제주도 밭담만큼이나 아름답고도 긴 '선의 예술'이 지상에 또 있을까 싶다. 밭담의 최고 매력은 역시 주변의 자연과 잘 어우러지는 소박함이다. 규격·표준화한 것 하나 없이 어느 담을 보아도 구불구불 제각기 다른 모양이다. 척박한 화산토에서 사람이 살아남기 위해 누대에 걸쳐 돌을 쌓아올린 오랜 역사까지 담 안에 녹아 있으니 완벽한 예술품으로 손색이 없다.

오름이 잇달아 나타난다. 통오름과 독자봉. 길 하나를 사이에 두고 남북으로 나란히 놓여 있다. 두 오름 모두 나직하고 완만하다.

통오름은 물통이나 밥통처럼 생겨서 그렇게 불린다는데, 푹신푹신한 잔디를 밟으며 편안하게 걸을 수 있다. 땅의 감촉이 좋으면 내 몸과 땅이 이야기를 나눈다는 느낌이 든다. 말을 방목하는 목장이라는데, 이날따라 말은 보이지 않는다. 표고 143미터 정상에 서자 멀리 성산일출봉을 비롯한 동쪽 풍경이 드넓게 펼쳐진다. 통오름과 등을 마주한 자세로 자리잡은 독자봉 또한 걷는 길이 부드러운 풀밭이다.

조용하고 한적한 시골길을 걷는다. 길 양쪽으로 야생화가 경쟁하듯 피어 있는 전형적인 농촌길 풍경이다. 풍경 속으로 길게 나 있는 길, 멀리 앞쪽으로 천천히 걸어가는 두 사람이 보인다. 내가 빨리 걸은 것도 아닌데 그들을 금세 따라잡았다. 50대 후반의 부부이다. 남편 걸음걸이가 조금 불편해 보인다. 조심스럽게 말을 걸었다.

남편은 2년 전 뇌졸중으로 쓰러졌다가 일어났다. 여행을 좋아하고, 집에만 있으면 몸이 굳을 것 같아 바깥으로 자꾸 나온다고 했다. 제주올레길은 2개월 예정으로 걷고 있다. 시골 마을 민박집에 숙소를 정해놓고, 그날 걸을 길 종점에 차를 세워둔 다음 택시를 타고 시작점으로 가서 걷는다. 남편은 불편한 몸인데도 무거운 카메라를 걸치고 있다. 걷다가 야생화가 보이면 쉬면서 사진을 찍는다.

"우리 아저씨가 대단하다. 여기 와서 고생을 좀 했다. 어제는 무리를 해서 오늘 못 걸을 것 같더니 아침 6시에 일어나 나왔다. 걷다가 지루하면 내가 노래도 불러준다. 우리 아저씨 즐겁게 해주려고⋯⋯ 이 얘기 저 얘기 많이 하고 지금은 재롱도 부린다." 아내는 발랄하고 남편은 과묵하다. 남편이 입을 연다.

중산간 마을에서 본 전형적인 제주 농가. 돌담만 뺀다면 육지의 여느 농가와 달라 보이지 않는다.

"먼저 가세요."

말하기가 성가셔서 그런가 싶어 순간 긴장했다. 그게 아니라 내 걸음을 맞추자니 숨이 차서 그렇다고 했다. 남편은 말했다. "사실 제주올레에 겁을 먹고 왔는데 걸어보니 해볼 만하다. 험한 길도 천천히 가면 된다는 걸 알았다. 가다가 쉬고, 가다가 쉬고 하면서…… 다리가 튼튼해지면 한라산에도 오르고 싶다."

김영갑갤러리와 바다목장

옛 사람들은 한라산을 '두모악'이라 불렀다. 죽었던 그 이름이 살아나 제주도를 찾는 사람들에게 새롭게 다가가고 있다. '김영갑갤러리 두모악' 때문이다. 올레길은 성산읍 삼달리 옛 삼달분교 자리에 있는 갤러리 앞을 지난다. 이 사진 갤러리에 들어서면 제주도의 새로운 모습이 보인다.

사진가 김영갑(1957~2005)은 그의 길지 않은 생애를 제주도의 아름다움을 찾아 기록하는 데 바쳤다. 충남 부여 출신인 그는 1985년 제주도에 정착해 제주도 구석구석을 찾아다녔다. 제주도에 그의 발길이 닿지 않은 곳이 없을 것이다. 하늘의 변화무쌍한 색깔이나 바람 한 점만으로도 섬의 풍경은 달라 보였다. 오름에 올라 몇 시간을 지켜보았으나 마음에 드는 풍경이 나타나지 않아 셔터 한 번 누르지 못하고 내려온 적이 부지기수라고 했다. "밥 먹을 돈을 아껴 필름을 사고 배가 고프면 들판의 당근이나 고구마로 허기를 달랬다"고 갤러리 팸플릿은 적고 있다.

김영갑의 사진은 제주도 풍경이되 제주도 풍경이 아닌 것 같다. 나 같은 여행자의 눈에는 보이지 않는, 예술가 김영갑의 열정과 감각으로 포착한 제주도 풍경의 결정적 순간이기 때문이다. 두모악갤러리는 김영갑의 제주도 사진 20만 장을 보유하고 있으며, 작품은 상설 전시장에서 감상할 수 있다.

작품뿐 아니라 김영갑갤러리에서 마음에 드는 것은 더 있다. 갤러리의 정원 또한 작품이다. 사진가가 투병 중에 손수 만들었다는 정원(그의 뼈도 이곳에 뿌려졌다)은 올레길을 걷다가 쉬어 갈 수 있는 최적의 공간이다. 전시장 입장료(3천 원)가 있다는 것도 마음에 든다. 전시든 공연이든 입장료를 내야 정성스럽게 감상할 수 있다.

그날 전시장 입구에 김영갑갤러리 박훈일 관장이 난감한 표정으로 앉아 있었다. 수학여행을 온 고교생들이 시끄럽게 떠들며 전시장을 돌아다닌 탓이다. 갤러리에는 관람객이 하루 평균 2백 명 정도 온다고 했다. 관장은 일반 관객들이 불편해할까봐 좌불안석이었다. "선생님들이 전시장에 오기 전에 전시장 에티켓에 대해 한마디라도 해주었다면 좋았을 텐데……" 하며.

김영갑갤러리에서 나와 도로를 따라 한참을 걸었다. 퍼뜩 정신을 차리고 보니 올레길 화살표와 리본이 보이지 않는다. 코스를 벗어나 얼마나 걸었는지조차 감이 잡히지 않는다. 되돌아서 가는 길이 참 멀고 지루하다. 제주도에 온 이래 처음으로 나 스스로에게 짜증이 확 밀려온다. 길에서 벗어난 것이 문제가 아니다. 세상사에서 얻은 마음의 상처를 곱씹느라 길을 놓쳤기 때문이다. 여기까지 와서…… 그저 순하게 용서하자며 마음을 다잡는다.

다시 바다가 보인다. 드넓은 초원과 바다가 맞닿아 있다. 바다목장이다. 신풍리와 신천리에 걸쳐 잔디밭이 수십만 평 펼쳐져 있다. 예전에는 마을 공동목장이었으나 우여곡절 끝에 사유지가 되었고, 제주올레에 흔쾌히 길을 열어주어 그 장관을 맛보게 했다. 바다목장. 제주도가 아니면 절대 볼 수 없는 풍경이 눈앞에 광활하게 펼쳐진다.

주변의 땅까지 합치면 30만 평에 이른다는 이곳은 30년 전까지만 해도 성산읍 열두 개 부락 사람 만 명이 모여 체육대회를 하던 장소였다. 고정화할망댁의 김평담 씨는 "이 넓은 곳에서 체육대회를 하면 그 자체로 큰 구경거리였다"고 말했다. 겨울에는 색다른 구경거리가 펼쳐진다. 11월 말에서 이듬해 3월까지 제주도의 감귤 껍질을 이곳에서 말리는데, 바다 곁 넓디넓은 초원에 일렁이는 주황색 물결

또한 이곳에서만 볼 수 있는 장관이라고 했다. 여기서 말린 귤껍질은 한약재와 화장품 재료 등으로 사용된다.

바다와 푸른 초원이 맞닿아 있는 풍경만으로도 황홀한 볼거리여서 이곳에서 촬영을 많이 하는 모양이다. 내가 걷던 그날도 텔레비전 광고 촬영이 한창이었다.

맞은편에서 청년 한 명이 군인처럼 씩씩하게 걸어온다. 조승연 씨. 걷는 폼이 심상치 않다 싶었더니 인천공항 보안요원이다. "2008년부터 제주도에서 군대 생활을 했다. 전투경찰로 근무할 때는 좋은 줄도 몰랐다. 그때는 바다를 봐도 아무런 느낌이 없었다. 이상하게도 제대 후에 자꾸 생각이 났다." 그는 문득 제주 바다가 보고 싶어 휴가를 냈다고 말했다. 제주공항에서부터 제주올레를 거꾸로 걷기 시작한 그는 군대 생활을 했던 구좌읍 바다를 향해 걸어가고 있다.

소낭밭숲의 좋은 숲길을 지나 신천리 마을을 지나는데 어느 집 대문에 '작은 학교 살리기는 제주 살리기'라는 포스터가 붙어 있다. 작은 학교가 무엇이기에 제주를 살리나 싶어 문을 두드렸다. 젊은 엄마가 문을 열고 나온다. 신천리와 신풍리의 초등학교인 풍천초등학교가 문을 닫을 위기여서 두 동네 학부모들이 학교 살리기 운동을 몇 년째 해오고 있다.

"왜 스물아홉 명인지는 모르겠지만 교육청에서 스물아홉 명만 넘으면 학교를 유지한다고 했다. 민원도 넣고 1인 시위도 하면서 항의했지만 불가항력이다. 아이들의 할아버지·아버지가 졸업한 70년 전통의 학교를 왜 없애려 하는지 이해가 안 된다."

젊은 엄마는 교육정책이 아이들 교육보다는 교육행정 쪽에 무게를 더 두는 것 같아 불만이라고 말했다. "지금은 외부에서 네 명을 데리고 와서 일단 위기를 넘겼다. 6학년이 졸업하면 어떻게 될지 참 답답하다."

학교가 사라지거나 사라질 위기에 처한 곳은 비단 이곳만이 아니다. 제주도는 물론 우리나라 농어촌 전체가 직면한 문제인데, 제주도에서는 학교를 살리기 위한 '운동'이 좀더 각별하게 펼쳐지고 있다. 올레길을 걸으면서 졸업생들의 노력으로 학교를 살리게 된 경우도 보게 된다.

바다 가운데를 걷다

3코스는 다른 코스에 비해 좀 긴 편이다. 배가 푹 꺼진 것 같은 모양을 하고 있는 '배고픈 다리'에 이르니 아직도 2킬로미터 남았다는 안내판이 나온다. 다리만이 아니라 내 배도 고프다.

3코스 종점은 뜻밖의 선물을 준비해 배고프고 다리 아픈 올레꾼을 맞이한다. 밭이든 해변이든 온통 검은색에 익숙한 터에 하얀 백사장이 돌연 눈앞에 펼쳐진다. 백사장으로 빛나는 표선해수욕장이다.

백사장보다 더 빛나는 선물은 바닷길이다. 올레길이 바다를 지난다. 썰물 때는 물이 빠져나간다지만 물이 들어오는 밀물 때도 바닷길을 걸을 수 있다. 신발과 양말을 벗고 바지를 둥둥 걷어올린 다음 바닷물에 들어간다. 발바닥에 와 닿는 부드러운 모래 감촉이야 말할 나위 없이 좋고, 발 주위에서 고기들이 노니는 신비한 경험을 하게 된다. 그렇게 걷기를 10분여. 바닷물이 점점 더 밀려와 바지가 물에 홀랑 다 젖었는데도 전혀 개의치 않았다. 마치 발 마사지를 받은 것처럼 몸의 피로가 풀렸다.

　제주올레 안은주 사무국장에게서 전화가 왔다. 이쪽에 볼일이 있어서 왔다고. 성산읍에서 표선면으로 넘어온 기념으로 표선리 춘자국수집(일명 춘자싸롱)에 가기로 했다. 멸치국수를 좋아하는 나로서는 그냥 지나치면 두고두고 후회할 것 같았다. 고춧가루와 파를 듬뿍 얹은 면발 굵은 국수가 냄비에 담겨 나왔다. 모양도 맛도 예술이다.

4코스

표선 - 남원 올레

가장 지루한 코스
재미있게 걷기

아침 6시 고정화할망집에서 겸상으로 아침을 먹었다. 함께 식사를 한 이는 미국 뉴욕 주에서 온 이종관 씨. 히말라야와 매킨리를 등정 했고, 미국의 애팔래치안 트레일 3천4백 킬로미터를 종주한 산악인 이다. 그는 "애팔래치안 트레일은 등산이고 426킬로미터 제주올레 길은 트래킹하는 것"이라고 구별했다. 그렇다고 그에게 제주올레가 쉬운 곳은 아니다. "햇빛이 어찌나 강한지 하루 만에 얼굴이 다 익 었다."

그이는 직장에서 잠시 쉬는 틈을 이용해 프랑스 샤모니에 갔다가 눈이 많이 오는 바람에 제주로 방향을 돌렸다. 미국에 사는 이씨 또 한 제주올레길에 대해 많이 들어 잘 알고 있었다. 한 번은 꼭 와보고 싶었노라고 했다.

"걸어보니 정말 아름답다"고 그는 감탄한다. "먹거리와 잠자리 걱 정 안해도 되는 것만 해도 대단한 매력이다. 말도 편하고……" 북미 지역에 사는 사람으로서 동질감을 갖게 된다. 그는 이번에는 열흘 정도만 걷고 다음을 기약한다고 했다.

4코스 입구에서 민박집 세화의집에 들렀다. 여성 전용 숙소인데 다 요즘 들어서는 손님을 받지 않는다고 했는데, 서명숙 선배의 '빽' 을 동원했다. 주인 정영희 씨는 서명숙 기자의 칼럼에 반한 오래된 팬이다. 제주올레길에서 이름난 숙소여서 일부러 경험을 해보고 싶었다. 바깥주인 정수보 씨가 표선리까지 나를 태우러 왔다. 아침에는 갈 일이 없는데 굳이 들렀다 가라고 했다. 정영희 씨가 도시락 봉지를 쑥 내민다.

시작점인 표선해비치해수욕장으로 내려갔다. 어제 오후, 3코스 막판에 길을 잃고 헤매는 바람에 4코스 시작점을 넘어 표선리 어촌계 해녀의 집까지 갔었다. 해녀들이 오후의 햇빛에 미역을 말리고 있었다. 이곳에서만 나는 돌미역이라고 했다. 표선리 앞바다는 소라·전복·문어·성게·미역이 다 잡히는, 제주도에서도 드문 바다라며 자랑한다. 해녀 다섯 명과의 단답형 대화가 시작되었다.

"아저씨 어디서 왔어?" "캐나다요." "여기로 이민 왔어?" "아뇨, 이민 갔죠." "캐나다 이민 갔다가 또 이민 왔어?" 와, 하고 웃음이 터진다. 웃음 뒤에 날카로운 질문이 날아든다.

"마누라 있어, 없어?" "있죠." "근데 왜 혼자 왔어?" "한 사람은 가게 지켜야죠." "그러면 못 써. 앞으론 혼자 올 거면 오지 마." "거기서 뭐 해먹고 살아?" 나도 질문을 해야 하는데 노장 해녀들은 틈을 주지 않는다.

아침에 그 앞을 지나는데 어제 말리던 돌미역이 펼쳐진 채 그대로 있다. 그곳에서부터 바다를 따라 도로만 8.8킬로미터를 걷게 된다. 이곳은 지루한 구간이니 차를 타고 가라고 권한 이도 있었으나, 막상 걸어보니 나름 걷는 재미가 있다. 끓어오른 용암이 바다로 튀었다가 그대로 굳어버린 검은색 해안이 길옆으로 계속 이어진다.

등대와 바다, 그리고 길게 뻗어 있는 도로가 눈에 익다. 드라마 「아

표선리 어촌계 해녀의 집 앞에서 돌미역을 말리는 해녀들. "표선 앞바다에서는 모든 것이 다 나온다. 제주도에서 보기 드문 바다"라며 마을 앞바다를 자랑했다(위). 아래는 4코스 초입에 있는 가마등대. 드라마 「아이리스」의 마지막 장면을 찍은 곳이라 눈에 익다. 등대에 올라 바다 구경을 할 수 있다. 김태희처럼……

이리스」의 마지막 장면. 김태희가 이병헌을 기다리던 바로 그 등대다. 이병헌은 자동차를 타고 오다가 이 도로에서 암살당한다. 길을 잠깐 벗어나 등대로 갔다. 가마등대. 1987년 개량공사를 했다는 표지판이 붙어 있다. 등대 위에 올라 바다 구경도 하고 김태희가 있던 자리에 서서 차가 오는 모습을 지켜보기도 했다. 등대에서 바다를 보면 그 또한 색다르다. 바다 외에는 아무것도 보이지 않는다. 사람들은 그 등대를 '아이리스 등대'라 불렀다. 나는 예쁜 이름을 새로 지어주었다. '김태희 등대.'

4코스 초입 도로변에는 바다를 향해 지어놓은 거대한 간이 건물들이 잇달아 서 있다. 건물들은 모두 검은색 차광막으로 덮여 있다. 양식장이다. 외국인 노동자들이 보여서 인사를 했다. 인도네시아에서 온 청년들이다. 한국말은 아직 서툴고 영어로는 소통이 가능하다. 자기 나라에 아내와 딸이 있다는 아리(36세)가 내게 말했다. "제주도 좋아해요? 나는 좋은데……" 그는 온 지 2년이 되었다고 했다.

양식장을 운영하는 고성용 쌍둥이수산 대표를 길 건너편에서 만났다. 고대표에 따르면 제주도에 양식장은 3백 군데가 있다. 90퍼센트 이상이 넙치(광어)를 키운다. 다른 고기에 비해 키우기가 수월하기 때문이다.

양식장은 모두 바다 옆 경치 좋은 곳에 몰려 있다. 군이 그럴 이유가 있나 물었더니 법 때문이라고 했다. 양식장은 관을 통해 바닷물을 끌어올려야 하는데, 현무암을 3미터 이상 파괴하면 안 된다. 그러니 조건이 맞는 바닷가로 몰릴 수밖에 없다. 이곳에서 키운 고기들은 활어차에 실어 일본으로 90퍼센트 이상 수출한다. 나머지는 중국과 미국에까지 건너간다.

"우리나라 젊은이들은 양식장을 3D로 여겨 일하기를 꺼린다"고 고대표는 말했다. "회사 직원 일곱 명 중 두 명이 외국인이다. 우리 회사는 그래도 적은 편이다." 올레길이 생기고 나서 무슨 변화 같은 게 없느냐고 물었다. 고대표는 웃으면서 말했다.

"양식장에 들어와서 고기를 팔라고 한다. 한두 마리는 팔 수 없어서 그냥 주기도 한다. '봐도 돼요?' 하면서 들어오는 사람도 있다. 나는 이해할 수 있는데 고기들이 외부인을 싫어한다. 스트레스를 받아 어병魚病에 걸릴 수 있다." 어병이라는 말이 재미있다.

2코스에서 만났던 강아무개 씨가 길에 나타났다. 우리 둘 다 홀로 종주를 하던 터여서 동지와 재회한 듯 반갑다. 그이는 여전히 복면을 하고 있다. 나도 오늘 아침부터 수건으로 얼굴을 가렸으나 강씨는 나를 금방 알아본다. "3코스 걷다가 너무 지쳐서 오늘은 짧은 코스를 걸으려 했다. 그런데 아침에 일어나니 기운이 생겼다"고 그이는 말했다. 나도 그랬고, 올레길 걷는 사람들은 모두 그렇게 말한다. 지치고 힘들어서 다음날 도저히 못 걸을 것 같다가도 아침에 일어나면 언제 그랬냐는 듯 힘이 새롭게 솟는다.

동행의 힘

4코스(22.9킬로미터)는 제주올레에서 가장 긴 길이다. 강씨와 자연스럽게 동행을 하게 된다. 그이는 첫날 1코스를 네 시간 30분 동안 걷고 나자, 다리는 들기도 어려울 정도로 아팠고 발에는 물집이 생겼다고 했다. 3코스 걸을 때는 너무 힘들어서 눈물이 찔끔 났다.

"누가 시킨 것도 아닌데 내가 왜 이 고생을 하나 자문한다. 아직 잘 모르겠다. 다만 내가 얼마만큼 할 수 있나 지켜보기로 했다." 강씨는 여러가지 생각을 많이 하는 듯했다. 그이는 결혼한 지 30년 되었고 직장인 딸 하나를 두고 있다.

"나뿐 아니라 우리 세대가 고민이 참 많은 것 같다. 직장이나 사업은 불안 불안하지, 아이들 공부시키고 이제 결혼시켜야지, 어른들 모셔야지…… 우리는 부모를 봉양하는 마지막 세대, 봉양을 받지 못하는 첫 세대가 아닐까 싶다. 애들이 같이 살자 해도 싫지만……"

올레길에 '해병대길'이라고 적힌 빨간색 표지판이 보인다. 마침 '해병대 추리닝'을 입고 조깅하는 남자를 본 터여서 해병대 부대가 근처에 있나 했더니 그게 아니다. 이 길은 원래 가마리(세화2리의 옛 이름) 해녀들이 바다로 나가던 숲길이었다. 30년 이상 사람이 다니지 않아 길은 사라졌었다.

아름다운 해녀의 길을 제주올레 탐사팀이 찾아냈다. 삽과 곡괭이로 길을 되살리는 작업은 쉽지 않았다. 제주지역 방어사령부 소속 93대대 해병대 장병들이 큰 힘을 보탰다. 길은 살아났고 그 보답으로 해병대길이라는 이름을 붙였다. 길을 다듬으면서 바위를 옮기고 돌을 치운 흔적이 곳곳에 남아 있다.

길은 좁다랗고 길어서 예쁘다. 왼쪽으로 바다가 언뜻언뜻 보이는 숲길. 어떤 곳은 한 사람이 겨우 지나갈 정도로 좁다. 수십 년 동안 사람의 발길이 닿지 않아 원시림처럼 우거진 숲길을 지나간다. 이런 길에서는 동행이 있어도 길을 느끼고 숨 쉬기에 바빠서 말을 하지

해병대길의 나무 터널과 마을길. 해병대길은 예전 가마리 해녀들이 마을에서 나와 바다로 가던 숲길이었다. 30년 동안 묻혔다가 해병대 장병들의 힘을 빌려 제주올레길로 복원되었다.

않는다.

어두운 나무 터널을 빠져나와 강씨와 해병대길에 대한 감상을 나눈다. "바다·숲·오솔길 등을 종합선물세트처럼 한꺼번에 맛보여주는 환상적인 길"이라고 강씨는 평한다. 이미지가 서로 어울릴 것 같지 않은 올레길과 해병대. 둘의 인연은 여기서 끝나지 않는다. 궁합이 잘 맞는지, 인연은 앞으로도 쭉 이어진다.

다시 중산간 마을로 들어간다. 감귤밭과 밭담에는 어느새 익숙해졌다. 길을 따라 올라가니 자연스레 오름으로 연결된다. 망오름이다. 재미있는 사실은 평범한 마을길을 그냥 걸었을 뿐인데 우리도 모르는 사이 오름 정상에 도달했다는 것이다. 망오름에서는 소나무 숲길을 만난다. 시멘트 길을 아무리 오래 걸어도 이런 숲길을 만나면 발바닥에 쌓인 피로가 금세 풀린다. 길바닥이 좋은 카펫처럼 푹신푹신하기 때문이다. 동행자도 지친 기색 없이 숲을 만끽하는 표정이다.

영천사라는 사찰 앞에 정자가 하나 있다. 그곳에서 점심을 먹기로 했다. 세화의집 주인이 싸준 도시락 봉지를 풀었다. 참기름과 김 등을 섞어 만든 주먹밥이다. 무김치도 들어 있다. 얼린 물과 한라봉 디저트까지. 생라면으로 점심을 해결하려 했던 동행자와 주먹밥을 나누어 먹었다. 덩어리가 커서 나눠도 배가 불렀다.

4코스를 걸을 때 주의할 사항이 있다. 중산간 마을로 접어든 후 10킬로미터가량 걸어가는 동안 가게가 하나도 없다는 사실. 물은 귤밭이나 마을에서 얻어 마실 수 있지만, 혹여 점심을 빵으로 사먹을 생각이라면 낭패를 당할 수 있다. 아이스크림을 하나 사먹으려고 눈에 불을 켜도 가게가 나오지 않는다.

키 큰 삼나무와 돌담으로 바람막이를 한 감귤밭이 이어진다. 살펴보면 감귤밭도 다양한 모습을 하고 있다. 귤나무의 하얀 꽃이 흐드러지게 피어 있는가 하면, 어떤 밭은 묘목을 새로 심어 키운 듯 키 작은 나무들로 가득하다. 지지대를 높이 세워 노끈으로 나무줄기를 당기기도 한다. 바야흐로 제주도 남쪽의 감귤 농사 본거지로 진입했다는 느낌이 든다.

귤밭길은 다시 바다로 연결된다. 태흥리 포구. 멀리 보이는 건물에 '태흥2리 옥돔마을에 오신 것을 환영합니다'라는 현수막이 걸려 있다. 포구에는 작은 배들이 여럿 묶여 있고, 몇몇 어선은 바다에 나갈 준비를 하고 있다.

아버지와 아들이 일을 하고 있다. 아들이 배 위에 있는 아버지에게 무슨 통을 내려준다. 옥돔잡이 배다. 내일 새벽에 나갈 조업 준비를 한다고 했다. 타원형으로 만든 서른 개 플라스틱 통이 옥돔을 잡는 기구이다. 통을 살펴보니 안에는 그물이 있고 바깥은 미끼를 꽂은 바늘로 둘러쳐져 있다. 오징어를 손톱 크기로 잘라서 일일이 바늘에 꽂는다고 했다.

일하느라 바쁜 사람들에게 말 걸기가 미안했으나 아들 김민택 씨가 친절하게 설명을 해준다. 아버지 김홍원 씨는 20년째 이 일을 해온다고 했다. "날씨만 좋으면 아버지는 사계절 내내 매일 나가신다." 제주시의 병원 방사선과에서 일하는 30대 중반의 아들은 휴일만 되면 집에 와서 아버지를 돕는다.

아들은 "매일 오후 1시 어촌계 건물 1층에서 경매를 한다"는 고급 정보를 주었다. 포구 바로 곁 현수막을 내건 건물로 들어가니 엷은 분홍빛 옥돔들이 얼음이 깔린 바닥에 한가득 누워 있다. 열댓 명의 사람들이 옥돔을 둘러싸고 있다. 갓 잡은 옥돔을 처음 구경한다. '옥돔이 원래 이런 빛깔이구나' 하고 다시금 생각하게 되는데, 옥돔이 나에게는 각별하기 때문이다. 20년 전 제주도에 신혼여행 온 날 저녁, 호텔 식당에서 옥돔구이를 먹었다. 그날 주문을 받던 이는 말했다. "제주도에 오면 옥돔과 돼지고기는 꼭 먹어봐야 한다. 옥돔은 제주도의 보석이다."

다시 바다를 긴 도로가 나온다. 함께 걷는 강씨는 "이야기하면서 걷는 것도 재미있다. 힘든 줄 모르겠다"며 여전히 씩씩하다. 어제 지쳐 쓰러질 지경이었다는 말을 믿기 어려울 정도로 잘 걷는다. 한 고비를 넘겨 걷는 데 이력이 조금 붙은 것으로 보인다.

바닷길 옆에 정자가 또 있다. 남쪽 바다를 바라보며 숨을 돌릴 수 있는 전망 좋은 정자이다. 몇 사람이 이미 자리를 잡고 있어서 주저하고 있는데 "올라오세요"라고 권한다.

권하지 않아도 올라가고 싶었다. 널찍한 나무 정자 안에 펼쳐진 음식이 슬쩍 보였기 때문이다. 여행 중에 늦은 점심을 먹는 것 같다. 연로한 어머니를 모시고 나온 중년 부부와 딸이다. 차림새를 보니 걷는 사람들은 아니다. 미니밴을 타고 여행 중이라고 했다. 음식을 권한다. 나는 주저하지 않는다. 주저하는 기색이 있던 강씨도 함께 앉는다.

밥·김치·말린 홍어·돼지고기·꼬막과 소주가 있다. 소주를 따라준다. 소주를 잘 마시지 못하는데도 받지 않을 수가 없다. 연거푸 두 잔을 마셨다. "거, 시원하게 잘하시네. 이거 드실 줄 알랑가 몰라?" 하며 음식 그릇을 또 하나 열었다. 삭힌 홍어다. 캐나다로 살러 간 이후 구경 한번 못해본 귀한 음식이다. 유명한 영산포 홍어. 나주에서 직접 가져온 것이라고 했다. 코가 싸해진다. 좋아서 눈물까지 나오려고 했다.

술·음식·과일에 커피까지 '풀코스'로 대접을 받았다. 낯선 사람에게 앉기를 권하고, 음식을 나눠주는 문화가 우리나라에 살아 있다는 것 자체만으로도 행복하다. 캐나다에서는 꿈속에서도 생각할 수

옥돔잡이 배에서 조업을 준비하는 아버지와 아들(왼쪽). 새벽에 조업을 나간 배가 돌아오면 매일 오후 1시 어촌계 건물 1층에서 옥돔 경매를 한다(오른쪽).

없는 일이다. 낮술을 조금 했어도 취기는 오르지 않는다. 좋은 공기와 음식과 인심 덕분에 그럴 것이다.

제주올레 패스포트와 스탬프

4코스 종점인 남원포구에 이르렀다. 강씨와 하이파이브를 했다. 그이는 많이 좋아했다. "어제처럼 오늘도 고생할 줄 알고 겁을 많이 먹었다. 덕분에 편하게 왔다." 그러고는 패스포트에 스탬프를 정성스레 찍는다. 그 역시 마치 중요한 의식을 행하듯 뿌듯하고 경건한 표정이다. 길을 걸은 이들만이 누릴 수 있는 기분이자 기쁨일 것이다.

제주올레길을 종주하는 많은 이들은 말한다.

"스탬프 찍으려고 걷는 것 같다."

제주올레 패스포트에 스탬프 찍는 것이 뭐 그리 대수로운 일이냐고 반문한다면, 그는 캐나다에서 제주올레길을 걸으러 열네 시간 비행기 타고 오는 이유에 대해서는 좀체 이해하기 어려울 것이다. 길을 걷고 보고 느끼고 즐기는 것, 먼 길을 굳이 어렵게 걸어서 가는 것, 길 걷기를 마치고 "수고했다" "참 잘했다"고 스스로를 칭찬하는 것, 이 모든 것이 패스포트에 스탬프를 눌러 찍는 일로 마무리된다.

스탬프 고무에 푸른 잉크를 팡~팡~팡~ 소리 나게 묻혀 패스포트에 꾹 눌러 찍을 때의 기분은 길을 걸어본 사람만이 안다. 그러니 "스탬프 찍으러 걷는 것 같다"는 것이 틀린 말은 아니다. 스탬프를 찍을 때의 짜릿한 기분은 오랜 시간 달리기를 하고 난 다음 운동화 끈을 풀 때의 느낌과 비슷하다.

스탬프의 디자인이 눈에 띈다. 시작점·중간점 도장은 똑같지만 종점 도장만은 코스마다 다르다. 각 코스가 지닌 고유한 풍경, 곧 상징을 스탬프로 옮겨놓았다. 1코스는 시흥초등학교이고 4코스는 표선해비치해변이고, 5코스는 동백꽃이다. 상징이 왜, 어떻게 만들어졌는지를 확인하면서 걸어도 재미있다. 스탬프의 그림만 모아도 줄거리 있는 이야기를 만들 수 있다.

패스포트와 스탬프는 서명숙 제주올레 이사장이 산티아고 길을 걸으면서 얻었던 '카미노 증명서'의 감동에서 연유한다. 스탬프를 찍을 때의 자랑스럽고 황홀한 기분을 올레꾼들과 나누고 싶었다는 것이다. 아이디어를 떠올리고 디자인을 어떻게 할까 고민할 즈음, 서이사장 앞에 해병대길의 해병대 같은 해결사가 나타났다. 권혁수 씨.

대학원을 졸업하기 직전, 학생 겸 직장인으로 내가 어중간하게 사회에 첫발을 내디딘 곳은 어느 월간 잡지였다. 나는 그곳에서 5개월 동안 일하면서 평생 기억에 남을 좋은 선배들을 만났다. 서명숙, 권혁수, 김광수, 전민자 같은 이들이다.

그 잡지의 디자이너였던 권혁수 씨가 오랜만에, 마치 준비하고 있었다는 듯 때맞춰 서명숙 이사장 앞에 등장했다. 한국일러스트레이션학교 교수로서 제자들과 함께 어느 걷기 행사에 와서 "디자인으로 도와드릴 거 없나요?"라고 했다는 것이다. 제주올레 스탬프의 디자인은 그렇게 해서 만들어졌다.

권혁수 교수는 홍익대 미대 재학 시절 노래를 만들었다. 홍익대팀 뚜라미가 부른 1980년 MBC대학가요제 금상 수상곡 「해안선」이다. 지평선도 수평선도 아닌 '해안선'을 소재로 노래를 만들었던 이가

30년이 지나 '해안선 트레일'의 스탬프를 디자인했다는 사실이 재미있다.

동행한 강씨는 남원포구 쪽 숙소로 가고, 나는 4코스 출발 지점인 표선리로 버스를 타고 되돌아왔다. 세화의집에 숙소를 정해놓았기 때문이다. 오후 5시께, 4코스 출발점에 있는 올레휴게소에 들렀다. 차를 얻어 마시며 책과 기념품을 둘러보고 있는데, 장년 부부가 들어와 "좀 앉아도 되겠습니까?" 하고 묻는다. 이대우 씨(68세) 부부였다. 수원에서 왔다고 했다.

그이는 "나는 걷는 것으로 당뇨를 다스리고 있다"고 말했다. 10년 전부터 당뇨병을 앓고 있는데 수치가 280까지 올라갔었다. 공복에 100 이하가 정상 수치고, 130 이하면 약을 먹지 않아도 된다. "백약이 무효다. 걷는 것만큼 좋은 약은 없다. 나는 하루 만보 걷기를 해서 수치가 거의 정상에 가까워졌다."

제주올레 7~8코스를 걸으러 왔다는 그는, 그날은 주변의 오름에 다녀오는 길이라고 했다. 얘기가 조금 길어지자 그는 더 깊은 속내 이야기를 풀어놓았다.

"사실 나는 간암 환자다. 걸어 다니는 종합병원이다."

과거에 술을 많이 즐겼다는 그는 4년 전 설사가 심해서 검사를 했다가 간암 판정을 받았다. C형 간염이 간암으로 발전했다. 딱히 방법이 없었다. 흑마늘·토마토·유기농 두유 등을 먹으면서 아침마다 나가서 걷기만 했다. "병원에 있으면서도 한강 둔치를 5~6킬로미터씩 걸었다. 주변의 암 환자들은 모두 다 갔는데, 매일 걷는 나는 몇 년째 살아 있다. 암 환자들에게 말하고 싶다. 무조건 걸으라고."

세화의집이다. 60대 부부인 정영희·정수보 씨는 제주 이민자이다. 마산에서 제주도로 건너와 산 지 8년째. 외지인이 거의 없는 세화리에 집을 직접 지었다. 검은색 돌집이다. "현무암 돌집이 세상에서 제일 강하다. 태풍을 견디는 집이다. 살아보니 최고다. 장담한다"고 정수보 씨는 말했다. 세화의집은 음식 솜씨로도 유명하다. 직접 상을 받고 보니 놀라워서 입이 벌어질 정도였다. 내가 누린 것에 비해 사례를 너무 적게 한 것 같아 지금도 마음에 걸린다.

5코스

남원 - 쇠소깍 올레

대한민국
1등 산책로

5코스는 커피로 시작했다. 세화의집에서 아침식사를 함께한 사람이 4코스 출발점 부근에서 커피점을 운영한다고 했다. 내가 책까지 펴낸 커피 마니아라는 이야기를 듣더니 자기 커피를 품평해달라고 청했다. 그이가 내리는 커피는 좀 독특해서 내 입맛에 잘 맞지 않았으나, 함께 커피를 마신 장년 올레꾼과는 말이 잘 맞았다. 올해로 예순 살이 되었다는 김동우 씨다.

"오늘로 올레길을 19일째 걷는다"고 김씨는 말했다. 그는 꽤 선배 축에 속하는 올레꾼이다. 나이 때문이 아니라 제주올레가 생긴 이듬 해인 2008년부터 길을 걷고 있기 때문이다. 지금까지는 가족 혹은 친구들과 함께 걸었으나 이번에는 단독 종주를 목표로 삼았다. 2년 전 직장(건설회사)에서 은퇴를 하여 비교적 여유가 있어 보였다.

"육지에도 걷는 길이 많은데 나는 왜 여기를 더 좋아할까 하고 스스로에게 묻는 중이다." 김씨는 제주도 재발견을 가장 큰 이유로 꼽았다. 우리나라 장년층이라면 제주도 여행을 자주 하여 제주도에는 더 볼 것이 없다고 여길 것이다. 김씨도 마찬가지였다. "여기에 더 이상 올 일이 없을 거라 생각했었다. 관광지 물가도 비싸고……" 그러다가 올레길에서 새로운 매력을 발견했다. 그것은 그가 알던 제주도가 아니었다.

"처음에는 풍광에 정신이 팔렸으나 지금은 다른 매력에 빠져 있다"고 그이는 말했다. 풍경이 좋으면 좋은 대로, 지루하면 지루한 대로 '여기서 이 시간에 걷는다'는 것 자체에 의미를 두고 있다. 5년 경력의 올레꾼답게 김씨는 고차원적인 말을 했다.

"걷는 길은 어디가 좋다, 나쁘다 하는 평가의 대상이 아닌 것 같다." 그이는 나 같은 초보자로서는 알 길이 없는, 걷기의 새로운 매력 포인트를 짚어냈다. 더불어 그는 이야기를 나누는 중에 "제주올레가 고맙다"는 말을 자주 했다. 나중에 보니 김씨는 이번에 제주올레길을 빠짐없이 걸어 종주자들의 클럽 '명예의 전당'에 이름을 올렸다.

표선리에서 버스를 타고 5코스 출발점인 남원포구 쪽으로 갔다. 5코스를 걷기 전에 마음이 조금 설렜다. 역시 커피 때문이다. 4년 전 이곳으로 살러 온 옛 직장(원『시사저널』) 후배가 5코스 길목에 몇 개월 전에 커피점을 냈다는 소식이 캐나다에까지 들려왔다. 좋은 사람과 좋은 커피, 모두 그리웠다.

5코스에 접어들자 해녀들이 바다에서 작업하는 광경이 한눈에 들어온다. 벌써 여러 번 접했으나 바다에서 노동하는 모습은 볼 때마다 새롭다. 검은색 해변 너머 푸른 바다에 테왁이 열 개 남짓 감귤처럼 동동 떠 있다. 크게 숨을 들이쉬고 바다로 몸을 내리꽂을 때 테왁과 나란히 오리발 두 개가 1~2초간 수직으로 서 있다. 그것을 보는 순간 내 몸도 살짝 긴장된다.

"대한민국에서 가장 아름다운 해안 산책로로 꼽힌다는 큰엉 경승지 산책길."『제주올레 가이드북』은 이 길을 이렇게 소개하고 있다. 길을 직접 걸어보니 그 아름다움은 이루 말로 표현할 수가 없다. 왼

제주올레길을 걷다 보면 해녀들이 바다에서 일하는 광경을
자주 접하게 된다. 해녀들은 혼자서 물에 들어가지 않고
언제나 공동으로 일을 한다. 위험을 방지하기 위해서이다.
해녀들은 바다에 한 번 들어가면 다섯 시간 이상 일을 한다.

쪽으로는 쪽빛 바다가 아득한 수평선으로 펼쳐지고, 발밑으로는 검은색 절벽 해안이 길을 따른다. 찰랑대는 파도 속으로는 하얗고 검은 돌들이 들여다보인다. 먼 바다 검푸른 물의 색깔은 차차 엷어져서 땅과 만나는 지점에 이르러서는 연한 연두색으로 투명하게 변한다. 보고만 있어도 속이 시원하다.

길은 또 어떤가. 흙길이 아니라 조금 아쉽기는 해도 잘 다듬은 산책로여서 걷기에 더없이 편하다. 육지에서는 보기 어려운 각종 아열대 식물 군락이 있고, 길은 궁륭을 이루는 나무 숲속으로 들어간다. 어린이날이어서 그런지 자녀들과 함께 나온 가족이 많다. 그들은 바다를 배경으로 열심히 사진을 찍고 있다.

야구 모자를 쓰고 홀로 걷는 이가 있어서 잠시 동행했다. 차림새로 보아 올레꾼이 아니다. 동네 사람 같아 보이지도 않았다. 나아무개 씨(69세). 뉴질랜드 오클랜드에서 20년을 살다가 2년 전 제주도로 다시 이민해 왔다. 해외동포를 만나면 고향 사람 만난 것처럼 반갑다. 말이 잘 통하기 때문이다. 강화도가 고향이라는데 왜 고향으로 가지 않았는지, 왜 역이민을 했는지 궁금했다.

나씨 또한 나를 동포로 여겨서인지 이야기를 구체적으로 잘해주었다. 모국으로 돌아온 가장 큰 이유는 병원 때문이다. "뉴질랜드에서는 병원비가 없는 대신 세월아 네월아 봐주지를 않는다. 응급실엘 가도 응급 처치만 하고 웬만하면 바로 내보낸다." 캐나다 병원에서도 가끔 이런 불만이 터져나오는데 뉴질랜드는 좀더 심한 모양이다.

제주도 남쪽으로 온 이유는 딱 한 가지다. 따뜻하기 때문이다. 그는 우연찮게 천국 같은 곳을 발견했다고 말했다. "고향이라고 다 좋은 건 아니다. 내가 좋아하면 그게 고향이지. 이곳은 너무 좋다. 바람만 세지 않다면 천국이 따로 없다.”

남원1리 월세 25만 원짜리 빌라에 살면서 매일 이곳을 산책한다는 그는 이 길에 아쉬운 것이 있다고 매섭게 지적한다. 쓰레기 문제이다. “길이 이렇게 좋고 아름다우면 그걸 잘 쓸 줄 알아야 한다. 그런 시민의식이 없으면 길을 가질 자격이 없다. 쓰레기통을 만들면 관리가 어려울 정도로 별것들을 다 버린다. 가정 쓰레기도 나오고 관광객들도 함부로 버리고…… 이곳에서 유일하게 아쉬운 점이다. 뉴질랜드만 해도 시에서 쓰레기통 만들면 시민들이 알아서 확실하게 관리하는데……”

마을로 접어들었다. 과거 마을회관으로 사용했음직한 건물이 그대로 서 있다. 확성기는 여전히 높이 걸려 있고 밝은 귤 색깔로 지붕을 새로 칠했다. 길은 마을을 지나 다시 바다 쪽으로 향한다. 길 양쪽에 동백나무·소나무가 가로수로 서 있다. 그림 같은 길이다. 한 중년 남자가 목 뒤를 가리는 모자를 쓰고 배낭을 멘 채 땀을 뻘뻘 흘리며 걸어오고 있다. 이 사람도 올레길을 거꾸로 걷는 모양이다.

“왜 이렇게 빨리 걸어요?”“빨리 다 돌려고요.”“며칠 예정인데요?”“12일 정도.”“섬에는 안 가요?”“우린 섬은 안 돌아요. 통짜로만 가지……”“올레길, 뭐가 좋아요?”“잘 다듬어진 데 말고 자연그대로 난 길이 좋더라고요.” 말도 빨리하는 그는 마치 경보 경기하듯 휙 지나가버렸다. ‘우리’라고? 나중에 게스트하우스에서 들으니 빨리 걷기 동호회가 있다고 했다.

빨리 걷는 사람이 있으면 천천히 걷는 사람도 있는 법. 그이가 지나간 뒤 천천히 걷는 이들이 무리를 지어 나타났다. 수십 명이 한꺼번에 걷고 있는데, 연령층이 다양하여 단체 성격을 파악할 수가 없다. 장년층 여성들이 있는가 하면, 어린 자녀를 데리고 온 젊은 부부도 보인다. 모두들 목에 이름표를 걸고 있다. '성이시돌 피정의 집'에서 피정을 하고 있는 가톨릭 신자들이다.

피정은 집을 떠나 수도원 같은 곳에서 기도와 묵상을 통해 자기 내면을 성찰하는 가톨릭의 교육 의식이다. 제주시 한림읍 성이시돌 목장에 있는 성이시돌 피정의 집에서는 한 달에 두 번 '자연 피정'을 하고 있는데, 신자들 사이에 인기가 꽤 높다고 한다. 피정에서 가장 중요시되는 내용은 침묵 중에 홀로 묵상하는 시간이다. 피정의 성격이 제주올레길과 잘 어울린다.

자연 피정에는 전국에서 150명이 참가했다고 한다. 올레길을 침묵하며 걷는 이들이 있는가 하면, 바다 풍경을 감상하고 길가에 핀 꽃들을 보며 즐거워하는 이들도 있다. 침묵 속의 묵상만이 자기 성찰의 방법은 아니라는 사실을, 길가의 들꽃을 찾는 나이 드신 분들을 통해 확인한다. 70대로 보이는 그들은 마치 소녀처럼 웃으며 즐거워했다.

불현듯 제주올레길을 걸으며 나 혼자만의 피정을 해도 좋겠다는 생각이 들었다. 길을 걸으며 자기 내면을 돌아보는 것, 그것이 바로 피정이 아닐까 싶다.

제주섬을 만들었다는 설문대할망의 신화 때문인지, 남성보다 생활력이 훨씬 더 강하다는 제주 여성들의 특성 때문인지 모르겠으나 제주도에는 유독 여걸이 많다. 올레길을 지나면서도 오조리 김평길

여사의 공적을 보았고, 남원읍 위미리에서는 현병춘(1858~1933) 여
사가 이룬 위업을 본다. 해초를 캐고 품을 팔아가며 근검절약한 돈
35냥으로 황무지(속칭 버둑)를 사들였다. 거기에 한라산 동백나무 씨
앗을 따다가 뿌린 것이 오늘날 기름지고 울창한 숲으로 변했다. 올
레길을 따라 조성된 동백나무 숲이 장관이다.

향란이

숲 근처에 옛 직장 후배 한향란 씨 부부가 산다. 주소는 모르고 5
코스 지나는 길에 있다는 이야기만 들었는데, 걷다 보니 눈에 금방
들어온다. 카페 와랑와랑. 한향란·허경식 부부가 2013년 1월에 문
을 연 커피점이다. 와랑와랑은 '이글이글'이라는 뜻의 제주도 말이다.

향란이(예전 우리 회사에서는 애정이 가는 후배 이름을 이렇게 그냥 불
렀다)네 부부는 2009년 10월 제주도로 살러 왔다. 향란이는 모든 면
에서 시원시원했다. 쩨쩨하게 구는 것에 질색을 했다. 선후배 안 가
리고 돌직구도 자주 날렸다. 향란이 성격을 잘 알기 때문에 "제주도
에 왜 살러 왔니?" 같은 질문은 하지 않았다. "그냥" 혹은 "좋아서"
같은 대답이 나올 게 뻔하기 때문이다.

그냥 왔든 좋아서 왔든 30대 중반 부부는 제주도 남원읍 위미리로
살러 왔고, 온 지 4년 만에 집과 커피점을 짓고 건물 뒤에서는 감귤
농사를 짓고 있다. "내려올 때 먹고살 게 없었지만 걱정은 없었다"
고 향란이는 말했다. 물론 자녀가 없기 때문에 마음의 여유가 조금
은 있었을 것이다.

커피점 와랑와랑. 남원읍 위미리 5코스 길목에 있다. 제주도에 이민을 온 한향란·허경민 부부가 직접 건물을 지어 2013년 1월에 문을 열었다. 와랑와랑을 비롯해 제주올레길 주변에는 커피를 잘 만드는 카페들이 꽤 많다.

    부부 모두 호기심이 많고 부지런해서 독소풀을 채취해 살충제 만드는 방법 등을 가르치는 친환경 교육을 받았고, 3년째 무농약 농사를 짓고 있다. 내려오기 전에 목공방에서 배운 기술을 활용해 가구를 만들기 시작했는데, 자기들도 모르던 재능이 우러나와서 가구를 주문받아 제작하고 있다.

    커피점 운영은 향란이 의지도 있었지만 주변에서 권유도 많이 했던 것 같다. 사진부 막내기자였던 향란이는 2000년대 초 문화부에서 일하던 나와 함께 취재를 많이 다녔다. 커피 마니아였던 내가 어지간히도 떠들어댔던 모양이다. 2009년 제주도에 갔다가 들렀더니 향란이는 커피 생콩을 사다가 자기가 직접 제작한 작은 원통형 기계로 볶고 있었다.

10년 넘게 가스 불에 커피를 볶아왔으니 커피의 성질에 대해서는 누구보다도 잘 아는 편이다. 와랑와랑은 2013년 1월 11일에 문을 열었다. 오랜 시간과 정성을 들여 부부가 집과 커피점 건물을 지었고 내부 공사까지 직접 다 했다. 꼭 필요한 작업만 부분적으로 전문가의 도움을 받았다.

제주 이민에 관심이 많은 젊은 사람들이 와서 향란이에게 묻는다고 한다. "이걸 어떻게 다 짓고, 커피점은 또 어떻게 열었어요?"라고. 향란이답게 대답한다. "딱히 다른 할 일이 없잖아."

향란이가 사는 남원읍에는 육지에서 온 젊은 이민자들이 제주도에서 가장 많다. 계속 늘어나는 추세이니 몇 가구나 되는지 정확하게 확인하기 어렵지만 위미2리 위미초등학교에 반이 하나 더 생긴 것으로 보아 만만치 않은 숫자이다. 학생이 줄어 학교의 존폐 문제를 놓고 고민인 학교가 많은 터에, 등교 시간에 보았던 위미초등학교는 활기가 넘쳤다. 위미2리는 시골 동네지만 은행·병원·편의점 같은 시설이 들어서서 작은 도시를 방불케 한다.

이 지역 땅값이 들썩거릴 정도로 이민자가 몰리는 이유로 몇 가지가 꼽힌다. 우선, 관광지처럼 번잡하지 않으면서 따뜻하기 때문이다. 더불어 올레 코스 중에서 가장 인기 있는 5~8코스 주변이어서 게스트하우스·커피점 같은 올레길 관련 비즈니스를 하기에 좋다. 귤 농사를 지을 수 있다는 것도 큰 장점이다. 감귤 농사는 다른 농사에 비해 초보자가 배우기 쉬운 것으로 알려져 있다. 향란이네는 아예 무농약 감귤 농사를 짓는다. 3년을 그렇게 하면 유기인증 자격이 생기는데 2년째라고 했다.

오랜만에 좋은 커피를 마시는 터여서 몇 잔을 연거푸 들이켜다시피 했다. 무엇보다 커피가 신선해서 좋다. 향란이 부부가 커피를 제대로 다룬다는 느낌이 든다. 길에 오르려는데 향란이가 더치커피(오랜 시간 찬물에 내리는 커피)를 내 물통에 채워준다. 사람이 좋고 커피가 좋아서 나는 올레길을 걷는 중에 향란이네 집에 자주 왔다.

올레맘, 올레마마

향란이네 집에서 나와 걷는 중에 제주올레 사무국장 은주가 전화를 해왔다. "서선배(서명숙 이사장)가 전화 달래." 전화를 했더니 매우 분주한 느낌이다. "야, 성우제, 너 지금 어디야? 잘 걷고 있는 거지? 조금 있다 전화할게" 하며 끊는다. 안부 전화겠거니 했다.

마을 도로를 지나 다시 해변으로 막 접어드는데 뒤에서 자동차 경적이 울린다. 택시가 내게 타라고 신호를 보내는 것인 줄 알고 "안 탄다"고 손을 흔들었더니, 서선배가 나처럼 손을 흔들며 택시에서 내린다.

써프라이즈!

오늘 오후 함께 걷기 위해 위치를 확인한 다음 택시를 타고 달려온 것이다. 닷새 만에 보지만 반갑다. 더군다나 일요일에 시간을 내주니 미안하기도 하고 더 고맙다.

내가 캐나다로 가서 사는 사이에 우리 회사는 스타를 여럿 배출했다. 대표적인 인물이 김훈과 서명숙이다. 기자로서도 스타였지만 이제는 대중 스타가 된 서선배는 예나 지금이나 나를 대하는 것이 똑같다. 반면 나는 시간을 내주는 서선배에게 예전보다 더 고맙고 미안해진다. 유명해진 만큼 얼마나 더 바빠졌는지 잘 알기 때문이다.

평소에 이런 '써프라이즈'를 즐긴다고 했다. 예전 직장에서는 잘 보이지 않던 장난기이다. 그때의 싸늘하고 긴장한 모습과 비교하면, 삶에 여유와 여백이 많이 생겼다는 얘기이다.

"걸어보니 어때? 캐나다 자연과 비교되지?" 물론 비교가 된다. 캐나다가 세계적으로 자랑하는 것은 좋은 자연환경이다. 그러나 한국의 풍경에 젖어본 사람들은 캐나다의 대자연에서 위압감 같은 것을 갖게 된다. 너무 크고, 너무 깊어서 내가 젖어들어 호흡하는 자연이라기보다는 그저 멀리 떨어진 좋은 풍경일 뿐이다. 내가 느끼기에는 그렇다.

더군다나 제주올레길은 하늘·바다·산·섬·들·마을·정글·숲 등 자연이 보여줄 수 있는 모든 요소를 골고루 품고 있으니 세계 어느 트레일과 견주어도 돋보인다.

서선배와 함께 걸으니 나 혼자라면 보기 어려운 것들을 여럿 보게 된다. "이것 좀 봐라. 재미있다." 일제강점기에 일본 풍수학자가 한라산의 정기가 모인 위미리의 거암괴석을 깨뜨렸는데, 1998년 위미리 주민들이 돌을 수습하여 복원했다는 내용의 비석이다.

한라산도 달리 보게 된다. 한라산 풍경이 모두 비슷하겠거니 여겼는데, 오름을 거느린 모양새에 따라 한라산은 다른 풍경을 드러낸다. 그래서 제주도에서는 우리 동네(에서 보는) 한라산이 가장 예쁘다고

제주올레길이 마을을 지나자 동네 주민들이 호응해 허름한 창고 벽을 예쁘게 색칠했다(위). 작고 개성 있는 카페들도 많이 생겨나 좋은 구경거리를 제공한다(아래 왼쪽). 아래 오른쪽은 5코스 중간부터 길동무가 되어주었던 서명숙 제주올레 이사장.

서로들 뽐낸다는 것이다.

　동네 사람들이 올레길에 보이는 관심과 성의에 대해 서선배는 이야기했다. 예전 같으면 그저 칙칙한 색깔이었을 창고 건물에 밝은색 페인트를 칠하고 'Welcome to Wimiri' 같은 글씨와 그림을 그려넣은 산뜻한 모습이 보인다. 바깥에서 손님들이 오니 동네를 밝고 깨끗하게 단장했다. 올레길이 지나는 마을에 감귤을 파는 가게들도 늘었고 작은 카페도 여럿 생겨났다. 동네 점방은 평수를 늘렸다. 대형 프랜차이즈 점들의 획일화와 표준화에 질린 사람들에게는 제주올레길 주변에 생겨난 작은 카페들도 좋은 구경거리이다.

　위미리의 바닷가 길을 걷는데 길 양쪽으로 차들이 길게 주차되어 있다. 영화 「건축학개론」에 등장했던 집이다. 제주도의 남쪽 바다를 그림처럼 감상할 수 있도록 지은 집으로, 영화의 인기만큼 유명해진 장소이다. 2013년 3월 바로 이 집이 커피점으로 변했다.

　영화 촬영지 명소가 하나 더 탄생한 것은 환영할 일이지만 그 방식은 그다지 좋아 보이지 않는다. 주변 환경이나 그 집 앞을 지나는 길은 개의치 않고 그저 영화의 유명세를 이용한 돈벌이에만 집중하는 듯한 인상을 준다.

　내가 걷던 그날, 그 커피점에 온 자동차가 올레길 양쪽에 길게 서 있고 그 사이로 자동차들이 다니는 바람에 걷는 사람이 불편할 지경이었다. 그 길에서 나를 맞이한 것은 바다 풍경과 파도 소리가 아니라, 소란과 소음과 먼지였다. 영화 제작사가 영화의 유명세를 활용해 돈벌이하는 것은 나무랄 일이 아니다. 그러나 주변의 맥락을 깨고 다른 사람들이 불편해하든 말든 신경을 쓰지 않는 것은 퍽 신경에 거슬린다.

'카페 서연의 집'이 들어선 이후, 주변의 작고 개성 있는 카페들이 하나같이 폐점 위기에 몰려 있다고 했다. 제주도라는 배경이 영화의 성공에 기여한 만큼 영화가 제주도에 무엇을 꼭 돌려줘야 하는 것은 아니겠으나 조용한 환경을 깨고, 그곳 사람들의 생존을 위협하면서 까지 꼭 커피점을 열어 운영해야 되겠느냐 하는 데까지 생각이 미친 다. 커피는 어떤가 싶어 맛을 보았다. 손님이 줄을 서면 커피가 빨리 순환하여 신선해야 정상이다. 이 집 커피 맛은 쓰기만 했다. 커피를 잘 다룰 줄 모른다는 생각이 들었다.

바다가 보이는 길에는 정자가 많다. 서선배와 걸어가고 있는데 또 커피다. "커피 한잔하고 가세요"라고 우리를 부르는 사람들이 있다. 오름동호회 회원들이다. 서이사장을 알아보고는 반색한다.

제주도 사람들은 바다를 구경하며 즐기는 대상으로 여기지 않는다. 제주도의 바다는 육지의 논밭과 똑같다. 그러나 산과 오름은 다르다. 제주도에는 오름을 오르는 동호회가 많다. 제주올레가 생기면서 제 주도에서도 바닷길에 대한 생각이 달라지기 시작했다. 외지에서 올 레꾼들이 몰려오자 제주도 사람들도 해안가의 그 길을 다시 보기 시 작했다. 제주도의 오름동호회 회원들이 올레길을 걷기 시작한 데는 이같은 사연이 있다.

오름동호회 회원들과 기념사진을 찍고 이러저런 이야기를 나누느 라고 정자에서 한참을 지체했다. 정자에서 내려온 서선배는 "지금부 터는 조용히 걷고 싶다"고 했다. 어제는 올레길에서 외국인들을 만 났는데 "올레맘"이라고 부르며 반가워하더라는 것이다. 외국인 원

어민 교사들이었다.

"올레맘이라고?"라며 반문했더니 "어떤 애들은 올레마마라고도 해"라며 서선배는 으쓱한다. '선배는 별명 많아 좋겠네'라는 생각을 속으로 했다. '서여시' '왕뚜껑' 같은 유서 깊은 것에다 '올레맘' '올레마마'까지 얻었으니……

하긴 올레길을 좋아서 걸으면서 올레길을 만든 주인공을 만나면 모두들 반가움에 들뜰 것이다. 캐나다에서도 그랬다.

앞서가던 서선배가 다시 "우제야, 이것 좀 봐라"라고 한다. 하얀색 꽃을 눈꽃송이처럼 피운 감귤나무밭을 가리켰다. 묘한 향기가 풍겨온다. 4~5월이면 제주도 어딜 가든 맡을 수 있는 진한 귤꽃 향기이다. "꽃도 색깔이 화려하면 향기가 없어. 귤꽃처럼 흰색 꽃들이 향기가 짙은 법이지." 서선배는 제주도에 내려와 살면서 어느새 식물 전문가가 된 듯했다. 올레길에 피어 있는 들꽃 이름들을 척척 이야기한다.

쇠소깍, 민물과 바닷물이 만나는 절경

바다숲길을 걷는다. 바닷가에 바짝 붙어 있는 언덕길인데 울창한 숲속에 좁게 나 있다. 왼쪽으로 수평선이 언뜻언뜻 보인다. 파도 소리가 들린다.

서귀포에는 바다로 이어지는 폭포와 절벽이 많다. 바다에 바싹 붙은 해안도로를 건설하는 것이 지역민들의 숙원사업이지만, 절벽이라는 거친 자연환경은 난공불락이다. 바닷가에서 조금 떨어진 곳에 자동차 도로가 나자 사람들은 그 길로 다니기 시작했다. 예전에 걸어 다니던 바닷가 숲속의 좁은 길은 자연스레 사라졌다.

바로 그 길이 제주올레를 통해 되살아났다. 사람들은 과거에 걷던 길을 휴식과 힐링을 위한 최적의 길이라며 환호한다. 가장 오래된 길이 가장 현대적인 길인 것이다. 묻힌 길을 찾아낼 때의 기분은 땅에 묻힌 보물을 발견할 때와 똑같을 것이다.

작은 항구가 보이자 서선배가 말했다. "위미항이야. 나 이 항구 좋아해. 소박하잖아. 철새도 날아오고. 여기서 한숨 자기도 하고, 책도 읽고 그래."

쇠소깍. 소가 누워 있는 모양의 민물과 바닷물이 만나는 절경이다. 제주올레 5코스 종점으로 지정되면서, 제주도의 새로운 명물로 각광을 받기 시작했다. 쇠소깍은 어느 곳 못지않은 절경을 자랑하지만, 이상하게도 외부에는 많이 알려지지 않았다. 서귀포시에서 큰 예산을 들여 나무 데크까지 설치했으나 지역 사람들은 관심이 없고 외지인들은 몰라서 가지 못했다.

제주올레길이 이곳으로 연결되자 사람들이 쇠소깍의 비경을 알아보기 시작했다. 한라산에서 내려오는 효돈천과 연결되지만 쇠소깍의 깊고 푸른 물은 지하에서 펑펑 솟아나는 용천수이다. 그 푸른 물을 높은 기암절벽이 감싸 안아 깊은 못을 이루고, 검은색 해변으로 내보낸다. 절벽에는 난대와 온대 식물이 함께 어우러져 우리나라에서는 좀체 보기 드문 풍경을 빚어낸다.

바다로 나아가는 그 푸른 물에 두 사람이 타는 투명 카약이 떠다니고, 제주도의 전통 고깃배인 테우에도 10여 명이 타고 있다. 제주

쇠소깍의 절경. 지하에서 용천수가 솟아나 만들어진 깊고 푸른 민물 못. 제주올레 5코스 종점으로 지정되면서 비로소 세상에 이름을 알리기 시작했다.

올레 덕에 쇠소깍 테우 체험도 히트 상품으로 떠올랐다. 노 젓는 사람은 입담이 걸쭉해 '쇠소깍 사공'으로 유명하다고 했다.

깊고 푸른 물과 주변의 푸른 풍경은 신비스러운 분위기를 자아낸다. 그 안에서 노를 젓는 맛이 캐나다 호수에서 카누를 타는 기분과 어떻게 다를까 비교해보고 싶었다. 포기하는 데 1분도 걸리지 않았다. 그날은 일찌감치 예약이 마감되었다. 초상화가가 좌판을 벌일 정도로 5코스 종점 쇠소깍 입구는 사람과 자동차로 붐볐다.

6코스

쇠 소 깍 – 외 돌 개 올 레

섶섬 바라보며
쉰다리를 즐기다

서명숙 제주올레 이사장을 처음 만난 것은 1989년 5월이었다. 다소 널널한 분위기의 월간지에서 솥에 콩 볶듯 일하는 시사주간지 『시사저널』로 서선배는 8월에 옮겨갔고 2개월 후 나도 그 뒤를 따랐다. 우리나라에서 처음으로 출범하는 정통 시사주간지의 창간 작업을 했던 까닭에 초창기에는 모두 파김치가 되도록 일을 해야 했다.

직장을 옮기면서 서선배는 많이 달라졌다. 친절하고 여유 있는, 누나 같은 직장 선배에서 펜을 무기로 장착한 전사의 모습으로 변신했다. 서선배는 '여기자'가 아니라 그냥 '기자'로 불린 거의 유일한 여자 기자였다. 전투력을 요하는 사회부에서 당시 시사주간지의 간판 부서였던 정치부로 곧 옮겨갔다. 요즘이야 흔하지만 당시만 해도 정치부에 여기자가 없었다. 여성으로서 정치부 기자 노릇을 제대로 해낸 이는 서선배가 거의 처음일 것이다. 출산 직전의 높은 배를 하고도 정당과 국회를 드나들었고, 기사에 항의해 편집국을 방문한 여당 중진 국회의원을 단칼에 베어버릴 정도로 말발도 좋고 배포도 컸다.

남들에게는 보이지 않았던 서선배의 말랑말랑한 속을 아는 나는 처음에 고개를 갸웃했다. '맘씨 좋고 친절한 누나'에서 '무서운 기자'로 돌변했기 때문이다. 13년이나 한솥밥을 먹었으나 같은 부서에서 일한 적은 없어서 늘 멀리서 바라보기만 했다. 서선배는 전투로 치자면 최전선에 있었고 나는 후방인 문화부에서 일했다. 잡지의 지면 배치도 그랬다. 정치면은 맨 앞, 문화면은 맨 뒤.

직장을 그만둘 때까지 나는 끝내 알지 못했다. 내가 처음에 알았던 서선배의 말랑하고 허술한 성품이 그이의 본성이었다는 것을…… 본성을 누를 뿐만 아니라 다그쳐가면서, 사내외 남자들과의 경쟁에서 늘 선두에 서 있으면서 본인은 남들 모르게 어지간히 지쳤던 모양이다. 2002년에는 사표를 내고 내가 사는 토론토로 피신해 온 적도 있으니까.

직장 동료를 비롯한 많은 사람들은 서선배를 야심 많은 철의 여인으로 보았다. 정치부에 오래 몸담았으니 정치권으로 자연스럽게 옮겨갈 것으로 예상한 사람들도 많았다. (제대로 하는) 여성 정치부 기자 1호, 여성 편집국장 1호, 타고난 일 욕심과 전투력 등등을 감안하면 정치권에서 탐을 낼 만한 준재였다. 게다가 말을 잘해서 나는 "말하는 것 받아 적기만 해도 기사 되겠다"는 농담을 하기도 했다.

그러나 많은 사람들의 예상을 깨고 서선배는 하루아침에 천직으로 보였던 그 일을 내려놓았다. 무거운 배낭 메고 스페인의 산티아고 길을 혼자 걷더니, 고향인 제주도에서 올레길을 내고는 어느새 트레일의 '설문대할망'이 되어 있었다. 나는 바다 건너에서, 한국에서 들불처럼 번져나가는 새로운 문화의 물결을 보았다. 그것은 대한민국의 최남단 서귀포에서 발발해 조용히, 그러나 급속하게 퍼져나가는 문화 혁명이었다.

제주올레는 1992년 서태지가 등장해 한국의 대중문화 지형을 갈아엎은 이후 처음으로 벌어진 문화 혁명이다. 제주올레의 혁명은 한국 사람들의 생활·여가 문화를 갈아엎었다. 사람들은 걷는 것에 처음으로 의미를 두기 시작했다. 평범한 농로도 '트레일'이라는 이름을 붙이면 걷기에 좋은 길로 바뀌었다. 휴식과 건강, 상처받은 마음의 치유를 갈망하는 한국 사람들은 제주올레가 틔워준 문화 속으로 물밀듯이 걸어 들어갔다.

문화적 갈망은 팽배했으나 그 갈망의 정체가 무엇인지, 어디에서 어떻게 충족시킬지 아무것도 보이지 않았다. 서태지·서명숙 두 서씨는 터지기 일보직전이었던 그 갈망의 뇌관을 본능적으로 건드려 주었다. 1990년대에 기사를 쓸 때 나는 이런 표현을 사용했다. "서태지가 시대를 만들었고, 시대가 서태지를 만들었다." 이 말은 서명숙에게도 똑같이 적용된다.

1인당 국민소득 50달러에서 2만 달러에 이르는 초고속 압축 성장기를 거치면서, 현기증 나는 속도에 지친 한국 사람들은 휴식과 힐링이라는 새로운 형태의 문화를 필요로 했다. 30년 동안 일 중독자였노라고 스스로 고백하는 서명숙은 본인이 "살기 위해" 길 걷기를 선택했다. 그는 산티아고 길에서 받은 감동을 일과 경쟁 중독에 빠져 허우적대는 한국 사람들에게 전해주고 싶었다.

"올레길을 내면서 길의 아름다움에 대한 자부심이 있었다. 걷는 사람들에게 감동을 줄 것이라고 확신했다"고 서이사장은 말했다. 세계적으로 널리 알려지는 트레일이 될 것이라는 예상도 했었다.

그도 놀란 것이 있었으니 걷기 문화의 전파 속도였다. "사람들이 이렇게 강력하게, 빨리 알아주리라고 예상치 못했다." 앞서 외국 트레일을 걷고 온 사람들은 많았으나 서이사장은 30년 기자 생활에

서 벼린 예민한 촉으로 한국 사람들의 갈망과 갈증을 간파하고 풀어
주었다.

자기를 소모하는 일 중독자였던 서이사장은 건강한 에너지를 생
산하는 일 중독자로 변신했다. 과거의 중독이 고통을 안겨주는 것이
라면 지금의 일 중독은 기쁨을 안겨준다. 그이는 이런 중독을 긍정
적 중독이라고 했다.

6코스를 걸으면서 예전 내 눈에 비쳤던 서선배의 변화에 대해 캐
물었다. 정치부 기자라는 직업이 맞춤옷처럼 잘 맞아 보였었기 때문
이다. 그러나 나를 포함한 후배들이 몰랐던 것이 있었는데, 맞춤옷
처럼 보였던 것은 직업에 누구보다 충실했기 때문이다. "이왕 일을
하는데 완벽하게 해야지"라고 서선배는 말했다.

"그렇게 힘들었으면 힘들다고 말하지 그랬어요?"

"하기 싫다고 발설하면 더 하기 싫어질 테고, 직장 내에서 징징거
려본들 도움 되는 것도 없고, 피할 수 없으면 즐기자는 마음으로 했지,
뭐."

선거철만 되면 정치권에서 손짓했으나 생각조차 해본 적이 없다
고 했다. "차라리 작은 섬의 부녀회장을 하는 편이 나한테는 맞아.
그 섬의 구체적인 삶을 확실하게 바꿔놓을 수 있잖아. 다른 섬에 메
시지를 줄 수도 있고." 그러나 국회의원이니 뭐니 하는 정치인은 그
들이 해야 하는 일상생활부터 체질적으로 맞지 않는다고 했다. 예전
에 정치인들의 조찬 모임 같은 곳에 쫓아다닌 것은 기자로서 일을
하기 위해 한 것이지 좋아서 한 일은 아니라고 했다. "옆에서 보기
도 지겨운데 내가 그런 일을 어떻게 하니?"

서선배는 알고 보니 타고난 아웃도어 형이다. 제주도의 그 강한 햇살 아래서도 서선배는 모자 하나만 달랑 쓰고 다닌다. 목을 훤히 내놓아도 기미나 주근깨 같은 것이 생기지 않는다고 했다.

과거 잿빛 정장 위주였던 옷은 오렌지색 모자와 하늘색 옷으로 변했다. 제주올레를 상징하는 제주도의 하늘과 바다, 감귤빛이다. 밝은 에너지가 넘쳐난다.

쉰다리를 아는가

"난 저기 가서 쉬고 있을 테니까 넌 저 오름 넘어서 와라."

6코스의 바다 옆 마을길을 작은 오름 하나가 막아섰다. 표고 94.8미터의 제지기오름이다. 『오름나그네』(전 3권, 높은오름, 1995)의 지은이 고 김종철 씨는 이 오름을 "솔숲으로 몸을 감싸 다소곳이 갯가에 앉아 있다"라고 소개했다. '다소곳이'라는 표현이 좋다. 경사가 심해서 오르기에 만만치가 않다. 높지 않아서 다행이다.

보목포구를 사이에 두고 두 개의 오름이 있다. 하나는 제지기오름이고, 다른 하나는 바다에 솟은 섶섬(표고 155미터)이다. 제지기오름이 마을 뒷산 같은 소박한 오름이라면, 1킬로미터 떨어진 섶섬은 제주올레 6코스의 상징으로 꼽힐 만큼 명성이 자자한 오름이다. 천연기념물 18호 파초일엽의 자생지로서 천연 식물원이다. 제주도가 화산 활동을 시작할 때 만들어진 화산도여서 지질학적으로도 보배 소리를 듣고 있다.

바다에 떠 있는 보배 오름 섶섬을 구경하기에 가장 좋은 지점이

제지기오름에서 바라본 보목포구와 섶섬. 보목포구를 사이에 두고 오름 두 개가 있는데, 제지기오름은 '바다에 떠 있는 보배'라는 섶섬을 더욱 돋보이게 한다.

제지기오름 정상이다. 이렇게 다른 오름을 돋보이게 하는 오름도 있다. 아래 보목포구는 제지기오름의 품에 안긴 모양새다.

보목포구로 내려가자 뜻깊은 광경이 눈에 들어온다. 휠체어에 탄 어머니를 자식 부부가 모시고 와서 올레길을 걷는다. 아들이 어머니의 휠체어를 밀고 간다. 한국이 선진국이 되었다는 것을 느낄 수 있는 장면이다. 육체적·정신적으로 불편한 사람들을 떼어놓지 않고 함께 가자고 배려하는 모습. 이곳에서 코미디언 이주일 씨가 말년을 보냈다는 이야기를 들었다. 폐암 투병 중에 그가 가장 공기 좋은 곳이라며 찾아온 데가 보목포구였다. '휠체어'를 마지막 이미지로 남기고 간 이씨의 집에는 '투웍스'라는 카페가 들어섰다.

서선배는 바다 옆집 마당에 앉아 담 너머로 바다를 바라보고 있다.

서명숙 제주올레 이사장이 화내듯 이야기하던 보목동 동네 '삼춘'을 웃게 만들었다. 서이사장
이 들고 있는 것이 제주 고유의 음료 쉰다리(순다리)이다.

'저러다 잠들겠다' 싶게 편안한 모습이다. 구멍가게에서 '하드' 하나
씩을 사서 입에 물고 다시 길을 걷기 시작했다.

쉰다리를 아는가. 식혜 모양의 술 같은 음료이다. 보목포구를 지
나 숲길로 진입하기 직전 언덕배기에 간이식당이 새로 생겼다. 쉰다
리를 파는 엉커물쉼터이다. 올레길 때문에 집에서나 만들어 먹던 전
통 음료가 집 바깥으로 나왔다. 마셔보니 새콤달콤하고 탄산음료처
럼 톡 쏘기도 한다. 알코올 성분은 없지만 신맛 때문에 술 느낌이 난
다. 제주도에서는 쉬기 직전의 남은 밥을 버리지 않고 이렇게 음료
수로 만들어 먹었다. 쉼터 주인이 말하는 것을 그대로 옮긴다.

"밥을 얇게 만들어서 맨도롱하면 누룩 주머니에 넣어 담갔다가,
아침에 누룩 조금 삭혀지면 조물조물 만지다가 저녁에 딱딱해지면

또 조물조물 만지고. 겨울에는 아랫목에 사흘, 여름에는 하루. 이렇게 하면 발효됩니다."

이 정도 설명이면 뜻은 알아듣는다. 살짝 쉰 맛에 단맛, 그리고 톡 쏘는 맛이 있다. 쉼터 앞 평상에 할머니 한 분이 앉아 계신다. 이 동네로 시집와서 60년을 살았다고 했다. 말을 이어가려는데 벼락치듯 큰 소리가 들린다. "난 여기에서 나서 자란 사람이니 나한테 물으라고!"

서선배가 진한 사투리로 개입한다. 내용을 옮기면 이렇다. "삼춘, 화내지 말고 말씀하세요. 꼭 진짜 화나신 것 같잖아요. 웃으면서 말씀하세요."

서선배 덕분에 올해 여든하나 되셨다는 강용구 씨와 이야기를 나눴다. 보목리는 반농반어 마을이다. 귤 농사를 많이 짓고, 해녀와 어선 수입도 많은 부자 동네이다. 그이는 자기 지역에 대한 자부심이 대단하다. "대한민국 농촌 중에서 서귀포가 제일 부촌이여. 마라도 빼고는 이곳이 최남단이지." 그러고는 갑자기 "올레길 만든 사람이 고생 많았다"며 칭찬한다. 올레길 만든 사람이 바로 눈앞에 있는 줄도 모르고 하는 얘기다.

서선배가 다시 나선다. "삼춘은 웃는 모습이 좋수다. 잘생겨신디 한번 웃어봐. 웃기만 하면 더 미남일신디, 최대한 입 벌려서……" 그러고는 화난 표정의 '삼춘'을 기어코 웃게 만든다. "삼춘, 앞으로 웃기로 약속. 올레꾼들에게 그렇게 웃어줘요." 공동체 의식이 유별난 제주도에서는 남녀 구별 없이 윗사람을 모두 삼촌(삼춘)이라 부른다.

조금 더 걸어가니 올레길의 유명한 카페가 나온다. 섶섬할망카페. 커피 대신 쉰다리를 파는 이 카페에서는 쉰다리를 순다리라고 부른다. 이름이 두 가지라는 얘기다. 주인은 올해 77세의 현역 해녀 한가세자 씨. 방금 물질을 마치고 나와 담요를 쓰고 있다. 이곳을 지나던 올레꾼들이 마실 것을 팔라고 해서 카페 문을 열었다. 할머니는 거친 바람 속에서 평생 물질을 해왔다는데도 피부가 매끈하다. "구리무 한번 안 바르셨다"고 며느리는 말했다. 피부보다 더 좋은 것은 환한 웃음이다.

며느리가 서선배를 알아보고 해삼 한 접시를 썰어낸다. 방금 잡아올린 것이어서 이가 안 들어갈 정도로 딱딱하다. 서선배가 며느리와 이야기를 하는 동안 나는 옆에서 오돌뼈 씹을 때처럼 '빠드득 빠드득' 소리를 냈다. 일을 금방 마친데다 이미 방송에까지 여러 번 출연한 유명 인사여서 카페 주인께는 인사만 하고 그냥 나오는데, 젊은 연인이 들어온다. "순달이는 어떻게 팔아수까?" "2천 원요." "두 사발 주소."

서선배를 따라 바다숲길을 지난다. 숲은 바깥이 보이지 않을 정도로 울창하고 깊다. 파도 소리, 새소리를 벗하며 걷는다. 오랜 세월 나뭇잎이 쌓여서 길은 푹신푹신하다. 이 유명한 관광지에서 이런 길이 어떻게 살아남았고, 이 길을 어떻게 찾아냈을까.

예전에 초소가 있던 곳이라고 했다. 일반인의 출입이 오랫동안 금지되었다가 풀렸다. 숲길이 살아남아 고마울 따름이다. 올레꾼들이 그렇게 많이 지나다니는데도 쓰레기 하나 보이지 않는다. 그것도 참 고맙다.

서선배 뒤를 따라가면서 자꾸 물었다. "회사 그만두기 1년 전부터 걷기 시작했다." "몸이 힘들어 걷기 시작했다." "다른 운동 시작했다가 그만두고, 그만두고 하기를 반복했었다." 이런 답변을 하다가 갑자기 "야, 근데, 너 이런 좋은 길에서 그런 얘기 자꾸 해야 되겠냐?" 라고 반문한다.

잠시 후 다른 질문을 슬쩍 에둘러 했더니 바로 날아온다. "유도신문 하지 마." 선수를 만나면 이래서 어렵다.

서귀포 거리를 걷다

정방폭포가 나온다. 그냥 지나치기로 한다. 수십 년 전부터 여러 번 보았으니 이번에는 아껴둬도 좋을 듯싶다. 대신 건축가 김중업 (1922~1988)의 작품이라는 제주올레 사무국 건물 앞에서 잠시 숨을 돌렸다. 남쪽 바다가 내려다보이는 서귀포 언덕에 세워진 아담한 건물. 마치 제주올레가 생기기를 기다렸다는 듯 그동안 비어 있었다고 했다. 이곳은 올레꾼들로 가장 붐비는 길목 중의 하나이다. 야자수 아래 세워진 동그란 회색 건물 자체가 볼거리이다.

6코스는 이 지점에서 서귀포시로 들어가는 A코스와 천지연폭포로 가는 B코스로 나눠진다. 나는 관광명소보다 서귀포를 보고 싶었다. 그동안 몇 번을 왔지만 서귀포라는 도시에서 뚜렷하게 떠오르는 인상이 하나도 없었다.

한국전쟁 직후 화가 이중섭이 1년여 살았다는 집이 나온다. 이중섭은 초가집의 방 한 칸을 빌려 그의 생애에서 가장 행복했던 시절

사단법인 제주올레 사무국. 건축가 김중업 씨의 작품으로 제주도 남쪽 바다를 향해 있는 아름다운 건물이다(위). 아래는 화가 이중섭이 한국전쟁 중 가족과 가장 행복한 시절을 보냈던 집이다. 이중섭은 이 시기에 「섶섬이 보이는 풍경」 「서귀포의 환상, 낙원」과 같은 따뜻하고 아름다운 작품을 그렸다. 집 주변에 이중섭문화거리와 이중섭미술관이 있다.

을 이곳에서 보냈다. 1951년 1월~12월, 아내, 아들 둘과 함께 살았다는 방문을 열었다. 1.4평의 좁은 방에 그의 사진이 놓여 있다. 아무런 꾸밈이 없어서 좋다. 기념품과 소품 몇 점을 전시하는 이중섭미술관이 있으나 그보다는 이중섭문화거리를 걸어보고 싶었다.

서귀포올레시장 쪽으로 걸어가는 언덕길이다. 이중섭의 작품 이미지가 가로등에 붙어 있고 바닥에도 새겨져 있다. 공방이며 카페가 길 양쪽에 들어서서 작지만 깨끗한 문화거리 분위기를 자아낸다. 산책을 나온 듯 30대 남자 둘이 지나가기에 이 거리를 알고 나왔냐고 물었다.

제주도에 산 지 12년 되었다는 김아무개 씨는 "예전에는 이곳을 별로 안 좋아했다"고 말했다. 올레길로 이어지기 전에는 일부 청소년들의 '불량 거리'였다는 것이다. "올레길이 생기고 사람들이 이리 들어오면서부터 거리가 바뀌기 시작했다. 지금은 이렇게 산책을 나올 만큼 깨끗하고 밝은 거리로 변했다."

어둡고 쇠락해가는 분위기에서 밝고 활기찬 분위기로 변한 곳은 또 있다. 이중섭문화거리에서 북쪽으로 길 하나를 건너면 나오는 서귀포매일올레시장이다. 올레길은 시장 한가운데를 지난다. 1950년에 세워진 전통의 재래시장으로, 저녁 무렵인데도 활기가 넘친다.

시장 입구에 붙어 있는 '경축' 플래카드가 눈길을 끈다. '2013년 중소기업청 평가 전국 1,511개 시장 중 전국 4위(제주지역 1위).' 전국에 재래시장이 1,511개나 있다는 것도 놀랍고, 4위 서귀포매일올레시장을 보고도 놀랐다. 재래시장의 전통적 분위기를 유지하면서도 밝고 산뜻하다. 투명색 지붕을 얹어 골목이 환하고 보도블록을

간 바닥은 깨끗하다.

한팔용 상가조합 상무이사를 만났다. 그이가 서귀포매일시장에 '올레'라는 용어를 '허락'받아 넣었다고 했다. "서명숙 이사장님이 서귀포 재래시장 출신(예전에 부모님이 이곳에서 서명숙상회라는 잡화 도·소매점을 운영했다)이어서 시장에 대한 애착이 큰 것 같다. 올레 길을 이쪽으로 지나가게 해주었으니 우리도 거기에 맞춰 보답을 해야 했다"고 한상무는 말했다. 시장을 깨끗하게 만드는 일부터 시작했다. 길을 따라 물이 흐르는 도랑과 분수를 만들고 붕어를 집어넣었다.

서귀포에도 대형 슈퍼마켓이 두 개나 들어서서 밤늦게까지 영업을 하는 바람에 재래시장은 하루가 다르게 죽어가던 중이었다. 217개 점포 중 열여덟 개가 비어 있었다.

올레길이 시장 안으로 들어오고 시장 이름과 분위기를 바꾸고 나자 올레꾼 손님들이 밀려들었다. "우리는 손님의 옷만 보면 안다. 올레꾼이 전체 손님의 60퍼센트를 차지하게 되면서 시장 매출이 42퍼센트나 올랐다." 비어 있던 점포는 모두 찼고, 지금은 대기 명단까지 생겨났다.

하효통닭치킨집은 이곳에서만 대를 이어 41년째 장사를 해왔다. "올레길이 생기고 장사가 아주 잘된다. 요즘이 제일 재미있다. 맛을 보고 간 손님들이 주문을 해서 서울·부산에 택배로 보내기도 한다"고 현순자 사장은 말했다. 고무적인 사실은 항공사에 다니는 아들이 3대째 장사를 하고 싶어한다는 것이다.

이 시장에는 유독 젊은 상인들이 눈에 많이 띈다. 도시에서 직장

서귀포매일올레시장. 쇠락해가던 재래시장이었으나 제주올레길이 시장 안으로 들어오면서 호황을 누리고 있다. 시장 사람들은 그 보답으로 시장 안에 제주올레 안내센터를 내주었다. 과거 서명숙 제주올레 이사장의 부모님이 이 시장 안에서 '서명숙상회'라는 이름의 가게를 운영했다. 서명숙상회라는 별칭을 가진 제주올레 안내센터에서 자원봉사를 하는 이는 서이사장의 어머니 현영자 여사이다.

생활하던 아들·딸 들이 고향에 내려와 가업을 물려받았기 때문이다. 족발집·분식집·횟집·옷집 등에 젊은 기운이 넘쳐난다.

예전 문화부 기자로 일할 때, 나는 문화산업에 관심이 많았다. 구미 선진국들이 굴뚝 없는 산업이라는 문화를 두고 주도권 전쟁을 벌였고, 21세기에는 문화 콘텐츠가 가장 중요한 자원이 될 것이라고 모두가 예측했기 때문이다.

문화산업의 특징은 '산업'은 뒤로 숨기고 '문화'를 앞세워야 성공한다는 것이다. 2000년대 들어 문화산업에 눈을 뜬 한국의 많은 지자체들이 지역축제와 걷는 길 등을 만들면서 맨 앞에 내거는 슬로건은 문화가 아니라 지역경제(산업) 활성화이다. 젯밥에만 관심이 가 있으니 활성화는커녕 공염불에 그치기 십상이다.

축제든 길이든 산업 이전에 사람들이 일단 문화 자체를 즐기도록 해야 한다. 그런 점에서 제주매일올레시장은 문화를 통한 산업 활성화가 어떻게 이루어지는지를 보여주는 모범적인 사례가 아닐까 싶다.

"중소기업청 평가에서 올해만 4위를 했지, 우리 시장이 3년 동안 줄곧 1위를 차지했다. 올레시장을 배우겠다고 견학 온 지자체만 해도 작년에 쉰여덟 곳이나 된다"라고 한상무는 자랑한다. 이 모든 것이 제주올레 덕분이라고 그는 거듭 강조한다. 한상무는 '올레시장'을 다른 곳에서 쓰지 못하도록 아예 상표 등록을 해놓았다고 했다. 장사도 이렇게 하면 예술이다.

걷다 보니 서귀포 시내 도로가 재미있다. 도로에 신호등이 없다. 토론토처럼 사람이 지나가면 차가 당연히 서는 교통문화가 정착되어 있다. 늘 사람이 먼저다. 이중섭문화거리로 다시 내려갔다. 서선배와 카페 바농이라는 데서 커피를 마시는데, 바로 옆에서 제주올레 상징물을 상품으로 만드는 일을 하고 있다. 버리는 옷가지의 천들을 모아 바농(바늘의 제주어)으로 조랑말 기념품을 만든다. 지역에서 고용 창출을 하는 동시에 제주올레 사무국의 운영 자금을 마련하기 위한 프로젝트이다. 사람 손으로 한 땀 한 땀 정성들여 바느질해 만든 조랑말 열쇠고리는 인기가 꽤 높다고 했다.

커피를 마시는 중에 서선배에게 인사를 하러 일부러 찾아온 젊은 이가 있었다. 우리말이 약간 어눌하다. 조부모님의 고향이 제주도인 재일교포 3세 김순향 씨. 오사카 칸사이 대학 재학생이다. 제주도에는 한국말을 배우러 왔다고 했다. 서선배가 "여기 있는 동안 자원봉사 하라"고 했더니 뛸 듯이 기뻐한다.

6코스에서 약간 벗어나 있지만 빠뜨리지 말아야 할 미술관이 하나 있다. 삼매봉 기슭에 있는 기당미술관이다. 1987년 서귀포 법환동 출신 재일교포 사업가 정구범 씨가 건립해 시에 기증한 이 미술관에는, 2013년 6월에 작고한 변시지 화백의 작품들이 전시되어 있다.

전시장에 들어서면서 깜짝 놀랄 때가 간혹 있다. 작품에서 뿜어져 나오는 기 때문에 몸이 잠시 찌릿하는 느낌을 받기 때문이다. 변시지 화백 작품을 보면서 오랜만에 그런 기를 느꼈다.

그는 폭풍의 화가라 불린다. 그의 작품에서는 늘 바람이 분다. 불어도 보통 부는 바람이 아니다. 제주도에서의 고독하고 힘든 삶을 폭풍 속에 사는 지팡이 짚고 고개 숙인 한 사내에게서 확인하게 된다.

변화백의 폭풍보다 더 강한 것이 그림에 있다. 색깔이다. 그의 작품은 대부분 황토색 또는 황갈색이다. 그림들이 전반적으로 누렇다. 제주도의 바다와 땅에서 일하는 사람들을 떠올리게 하는 색깔이다. 제주도 사람들은 전통적으로 황토색 옷을 입고 일을 했다. 무명에 풋감을 으깬 물을 들여 만든 갈옷이다. 가죽처럼 질기고 비를 맞아도 몸에 달라붙지 않아서 제주도 사람들은 일을 할 때 늘 갈옷을 입었다. 얼마나 질긴지 누비 솜옷에 갈중의적삼을 갑옷 대용으로 입기도 했다. 돌밭을 일구고 높은 파도와 싸우며 살아온 제주도 사람들의 간고한 삶을 황갈색 갈옷만큼 명확하게 이야기하는 것은 없을 터이다.

올레길을 걸으며 변화백의 작품을 만나게 될 줄은 몰랐다. 뜻밖의 선물을 받은 기분이었다.

7-1 코스

월드컵경기장 - 외돌개 올레

하논 들판,
새들은 날아가고……

7-1코스는 서귀포 월드컵경기장에서 시작한다. 제주올레길이 해안선을 따라 제주도를 한 바퀴 도는 길로 연결되어 있는 데 비해, '@-1'로 표기되는 지선은 말 그대로 @와 이어지거나 @와 가까운 섬 길이다. 제주올레 스물한 개 코스 중 지선이 나 있는 곳은 1, 7, 10, 14, 18코스. 이 가운데 세 곳은 섬(우도·가파도·추자도)이고 7-1과 14-1이 본선과 연결되어 있다.

5월 6일 월요일 아침 서귀포 월드컵경기장 앞은 황량했다. 일요일이자 어린이날인 그 전날, 축구 경기와 이벤트가 밤늦게까지 벌어진 듯 경기장 앞에는 쓰레기가 굴러다녔다. 드넓은 광장에 서니 은근히 긴장이 된다. 어디로 가야 할지 순간 막막했다.

올레길 리본을 찾아 일주도로를 건너서 중산간 마을로 들어간다. 도시 느낌이 나는 깨끗한 동네이다. 서귀포시 신성로. 20년 전에 조성되어 신시가지라고 불린다. 동네에서 만난 한 남자는 "직장인도 더러 있지만 농사짓는 사람들이 많이 산다"고 말했다.

아침 조회를 준비하는지 학교 운동장이 시끌벅적하다. 서귀포대신중학교이다. 학교 앞에 직원이 있기에 길을 물었다. "외지 사람들이 여기 사는 우리도 잘 모르던 길에 와서 걸으니 신기하다"면서 그이는 위쪽을 가리켰다. 너른 감귤밭을 지나 길은 산으로 연결된다.

새소리만 들리는 조용한 산길. 맑은 공기를 마시며 숲을 느끼고 즐긴다. 달리기를 하는 사람들은 '산소 목욕'이라는 표현을 즐겨 쓴다. 나야말로 햇빛, 새소리, 숲, 바다 풍경을 보고 느끼며 산소로 아침 목욕을 한다.

길가 덤불 속에서 빨간 점 같은 게 눈에 들어온다. 산딸기다. 한 개를 따서 먹었다. 새콤하고 달콤하다. 어릴 적 산에서 산딸기를 보면 마치 보물찾기의 쪽지를 발견한 기분이 들었다. 그 기분을 떠올리며 산딸기를 한 움큼 땄다. 길을 걸으며 하나씩 입에 넣었다. 산딸기가 입속에서 톡 터질 때마다 기분이 상쾌해진다. 올레길의 좋은 점을 또 하나 발견한다. 시·청·후각에 이어 미각까지 만족시키는 길이다.

길가 귤나무에 크고 모양이 좋은 귤이 여럿 보여서 사진을 찍었다. 무슨 귤이기에 이렇게 잘생겼나 싶어서 감귤밭 입구에서 만난 아주머니에게 물었다. 카메라에 든 사진을 보여주었다. '하귤'이라고 했다. "그거 너무 시어서 그냥은 못 먹어요. 믹서기에 갈아먹어야 해요." 그이는 하귤나무는 가로수로도 심는다고 했다.

어디서 왔느냐고 묻는다. 캐나다에서 왔다고 했더니 "우리 딸도 캐나다 사는데……" 하면서 반가워한다. 마침 딸네 가족이 휴가차 서귀포에 와 있다고 했다. "창고에 귤이 좀 있는데 먹어볼래요?" 제주올레길은 미각의 길이 분명하다.

강금련 씨(65세). 제주도 말투가 아니다. 강원도 홍천 내면이 고향이다. "뭐하다가 잘못되어 여까지 왔네. 부산 살다가 1970년에 왔는데, 날 놔두고 지(남편) 먼저 가버리네."

길가 덤불 속의 산딸기. 한 움큼 따서 길을 걸으며 먹었다. 맛이 새콤달콤했다(왼쪽). 오른쪽은 크고 잘생긴 하귤. 그냥 먹기에는 너무 시어서 주로 믹서기에 갈아먹는다. 귤 모양이 좋아서 가로수로도 쓰인다.

강씨는 청견이라며 귤을 잔뜩 내놓았다. 비닐하우스에서 키운 청견은 보통 1~2월에 수확하는데, 이것은 집에서 먹는 귤이어서 노지露地에서 지금 땄다고 했다. 제주도에서는 일반 귤밭을 노지라고 부른다.

귤껍질이 얇다. 귤 한 쪽을 입에 넣었다가 깜짝 놀랐다. "그래, 바로 이 맛이다!" 귤에 대한 최초의 기억이 떠오른 것이다. 나는 1973년 11월 28일 고향인 경북 상주에서 서울로 전학을 오는 기차 안에서 귤이라는 것을 처음 구경했다. 열한 살 때였다. 신맛이 도는 달콤하고 상큼한 맛이었다. 한 개에 30원씩이나 해서 이후 자주는 먹지 못했는데, 귤이 흔해진 다음에는 그 맛을 한 번도 만나지 못했다. 캐나다에서 먹는 남미·북아프리카 산 귤은 달콤하기만 할 뿐이다. 단맛 안에 신맛이 살짝 섞여드는 차고 감각적인 상큼함이 없다.

나는 강씨의 이야기를 들으면서 귤을 열 개쯤 허겁지겁 까먹었다. 딸은 십수 년 전에 서귀포 신시가지 도서관에서 영어를 가르치던 캐

길을 걷다 만난 강금련 씨. 감귤 농사를 6천 평 짓고 있다. 제주올레길을 걷는 사람이 보이면 반가워서 귤과 커피를 대접한다고 했다.

나다 신랑을 만났다. 딸을 따라 집에 가끔 놀러오던 영어 선생이 자기 나라로 돌아간다고 인사하러 왔다. 짐까지 다 부친 상태였다. 한국말을 곧잘 하는 캐나다 청년에게 강씨가 "다음에 올 기회 있으면 우리 집에 와 있으라"고 했다. 앞의 말은 잘 못 알아듣고 "정말?" 하더니 바로 집으로 들어와 3개월을 살다 갔다.

"그럼 너도 캐나다 가면 우리 딸 공부하게 초청해라" 했더니 두 달 만에 연락이 왔다. 딸을 보냈더니 6개월 만에 결혼한다고 또 연락이 왔다. "내가 어떻게 하다가 우리 딸을 중매해버렸다"며 강씨는 웃었다. 지금 처가에 와서 말려도 청소·설거지를 사위가 도맡아 한다. "캐나다에서는 다 그렇게 하는 모양이죠?"라고 강씨는 내게 물었다. 나는 웃기만 했다.

그이는 6천 평 귤밭 농사를 짓고 있다. 서울 사람이 땅 임자이고 그중 자기 땅은 천7백 평이다. 혼자 한다는 게 믿기지 않았다. "귤 농사는 잡풀 나지 말라고 약만 한번 쳐놓으면 된다. 육지 농사처럼 그렇게 어렵지 않다. 위미리에 육지의 젊은 사람들이 많이 살러 가는 이유는 귤밭이 많아 그렇다."

걷는 사람이 보이면 반가워서 커피라도 마시고 가라고 일부러 부른다고 했다. 커피물을 올리기에 나는 손사래를 쳤다. 귤로 배를 가득 채워서 커피든 물이든 더 들어갈 여지가 없었다. 강씨는 발을 떼기가 어려울 정도로 이야기를 재미있게 잘했다. 나를 보내며 등 뒤에서 하는 말을 들으니 기분이 좋아진다.

"걷는 사람들이 착해. 자기 시간, 돈 들여서 와서 그런지 시끄럽지도 않고 쓰레기 버리는 법도 없고…… 착한 사람들한테 커피 주려고 트럭에 브루스타 싣고 다니는데……"

노지 감귤밭을 비닐하우스로 만드는 작업이 곳곳에서 보인다. 쇠로 뼈대를 세우고 밭 전체를 덮는 큰 공사이다. 귤의 출하 시기를 조절하려고 노지를 비닐하우스 밭으로 만드는 것으로 보인다.

숲길의 아름다움에 취해 정신줄을 놓고 걷다가, 엉또폭포를 그냥 지나치고 말았다. 폭포 쪽으로 들어가는 안내 표지를 놓쳐서 출구 쪽으로 바로 갔다는 사실을 안 것은 10분 정도 더 걸은 뒤였다. 돌아갈까 하다가 그만두었다. 큰비가 와야 물이 떨어진다지만 기암절벽과 난대림을 구경하지 못한 데 대한 아쉬움은 컸다.

대신 고근산이 있다. 올라가는 길부터 평범하지가 않다. 길 양쪽에 철쭉이 피어 있고 소나무가 손님을 맞이하듯 도열해 쭉쭉 뻗어 있다. 산을 오르는 계단이 많다. 돌이나 시멘트가 아니라 나무로 만들어서 보기에 좋고 걷기에도 한결 편하다.

표고가 396.2미터라서 오름치고는 조금 높은 편이지만 별로 힘든 느낌은 들지 않는다. 예부터 인근의 호근동이나 서호동 사람들은 고근산을 마을의 얼굴처럼 아껴왔다. 오름에 으레 있게 마련인 무덤 하나 보이지 않는다. 『오름나그네』를 쓴 김종철 씨에 따르면, 오래전 어떤 사람이 묘를 썼다가 온 마을 사람들이 항의하는 바람에 이장을 하고 말았다.

고근산 정상에 올라보면 마을 사람들이 이 오름을 각별하게 아껴온 이유를 금방 알게 된다. 일단 굼부리(분화구)부터 평범하지 않다. 둘레가 7백 미터쯤 되는데, 흙길로 한 바퀴를 빙 돌면서 사방의 풍경을 감상할 수 있다. 참 색다른 체험이다.

제주섬을 만들었다는 설문대할망이 심심할 때면, 한라산 정상을 베개 삼아 고근산 굼부리에 엉덩이를 얹고 누워 남쪽 바다 범섬에 다리를 걸치고 물장구를 쳤다는 전설이 있다. 산 위에 야트막하게 팬 분화구는 설문대할망의 엉덩이 윤곽을 그대로 드러내는 듯 대접처럼 아담하고 예쁘다.

정상을 걸어 돌면서 풍경을 바라본다. 남쪽으로는 섬 세 개가 서귀포 바다에 동동 떠 있는 것처럼 보인다. 왼쪽부터 섶섬·문섬·범섬이다. 고근산에서 범섬까지는 직선으로 5킬로미터, 북쪽 한라산 정상까지는 10킬로미터이다. 15킬로미터가 일직선으로 이어진다.

북쪽으로 서면 한라산이 푸른색 양날개를 끝없이 넓게 벌려 그 너른 품으로 제주도 남쪽 땅을 포근하게 감싸 안은 모습이 눈에 들어온다. 지형적으로는 한라산 남사면이 북사면보다 짧고 급하다는데 바로 그 모습을 여기에서 확인한다. 제주 사람들은 "한라산이 제주도이고, 제주도가 한라산"이라는 말을 곧잘 한다. 고근산에서 보는 한라산은 그 말이 뜻하는 바를 분명하게 보여준다. 한라산이 보이는 자리에 앉아 커피를 꺼냈다. 오늘 아침, 후배 향란이가 다시 싸준 더치 커피이다.

갑자기 노루가 앞길을 가로막아 깜짝 놀랐다. 노루도 나만큼 놀랐는지 덤불 속으로 후다닥 들어가버린다. 산에서 내려와 서호동으로 가는 길. 삼나무와 돌담으로 둘레를 두른 감귤밭이 이어진다. "이장이 불가피하니 시청으로 연락해주기 바란다"는 팻말이 붙은 묘지가 보인다. 자손이 멀리 갔거나 끊겨서 돌보지 못하는 묘지일 것이다. 올레길을 걸으면서 이렇게 후손 잃은 묘지들을 가끔씩 본다.

감귤나무의 사연

서호동이다. 요즘 우리나라 어느 농촌을 가도 그렇듯, 새집이 많고 마당에는 신형 차가 서 있고 골목길은 잘 포장되어 있다. 부자 마을 느낌을 준다. 대낮 한갓진 골목을 이리 기웃 저리 기웃 하며 걸어가는데, 담 너머에서 음료수를 앞에 두고 이야기를 나누는 마을 청년 두 사람이 보인다.

인사를 했더니 "음료수 한잔하겠느냐?"고 묻는다. 낯선 사람에게 먹을 것을 권하는 우리나라 사람들의 속 깊은 인정을 접하면 가슴이 뭉클해진다. 캐나다 사람들은 "하이" 하고 인사는 쉽게 잘해도 물 한 잔을 권하는 법이 없다. 반면 우리나라 사람들은 겉으로는 무뚝뚝해도 속에는 이렇게 인정이 살아 있다.

무슨 농사를 짓기에 동네가 이렇게 부유해 보이느냐고 물었다. 감

고근상 정상에서 바라본 남북의 풍경. 남쪽 바다 쪽으로는 섶섬·문섬·범섬이 한눈에 보인다
(위). 북쪽은 한라산이 양날개를 펼쳐 제주도 남쪽 땅을 포근하게 감싸 안은 모습이다(아래).
한라산 정상, 고근산, 범섬은 15킬로미터 일직선으로 이어진다.

귤 농사라고 했다. 이 동네에서는 제주도 동쪽에서 짓는 감자·마늘 농사도 안 되고, 서쪽에서 주로 하는 당근도 잘 안 된다. 한 해 농사 지으면 이듬해에는 땅이 반드시 쉬어야 한다. 워낙 땅이 척박해서 한 해를 쉬어야 지력이 회복된다. 서호동이 농사로 수익을 올리기 시작한 것은 1960년대 후반부터이다. 역시 주역은 밀감 농사이다.

"농사 중에서 이것 따라올 농사는 없다"고 허용해 씨(42세)는 말 했다. 일단 농사짓기가 수월하고 수익성이 어느 과일보다 좋다. "보 름 동안 약 치고, 보름 동안 수확하면 1년 농사가 끝난다. 물론 보통 은 그보다 훨씬 더 많은 정성을 쏟는다." 제주도 경제의 기둥인 이 렇게 좋은 감귤 농사가 왜 1960년대 말에 들어서야 제주도에서 본 격적으로 시작되었을까. 예전에도 제주도에는 감귤나무가 있었으나 기쁨은커녕 고통을 안겨주는 나무였다. 감귤나무에는 제주도 사람 들의 고난이 깃들여 있다.

감귤나무는 별명을 여럿 가지고 있다. 조선 시대에는 '눈물나무' 였다. 제주도에서는 예부터 중앙 정부에 지세地稅 대신 말·귤·전복· 버섯·한약재 같은 진상품을 바쳐왔다. 토질이 워낙 척박하고, 바람 과 돌이 많아 농사가 제대로 되지 않았기 때문이다. 임금과 왕실 등 중앙의 특권층을 기쁘게 하는 귀한 진상품이 되면서부터, 감귤은 제 주도 사람들을 잡는 독약으로 변했다. 덩달아 귤나무는 고통만 안겨 주는 애물단지였다.

해마다 7~8월이면 제주도 목사는 섬을 한 바퀴 도는 순력 길에 나서는데, 목사를 따르는 관속들은 감귤나무가 있는 집을 찾아다니 며 귤이 열리는 숫자를 일일이 기록했다. 그 기록은 나중에 반드시

상납해야 할 숫자이다. 농사짓는 농부가 맛을 보기는커녕, 벌레 먹어 떨어지든 바람 불어 떨어지든 관에서 기록해간 숫자만큼 채워 넣어야 했다. 귤나무 임자가 몰래 뿌리를 파버리거나 뜨거운 물을 부어 고사한 것처럼 꾸민 것은 바로 이 때문이다.

눈물과 고통의 '진상나무'는 1960년대 말에 들어 '황금나무'로 변신한다. 제주도 개발 바람을 타고 황무지·보리밭·솔밭 등이 감귤밭으로 바뀌었다. 특히 서귀포는 감귤밭이 전체 농경지의 90퍼센트에까지 이르렀다. 한라산이 차가운 북서 계절풍을 막아주기 때문이다.

그즈음 제주도 출신 재일교포들은 고향에 감귤 묘목 보내기 운동을 펼쳤는데, 그 수가 3백만 그루에 이르렀다. 귤나무 몇 그루만 있으면 자식 대학 공부를 시킬 수 있다고 하여 귤나무는 '대학나무'라 불리기도 했다. 감귤나무는 이렇게 천덕꾸러기 눈물나무에서 제주도를 먹여 살리는 황금목으로 변신했다.

서호동 두 청년은 "그것도 다 옛말"이라고 말했다. 이제는 귤 가격을 제대로 받지 못한다는 것이다. "생산량의 절반이나 되는 비상품非上品 감귤을 요즘은 출하 못하게 한다. 예전에는 비상품 감귤만으로도 의식주는 해결했다." 비상품이란 적정 기준보다 크거나 작은 귤을 뜻한다.

요즘은 상품上品 가격이 예전의 비상품 가격과 비슷하다고 했다. "상품 가격은 귤 수확 초기에는 한 관에 4천 원, 귤이 쏟아지면 2천 원, 저장 들어가면 더 떨어진다." 노지를 비닐하우스로 굳이 만드는 이유가 있다. 출하 시기를 조절하고 당도를 높여 예전의 노지 가격인 관당 7천 원을 받으려 하기 때문이다. 두 청년 중 허용해 씨가 남아 이야기를 계속 들려준다.

일반 밀감은 거름을 많이 해서 너무 커도 비상품 평가를 받는다. 맛이 떨어지기 때문이다. 비닐하우스의 비율은 전체 생산량의 20퍼센트를 차지하고 있다. 출하 시기는 그야말로 주인 마음대로이다. '하우스 귤'은 노지의 일반 조생귤이 나오기 전인 9~10월, 조생귤이 끝나는 2~3월에 주로 나온다. 노지 귤이 조생귤이라면 하우스 귤은 청견·한라봉 등이다.

부모님 모시고 살아도 같이는 안 산다

가족에 대한 질문으로 이야기가 자연스레 옮겨간다. "부모님 모시고 살아도 같이는 안 산다"는 말이 귀에 쏙 들어온다. 모시고 살아도 같이 살지 않는다? 앞뒤가 맞지 않는 얘기지만 제주도에서는 맞는 말이다. 제주도 가족 관계의 특성을 여기서 본다.

2010년 제주도 서귀포를 무대로 하는 「인생은 아름다워」(김수현 극본)라는 텔레비전 드라마가 방영되었다. 할머니는 장남의 집 옆 별채에 혼자 산다. 밖에서 작은집 살림을 하던 남편이 복귀해도 생활 방식에는 변함이 없다. 한 울타리 안에 살면서도 완전히 딴살림이다. 시어머니와 며느리가 밥을 따로 해먹는 것이 신기해 보였다. 아예 멀리 산다면 모를까 한집이나 다름없는 바로 옆에 살면서 어른 식사 봉양을 하지 않는다는 것이 이상하기까지 했다.

그런데 그것을 색다르게 보는 것은 전적으로 육지의 시각이다. '철저한 분가 원칙'이라는 제주도의 전통적인 가족 제도를 나는 올레길을 걸으면서 처음 알았다. 드라마를 보면서 품게 된 의문이 비로소 풀렸다.

예부터 제주도에서는 아들이 결혼하면 집과 경작지를 나눠주고 바로 독립시킨다. 장남이고 차남이고 예외는 없다. 부모가 집을 마련해줄 수 없어서 한 지붕 아래 살더라도, 경작지를 나누어 농사는 따로 짓는다. 부엌을 같이 써도 솥을 갈라서 상을 따로 차린다. 물론 제사를 함께 모시고 식사를 같이 하는 경우도 있고 음식을 나누기도 하지만, 기본 원칙은 어디까지나 분가이다. 과거 육지에서는 상상도 할 수 없는 전통이다.

장남이 결혼해 분가할 때, 부모가 살던 집을 물려주고 새로 살 집을 마련해 나가는 경우가 많다. 부모는 아들의 수만큼이나 집을 새로 장만하고 이사를 자주 다닐 수도 있다. 철저한 분가 원칙은 제주도 사람들의 강한 독립 정신을 반영하고 있다.

살림살이를 갈라서, 가구가 부부 중심으로 이루어지기 때문에 육지의 전통 가족 구조 속에서 일어나는 갈등이 훨씬 적을 수밖에 없다. 이를테면 고부간의 불화나 시누이·올케 사이의 갈등이 제주도에서는 별로 문제가 되지 않는다. 부모가 혼자되어 음식을 끓여먹을 수 없을 정도로 연로하면 자식이 음식을 봉양한다. 그마저도 거부하고 자식에게 부담 주기 싫다며 요양원에 가는 부모도 많다.

"어른들은 연로하셨어도 절대 일을 쉬지 않는다. 예전부터 억척같이 일을 해왔으니까. 일거리를 찾아서 텃밭이라도 가꾸신다." 이런 이야기를 해주면서 허용해 씨는 "그러고 보니 우리 제주 풍습이 육지와 많이 다르네요"라고 말했다.

제주도의 전통적인 가족 제도는 요즘 육지에서도 새로운 풍습으로 자리를 잡아가고 있다. 부모가 결혼한 자식과 함께 살고 싶어하는 경향이 사라지고 있는 것이다.

서호동에서 내려와 버스정류장 앞에서 여든이 넘어 보이는 할머니를 만났다. 혼자 산다고 하시기에 왜 편하게 봉양받지 않느냐고 물었다. 할머니는 말했다.

"같이 살면 먹기 싫어도 며느리가 차려주는 것 먹어야 하는데 그게 싫다. 따로 살면 내 맘대로 죽도 먹고, 국수도 먹고, 고기도 사다 먹고 최고로 좋지. 그렇게 하는 게 시어머니나 며느리 다 좋은 거다."

할머니에게 버스 요금을 내시느냐고 물었다. 서울과 달리 어른들이 버스를 타면서 요금 내는 것을 여러 번 보았기 때문이다. 바쁜 시간이 아닌 오전 10시~오후 5시 30분까지만 무료라고 했다. 제주도 어른들의 자립·독립심과 노인 우대를 결합시킨 형태이다.

이제 사라지고 없는 마을, 하논

버스가 다니는 길을 지나자 다시 감귤밭이 이어진다. 어느 곳으로 눈을 돌려도 감귤밭이다. 소나무·삼나무가 가로수로 높이 서 있는 근사한 길을 지나자 갑자기 앞이 탁 트인다. 평야다. 물론 뭍의 평야처럼 드넓지는 않지만 제주도에서 거의 유일하게 쌀농사를 짓는 곳이라고 했다.

하논. 호근동에 속했던 이곳에 예전에는 마을이 있었다. 하논은 제주도에서는 보기 드물게 논농사를 지어 부유했던 마을이었으나,

예전의 비극적인 사건들과 엮이는 바람에 사라지고 말았다. 지금은 봉림사라는 사찰이 재건되어 옛 마을 앞을 지키고 있다.

근세사에 기록된 하논(옛 이름 '한논'이라고도 불린다) 마을의 첫번째 사건은 1901년에 발생한 '이재수의 난'과 관련되어 있다. 한라산 남쪽(산남) 지역 최초의 성당이 1900년 6월 12일에 설립되었는데, 바로 한논성당이다. 이 성당에서 이 지역 유학자 오신락 치사 사건이 벌어져 이듬해 '신축년 대난리'(이재수의 난, 천주교에서는 신축교안이라고 부른다)의 불씨가 되고 말았다.

이재수의 난을 생생하게 재구성한 현기영의 장편소설 『변방에 우짖는 새』(창비, 1983)에는 하논 마을이 이렇게 묘사되어 있다. 다소 길지만 흥미로운 대목이어서 인용한다.

"한논 교당이 있는 호근리에서 동으로 십리 상거한 곳에 죽은 오(신락)노인의 마을인 효돈리가 있었다. 이 두 마을은 근처의 서귀포, 서홍리와 더불어 한라산 정남에 있어 한겨울에도 북풍이 침노하지 못하므로 퍽 따뜻한 곳이었다. 그리고 이 섬의 다른 지방은 폭우가 며칠 내린 뒤에나 잠시 흐르다 그치는 건천乾川이 대부분이라 걸핏하면 가뭄 타기 일쑤지만, 이곳은 사시장철 흘러내리는 에이릿내, 손밭내, 효돈내의 시원한 물소리에 항시 귓속이 맑았다. 넓은 논밭을 굽이굽이 적시며 흘러내린 이 냇물들은 바닷가에 이르러 열 길 넘는 기암절벽에 비단폭 드리운 듯 폭포수로 내리꽂혀 천하장관을 이루니, 천지연·정방·소정방 폭포가 그것이었다. 이렇게 물이 풍부하니 한논大畓이란 이름 그대로 논이 많아 밭농사가 주장인 이 섬에서 귀한 나락쌀을 내는 곳도 이 고장이었다."

한논성당은 설립한 지 2년 만에 서홍리(동) 홍로본당으로 이전했다가 1937년 지금의 서귀포성당으로 옮겨왔다. 지금 하논에는 성당 터만 남아 있다.

신축년 대난리의 불씨가 생겨난 지 47년 만에 하논 마을에는 재앙이 찾아왔다. 제주도 사람들이 '무자년 난리'라고 부르는 1948년 제주 4·3사건이다. 마을 터에 세워진 표석에 따르면, 오랜 역사를 지닌 이 마을은 1948년 11월 19일 경찰토벌대에 의해 소각·소멸되었다. 주민들은 인근 마을에 소개疏開되어 주저앉을 수밖에 없었으며, 그곳에서도 도피자 가족으로 몰리고 연좌제에 걸려 오랜 세월 곤욕을 치렀다.

예부터 제주 3읍(제주·대정·정의) 수십 마을 중에서 가장 살기가 좋았다는 이곳은 4·3사건을 겪으면서 이렇게 사라졌다. 이 마을에는 당시 16여 호 백여 명의 주민들이 살고 있었으며, 이들은 농업과 축산업에 종사했다.

하논은 모심기 채비를 하는 듯 물이 찰랑대는 논이 눈에 띈다. 폭이 4미터쯤 되어 보이는 논 옆 도랑에도 물이 흐른다. 야트막한 오름을 배경으로 황새 같은 새들이 날개를 활짝 펴고 날아다닌다. 누대로 살아온 마을이 하루아침에 사라질 정도로 큰 비극이 벌어진 곳이었으나, 지금은 언제 그런 일이 있었냐는 듯 농촌 마을 특유의 평화로움으로 가득하다.

하논을 지나 7-1 종착지인 외돌개로 가고 있는데, 서명숙 선배가 전화를 해왔다.

"너 지금 어디냐?"

7코스

외 돌 개 – 월 평 올 레

"밀림에서 염소를 따라가니
길이 나왔다"

"너 지금 어디냐?" 서선배가 전화로 물었다.

"7-1코스 하논 지났는데요?"

"그럼, 솔빛바다에 가 있을래? 거기서 보자."

솔빛바다? 익숙한 이름이지만 기억이 나지 않는다. 어쨌거나 코스가 끝나는 지점에 있겠거니 하고 걸었다. 돌연 도시가 나타난다. 관광버스가 보인다. 유명한 관광지 외돌개가 가까운 모양이다.

오전 내내 조용한 길을 걷다가 관광객으로 북적대는 곳으로 들어서니 잠시 적응이 되지 않는다. 가게에 들러 삶은 달걀 두 개와 캔맥주, 올레빵을 샀다. 올레라는 단어가 도처에서 보인다. 사단법인 제주올레는 '올레'를 상표로 등록하지 않았다. 골목과 같은 제주도의 보통명사로 여기기 때문이다. 빵·국수·민박·가게·낚시점 같은 올레길 주변의 작은 가게와 자본 들이 제주올레의 유명세 덕을 많이 본다. 올레길 주변의 소자본들이 도움받은 것은 좋은 일인데, 누구나 다 아는 초대형 기업이 올레길의 유명세에 슬쩍 무임승차하는 것은 볼썽사납다.

솔빛바다가 어떤 바다인지는 모르겠으나 그 앞에서 올레빵과 삶은 달걀로 점심 요기를 하면 좋을 것 같았다. 7코스에 막 들어서자마자 알게 되었다. 솔빛바다는 바다 이름이 아니라 올레길과 더불어 유명해진 카페였다. 서선배는 내가 당연히 알 거라고 여겼던 모양이다. 커피를 마시며 주인 김미선 씨와 이러저런 이야기를 나누고 있는데, 서선배가 어느 화가를 배웅하고 오는 길이라며 들어온다.

"폭풍의 언덕으로 가자."

'엥? 이건 또 뭐야?'하며 따라간다. 올레길에서 바다 쪽으로 살짝 벗어난 지점. 바위가 반도처럼 바다를 향해 뻗어 있다. 끝없이 펼쳐진 푸른 바다가 눈에 들어온다. 캔맥주를 마시며 한참을 앉아 있었다. 왁자지껄한 소리가 들린다. 서울에서 졸업여행을 온 대학생들이 갖가지 포즈를 취해가며 사진을 찍고 있다.

7코스의 절경이 시작된다. 중국 관광객들이 잔뜩 모여 사진을 찍는 외돌개를 지나 잘 다듬어진 공원길을 걷는다. 중간중간 정자들이 있고 길에는 나무를 깔아놓았다. 10년 전 서귀포시에서 만든 산책로지만 올레길이 생기기 전에는 사용하는 사람이 거의 없었다. 관광객들은 외돌개만 보고 돌아갔고, 지역 사람들은 굳이 여기까지 와서 걸을 일이 없었다.

방치되었던 이 길은 마치 기다렸다는 듯이 올레길로 연결되었다. 트레일이라는 형식을 갖추고 나니, 죽어 있던 나무 데크 길이 가장 유명하고 인기 있는 길로 되살아났다.

길 위에서 커플 티셔츠를 입은 남녀 여러 쌍을 만난다. 신혼부부이다. 한동안 신혼부부에게 외면당하던 제주도가 신혼여행지로 되살아난다는 느낌을 받는다. 커플 티셔츠를 입어도 새 신랑 신부답게 최신 유행을 따른다. 그들은 모두 가로줄무늬 옷을 입고 있다.

"이리 한번 가볼래?"라며 서선배가 또 앞장서서 이끈다. 올레길

7코스 초입 '폭풍의 언덕'에서 사진을 찍는 대학생들. 서울에서 제주도로 졸업여행을 왔다고 했다. 큰 바위 언덕이 바다로 뻗어 있다.

코스는 마을로 들어가게 되어 있으나 왼쪽 바다로 내려간다. 분출한 용암이 바다로 흘러오다가 돌기둥 절벽으로 굳어버린 주상절리. 바다를 향해 병풍처럼 서 있는 주상절리 아래 돌무더기 해변이 원래 올레길이었다. 어렵게 만든 길을 태풍이 지워버렸다.

지금은 크고 작은 바위들을 타고 넘어가야 한다. 힘은 들지만 재미있는 것들이 많다. 바위틈에서 민물이 흘러나온다. 물이 흐르다가 고이는 바위 웅덩이도 있다. 물이 어찌나 맑은지 손을 씻고 세수를 하다가 양말까지 벗는다. 민물에 발을 담그고 바다를 등진 채 주상절리를 감상한다. 투박하고 거친 조각품이다. 표면에 퐁퐁 뚫려 있는 작은 구멍들, 그 징그러움 때문에 내 몸에 소름이 일기도 한다. 조각칼로 쓱쓱 깎아낸 듯 매끄러운 표면도 보인다. 이 모두가 비슷

한눈에 봐도 신혼부부. 한동안 신혼부부에게 외면당하던 제주도가 신혼여행지로 되살아나고 있다. 커플티를 입은 이들이 많이 보였다.

비슷한 굵기의 일직선으로 가지런히 기둥을 이루고 있다는 사실이 놀랍다.

이번에는 바다교향곡을 연주하는 오케스트라라고 했다. '폭풍의 언덕'과 '오케스트라'. 이름도 참 그럴싸하게 잘 붙였다. 주상절리 아래, 바위 수십 개가 돌 의자처럼 평평하다. 그러고 보니 교향악단의 모양새와 비슷하다. 돌 의자에 앉아 바다를 바라본다. 파도 소리가 진짜 바다교향곡처럼 들린다.

제주도에 신화와 전설이 무수히 많듯이, 제주올레길에도 전설처럼 회자되는 이야기들이 여럿 생겨났다. 7코스 수봉로 이야기가 대표적이다. 수봉로는 올레길 개척사와 성격을 이야기해주는 길이다. 이곳에는 원래 길이 없었다. 주변에 마을이나 농경지가 없으니 높은 절벽을 통해 사람이 지나다닐 일이 없었다. 돌아가기에는 절벽 위에서 볼 수 있는 절경이 너무 아까웠다. 그러나 밀림 같은 숲속으로 길을 내는 것은 불가능해 보였다. 제주올레 서동성 탐사국장과 김수봉 탐사대원은 숲속으로 들어가는 염소를 발견했다.

염소를 따라갔더니 길이 나왔다. 동물의 길도 길은 길이다. 그 길을 곡괭이와 삽으로 넓히고 다듬었다. 5백 미터가 넘는 좁은 길이 만들어졌다. 이 길을 내는 데 가장 큰 공을 세운 탐사대원의 이름을 따서 '수봉로'라고 명명했다. 2007년의 일이다. 지금은 사람들이 하도 많이 밟아서 걷기에 수월한 길이 되었지만, 여전히 길 양쪽은 울창한 밀림이다.

잠시 숨을 돌리려고 바닷가에 앉았다. 낚시꾼이 보인다. 낚시를 던지기만 하면 10초도 지나지 않아 고기가 물려 올라온다. 놀랍고 신기해서 그쪽으로 가보았다. 낚시에는 미끼를 여러 개 꽂는데, 미끼 꽂는 시간이 고기 잡는 시간보다 훨씬 오래 걸린다. 던지기만 하면 고기가 바로 올라온다. 이런 낚시는 처음 본다. 물 반 고기 반이다.

낚시를 하던 김선환 씨(69세)는 말했다. "원래 이곳이 자리돔으로 유명하다. 5~6월이 자리철이기도 하고……" 자리돔(제주에서는 '자리'라고 부른다)은 회로도 먹고 찜을 하기도 하고 물회도 만들고 옆집에도 준다. 참 아쉽게도, 낚시꾼 곁에는 칼과 초고추장이 없었다.

김씨는 원래 광주에서 살았다. 공직에서 정년퇴직하고 3년 전에 여행을 왔다가 서귀포에 그냥 눌러앉았다. 이유는 한 가지다. "살기 좋아 보여서." "운이 맞았는지 이곳이 마음에 꼭 들었다. 여기보다 살기 좋은 곳은 세상에 없겠다는 생각이 들었다"고 김씨는 말했다.

주상절리의 '오케스트라'. 의자 모양의 작고 평평한 바위들이
마치 교향악단과 같은 모습을 하고 있다(위).
자리돔 낚시 천국. 낚시를 던지기만 하면 10초도 지나지 않아 자리돔 여러 마리가
한꺼번에 물려 올라온다. 미끼 꽂는 시간이 지루할 지경이다(아래).

뭍에서 60년을 넘게 살았는데, 불편함은 없느냐고 물었다.

"서귀포 인구 15만6천 명 중 60퍼센트가 외지 사람이다. 제주도 사람들이 육지인들을 신뢰하지 않는다면 그 원인은 육지 사람들이 제공한 것이다. 살아보니 이곳 사람들, 참 순진하고 깨끗하다."

말이 시원시원하고 명쾌하다. 그는 제주도에서 본 가장 특이한 점을 이렇게 꼽는다. "육지 여자들, 제주도 여자들 사는 거 봐야 한다. 입술에 루주 바르는 사람 없다. 애월이나 고산에 가면 밭일하고, 여기서는 11월~2월에 밀감을 딴다. 여자들이 엄청나게 고생하며 억척스럽게 일한다."

현기영의 장편 『바람 타는 섬』(창비, 1989)은 그 바쁜 제주도 여자를 이렇게 묘사한다.

"오늘도 어머니는 반나절 밭에 들고, 반나절 물에 들면서 종일 쉴 참 없이 바쁠 텐데, 오줌허벅 지고 마늘밭으로 달려가고, 테왁 바구니 지고 바다로 달려가고……"

예부터 여성 노동 중심의 밭농사와 잠수업 위주로 생업을 이어왔고 그 문화가 아직 남아서 그런지 제주도 여성들은 지금도 종일 쉴 참 없이 바쁘다. 그러고 보니 제주 여자인 서선배는 예전에 늘 바빴고 지금도 참 바쁘다. 서선배가 바삐 전화를 걸기 시작한다. 수봉로를 지나면서 초기 탐사대원들이 생각난 모양이다.

"오늘 내가 쏜다. 법환포구로 모여라."

제주올레를 걷는 사람, 그리고 만든 사람

'번개모임'에는 서동성 전 탐사국장과 필명 '로망' 님이 열혈 올레꾼 자격으로 달려왔다. 법환포구에서 나는 하루 일정을 끝냈다. 7-1코스 14.1킬로미터를 포함해 오늘 18.8킬로미터를 걸었다. 다른 때보다 조금 짧은 거리지만, 흥미로운 인물들을 만났으니 아쉬움은 없다. 제주올레 탐사국장으로서 길을 찾고 열고 연결한 서동성 씨와 자타가 인정하는 '올레 폐인' 로망 님.

50대 중반인 로망 님은 서울의 한 고등학교 선생님이다. 그이는 2008년 2월 이후 적어도 한 달에 한 번은 제주올레길을 걷는다. 제주올레 홈페이지에 쓰는 생생하고 재미있는 여행기 때문에 올레꾼들 사이에 명성이 자자하다.

로망 허능회 씨의 필명은 원래 면도날이었다. 필명처럼 사회비평을 날카롭게 하면 할수록 "마음이 망가졌다"고 그는 말했다. 제주올레를 접하고 그는 그냥 걷기 시작했다. 그에게 제주올레 도보 여행이란 "아무리 먹어도 물리지 않으면서, 우리의 눈과 귀와 코와 혀 및 기타 촉각을 모두 만족시키는 멋진 음식과 같다."

제주올레의 무엇이 날카로운 면도날을 꿈꾸는 로망(낭만)주의자로 바꿔놓았을까. "처음에는 육지에서 못 보던 풍경에 매료되었다. 지금은 길 위에서 만나는 사람들에게 빠져들고 있다." 상처 입고 힘들고 어려운 사람들이 이곳에 와서 걷고, 숙소에서 다른 이들과 만나 서로 공감하면서 마음의 위로를 얻게 된다고 했다. 그는 50대 도보 여행자들이 부쩍 늘어난 이유를 거기에서 찾는다.

자리를 함께한 서동성 씨는 서명숙 이사장의 막냇동생. 제주도에 온 첫날 내게 일정표를 만들어준 사람이다. 서이사장이 트레일을 만들겠다는 꿈을 안고 고향 서귀포로 내려왔을 때, 그 꿈을 현실로 만들어낸 이들은 고향에 살고 있던 두 동생과 그들의 토박이 친구들이었다. 대장이 목표를 제시하면 그들은 전략을 짜서 앞으로 나아간 돌격대였다.

서동성 씨는 누나와 형 서동철 씨가 하는 일을 지켜보면서 처음에는 심드렁해했다. "누나와 형이 길을 찾는다는 이야기를 들었지만 관심도 갖지 않았다. 1코스 개장 행사 때 와달라고 해서 갔더니, 올레길이 알려지기 전이어서 그런지 도와주는 사람이 거의 없었다. 내가 커피를 들고 오름 정상에 올라갔다. 나는 동생이니까."

서씨는 그곳에서 사람들이 감동받는 모습을 보고 마음이 움직였다. 이런 일이 사람들을 감동시킬 수 있구나 하고…… 이후 서씨는 개장 행사를 돕다가 형의 뒤를 이어 탐사대장을 맡았다. 옛길을 찾아 연결하고 때로는 밀림도 뚫고 바다의 바윗길도 평평하게 만들어야 하는 역할이었다. "일이 힘들어 지칠 때마다 길에서 사람들이 감동받는 것을 보고 에너지를 얻었다"고 서씨는 말했다.

트레일이라는 것이 한국에 알려지지 않아서 제주올레길이 생길 즈음에는 후원자는커녕 도와주는 이도 거의 없었다. 지금은 개인·기업 후원자들이 있고 자원봉사자도 많지만 초창기 자원봉사자라고는 가족과 친구들뿐이었다. 그들은 '공구리와의 전쟁'을 벌였다. 길만 보였다 하면 콘크리트를 깔아대려는 '세력'이 있었다. 그 세력이 오기 전에 올레길을 먼저 내놓아야 흙길을 그나마 지킬 수 있었다.

그들이 다소 무리를 하며 길 내는 속도를 높였기에 올레길의 절반을 흙길로 만들어낼 수 있었다. 그들이 제주도에서 올레길을 내는 사이에 제주올레가 점화한 걷기 문화는 전국에 들불처럼 번져나갔다. 올레길도 빠르게 냈지만 걷기 문화의 전파 또한 속도전을 방불케 했다.

아마도 세계적으로 유명한 트레일 중에서 이렇게 시작한 전례는 찾아보기 어려울 것이다. 캐나다 브루스트레일만 해도 7년 동안의 준비 작업을 거치면서 행정 지원 및 후원을 어느 정도 확보한 상태에서 길을 만들기 시작했다.

우리나라에 생겨난 수백 개의 걷는 길 가운데 제주올레길이 돋보이는 까닭은 원조이기 때문만은 아니다. 제주올레길에서 가장 빛나는 대목은 민간의 자발적인 의지로 시작되어, 지금까지 순전히 민간의 힘으로 운영되고 있다는 사실이다. 관이 주도한다고 하여 나쁠 것은 없으나, 민간 차원에서 출발해 시민들의 자발적인 참여로 운영되는 것에 비한다면 생동감이나 생명력은 확실하게 떨어진다. 자발성의 여부 때문이다.

민간 차원에서 운영하는 국내에서 유일한 트레일이 바로 제주올레길이다. 나는 자기 고향에 무한 기부도 마다 않는 제주도 특유의 강력한 애향 문화, 공동체 문화가 제주올레길의 밑바닥에 깔려 있다고 확신한다. 이 대목에 대해서는 앞으로 이야기할 기회가 여러 차례 있을 것이다.

일단 일에 뛰어든 이상 서동성 씨는 '꼼꼼주의자'로서 자기 성격에 맞게 일을 해야 했다. 서동성과 그의 친구들은 길을 내면서 많은 난관을 완벽하게 넘어서야 했다. 사유지를 지나갈 일이 생기면 주인을 만나 설득하고, 사라진 옛길을 찾고, 없는 길은 만들어야 했다. 올레 정신에서 어긋난다며 포클레인 한 번도 쓰지 않고 삽과 곡괭이만으로 작업을 했으니, 길을 낸 사람들의 고초가 얼마나 컸을까 하는 것은 길을 걸어본 사람이면 안다. 때로는 그냥 걷기에도 힘에 부치는 길들을 그들은 찾거나 만들어냈다.

서동성 씨가 가장 아쉬워하는 길은 오늘 내가 걸어온 7코스 바닷길이다. 그는 그 길을 '전설의 길' '묻혀버린 길'이라고 부른다. 크고 울퉁불퉁한 바위들을 도르래로 들어올리고 아귀를 딱딱 맞췄다. 해변에 평평하고 반듯한 돌길이 탄생했다. 해안의 뙤약볕 아래에서 서동성팀 일곱 명은 한여름 내내 바위와 씨름을 했다. 올레길에서 가장 많은 힘과 에너지를 쏟아부은 곳이 여기라고 했다. 길을 만든 사람들이 감동을 받은 길이다. 그러나 그 감동은 오래가지 않았다. 한반도를 강타한 태풍 볼라벤이 그 길을 삼켜버렸기 때문이다.

함께 얘기를 나누던 서선배는 말했다. "동성이가 길을 하나 찾아내면 기자 시절 특종한 것보다 더 짜릿했다. 특종은 사람을 때로 괴롭게 하지만, 길은 사람들을 영원히 행복하게 만드니까." 서동성 씨가 누나의 말을 받았다.

"길을 하나 찾으면 기분이 너무 좋아서 그날은 그것으로 일을 끝냈다. 빨리 자축을 해야 하니까."

서귀포에서 저녁식사를 했다. 밤 풍경이 좋아서 서귀포 시내를 어슬렁거리며 돌아다녔다. 시내 상점마다 불이 환하게 밝혀져 있다. 작은 가게에 들어갔더니 주인이 서선배를 알아보고 반색한다. "꼭 만나보고 싶던 서명숙 이사장이우다. 우리 제주도 전 도민이 감사해야 할 분이우다."

제주와 몽골

첫날 묵었던 게스트하우스 '꼬닥꼬닥'에서 다시 잠을 잤다. 아침 일찍 짐을 챙겨 나오는데, 먼저 일어난 사람들이 1층 주방에서 먹을 것을 들고 나온다. 게스트하우스에서는 아침을 만들어 먹을 수 있다고 했다. 2만 원에 재워주고 아침까지 주면서 어떻게 운영하나 싶었다. 내가 걱정할 일은 아니지만 궁금하기는 했다.

주방에는 빵과 계란, 라면이 있다. 음료수와 커피도 준비되어 있다. 낯익은 얼굴들이 보인다. 함께 4코스를 걸었던 강아무개 씨와 4코스 걷던 날 아침에 만난 이동우 씨다. 같은 시기에 종주하는 사람들이다 보니 자주 만나게 된다. 외국에서든 올레길에서든 동족을 보면 반갑다.

서귀포의 아침 시내버스 정류장은 붐볐다. 출근하는 직장인들, 등교하는 학생들, 그리고 나처럼 배낭을 멘 도보 여행자들로 가득하다. 외국인 젊은이 네 명이 지도를 들여다보며 상의하는 모습이 눈에 띈다.

서쪽으로 가는 버스를 타고 어제 걷다가 중단한 7코스 법환포구로 다시 갔다. 법환리는 소라·전복·해삼이 제주도에서 가장 많이 나는 곳이고, 해녀문화로 유명한 마을이라고 안내판은 소개한다. 바닷가에 만들어진 해녀 조각상들이 볼 만하다.

법환포구를 지나면서부터 해안길은 걷기에 편하다. 어제 고근산 정상에서 보았던 범섬이 나타난다. 고려 공민왕 23년(1374년) 최영

법환포구의 해녀 조각상. 법환리는 소라·전복·해삼이 제주도에서 가장 많이 나는 곳으로 알려져 있다. 해녀문화로 유명한 동네로, 바닷가에 해녀 조각상을 여러 점 세워놓았다.

장군은 97년 동안 몽골이 지배하던 제주도에서 몽골 세력을 몰아낸다. 당시 제주도에서 말을 키우던 몽골인의 후예 목호牧胡들은 고려의 정벌에 저항하다가 범섬에서 최후를 맞이한다.

제주도에 와서 처음 알게 되는 역사가 많다. 삼별초의 최후 저항 기지가 제주도였다는 상식적인 사실까지만 알고 있을 뿐, 그 뒤에 전개된 몽골의 한반도·제주도 분리 지배에 대해서는 아는 바가 없었다. 고려를 침공한 몽골은 고려는 부마국으로 삼고, 제주도는 따로 떼어 직할령으로 만들어버렸다.

동유럽·중앙아시아·서아시아 등 몽골이 정복한 모든 곳에는 몽골의 말들을 사육할 풍부한 초지가 있었다. 그러나 중국 대륙과 한반도에서는 제주도가 유일하게 비옥한 초지였다. 몽골은 제주도에서 삼별초를 전멸시킨 후 직할령 제주도를 탐라국이라 칭하고 몽골 기병 천7백 명을 파견했다. 몽골은 제주도를 열네 개 국립목장의 하나로 만들었을 뿐만 아니라, 남송과 일본을 치기 위한 교두보로 삼았다.

1360년대 몽골이 세운 중국의 원이 쇠망하자 중국 내의 몽골인들은 말을 타고 자기 땅으로 돌아갔다. 이를 '원의 북귀北歸'라 하는데, 제주도의 몽골 후예들은 돌아가지 않은 채 그대로 눌러앉았다. 백년 가까이 제주도에 살아온 그들은 반원정책을 표방한 고려 공민왕에 반기를 들었다. 원에 이어 명나라가 제주도에 눈독을 들이는 터여서, 공민왕은 서둘러 몽골 직할령 탐라국 정벌에 나섰다. 최영 장군이 정예병 2만5천여 명을 이끌고 상륙해 치열한 전투를 벌였고, 목호 수뇌부는 법환포구 앞 범섬에서 궤멸되었다.

제주도에서 몽골 지배의 흔적은 지금까지도 많이 남아 있다. 몽골의 전투용 호마胡馬와 제주도 토종 과하마의 잡종 교배로 태어나 제주도 풍토에 적응한 말이 제주도 특유의 조랑말이다. 몽골은 제주도에 목마장을 설치하면서 거세술을 비롯한 말의 사육 방식을 전했다. 제주도에만 있는 성씨姓氏인 애기구덕·물허벅 등이 몽골의 유산으로 알려져 있다. "말을 낳으면 제주도로 보내라"는 말도 몽골의 지배 후에 생겨났다.

우리 바당 지켜줍서

바닷가 평탄한 길이 이어진다. 노란색 유니폼에 모자를 쓰고 길가에서 풀을 베는 아주머니들이 보인다. 인사를 하자 또 같은 반응이 나온다.

"왜 혼자 왔어요?"

버스로 15분 거리에 있는 중산간 마을에 사는 분들인데, 풀베기 작업을 하려고 내려왔다. 하루 다섯 시간 일하면 2만5천 원을 번다. 돈이 궁해서 하는 일이 아니다. 올레길을 걸으면서 들었던 잠시도 놀지 않는 제주도 여성들의 전형을 본다. "놀면 뭘 해? 움직일 수 있으면 일해야지."

"물질은 안하느냐"는 질문에 "마을 바다가 없어서 젊을 때도 물질은 하지 않았다"고 했다. 말은 간결하고 명쾌하게 이어진다. "헤엄도 못 쳐. 마을마다 자기 구역이 있어서 거기 들어가면 난리 나지. 물이 빠지면 걸어 다니며 고메기 정도나 잡을 수 있을까, 더 이상 하면 쇠고랑 차. 하지 말라는 건 하지 말아야지."

70대 어른들을 만난 김에 어제 들었던 '한 울타리 두 가족'에 대해 다시 물어보았다. 예외는 없었다. 어른들은 돌아가면서 한마디씩 한다.

결혼하면 분가해주고 간섭하지 않는다, 살림살이가 부모가 크면 안채, 그렇지 않으면 아들에게 안채를 내주고 부모는 바깥채로 나간다, 맛있는 음식은 나누지만 한 울타리라도 생활은 따로 한다, 형제 간에도 서로 조금씩 도와주기는 하지만 헌신적으로는 하지 않는다. "그게 좋지 뭐. 형제간에도 사람이 다르니까. 놀면서 자꾸 손 벌리면 어떻게 해? 뭍에 딸을 시집보냈더니 시동생들 다 결혼시키고, 시부모는 손 하나 까딱 안하더라고. 참 이상하지?"

"육지에서는 시집살이가 있지만 여기서는 분리해버리면 끝"이라는 말이 나오자 "철이네는 어때?" 하고 묻는다. 철이네는 40년 전 충북 제천에서 이곳으로 이사를 왔는데 맺힌 것이 많은지 엉뚱한 이야기를 한다.

"처음엔 텃세 때문에 고생 많았지. 어디서 빌어먹다가 제주까지 흘러왔나 하는 말도 들었으니까. 그때는 뭍사람을 사람으로 보질 않더라고." 이 말에 다른 이들이 "왜, 우리가 물도 주고, 음식도 주고 했잖아"라고 항의한다. "이젠 그랬단 봐라, 가만 안 둘 겨." 낫을 들고 제천댁이 소리치자 웃음이 폭죽처럼 터진다.

이들은 귤 농사를 지어서 호강하며 살았다고 했다.

"언제부터요?"

"우리 막내가 태어나기 전부터니까. 막내가 지금 마흔넷이거든요."

이야기는 중국 사람들에게까지 옮겨간다. "중국 사람들이 제주도 땅을 많이 산대. 자칫하면 제주도가 중국 땅 되는 거지. 걱정이야."

건강하시라는 인사에 또 이렇게 인사한다. "혼자 다니지 마. 마누라하고 같이 다녀."

어떤 연유로 제주도 어른들은 자꾸 이런 말을 할까 퍽 궁금했다.

바다를 따라 걷는 길이 일품이다. 오밀조밀한 돌을 밟으며 해안을 따라 걷기도 하고, 밭길도 걷는다. 한창 파를 수확 중이다. 풍림리조트를 지나 강정천에 이르기까지 여러 볼거리들이 잇달아 등장한다. 악근천을 건너가는 나무다리도 재미있고, 풍림리조트 안에 있는 정자에서 바다를 바라보며 쉬는 맛도 좋다. 강정천 바닥의 바위 위를 성큼성큼 뛰다시피 건너면 육모꼴 기둥들이 웅장하게 서 있는 주상절리대가 등장한다.

이 모든 자연 경관을 마음 편하게 즐기다가 아연 긴장하게 하는 광경과 맞닥뜨린다. 강정마을 해군기지 공사 현장. 올레길을 걸으면

올레길에서 유일하게 맞닥뜨린 긴장되는 현장. 강정마을 해군기지 공사 현장에서 벌어지는 항의 시위이다. 올레길 옆 담장에는 철조망이 쳐져 있고 "우리 바당 지켜줍서"라는 구호 등이 적혀 있다.

서 처음 접하는 살풍경이다. 공사장의 소음과 먼지, 항의 플래카드와 구호가 난무한다. 길 한쪽에서는 미사를 봉헌 중이다. 공사 차량이 드나드는 입구를 천주교 신부와 수사, 평신도 네 명이 가로막고 앉자 경찰이 의자째 들어 옆으로 옮긴다. 차량이 빠져나가면 다시 의자를 들고 그 자리에 가서 앉는 일이 반복된다. 무거운 내용의 퍼포먼스를 보는 듯하다.

소리를 지르느라 목이 쉰 한 여성 활동가는 "이미 결정되지 않았나요?"라는 말에 "결정되었다고 그냥 수긍하고 받아들여야 할 문제입니까?"라고 반문한다. "부당하니까 자꾸 이야기해야죠. 한반도와 동아시아의 평화를 다루는 문제인데……"

올레길 옆 담장에는 철조망이 쳐져 있다. 철조망 아래 담장에 적힌 구호 중에 "우리 바당(바다) 지켜줍서"라는 것이 보인다. 대학 시절 현기영의 소설을 처음 읽으면서 가장 아프게 다가온 말이 "살려

물질 도구를 챙겨 바다로 나가는 해녀. 마을이 바다에서 멀리 떨어져 있어서 '오토바이'를 타고 일을 나간다(왼쪽). 굿당산책로라는 숲길에서 백구 한 마리와 20분 넘게 동행을 했다. 큰길이 나오자 백구는 걸음을 딱 멈추고 여행자를 떠나보냈다(오른쪽).

줍서"였다. 지켜줍서와 살려줍서가 오버랩된다.

강정마을 앞바다로 가던 올레길은 담장에 막혀 마을로 돌아간다. 해군기지가 들어서는 강정마을을 책마을로 꾸민다는 이야기를 들은 터여서 찾아보고 싶었다. 지나는 길에 눈에 띄지 않아서 "다음에 찾아보지, 뭐" 하다가 결국 가보지 못했다. 길은 한번 지나가면 다시 돌아가기가 거의 불가능하다.

7코스의 막바지. 길가 정자에 사람들이 모여서 이러저런 이야기를 나누었다. 공교롭게도 50대 이상 장년층이 대부분이다. 한라산에서 내려왔다는 이들도 있고, 올레길을 거꾸로 걷는 사람도 있다. 그중 내 또래 사람과 우연찮게 동행하게 되었다. '굿당 산책로'라는 숲길 입구를 지나는데, 백구 한 마리가 따라붙었다. 50대 초반의 그 남자는 거의 "엄마야~" 하는 수준으로 개를 무서워했다. 그러고는 나에게 바짝 붙어 떨어지지 않았다. "어릴 적에 크게 놀란 적이 있어서요."

　백구는 그 남자가 보이는 행동이 재미있었던지 20분 이상 우리를 따라왔다. 남자도 나와 떨어지지 않으려 했다. 바다가 보이는 아름다운 소나무 숲길을 나는 개와 개를 무서워하는 남자와 함께 걸었다. 즐거웠다.

8코스

월 평 - 대 평 올 레

다리 밑에서
자리물회를 얻어먹다

소나무 숲길을 지나서도 한참을 동행하던 백구는 자동차 도로가 나오자 딱 멈춰 섰다. 그리고 그 자리에 앉아 우리를 배웅했다. 신기했다. 개를 무서워하는 조아무개 씨가 나한테 바싹 붙어 걷는 바람에, 올레길에서 30분 전에 처음 만난 우리는 금세 친한 사이가 된 기분이 들었다. 그이는 말했다. "혼자 있었으면 큰일날 뻔했어요."

낯선 사람인데도 자기 이야기를 편하게 털어놓았다. 여행 중인데다 서로의 처지를 잘 이해할 수 있는 동년배여서 그랬을 것이다. 출신 학교와 회사 등 족보를 따지고 들면, 한 다리만 건너도 알 만한 사이라는 감이 있지만 그것은 일부러 피했다.

조씨와 함께 걸으며 이야기하는 데 정신을 팔다 보니 어디를 어떻게 지났는지 기억이 잘 나지 않는다. 사진도 훨씬 적게 찍었다. 그저 월평마을 출발점에 있는 인상적인 비석거리가 떠오른다. 비석 내용을 들여다보지 않았으나, 마을 입구 가장 잘 보이는 자리에 정성스레 조성해놓은 것을 보면 틀림없이 마을 발전을 위해 기부한 이들의 공덕을 기리는 비석일 것이다.

남쪽 바다를 향해 웅장하게 서 있는 약천사와 대포포구 등을 지나면서 조씨와 이야기를 계속했다. 우리는 대학으로 치면 80년대 초반 학번, 베이비부머(1955~1963년생)의 막내 연배로서 정치적·경제적

격동기에 10대 후반과 20대를 보냈다. 중장년에 이르러 격변하는 사회 분위기에 다시금 떨고 있는 연배이기도 하다.

조씨는 대학 졸업 후 내로라하는 대기업에서 줄곧 일해왔고, 지금은 고위직 간부이다. 그가 배낭을 둘러메고 모자를 눌러쓴 채 홀로 제주올레길 걷기에 나선 이유는 "정말로 좀 쉬고 싶어서"이다. 남부러울 것 없어 보이는 국내 굴지의 대기업 간부는 왜 그토록 쉬고 싶을까? 왜 그는 제주올레길을 힘들게 걸으면서 쉬려고 하나?

길을 걷는 자들이여, 기죽지 맙시다!

그는 닷새 예정으로 제주도에 내려왔다. 아내가 함께하지 못한 이유는 둘째가 고3 수험생이기 때문이다. 무엇이 그렇게 힘든가 하고 물었다. "회사에서 당장 어떻게 된 것은 아니고, 26년 동안 일했는데 요즘 분위기가 많이 바뀌었다. 이제 한계까지 온 것 같다. 50대는 버티기가 참 힘들다."

조씨의 가장 큰 걱정거리는 "그만두면 뭐하고 사나?" 하는 것이다. 돈 들어갈 곳이 한창 많을 때인데, 직장에서 나오면 마땅히 할 만한 일이 없다. 예전부터 회사 문화가 그랬다면 대비라도 해왔을 터인데, 분위기가 갑자기 달라져서 그는 당황하고 있다. 그이는 20대 중반 입사할 때부터 동기들 가운데 늘 선두에 서 있었다. 누구보다 열심히 일했고 회사 기여도도 높아서 "정년퇴임하기 전에 잘릴 일은 절대 없을 것"이라고 확신했다.

그런데 환경이 급변했다. 갑작스러운 변화에 버티는 데도 한계가

온 것 같다고 그는 말했다. "어느 순간 되니까 자존심도 없어진다. 이런 상황이 정말 힘들다." 조씨는 답답해서, 그냥 걸으면서 그저 바람을 좀 쐬고 싶었노라고 했다.

나도 캐나다에 왜 살러 갔으며, 지난 10년 동안 어떻게 살았고, 제주올레길은 어떻게 걸으러 왔나 하는 이야기를 그에게 들려주었다. 40년 이상을 같은 시대 환경 속에서 살아서 그런지 말이 아주 잘 통한다.

이야기에 정신이 팔려 길을 잃어버렸다. 정신을 차리고 보니 자동차 도로 위였다. 멀리 계곡 다리 아래 그늘에 앉아 쉬는 사람들이 보인다. 길을 물어보려고 그쪽으로 내려갔다.

중년 부부 두 쌍이 밥과 반찬을 펼쳐놓고 반주를 곁들여 식사를 하는 중이다. 길을 물었는데도 대답은 하지 않고 자꾸 앉으라고만 한다. 택시 운전기사들이다. 쉬는 날이어서 나들이를 나왔다고 했다. 한쪽에서는 돼지고기를 굽고, 또 한쪽에서는 생선 손질이 한창이다. 어제 낚시꾼 옆에서 입맛을 다셨던 자리돔이다. 자리돔을 칼로 쓱쓱 자르더니 생고추와 마늘, 깻잎 등을 넣고 물회를 만든다.

먹어보라고 권한다. 개울물에 씻은 숟가락으로 자리물회를 푹푹 퍼먹으면서 나는 "낚시로 잡았느냐?"고 물었다. 토박이들이라 다르다. "낚시로도 잡지만 항상 그 자리에 있다고 자리다. 그 자리에서 그냥 잡으면 된다." 자리돔은 부산에서도 나고 울릉도에서도 잡히는데 "그쪽에서는 이렇게 만들어 먹을 줄 모른다"고 말했다.

조아무개 씨에게도 숟가락을 씻어 권한다. 전형적인 도시 사람인 하얀 얼굴의 대기업 간부는 난감한 표정을 짓는다. 그이는 잠깐 먹는 시늉만 하더니 "이제 그만 가자"고 재촉한다. "이거 다 안 먹고 가면 섭섭하다"며 사람들이 붙잡아도 "아, 갈 길이 좀 바빠서요"라면서 일어선다. 나는 '몇 숟갈 먹지도 못했는데 저 친구가 왜 저러나' 하면서 따라 일어섰다. 혼자 남으면 그가 배신감을 가질 것 같았다.

서귀포시 대포동이라고 했다. 자리물회를 준 이들이 가르쳐준 대로 길을 따라갔다. 번듯한 식당이 나오자 "밥을 제대로 먹어야 길을 잘 걷지요"라고 조씨는 말한다. '이 친구 비위가 어지간히도 약하구나' 싶었다.

나는 갈치국을 먹고 싶었으나 그는 "우리, 모험하지 말죠"라며 갈치찜을 주문한다. 음식보다는 이야기에 더 집중을 하고 싶었던 모양이다. 그는 구체적인 속내를 이야기한다. 최근 회사에서 대규모 명예퇴직이 이루어졌다. 그는 그 방식 때문에 충격을 많이 받았다. 능력이 있건 없건 가리지 않고 몇 년생 이상을 모두 그만두게 했다는 것이다(몇 년생인지 들었으나 쓰지 말라는 부탁이 있었다).

"바로 내 앞에서 잘려나갔는데 능력 있는 선배들, 안타까운 선배들이 많았다. 아무리 열심히 일한다 한들 미래가 없다. 충격이었다."

이야기를 듣고 보니 '멘붕'이 올 법도 하다. 누구도 불만을 가질 수 없게 하는 아주 '공평'한, 그러나 초강력 처방이기 때문이다. 마치 자를 대고 나이라는 숫자에 빨간 줄을 그은 다음 그 위를 털어낸다는 느낌이 든다. 혼자 걸으며 노래도 부르고, 바다를 보며 소리도 지르고 했다는 조씨는 느닷없이 "미안하다"고 말했다. "나는 다 털어놓아서 속이 시원한데, 처음 만나서 결례를 한 것 같다." 그러고는 점심 값을 서둘러 낸다. 나는 그가 속을 시원하게 털어놓아서 오히려 고마웠다. 가까운 친구들끼리도 잘 나누지 못하는 한국 중년 남성의 슬픔을 제대로 보았기 때문이다.

속 깊은 이야기를 나누다 보니 어느덧 친해진 기분이 든다. 식사를 하고도 한참을 함께 걸었다. 감귤 무인판매대가 나온다. 세 개가 든 한 바구니가 2천 원. 돈 받는 사람이 없으니 꼭 넣어야 한다는 강박 같은 것이 생겨난다. 판매대 옆 오두막에서 귤을 까먹었는데, 껍질이 두꺼워서 꽤 고생을 했다.

중문해수욕장이 가까워지자 풍경이 갑자기 달라지기 시작한다. 바다는 그대로인데, 걷는 길에는 '인공'이 확실히 많이 가미되었다. 야자수 가로수 아래로 걷는 길이 나 있으나, 길이 붉은색으로 포장되어 있으니 걷는 맛은 확실히 떨어진다.

사람도 부쩍 많아졌다. 차림새가 비슷한 많은 사람들 중에서도 일반 관광객과 잠시라도 길을 걷는 올레꾼은 쉽게 구별된다. 걷는 이들은 모자를 쓰고, 등산화를 신었으며, 배낭을 메고 있다.

조아무개 씨와 계속 걷고 있는데 40대 초반으로 보이는 여성 세명이 걷다가 길을 물어본다. 중문 하얏트호텔이 얼마나 남았느냐고. 그곳에서 택시 기사가 기다린다고 했다. 무슨 말인가 싶었더니, 올레길은 7코스, 8코스 일부만 걷고 택시를 타고 다음 장소로 옮겨가기로 했다는 얘기다.

세 사람은 말이 많고 다소 흥분되어 있다. 하얏트호텔까지 함께 걸으면서 이런저런 이야기를 나누었다. 조아무개 씨도 마치 내 친구처럼 자연스럽게 대화에 녹아든다.

벼락치기가 공부에만 있는 것은 아니다. 경기도 안양에서 온 주부

하얏트호텔 앞 해변에서 만난 젊은 엄마와 어린 딸. 모래가 곱고 부드러워 아기들도 편하게 앉아 놀 수 있다(왼쪽). 경기도 안양에서 온 주부들. 집에서 새벽에 출발해 다음날 밤늦게 돌아가는 '벼락치기 여행' 중이지만 "제주올레는 엄마들의 꿈인데 이게 어디냐"고들 했다(오른쪽).

세 명은 벼락치기 여행 중이다. 남편과 아이들한테서 받은 어버이날 선물이다. 집에서 오늘 새벽 5시에 출발해, 제주도에 9시에 도착. 택시를 대절해 서귀포로 바로 내려와 올레길을 걷고, 밤새 놀고 내일은 한라산 등정을 한 다음 오후 9시 비행기로 돌아간다. 휴가를 이틀밖에 못 받았으나 "그게 어디냐"고들 했다. 한 사람이 말했다.

"제주올레는 엄마들의 꿈이에요. 엄마들이 제주도에 한번 오기가 얼마나 힘든데요. 아이들 뒷바라지해야죠, 시장 가서 콩나물 값 깎아야죠……" 세 사람은 같은 아파트에 살면서 한 달에 한 번씩 산행을 한다고 했다. 씩씩하고 건강해 보인다. 먹을 것을 나눠준다. 작은 크기의 귤 몇 알이다. 먹을 것을 주는 인정은 우리나라 사람들의 몸에 밴 문화라는 사실을 다시 한번 확인한다.

하얏트호텔 주차장에서 조아무개 씨, 안양 주부 3인방과 헤어졌다. 조씨는 이곳에 친구가 나오기로 했다며 작별을 아쉬워했다. 부지불식간에 이 말이 입 밖으로 나왔다. "기죽지 맙시다!"

제주도는 호수 같은 섬

종점까지 10킬로미터 남짓 남았다. 걷는 것은 문제가 아니지만 길이 별로 좋지 않다. 차도를 따라 아스팔트와 시멘트 길이 길게 나 있다. 커피를 마시고 싶은데 또 대형 프랜차이즈 커피점밖에 없다. 왜 오나가나 똑같은 프랜차이즈들뿐일까. 표준화·정형화하여 몰개성적이다. 커피 맛이라도 좋다면야 비싼 가격을 감수할 용의가 있다. 그러나 경험상 후회할 것이 뻔하다. 편의점에서 파는 천5백 원짜리 커피가 여러 모로 낫다. 맛은 비슷하고 가격은 훨씬 싸다.

잠깐 앉아서 커피를 마시니 힘이 좀 난다. 올레길은 도로 옆 인도로 4킬로미터 가까이 이어져 있다. 다소 지루한 풍경은 참을 수 있으나 슬슬 아파오기 시작하는 무릎 관절은 신경에 거슬린다. 토론토에서 평소 일주일에 네댓 번 한 시간씩 뛰어서, 시멘트 길에 대해 불편함을 거의 느끼지 못했더랬다. 제주올레길의 이 구간에 이르러 시멘트와 아스팔트 길이 걷기에 얼마나 불편한 길인가를 처음으로 실감한다.

우선 흙길은 밟는 곳마다 다른 모양, 다른 느낌이지만 시멘트 길은 어느 곳을 밟아도 똑같은 느낌이다. 발에 와 닿는 길의 느낌이 프랜차이즈 커피점처럼 획일적이다. 똑같은 강도의 딱딱함이 오랜 시간 지속적으로 발에 와 닿아 피로감이 더하다.

자전거 한 대 보이지 않는 도로에 자전거 전용 도로는 파란색으로 잘 만들어져 있다. 기술적인 어려움은 있겠으나, 토론토처럼 인도의 시멘트 길을 조금 줄이고 그 옆에 흙이나 잔디 길을 50센티미터 정도만 내주면 훨씬 더 좋았을 것이다. 흙길을 이렇게까지 바라기는 처음이다. 예래생태공원에 접어들면서 "야, 흙길이다" 하는 탄성이 절로 나왔다.

대왕수천 예래생태공원에서 다시금 느낀다. 제주도는 보면 볼수록 위대한 섬이다. 이곳 대왕수천이라는 이름의 개울에는 사시사철 물이 흐르고, 물에는 참게·은어·송사리 등이 산다. 그 주변에는 애기범부채·어리연꽃·죽절초·꽃창포 같은 희귀한 식물이 많다. 잘 꾸미려는 노력이 조금 지나친 듯 너무 깔끔하게 정리된 것이 오히려 흠이지만 2킬로미터 이상 이어지는 생태공원에는 볼 만한 것들이 많다.

개울물이 맑다. 아스팔트 길에서 받은 피로감이 많이 씻기는 느낌이다. 쑥을 뜯는 어른이 보인다. 인사할 기운도 없어서 간신히 소리를 냈다. "안녕하세요?" 내 모습에서 피로감을 읽었던지 "조금만 더 내려가면 시원한 바다 나와요"라고 말한다. 다시 바다가 나왔다.

민물이 바다와 만나는 지점에 돌담이 단정하게 쌓여 있다. 예전에 있던 것을 보수한 흔적이 보인다. 입구에 놓인 둥근 돌에 붉은 글씨가 희미하게 적혀 있다. '여탕.' 목욕탕이라는 얘기다. 남탕도 있겠다 싶어 찾았더니 조금 떨어진 곳에 만들어져 있다.

남탕 안으로는 대형 시멘트 원통 관을 통해 물이 콸콸 쏟아지고 있다. 아직 더위가 오지 않아 사용하는 사람은 없지만 여름만 되면 동네의 명소가 될 것으로 보인다. 제주도의 해안가에는 이렇게 사시사철 지하수가 펑펑 솟아오른다. 제주도에서 비는 내리자마자 땅으로 스며들어 이렇게 해안가 해발 2백 미터 이하에서 용천수로 터져

나온다. 그 바람에 마을이 해안가에 집중적으로 분포되어 있다. 중고교 지리 시간에 배워 알고 있던 사실이다. 제주도는 섬 자체가 엄청난 양의 물을 머금은 호수 같은 섬이다. 호수는 눈에 보이지 않을 뿐이다. 땅 속 호수에 잠긴 물이 곳곳에서 용천수로 터져나온다.

폭포를 보면 워낙 물이 많아서 그러려니 한다. 반면 이렇게 해안가 마을에 솟아나는 물을 보면 폭포보다 더 신기하다.

상수도가 보급되기 전, 지하수가 나오는 곳들은 물을 긷고 푸성귀를 씻고 목욕을 하고 빨래하는 사람들로 항상 붐볐다고 한다. 엄마들은 빨래하고 아이들은 멱을 감았다. 중산간 마을 아낙들은 빨래짐을 잔뜩 지고 와서 점심까지 지어 먹으며 일하고 바다 구경도 했다. 과거 궁핍한 시절 육지의 샘터와 빨래터, 멱 감는 냇가의 기능을 모두 합쳐놓은 곳이니 그 시끌벅적함에 대해서는 미루어 쉽게 짐작할 수 있다. 그곳이 이제는 깔끔하게 단장되어 여름에 더위를 식히는 여탕·남탕으로 변했다.

포구 근처에서 이야기를 나누는 마을 사람들이 보인다. 장년의 두 남자는 친구인 듯했다. 잠시 쉬어갈 겸 곁에 앉아 말을 붙였다. "동네가 부유해 보이네요"라고 했더니 "어떻게 알아?"하며 반 시비조의 농담으로 받는다. 상예동과 하예동 합쳐서 백 가구 정도 되는 동네인데 "큰 부자는 없고 그저 먹고사는 정도는 된다"는 말이 뒤를 이었다.

이 동네 역시 감귤이 농사의 핵심이다. 올해 57세라는 김아무개 씨는 "서귀포는 밀감나무 없었더라면 굶어죽었을 것"이라고 말했다. 예전에는 감자와 보리농사를 주로 지었는데, 어릴 적에는 배가 많이 고팠다.

내가 지금 걷느라 배고프고 힘들다고 하자 "그걸 가지고 뭘 그래요. 나는 열두 살 때 소 몰고 모슬포까지 걸어갔는데"라고 김씨는 말했다. "소 몰고 거기까진 왜요?" "소를 팔았는데, 아버지가 나더러 갖다 주라고 하셔서……"

8코스 종점인 대평포구가 얼마 남지 않았으니 조금만 더 걸으라고 했다. 이름이 뭐냐고 물어도 "그건 왜? 없어요"라고 답한다. 무뚝뚝하지만 재미있다.

어느덧 해가 뉘엿뉘엿 지고 있다. 왼쪽으로는 바다, 오른쪽으로는 마늘밭이 이어진다. 산방산을 배경으로 서 있는 박수기정(절벽)으로 해가 떨어진다. 절벽 꼭대기에 해가 걸려 있으니 주변이 모두 어둑어둑하다. 일몰 풍경을 음미하려고 일부러 천천히 걷는다. 해가 바다에 꼬리 모양의 붉은빛을 살짝 드리우며 절벽 뒤로 서서히 넘어간다. 여기까지 피곤하게 몸을 끌고 온 보람이 있다.

대평포구 앞에서 스탬프를 찍고, 숙소로 정한 법환포구 쪽으로 오기 위해 대평리 마을로 접어들었다. 서귀포시가 아닌 안덕면에 속한 마을이다. 마늘밭에서는 스프링클러가 물을 뿌리고 있다. 길가의 담벼락에는 그림이 그려져 있고, 커피점이며 게스트하우스가 눈에 많이 띈다.

친구 김학훈이 방금 서귀포 법환포구 숙소에 도착했다며 전화를 해왔다. 어릴 적 친구로, 내가 한국에 나갈 때마다 많은 시간을 내주는 고마운 존재이다. 대기업에 다니다 그만두고 자기 사업을 준비 중이다. 잠깐 짬을 냈다고 하지만 어려운 발걸음이라는 것을 나는

8코스 종점 대평포구. 대평포구를 끼고 있는 안덕면 대평리는 아름다운 바다 풍경 때문인지 외지에서 젊은 사람들이 많이 들어와 산다. 이 동네에는 제주도 이민자들이 운영하는 커피점과 게스트하우스 등이 많다(위). 아래는 박수기정의 붉은 노을. 멀리 산방산을 배경으로 펼쳐지는 일몰 풍경이 장관이다.

안다. 사업 준비를 열심히 해왔으니 시작하기 전에 잠시 쉬는 것도 좋겠다는 생각이 들었다.

걷기를 마치고 나자 피로감이 갑자기 밀려왔다. 작은 커피점에 '핸드 드립 커피'라고 적혀 있어서 들어갔다. 좋은 커피를 마시면 몸이 좀 나아지기 때문이다. 6천 원짜리 비싼 커피를 주전자로 정성스럽게 내리기는 하는데 맛이 쓰기만 했다. 쓴맛에서 신맛이나 단맛이 묻어나지 않는다. 컨디션은 더 엉망이 되는 느낌이었다. 속도 아파 오기 시작했다.

9코스

대 평 – 화 순 올 레

박수기정에서 친구는
왜 만세를 불렀을까?

법환포구의 가름게스트하우스에서 잠을 잤다. 갑자기 당황스럽다. 계획대로라면 오늘 두 개 코스를 걸어야 하는데, 어제 저녁부터 약간 이상하던 몸이 아침에 일어나니 더 좋지가 않다. 몸살기가 있고, 속이 아픈데다 설사가 심하다. 대평포구에서 정신 좀 차리자고 마셨던 진한 커피 때문에 빈속에서 탈이 난 모양이다. 커피를 마시고 속이 아프기는 처음이다.

아픈 몸보다 더 당황한 것은 어젯밤 게스트하우스에서 했던 빨래 때문이다. 바지와 상의를 벗어 처음으로 세탁기 빨래를 했는데, 바지 주머니에 있던 녹음기가 갑자기 생각났다. 녹음기를 넣은 채 빨래하고 탈수기에 넣었던 것이다.

녹음기를 눌렀더니 작동이 되지 않는다. 배터리를 새로 끼워도 마찬가지이다. 사람들을 만나 이야기를 할 때 취재수첩보다 편해서 녹음을 했더랬다. 그날 저녁에 녹음을 글로 풀면 좋으련만, 저녁마다 피곤하다는 핑계로 지난 며칠 분을 녹음기에 그대로 둔 터였다. 친구 학훈이가 당황하는 나를 진정시킨다. "조금 기다려봐. 물기가 완전히 마르면 작동될 수도 있으니까." 그러고는 아침을 먹으러 가자고 했다.

가름게스트하우스에도 식당이 마련되어 있다. 새로 지은 집이어서 시설이 좋고 깨끗하다. 친구는 달걀 프라이를 넣은 토스트를 먹었고 나는 속이 좋지 않아 식빵을 굽지 않고 그냥 먹었다. 몸도 안좋고 녹음기도 걱정되어 먹는 둥 마는 둥 했다.

인터뷰를 할 때 메모나 녹음기에 의존하면 할수록 취재원과 나눈 이야기를 기억하기 어렵다. 기자 시절에도 취재수첩을 두어 번 잃어버려 낭패를 본 적이 있는데, 다시금 비슷한 경우를 당하고 보니 머릿속이 하얘지는 기분이었다.

배낭을 꾸리고 중문으로 가는 버스를 탔다. 중문우체국 앞에 내려 9코스 시작점인 대평포구로 가는 버스를 갈아탔다. 숙소에서 1~2분 걸어나가, 버스를 타고 오늘 걸을 길로 갈 수 있다는 사실에 나는 어느새 익숙해 있었지만 신참 올레꾼인 학훈이는 감탄을 한다. 버스 요금은 천 원이고, 카드로 결제하면 할인까지 된다.

예쁜 마을, 대평리

대평리에 내려서 출발 지점으로 걸어 들어갔다. 어제 저녁에는 피곤하기도 하고 어두워지기도 하여 마을 구경을 제대로 하지 못했다. 아침에 다시 보니 오밀조밀 재미있는 것이 한두 가지가 아니다. 길목에 벽화가 많이 그려져 있고, 갤러리도 있고 게스트하우스 표지판도 여럿 보인다. 마을이 '게스트하우스 군락지' 같은 느낌을 준다.

안내 표지가 재미있어서 따라가보았다. 겉으로만 보아도 만만치 않은 개성을 자랑하는 새로운 개념의 숙박업소들이 즐비하다. 농가를 개조해 그 특징들을 살리면서도 간판과 벽화, 조형물 등으로 외부를 잘 꾸며놓았다. 오전 8시 너무 이른 시간이어서 안에는 들어가 보지 못했다. 밤늦게까지 잠들을 자지 않았는지 아침에 인기척이라 고는 없다.

몸 상태가 좋지 않아서 배낭을 좀 가볍게 만들었다. 노트북과 책 등을 친구 배낭에 넣었다. 뜨거운 꿀물이라도 먹을 수 있을까 싶어 동네 가게에 들어갔다. 주인이 마침 이 동네 토박이이다.

대평리는 260가구를 헤아리는 큰 동네이다. 3년 전부터 외지 사람 들이 많이 들어와 살아서 지금은 몇 가구나 되는지 헤아리기가 어렵 다. "낮에 골목에서 보면 절반 이상이 모르는 얼굴이다. 물론 동네 사람들은 밭에 일하러 나가서 그렇겠지만……" 가게 주인은 말한다. "여기 사는 우리는 그동안 몰랐다. 오는 사람들마다 우리 마을이 예 쁘다고 한다. 예뻐서 사람들이 많이 살러 들어오는 것 같다."

외지에서 들어오는 사람들이 주로 종사하는 일은 게스트하우스나 커피점 같은 서비스 업종이다. 이 마을 사람들은 마늘과 밀감 농사 를 주로 짓는다. 그러나 농업에 종사하는 외지인은 없다. 반농반어 지역이어서 해녀도 많다. 올레길이 생겨서 장사에 도움이 되느냐고 물었다. 18년째 가게를 운영한다는 그이는 "우리야 정말 좋지요"라 고 말했다.

길을 걸으며 역사를 배우다

박수기정에 오른다. 과연 듣던 대로 바람이 거세게 불어온다. 지 난해 경북 내륙지방에 난 외씨버선길을 함께 걸었던 학훈이가 풍경

대평리에서는 마늘 농사를 많이 짓는다. 마늘밭과 밭담, 장미나무 한 그루, 그리고 하늘이 절묘한 조화를 이룬다(왼쪽). 친구는 박수기정에 올라 대평포구 쪽을 바라보며 팔을 벌려 크게 심호흡을 했다. 그리고 "이런 게 바로 힐링이다"라며 만세를 불렀다(오른쪽).

에 감탄한다.

"바람이 좀 세긴 한데, 이 정도면 맞을 만하다. 태풍도 아니고. 아름다운 풍경을 눈에 담고 머릿속, 마음속 힐링을 해야 힐링이지, 힐링길이라고 이름만 붙인다고 다 힐링이 되는 건 아니지. 올레길에 힐링길이라고 이름 붙인 것 있니? 없잖아. 굳이 붙일 필요가 없는 거지. 왜? 진짜 힐링길이니까."

내가 물어보기도 전에 스스로 묻고 답하는 아주 바람직한 동반자다. 친구가 환상적이라며 감탄하는 것은 지금 걸어가는 길에 모든 것이 다 있기 때문이다. 시골 마을, 농사짓는 밭, 산(오름), 바다, 숲…… 감탄을 좀 아끼라고 말을 해도 "다른 게 아니라 바로 이런 것이 환상적이다"라며 감탄을 이어간다.

절벽을 타고 올라가는 약간 가파른 길은 돌로 잘 다듬어져 있다. 옛길이다 싶었더니 그곳 안내 표지판에 설명이 적혀 있다. 이 길 이름은 공마로貢馬路, 말 그대로 말을 바치던 길이다. 속칭은 'ㅁ·ㄹ질'. 과거 몽골이 제주도를 점령하고 직접 통치할 당시, 서부 중산간 지역에서 키우던 말들을 이 길로 몰고 와서 대평포구를 통해 중국에 실어 보냈다. 지금 걷는 길은 말들이 밟던 돌길이다.

박수기정 정상에 올라 과거 제주 말들을 실어갔다는 대평포구를 내려다본다. 학훈이는 바다와 포구, 마을이 만들어내는 아름다움에 취해 갑자기 팔을 양쪽으로 벌리더니 숨을 크게 들이마신다. 이어 만세까지 부른다. 이런 풍경에 어느덧 익숙해진 내가 보아도 참 아름다운 풍경이다.

아름다운 풍경에 이어, 곧 험악한 장면이 등장한다. 박수기정에서 ㄷ·래오름(월라봉) 정상 쪽으로 가다 보니 일제가 파놓은 동굴이 잇달아 나온다. 1945년 패망 직전의 일본군은 제국주의가 미군 상륙을 막기 위해 해안 특공기지를 제주도에 여럿 만들었는데, 이 동굴은 포대 및 토치카, 벙커 등을 설치하기 위한 군사시설이다. 이 오름에서만 동굴 일곱 개가 확인되었다. 오름 아래 화순항으로 들어오는 미군을 공격하기 위한 시설이었다.

폭·넓이 각각 4미터, 길이 80미터. 섬뜩한 '상어 아가리' 모양의 입구만 보아도 일제의 단말마적 광기를 쉽게 느낄 수 있다. 이 동굴을 파기 위해 강제 동원된 제주 사람들의 고통은 또 얼마나 컸을까. 마을별로 인원을 할당해 10대 소년부터 칠순 노인까지 노역에 동원했다는 증언이 남아 있다. 굶주림과 매질 속에서 제주도민들은 삽과 곡괭이만으로 동굴을 팠다. 시대마다 제주도는 늘 이렇게 육지에서는 상상도 할 수 없는 핍박을 모질게도 받았다.

일제는 '결7호작전'이라는 군사작전을 내세워 제주도를 일본 본토를 지키기 위한 방패막이, 곧 옥쇄형 요새로 만들었다. 1945년 2월

19일~3월 25일 벌어진 오키나와 남쪽의 유황도 전투에서는 일본군 2만3천 명 중 살아남은 자는 포로 212명뿐이었다. 4월 1일~6월 25일 전개된 오키나와 전투에서는 미군 만5천여 명, 일본군 6만5천여 명, 민간인 12만여 명 등 총 20만여 명이 목숨을 잃었다. 민간인 희생자가 두 나라 군인 희생자 수보다 훨씬 더 많다.

1945년 들어 일제는 정예 부대 7만여 명을 제주도로 집결시켰다. 해안과 오름에 동굴을 파고 미군과의 최후 결전에 대비했다. 오키나와에 이어 제주도에서 전투가 벌어졌다면 제주도민의 희생은 오키나와보다 훨씬 더 컸을 것이다. 상상만으로도 끔찍한 일이다. 다행스럽게도 미군은 제주도로 상륙하지 않았다.

일본군이 만든 방어 기지 흔적은 곳곳에 산재해 있다. 월라봉에서 본 규모의 동굴만 해도 80여 곳 7백 개나 되는 것으로 확인되었다. 지금까지도 그 군사시설들을 모두 파악하지 못할 정도라고 했다.

올레길을 걸으면서도 일제의 흔적을 곳곳에서 본다. 예전에 신혼여행을 왔을 때, 바다를 향해 뚫려 있는 여러 동굴 중 하나에서 택시 기사가 시키는 대로 포즈를 잡고 사진을 찍은 적이 있다. 그때는 그저 멋있다고만 생각했다. 돌이켜보니 그곳은 일제가 파놓은 송악산의 해안 동굴이었다. 미군 함정이 나타나면 소형 보트에 어뢰와 폭탄을 가득 싣고 질주해 자폭하는 자살특공대를 숨겨둔 장소이다. 바로 그곳에서 아무것도 모른 채 '사진빨 끝내주는 곳'이라는 이야기를 들으며 신혼여행 사진을 찍었다.

친구 학훈이도 몰랐다고 했다. 올레길이 지나가는 자리에 마침 동굴이 있고, 거기에 '안덕 월라봉 일제동굴진지'라는 제목의 안내판을 2011년 11월 11일 안덕면과 안덕면주민자치위원회가 세워놓아서 알게 된 사실들이다. 길을 걸으면서 모르던 역사를 많이 배운다.

녹음기를 꺼내서 배터리를 새로 끼우고 스위치를 눌렀다. 전원에 불이 들어오면서 음성이 들린다. 안도의 한숨이 나온다. 문제 하나는 해결했다. 다른 하나는 계속 말썽이다. 몸이 점점 더 처진다. 그래도 곁에 친구가 있으니 다행이다.

올레길에 와서 힘들었느냐고 친구가 묻는다. 크게 힘든 것은 없었다. 다만 어제 시멘트 길을 오래 걸으며 '지친다'는 느낌이 처음으로 들었더랬다. 그리고 빈속에 마신 강하기만 한 커피가 문제였다.

나이가 나이이니만큼 친구들 만나면 자연스레 아이들 이야기를 많이 한다. 주로 대학과 취직 걱정이다. 새 지저귀는 소리가 청명하게 들리는 가운데 친구는 "빽이나 뭐 대단한 게 있어서 아무 대학이나 나와도 취직할 수 있다면 모를까, 어느 대학을 어떻게 보내야 할지 참 어렵다"고 말했다. 어제 만난 대기업 고위 간부 조아무개 씨 이야기를 했더니 학훈이는 "나는 일찌감치 퇴직해서 맷집이 생겼다"

외세의 흔적들. 왼쪽은 공마로, 속칭 ㅁ·ㄹ질이다. 고려 말 몽골이 제주도를 통치하던 시기에 서부 중산간에서 키우던 말을 이 길로 몰고 와서 대평포구를 통해 중국으로 실어갔다. 오른쪽은 2차대전 당시 일본제국주의가 미군의 상륙에 대비해 월라봉에 파놓은 특공기지 동굴이다. 이 오름에만 이런 흉측한 동굴이 일곱 개나 된다.

고 했다. 그러고는 덧붙인다. "그 정도로 잘나갔던 사람이면 이런 날이 오리라 상상도 못했을 거야. 멘붕이 오는 건 당연하지."

가이드북에 코스의 난이도가 '상'이라고 되어 있으나 길이 짧아서 그런지, 친한 친구와 함께 걸어서 그런지 특별히 어려운 줄은 모르겠다. 처진 몸도 그만그만하다. 산방산을 보면서 숲길을 계속 따라간다. 모자와 두건으로 얼굴까지 완전 무장한 여성이 앞에서 걷고 있다. 그러나 차림새가 주는 느낌만으로도 올레꾼이 아니라는 것을 알아볼 수 있다.

그이는 대평리 옆 동네인 감산리에 사는데 산책 겸해서 고사리를 꺾으러 나왔다고 했다. "고사리는 밤에 자라서 보통은 아침 일찍 꺾으러 나와야 한다. 오늘은 조금 늦었다." 우리 눈에는 고사리가 어디에 있는지, 어떻게 생겼는지 분간도 되지 않는다. 그이는 길가 덤불 속에서 귀신같이 찾아낸다.

제주말을 쓰지 않는다 싶었더니 남들보다 일찍 은퇴해서 제주도에 살러 왔다고 했다. 은퇴자들을 제주도에서 의외로 많이 만난다. 은퇴 후 이곳으로 살러 온 어떤 이는 '은퇴자들의 천국'이라고 했다.

9코스의 출발점인 대평리는 바람이 특히 많은 곳이라고 했다. 오름을 넘어오니 바람이 확실히 덜하다. 평지에서는 개천이 길을 따른다. 기암석벽과 난대림 풍치로 유명한 오름 서쪽의 안덕계곡 물줄기가 바다로 이어지는 황개천이다. 돌로 이루어진 예쁜 개울이다.

9코스는 7.1킬로미터로 짧다. 종점인 화순금모래해변이 금세 나타난다. 오전 11시이다.

10코스

화순 - 모슬포 올레

길 위에 누워
낮잠을 청하다

점심식사를 하기에는 조금 이른 시간이었다. 가게에서 컵라면을 먹었다. 먹을 때는 괜찮았으나 먹고 나서가 문제였다. 본격적으로 설사를 하기 시작했다. 가뿐하게 멨던 배낭이 천근만근이다. 따가운 햇살도 여간 성가신 게 아니다. 여기서 걷기를 중단하고 쉬어도 큰 문제는 없지만, 이상하게도 오늘 반드시 10코스는 끝내야 한다는 의무감 비슷한 게 생긴다. 마음의 평안과 안식을 찾으려고 걷는 길인데 무리를 해야 하나 싶었다. 어렵더라도 걸어야 마음이 더 편하니 길에 다시 오른다.

가게를 나오는 우리에게 주인은 말한다.

"올레길 중에서 10코스가 제일 예쁘거든요. 한 번 걷고 다시 돌아와서 걷는 사람도 여럿 봤어요."

감탄의 길

가게를 나오자마자 그 자랑이 허언이 아니라는 것을 바로 확인한다. 뒤를 본다. 우리가 지나온 ㄷ·래오름(월라봉)이 오른쪽 바다로 길게 이어지며 박수기정에서 80미터 깎아지른 절벽으로 꺾이는 장관이 보인다. 자로 잰 듯 정확하게 90도 각도로 꺾인 기역자이다. 마치 바다를 향해 진군하는 항공모함 같은 모습이다.

서쪽의 산방산이 이에 화답한다. 암골岩骨, 곧 바위의 희고 푸른 뼈를 고스란히 드러내어 강건한 풍채로 서 있는 산방산. 이를 배경으로 화순금모래해변이 펼쳐져 있다. 산방산 앞바다로는 용머리 모양의 구릉이 바다를 향해 쑥 달려나간다.

해변 이름이 왜 '금모래'인가 했더니 실제로 모래가 누런 금빛이다. 올레길은 산방산을 향해 금모래 해안을 따라간다. 해변이 지닌 다양하고 화려한 볼거리가 잇달아 등장한다.

바윗길을 걷는다. 제주도에서도 보기 드문 퇴적암 지대이다. 용암이 분출해 흐르다가 굳으면서 쌓였다. 용암이 튀어 검은색의 날카로운 까치발 형상을 하고 있는 동남쪽 해안과 달리, 부드러운 갈색과 흰색이 섞여 있는 평평한 바위 해안이 이어진다.

산방산을 배경으로 해안에 바지선 한 척이 좌초되어 녹슬어가고 있다. 안내판을 보니 2011년 8월 7일 태풍 무이파로 인해 좌초되었고 '소유자와 임대자 간의 법정 다툼으로 인하여 부득이 인양 조치를 못하고 있다. 해상 심판이 완료되는 대로 인양 조치하겠다'고 적혀 있다. 흉물로 보일 수도 있는 대형 바지선인데도 산방산 앞의 제주도 해안은 이를 넉넉하게 품고 부드럽게 감싸 안은 모습이다. 동쪽으로 보이는 화력발전소와 더불어 바다 풍경의 일부로 녹아 있는 듯한 느낌이다.

"이건 또 뭐야?" 바지선 옆 언덕을 넘어 돌자마자 학훈이가 말한다. 뜻밖의 색다른 풍경이다. 비키니 수영복을 입은 여성 두 명이 철 이른 일광욕을 하고 있다. 그 옆에 역시 수영복을 입은 남자 두 명이

제주도 최고의 해안 경관 가운데 하나로 꼽히는 거대한 퇴적암 지대. 멀리 산방산이 위용을 뽐내며 서 있다(왼쪽). 천혜의 바닷가 쉼터. 바위가 마치 병풍처럼 서 있는 모래사장에서 외국인들이 일광욕을 하고 있다(오른쪽).

엎드려 있다. 비키니 수영복도 눈길을 끌지만 그보다 더 눈에 들어오는 것은 그들이 누운 자리이다.

바다만 빼고 나머지 3면이 마치 병풍을 두른 듯 바위로 가려져 있다. 일부러 담을 쌓아도 그렇게 완벽하게 만들지는 못할 것이다. 바위 담은 감히 범접할 엄두도 못 낼 성벽처럼 높고 험하고 심지어 아름다워 보인다. 그 안에 있는 사람이 "여긴 우리 땅"이라고 우겨도 이의제기를 못할 정도로 개인의 프라이버시를 보호해주는 천혜의 공간이다. 황금빛 모래밭에는 바닷물이 찰랑댄다.

그곳에 누워 있는 이들은 백인 남녀이다. 외국인이라고 해서 우리 해안을 즐기지 말라는 법은 없으나, 왜 빼앗겼다는 느낌이 드는 것일까? 이유는 잘 모르겠다. 머릿속이 복잡해진다.

다음에는 무슨 볼거리가 있을까 하고 기대하며 걷는다. 오늘따라 10코스가 우리를 위해 미리 준비라도 한 것처럼 가이드북에도, 인터넷에도 없는 예기치 못한 장면이 또 나타난다. 해병대 사병이 올레길 위에 보초처럼 서 있다. "훈련 중이니 돌아가라"고 할 줄 알았더니 그게 아니다. "지금 여기서 해병대가 훈련을 하고 있다"는 것을 그저 알리기 위해 서 있는 듯했다.

아무런 말이 없기에 우리가 말을 붙였다. 경북 포항에서 온 부대라고 했다. 해병대 훈련의 상징처럼 되어 있는 고무보트를 이고 상륙하는 IBS 훈련 중이란다. 내가 그냥 한번 물어보았다. "사진 찍어도 돼요?" "멀리서, 잘 안 보이게 찍으세요." 찍는 모습이 보이지 않게 찍으라는 얘기다.

모래사장을 지나면서 보니 해병대원들은 오렌지색 유니폼을 입고 한창 점심식사를 하고 있다. 며칠째 훈련 중인 듯 낮은 텐트가 쳐져 있고 장갑차와 고무보트 수십 대가 백사장에 놓여 있다. 그 곁을 천천히 지나가면서 구경을 하는데도 어느 누구도 개의치 않는다.

학훈이와 나는 누가 먼저랄 것도 없이 말했다. "세상, 참 많이 변했네." 예전 같으면 어림도 없는 일이다. 군사 훈련이 있다면 식사 중이든 휴식 중이든 그 근처에 접근조차 못하게 했을 것이다. 민간인들 또한 돌아가는 것을 당연하게 생각했었다. 올레길을 걷는 중에 해병대도 이렇게 볼거리를 제공해준다. 제주올레와 해병대. 묘하게도 궁합이 잘 맞는다.

용머리해안을 지나면서 산방산의 위용을 다시 올려다본다. 나지막하고 푸른색의 부드러운 곡선으로 여성적인 자태를 뽐내는 다른 오름과 달리, 산방산은 가파르게 치솟아 오르며 강건하고 거친 남성적인 위엄을 드러낸다. 분화구가 없고 표면에 돌이 그대로 드러난 산이어서 우람하다. 올레길은 산자락에 나 있는 산책로를 따라간다.

산방산을 올려다보면서 지나온 길과 앞으로 걸어갈 길을 한눈에 조망할 수 있다.

날씨는 더없이 청명하다. 햇볕은 따가워도 바람에 약간 쌀쌀한 기운이 남아 있다. 옆에서 왁자지껄한 소리가 들려서 돌아보니 우리 또래의 여성들이다. 사진을 찍는 폼이 가로로 비스듬히 서서 앞사람 어깨에 손을 얹는 전형적인 7080 스타일이다. 이야기하는 모습도 영락없는 1970년대 여고생들이다. "아저씨, 사진 좀 찍어주세요"라고 한다. 카메라를 넘겨받으며 말을 붙인다.

목포에서 왔다고 했다. "목포에도 바다가 있는데 왜 여기까지 왔느냐?"고 말이 안 되는 질문을 일부러 했다. 우문에 현답이다. "바다가 다르다." 제주 바다를 보면서 올레길을 걸으려고 다섯 시간 동안 배를 타고 왔다. 2박 3일 일정이다. 역시 여고 동창생들이다.

"매월 한 번씩 모여서 산행을 함께한다. 제주도에는 아이들 어렸을 적에 한 번 오고 처음이니 얼마나 오랜만인지 모르겠다." 남편들은 왜 함께 오지 않았느냐는 물음에 "돈 벌어야죠"라는 대답이 나온다. 웃음이 터진다. 환한 웃음들과 빨갛고 파랗고 노란 재킷이 잘 어울린다. 대화를 나누는 것만으로도 유쾌하다.

사진 찍는 폼을 바꾸라고 요구했다. 손을 높이 들고, 고무줄놀이할 때처럼 팔짝 뛰어오르면서 입을 크게 벌리고 소리를 지르라고 했다. 잘 따라 했다. 여고 동창생들은 여고생 같았다.

학훈이가 허리가 아프다 하여 잠시 앉았다. 나도 따라 앉았더니 몸이 갑자기 처진다. 화순금모래해변의 화장실을 한 차례 들렀다 오는 길인데 탈진 비슷한 증세가 온다. 바람이 많이 분다. 바람 소리를

몸이 아파서 길 위에 누워 잠을 잤다. 바람이 강하게 불었으나 햇살이 따뜻해 한 시간 가까이
추운 줄 모르고 편히 잠을 잘 수 있었다.

들으며 나무를 깔아놓은 길 위에 누웠다. 따뜻한 햇살과 바람을 느
끼며 얼마 동안이나 잤을까? 학훈이는 혼자 풍경을 감상하며 나를
깨우지 않았다. 한 시간 가까이 잠을 잔 것 같다. 개운하지는 않아도
다시 힘이 솟는다.

　1653년 제주도에 표착했다가 네덜란드로 돌아간 뒤 우리나라를
유럽에 처음 알리는 기록을 남긴 네덜란드인 헨드릭 하멜의 흔적들
이 나타난다. 하멜은 13년 동안의 조선 체류 중에 겪은 일들을 소상
하게 기록한 보고서를 작성한다. 그것은 『하멜보고서』라는 이름의
책으로 출판되어 조선을 유럽 사회에 널리 알리는 최초의 견문록이
되었다.

　2003년 하멜 일행을 실은 스페르웨르호 표착 350주년을 기념해
재현했다는 배가 용머리 해안가에 떠 있다. 이국적이기는 하나 감동

적인 풍경은 아니다. 주변의 놀이기구 시설과 결합해 좋은 관광 코스의 하나가 된 듯 보인다. 수학여행을 온 학생들로 북적인다.

안덕면 사계리. 1991년 고르바초프 당시 소련 대통령이 제주도에서 한·소정상회담을 마치고 라이사 여사와 함께 이 동네를 방문했다. 라이사 여사가 해녀들과 대화를 나누는 사진과 이를 실물 크기로 만들어 전시한 인형상이 눈에 들어온다. 해녀와 소련 영부인. 함께 쪼그려 앉아 있다. 예를 갖추듯 몸을 낮춘 라이사 여사에게 해녀가 전복을 전하는 광경이 퍽 인상적이다.

오늘 걸을 두 개 코스는 거리가 멀지 않아서 가파도에 들어가 잠을 잘 예정이었다. 모슬포항에 전화를 걸어 배 시간을 확인했더니 거센 바람 때문에 2시 이후에는 배 운행을 중단한다고 알려준다. 학훈이는 허리가 아프고 나는 배가 아픈 터여서 오히려 잘되었다 싶었다. 배 시간에 맞춰 무리해 걸을 이유가 사라졌기 때문이다.

사계리에서 점심을 먹었다. 갈치조림 전문점이라는 식당에 들어갔다. 평일인데도 빈자리가 없다. 갈치조림이 떨어져서 학훈이는 물회를, 나는 해물탕을 주문해 국물만 먹었다. 먹기만 하면 화장실에 가야 하니 여간 성가신 게 아니다. 그렇다고 먹지 않으면 탈진할 것 같아 진퇴양난이다.

송악산 옆길을 지난다. 숨이 턱 하고 막힐 정도의 아름다운 풍경이 이어진다. 스카이블루와 네이비블루가 절묘하게 만나는 수평선을 바라보면서 단정하게 정비된 도로를 걷는다. 돌길·흙길·나무길을 번갈아 지나면서 서쪽에 떠 있는 해가 바다에 뿌리는 빛을 본다.

해안길에서 받은 감동에서 채 벗어나기도 전에 이번에는 고즈넉한 소나무길이 나타난다. 소나무가 궁륭을 이루는 흙길로, 바다에서 내륙 쪽 섯알오름을 향해 걷는 길이다. 송악산의 서쪽에 있다 하여 섯알오름이다. 예부터 소나무가 무성하다 하여 송악산松岳山이라고 이름 붙었는데, 그 기세가 섯알오름까지 이어지고 있다. 소나무 길이 좋다.

송악산의 원래 이름은 절울이. 『오름나그네』의 김종철 씨에 따르면, 절(물결)울이는 물결이 운다는 뜻이다. 바다 물결이 산허리에 부딪혀 우레같이 울린다는 뜻이라고 『제주도 옛땅 이름 연구』(박용후 지음)에 설명되어 있다고 했다. 오름 나그네 김종철 씨는 말한다. "물결이 왜 우는 걸까. 산이 물결을 빌려 우는 걸까…… '절울이', 되살려주고 싶은 이름이다."

탄식의 길

10코스 들어 지금까지 걸어온 길이 아름다운 정경에 취해 걷는 '감탄의 길'이라면, 이제부터 걷는 10코스는 비극적인 역사를 접하며 걷는 '탄식의 길'이다. 일제가 중국 침략 전쟁의 발판으로 삼았거나, 전쟁 말기 최후의 거점으로 삼았던 아픈 흔적이 산허리 곳곳에 남아 있다. 송악산 동쪽 해안을 돌아가며 파놓은 굴만 해도 스무 개를 헤아리며, 북쪽의 알오름에는 고사포대와 포진지가 네 군데 남아 있다.

말이 나온 김에 미리 이야기를 하자면, 올레길이 지나가는 알뜨르(아래 있는 넓은 들) 일대에는 스무 개 가까운 비행기 격납고 잔해가 콘크리트 토치카처럼 산재해 있다. 알뜨르는 제주도에서 보기 드물게 너른 들판이다. 일제는 이 너른 들판을 비행장으로 삼아 중국 침략의 교두보로 사용했다. 오름 나그네 김종철 씨는 말한다. "중국 도양渡洋 폭격의 비행장 건설에 징용된 섬사람들의 시달림은 오죽했을까. 그 자신의 수난과 함께 절울이의 추억에는 숙명처럼 슬픔과 쓰라림이 점철된다."

일제 패망으로부터 5년 후 '절울이의 새끼'인 섯알오름에서 또 한 번 물결마저 우는 참상이 발생했다. 한국전쟁 발발 직후에 벌어진 민간인 학살 사건이다. 올레길은 섯알오름의 바로 그 학살터를 지난다.

전쟁이 일어나자 모슬포경찰서는 관내에서 예비검속이라는 이름으로 보도연맹원과 4·3사건 때 체포되었다가 석방된 양민 344명을 구금해 관리해왔다. 이후 경찰은 세 차례에 걸쳐 법적 절차 없이 그들을 학살했다. 이곳은 학살 후 암매장한 현장이다.

당국이 허락하지 않아 유해도 수습하지 못한 유족들은 1957년 5월 18일이 되어서야 군과 관의 타협으로 유해 발굴에 나섰다. 양수기를 동원해 암매장된 곳의 물을 다 퍼낸 뒤 수습한 유해는 이미 뼈들이 뒤섞인 상태여서 누가 누군지 구분을 할 수 없었다. 칠성판 위에 머리뼈·팔뼈·다리뼈를 적당히 맞춰 149개로 구성하였는데, 후환을 두려워한 일부 유족이 17구를 개인 묘지로 옮기고 나머지 132구는 미리 마련된 지금의 묘역에 안장했다. 묘역 이름은 '백할아버지 한 자손의 무덤'이라는 '백조일손지묘百祖一孫之墓'이다.

올레길이 지나는 학살터에는 2001년 2월 유족들이 희생자 시신과 유물을 재발굴하면서 생긴 큰 구덩이 두 개가 파여 있다. 구덩이 안에는 다시 물이 고여 있다. 구덩이를 둘러싸고 추모의 길이 둥그렇게 조성되어 있고 정면에는 섯알오름 희생자 추모비가 서 있다. 당시 희생된 이들의 명단이 벽에 새겨져 있다. 청장년층이 많지만 17~19세에 이르는 10대와 20대 초반 어린 희생자들의 이름도 많이 보인다. 그 앞에 서자 자연스럽게 모자를 벗게 된다.

넓디 너른 들판에서는 마늘과 양배추 등이 자란다. 뒤를 돌아보면 산방산이 우뚝 서 있고, 다른 한쪽으로는 지평선이 아련하게 보인다. 섬이라기보다는 광활한 벌판에 서 있는 느낌이다. 들길 사이에는 파란색·주황색의 올레길 안내 표지판이 정겹게 서 있다.

안덕면을 지나 대정읍으로 접어든다. 바다가 다시 나타나고 하모리 어촌계에서 개방하는 바릇잡이(횃불을 이용해 수산물을 채취하는 전통 어획 방식) 안내판이 서 있다. 소라·전복·해삼·오분자기의 채취 금지 기간 및 크기가 자세하게 적혀 있다. 맨손이나 손줄낚시·대낚시로 잡되 "포획·채취한 수산동식물은 판매해서는 안 된다"라

섯알오름 비극의 현장. 한국전쟁이 일어나자 예비검속이라는 이름으로 양민을 구금·학살한 뒤 암매장했던 곳이다. 구덩이를 둘러싸고 추모의 길이 조성되어 있고, 정면에는 희생자 추모비가 서 있다.

는 문구가 재미있다.

하모체육공원에 있는 10코스 종점에서 만나기로 하고 학훈이는 가파도·마라도 정기여객선 대합실로 간다. 나는 직진. 놀며, 쉬다가, 길 위에서 잠까지 자며 걸었던 터라 오후 5시가 넘어 종점에 도달한다. 공원에서 어린 손자와 노는 할아버지가 보인다. 인사를 했더니 반갑게 맞아준다.

어른은 올해 83세로 이기호 씨라고 했다. 대정읍 하모리에서 태어나 평생을 살았다. 해녀도 있고 어업에 종사하는 이들도 많지만 그이는 마늘과 감귤 농사를 지었다. 예전에는 보리를 주로 했다. 옛날 보릿고개가 있던 시절에는 양식이 없어서 해초를 뜯어먹기도 했다.

"(김)종필 씨가 중문에다가 몇만 평 감귤 농사짓는 것을 보고, 묘목을 해다가 10년을 키워 감귤 농사를 지었다." 이씨는 30년 이상을 밀감 농사를 지었고, 20년 전부터는 보리 대신 마늘 농사를 지어왔다. 그 이후로 "몇십만 원은 돈으로 보지도 않았다"며 이씨는 웃는다.

그이는 13년 전에 상처했다. 그러나 지금도 여전히 혼자서 산다. 슬하의 4남매 중 셋이 이 마을에 살지만 앞으로도 함께 살 생각이 없다. "자식도 부담, 나도 부담이 되어서"이다. "우리 부모님도 따로 사셨고."

식사나 빨래가 불편하지 않느냐고 물었다. "밥은 밥솥이 하고 빨래는 세탁기가 하는데 불편할 게 뭐 있느냐"고 반문한다. "얌전한 자식들은 부모 모시고 살려고도 하는데 부모들이 싫어한다. 나도 그렇다. 며느리가 늘 기쁜 마음으로 밥해줄 수 있어? 기분 나쁠 때도, 싫을 때도 해줘야 하잖아. 내가 할 수 있는데 왜 얻어먹어? 자식들한테 짐 지우기 싫어. 병이 와서 불구가 되면 요양원으로 가면 돼."

요즘 혼자 사는 남자들의 생활을 소재로 하는 텔레비전 예능 프로그램을 본 적이 있다. 남자 혼자 깔끔하게 사는 것을 화제로 삼고 있지만 제주도 '시니어 싱글'들의 독립적인 생활에 비한다면 이야깃거리도 되지 않는다. '꽃할배'가 혼자 살아가는 삶이 뭍에서는 신풍속일는지 몰라도 제주도에서는 이미 일상화된 생활인 것이다.

이씨는 말했다. "관광지에서 잠을 자지 마라. 장급 여관 3만 원이면 둘이든 셋이든 잘 수 있다. 관광지 식당에서 먹지도 마라. 음식 나쁘고 비싸기만 하다. 이 동네 식당 가면 7천 원에 반찬이 아주 잘 나온다."

학훈이가 배편을 확인하고 합류했다. 국수집이 보인다. 학훈이는 고기 국수, 나는 멸치 국수를 먹었다. 하루 종일 화장실을 대여섯 번 이상 갔지만 먹을 수밖에 없다. 장급 여관을 찾았다. 그만하면 깨끗하고 편안하다. 몸이 아파서 오후 7시에 자리에 누웠다. 친구에게는 미안하지만 별수가 없었다. 오래된 친구는 이래서 편하다.

10-1코스

가 파 도 올 레

청보리밭 천국,
가파도

꼬박 열두 시간을 잤다. 아침에 깨고 보니 몸이 조금 가볍다. 이번에 제주도에 내려와 처음으로 여관에서 묵었다. 1990년대 회사 출장 다닐 때의 기분이 살아난다. 여관 특유의 눅눅한 냄새 때문이다. '여관'은 '게스트하우스'라는 여행지 숙박의 새로운 장르에 밀려, 이제는 그 이름만으로도 오래된 느낌을 준다. 이름만큼이나 시설이 낡았으나 게스트하우스보다 좋은 점은 하나 있다. 프라이버시 하나만큼은 확실하게 보장된다는 것.

모슬포항에서 가파도 가는 배는 하루 네 번 있다. 첫 배는 오전 9시에 출항한다. 파도가 높아서 결항이 잦다고 하여 아침에 전화로 배가 뜨는지부터 확인했다. 다른 날보다 아침에 조금 여유가 있어서 좋다. 모슬포 삼거리에 있는 해장국집에 들렀다. 우리를 보더니 식당 주인이 관심을 보인다. 식당 문을 연 지 얼마 되지 않았다고 했다.

기존 관광객 말고 길을 걷는 사람들이 새로 나타났는데, 동네 사람들이 어떤 반응을 보이는지 궁금했다. 식당 주인은 말했다.

"올레꾼들이 시끄러운 사람들도, 정서적으로 불안한 사람들도 아니니 마을 주민들이 다들 환영한다. 덕을 많이 보니까. 상점들이 장사도 더 잘되고……"

어제, 오늘 이 동네에서는 우리 두 사람 외에는 걷는 이들이 눈에 띄지 않았다. 그러나 식당 주인은 "평일이라 그렇지 주말에는 이곳을 많이 지나간다"고 말한다. 그이는 제주 관광객에 대한 색다른 분석을 내놓았다. 전체 관광객 중 3분의 1을 올레꾼이라고 보면 된다는 것이다. "그렇게 많아요?" "제주도에 놀러와서 올레길 조금만 걸어도 올레꾼이지, 뭐."

그는 올레길 덕분에 제주도 이미지가 달라지고 홍보가 많이 되었다고 강조했다. 마치 제주올레 홍보 담당자처럼 말한다. 귀농자가 이 지역에도 많이 들어오는데, 그 또한 올레길이 제주도를 홍보해준 덕분이라고 그는 믿고 있다. "마늘 농사는 지을 만하다. 조금 힘들긴 해도 웬만한 도시 월급쟁이보다는 나으니까. 요즘은 동네마다 젊은 사람들이 많은 편이다."

모슬포항에서 배는 9시 정각에 출발했다. 식당 주인 말이 맞다. 우리처럼 배낭 멘 사람들이 대부분이다. 스무 명은 넘어 보인다. 낚시꾼도 서넛 보인다. 배의 뒷전에 서서 제주도를 바라본다. 가파도·마라도 가는 뱃길에서 보는 제주도가 가장 아름답다고 했다. 그러나 오늘은 날씨가 흐려서 송악산의 윤곽 정도만 어렴풋이 보일 뿐이다.

배에서 바라본 가파도는 마치 수평선이 바다 위로 조금 올라온 듯한 느낌을 준다. 멀리서 보면 섬은 바다와 거의 일직선을 이룬다. 사람 사는 섬이 어찌 저리도 낮을 수 있을까? 태풍이라도 몰아치면 바다에 잠기지나 않을까 걱정스러울 정도이다. 9시 15분 배는 모슬포항에 도착한다. 배 타는 시간은 길지도 짧지도 않다.

중학교 지리 시간에 선생님은 외우기 쉬우라고 가파도에 빚쟁이를 갖다 붙였다. "땅끝까지 도망가는 채무자에게 하는 말이 가파도 좋고, 마라도 좋다." 우리 국토의 가장 남쪽에서 두번째 섬. 가파도에 대해 내가 알고 있는 전부였다. 선입견이 없어서 그런지, 가파도는 더욱 강렬한 이미지로 다가온다. 가뜩이나 낮은 섬에 지붕들이 딱 달라붙어 있는 것이 무엇보다 인상적이다. 동화 속 풍경처럼 미니어처럼 예쁘다. 몽환적이라는 말도 잘 어울린다.

올레길은 바다를 바라보며 섬의 오른쪽 길을 지나다가 왼쪽 마을로 직각으로 꺾여 올라간다. 배에서 보았던 바로 그 마을이다. 돌담이 집들을 감싸고 있는 것은 제주도와 다를 바 없다. 그런데 돌이 다르다. 제주본도(제주도 사람들이 한반도를 '육지'나 '뭍'으로 칭하듯 가파도에서는 제주도를 '제주본도'라고 부른다)의 돌들이 구멍 숭숭 뚫린 검은색인 데 비해, 가파도의 돌들은 표면이 매끈하고 갈색과 회색이다. 땅에서 나온 돌을 다듬어 돌담을 쌓은 제주도와 달리, 가파도의 돌들은 바다에서 나왔다고 했다. 다듬지 않고 있는 그대로 쌓아올려서 돌들이 날카롭다. 짧은 골목길에서도 돌의 자연스러운 모양과 표정을 많이 볼 수 있다.

섬 안에서 이는 푸른 물결

가파도는 사람이 사는 섬 가운데 가장 낮은 섬이다. 최고 높이가 20.5미터밖에 안 되어서 섬 어디에서 보아도 섬 전체가 한눈에 들어온다. 일출과 일몰을 아침저녁으로 볼 수 있는 곳이기도 하다.

올레길은 섬 가운데를 질러 들어간다. 돌연 나타나는 충격적인 정경. 섬 안에서 푸른 물결이 인다. 보리밭이다. 해안의 일부를 제외한

가파도 땅의 대부분은 청보리밭이다. 섬의 높이가 20.5미터밖에 되지 않아 섬 어디서 보아도 청보리밭이 한눈에 들어온다. 17만여 평 보리밭 풍경은 장관이다.

섬의 모든 곳이 보리밭이다. 17만 평에 이르는 가파도 보리밭은 어릴 적 우리 고향에서 본 것과는 차원이 다르다. 키가 늘씬하게 크고 가늘어서 갈대처럼 하늘하늘 흔들린다. 최첨단 패션쇼에 나온 모델을 연상케 한다. 잠시도 멈추지 않는 바닷바람에 보리 또한 쉬지 않고 흔들린다.

올레길은 보리밭 사잇길로 걸어 들어간다. 보리밭은 다른 어느 밭과 다르게 유명한 주제가를 가지고 있다. 박화목 작사·윤용하 작곡의 가곡 「보리밭」은 다른 어느 가곡과 다르게 대중가요로 편곡되어 널리 알려졌다. 1952년 한국전쟁 중 부산에서 만들어졌으나, 1970년대에 문정선이라는 가수가 불러 큰 인기를 끌었다. 가파도의 보리밭길을 걸으며 국민 가곡을 흥얼거리지 않는다면 오히려 이상한 일이다. 나도, 친구 학훈이도 어느새 콧노래를 부르고 있다.

올레길은 보리밭길을 가로질러 섬의 서쪽에서 동쪽 끝으로 이어진다. 10-1코스는 5킬로미터밖에 되지 않아 아무리 천천히 걸어도 두 시간이면 종점에 닿는다. '청보리축제'(4월 13일~5월 5일)가 열린 직후여서 보리밭 곳곳에 바람개비 같은 축제 흔적이 남아 있다. 길은 쓰레기 한 점 없이 말끔하다.

가파도는 우리가 내린 상동과 남쪽 포구인 하동으로 나뉜다. 보리밭을 지나 하동으로 가는 길. 제주도에서나 볼 수 있는 바닷가 정경들이 잇달아 나타난다. 마을의 안녕과 풍어를 기원하며 제사를 지내는 제단집, 해녀들이 옷을 갈아입고 불을 쬐면서 휴식을 취하던 불턱, 가파도 동해 바다를 조망하는 정자……

하동포구에 닿자마자 서동철 씨를 찾아갔다. 가파도에는 스타 두 명이 살고 있다. 한 명은 제주올레 초대 탐사대장 서동철 씨, 또 한 명은 가파도 이장을 지낸 김동옥 씨다. 서동철 씨를 만났더니 "가파도에서는 나보다 이장님을 먼저 만나봐야 한다"며 뒷집에 사는 김 씨를 부른다.

김동옥 이장. 나는 그이를 서명숙 제주올레 이사장이 쓴 책 『꼬닥꼬닥 걸어가는 이 길처럼』(북하우스, 2010)에서 먼저 만났다. 가파도를 묘사한 그의 시적인 멘트가 인상적이었다. "가파도는 사람이 그리운 섬이우다." "가파도는 낮잠 자기 좋은 섬이우다."

청보리축제를 한다며 그 좋은 보리밭 평야에 모자이크처럼 선을 긋고 콘크리트 길을 깔아놓은 데 실망해, 서명숙 이사장은 가파도에 올레길 내는 것을 포기했었다. 게다가 특강을 하면서 서이사장은 가파도의 콘크리트 길을 반면교사로 삼아야 한다고 역설했다.

이 소식을 전해 들은 당시 김동옥 이장은 '우리가 언제 길 내달라고 했나' 하며 은근히 속상해했다. 제주올레를 사랑하는 이들은 가파도를 각별하게 아낀다. 박영부 서귀포시장, 김대환 제주올레 이사 등이 나서서 서이사장과 가파도를 연결했다. 김동옥 이장은 가파도에 대한 시적인 멘트를 날리며 서이사장을 맞았다.

"낮잠 자기 좋은 섬." "사람이 그리운 섬."

가파도에서 태어난 김이장은 고향을 떠나 공무원 및 사업가로 일하다가 귀향했다. 바깥에서 여러 경험을 하고 돌아온 그에게 가파도 사람들은 이장을 맡겼다. 가파도는 1970년대만 해도 전국 어느 곳 부럽지 않은 부촌이었다. 감귤나무로 자식 대학 공부시킨다는 서귀포 동네도 아래로 보던 가파도였다. 그러나 어획량 감소로 가파도는 휘청댔다.

3년 전까지 김씨는 두 번에 걸쳐 총 10년 가까이 이장 일을 했다. 그 사이에 가파도는 제2의 전성기를 맞았다. 1970년대 해녀만 190명에 이를 만큼 가파도는 큰 섬이었다. 그러나 지금은 전체 인구가 170명도 안 되는 작은 마을로 변했다. 1년 내내 가파도를 찾는 관광객은 5천여 명이 고작이었다. 그나마 낚시꾼이 대부분이었다. 2009년 청보리축제를 열기 시작한 이후 가파도를 찾는 외지인이 기하급수적으로 늘기 시작하더니, 2013년에는 15만 명에 이르렀다. '아무도 기억하지 않는다는 2등', 곧 최남단에서 두번째 섬인 가파도는 이제 한 해 40~50만 명이 찾아간다는 마라도를 부러워하지 않는다. 자연

김동옥 전 가파도 이장(왼쪽)과 서동철 제주올레 초대 탐사대장. 가파도를 세상에 널리 알린 김씨와 누이인 서명숙 제주올레 이사장을 도와 올레길을 개척한 서씨는 가파도에서 이웃이 되어 살고 있다.

에 반하는 섬의 개발을 통해서가 아니라, 섬을 더욱 섬답게 만드는 가장 조용하고 원시적인 동시에 최첨단의 방식으로 방문객들을 맞이하기 때문이다.

청보리축제와 제주올레

그 중심에 청보리축제와 제주올레가 있다. 축제와 길에 깔려 있는 기본 철학이 바로 '낮잠 자기 좋은 섬' '사람이 그리운 섬'이다.

가파도는 어업(70퍼센트)과 보리농사(30퍼센트)로 살아온 섬이다. 해녀도 많았지만 배를 타는 어부도 많았다. 파도가 높고 조류가 세서 가파도 인근에서 잡은 고기는 제주본도보다 가지 수가 많고 맛이 다르다. 같은 고기라 해도 가격은 거의 두 배에 달한다. 멸종되다시피 한 북바리를 비롯해 우리나라 연안에서 나는 고기는 가파도 어장에서 다 잡힌다. 훨씬 쫄깃하고 감미가 좋다.

가파도는 어획량이 급격히 줄어든데다, 보리농사마저 위기에 처해 살 방도를 찾지 않으면 안 되었다. 가파도는 보릿대가 가느다란 맥주 보리를 생산하는데, 호주산 보리가 수입되면서부터 보리가 밭에서 그냥 썩기 시작했다. 보리는 밀에 밀려 식량으로도 거들떠보지 않았다. 천덕꾸러기 신세였다. 가파도 콩도 유명하지만 콩 농사는 모험을 걸어야 했다. 태풍 전에 수확이 끝나는 보리와 달리, 가을에 수확하는 콩은 태풍이 오면 농사는 그걸로 끝이었다.

개인 사업을 하면서 뭍에 출장을 자주 다녔던 김이장은 지나가면서 보았던 전북 고창의 보리축제를 떠올렸다. 가파도라고 못할 일이 아니었다. 고창에 직접 가서 보니 20센티미터밖에 안 되는 보리(다 크면 60센티미터)를 가지고 군 단위 축제를 열고 있었다. 무릎을 쳤다. "벤치마킹하자."

가파도 보리는 120센티미터로 키가 크다. 섬의 바닷바람에 하늘대는 풍경 하나만으로도 상품 가치는 충분했다. 가파도의 약점이 장점으로 바뀌는 순간이었다. 키가 커서 슬픈 보리는 가파도에 지천으로 깔려 있었다. 보리와 바닷바람을 결합하고, 무공해 섬의 청정 이미지를 입히기 시작했다. 가파도는 다행스럽게도 외부에 많이 알려지지 않아 섬 속의 섬으로서 신비감마저 풍기고 있었다.

지역축제가 전국적으로 붐을 이루는 이즈음, 축제 하나 더 생겨봐야 바로 묻혀버리기 십상이다. 그러나 박영부 서귀포시장은 아이디어의 순도를 감별해낼 줄 알았다.

사람이 그리운 섬은 낮잠 자기 좋다는 점을 최대 강점으로 내세워 2009년 제1회 청보리축제를 열었다. 하루 서른 명도 채 오지 않던 섬에 사흘 축제 기간에 2천 명이 몰려왔다. 배편이 모자라 방송사 카메라가 들어오지 못하는 일이 생겨날 정도였다. 신비의 섬에 대한 사람들의 반응은 폭발적이었다. 섬의 높이가 20미터밖에 안 되는 것도, 보리밭이 평야를 이루는 것도 신비스러웠다.

"가파도에 올레길이 생겨나 가파도 재발견에 불이 붙었다. 예능 프로그램 「1박 2일」이 불난 데다 기름을 들이부었다"고 김이장은 말했다. 꾸미지 않고, 있는 그대로의 가파도를 보여주는 축제로 섬은 되살아났다. 청보리축제를 하기 전에는 해녀들이 모자반을 채취해 킬로그램당 5백 원에 사달라며 상인들에게 통사정을 했었다. 지금은 마을에서 3천 원에 수매해 섬을 찾는 이들에게 판매한다. 바다에 그냥 널려 있던 미역도 인기가 높아 수요를 따라가지 못할 정도에 이르렀다. 우뭇가사리·보리 판매도 마찬가지다. 청보리축제는 지금 가파도 총매출의 30퍼센트 이상을 차지하고 있다.

2013년 가파도 청보리축제 기간에는 4만 명이 다녀갔다. 축제가 끝나도 사람들은 가파도를 찾는다. 영화제가 끝나도 프랑스 칸을 찾는 사람들이 많듯이.

낮잠 자기 좋은 섬. 시 제목 같은 이 말은, 말 그대로 조용하고 친환경적인 섬이라는 뜻이다. 자동차와 사륜 스쿠터, 골프장 전동카터 등으로 소음 천지로 변해버린 다른 섬들과 달리 가파도는 변함없이 조용하다. 바람과 파도 소리밖에 들리지 않는다. 자동차는 전기 차아홉 대가 전부이다. 전선을 땅에 묻어 전봇대를 없앴고 오폐수 자체 정화 시설을 만들어 분뇨차도 들어오지 않는다.

각종 지원 사업에 응모해 가파도에 들여온 지원금만 해도 3년 동안 120억 원이 넘는다. 김이장의 전략은 "잘못되면 내가 모두 책임진다"라고 확언하며 담당 공무원들을 안심시키는 것이다. "공무원은 징계를 당하지만 이장은 징계도 감봉도 없으니까." 김이장은 서이사장이 비판한 보리밭 콘크리트 길도 "내가 만들었다"며 공무원을 대신해 스스로 비난을 뒤집어썼다.

김동옥 씨는 3년 전에 이장 자리에서 물러났다. 과거에는 가파도 사람들이 모슬포항에서 마라도로 향하는 배를 부러운 눈으로 쳐다보았다면, 이제는 가파도를 부러운 눈으로 보는 이들이 많아졌다. 무엇보다 바람직한 것은 개발을 최대한 억제하고 풍력 등을 활용한 녹색섬을 지향하면서 가파도가 낮잠 자기에 더 좋은 섬이 되었다는 사실이다.

더할 가加에 물결 파波를 쓰는 가파도는 파도가 높고 바람이 세기로 유명하다. 가파도에는 "정이월 바름살 검은 암소 뿔 오그라진다" (1~2월 바람에 검은 암소 뿔 휘어진다. 소 가운데 제주도 특산 검은 암소가 가장 강한 소로 알려져 있다. 과거 가파도의 검은 소는 진상품이었다)는 속담이 있다. 가파도의 주변 환경은 이렇게 거칠다. 암소 뿔을 휘게 하는 그 강한 바람, 그 바람에 물결치는 보리밭을 아름다운 볼거리로 만들고, 그 사잇길을 가장 낭만적인 길로 만들어낸 역발상이 놀랍다.

함께 이야기를 듣던 학훈이가 옆에서 속삭이듯 말한다. "이런 사람을 기업에서는 스타라고 하지. 스타 한 명이 수만 명 먹여 살리거든."

올레꾼들 사이에서 가파도를 조금 더 유명하게 하는 일이 생겨났다. 서동철 씨가 가파도 주민이 되었다. 서동철 씨는 서명숙 제주올레 이사장의 바로 아래 동생. 서이사장이 제주올레의 대모라면 서동철 초대 탐사대장은 '현장 대부'쯤 될 것이다. 그이는 제주올레가 처음 길을 낼 때의 산파요 현장 책임자였다. 누이가 아이디어를 내고 철학을 만들었다면, 제주도에서 살아온 동생은 사람들을 설득하고 길을 열었다. 걷기 문화에 대해 관심은커녕 아무도 알아주지 않던 2007년의 일이었다.

"이사장님(서동철 씨는 사석에서도 누이를 이렇게 부른다. 혹시 실수할까봐 늘 그렇게 부른다고 했다)이 산티아고 길을 걸으면서 『중앙일보』에 연재한 글을 재미있게 읽었다. 연재물의 맨 마지막에 '제주도에 길을 만들겠다'고 썼을 때 '아이고, 올 것이 왔구나' 하고 생각했다. 이사장님이 제주도에서 마음 놓고 부려먹을 사람은 나 하나밖에 없었기 때문이다."

서명숙 이사장은 자기 책에서 고백한다. 제주도를 떠난 지 30년이 넘은 까닭에 어린 날의 추억과 애정만 가지고 있을 뿐 "현재의 제주에 대해서는 아는 바가 거의 없었다. (……) 대포, 월평, 하예, 예래, 대평 등등 난생처음 듣는 곳도 수두룩했다."

반면 제주도에 터를 잡고 살아온 동생은 지리와 역사, 사람, 마을의 관계와 정서 등에 정통했다. 누이의 지시를 받은 동생은 구체적인 아이디어를 쏟아내기 시작했다.

제주올레길의 시작점과 종점을 정할 때 과거 제주 목사의 초도순시를 떠올린 사람도 그이였고, 과거 유명한 앙숙이었던 시흥리와 종

가파도의 골목길. 제주본도처럼 돌담이 집을 감싸고 있으나 돌의 색깔과 모양이 다르다. 가파도 돌담의 돌들은 바다에서 난 것을 다듬지 않고 그대로 쌓아올려서 끝이 날카롭다.

달리를 붙여서 1코스를 내자는 아이디어도 그에게서 나왔다.

들도 보도 못한 길을 낸다는데 지역 사람들이 처음부터 선뜻 동의하기는 어려운 일이다. 알지도 못하고, 금방 득 될 것도 없는 성가신 일에 지역 주민들이 반대하는 것은 당연했다.

서동철 씨는 말했다. "해녀들이 힘들게 물질하고 있는데 지나가는 사람들이 자꾸 사진을 찍으면 기분 좋은 일은 아니다. 마을 주민들이 반대하는 건 당연했다. 그분들을 설득하는 일이 가장 어려웠다. 안 된다 작심하면, 대통령 말도 안 들을 사람들이다."

해녀들을 직접 설득하다가 벽에 부딪힌 서씨는 새로운 전술을 도입한다. 해녀 대신 해녀의 아들들을 만나 협조를 구했다. 제주도라는 크지 않은 지역 사회에서는 같은 세대라면 어떻게든 서로 연결되게 마련이다. 더군다나 어린 시절 한때 '서귀포의 전설'(어느 택시 기사의 표현)로 유명했던 서씨와 통하지 않는 사람은 거의 없었다. 서씨에게 설득된 자식들이 자기 어머니에게 "아이구, 어멍. 저거 한번 잘해줘서" 하면 일이 성사되었다.

바다에 마을 공동어장이 있다면, 중산간 초원에는 마을 공동목장이 있다. 마을목장으로 길을 내는 것도 끈기 있는 설득을 필요로 했다. 길을 찾으러, 설득을 하러 말미오름에만 마흔 번 넘게 올랐다. "그게 올레길 탐사대장의 일이었다."

막냇동생 서동성 씨에게 그 자리를 넘겨주고 '은퇴'한 초대 탐사대장은 얼마 전 가파도에 들어와 살기 시작했다. 싱글이었던 그가 올레길 탐사를 하면서 가파도에서 좋은 짝을 만났기 때문이다. "그전에도 가파도를 좋아했지만 들어와 살아보니 더 좋다. 무엇보다 바다와 하늘이 다이내믹하다. 제주도를 통째로 완벽하게 볼 수 있는 곳이기도 하고……"

점심시간이 되어 학훈이와 나는 그이가 부인과 함께 운영하는 식당에서 밥을 먹었다. 전복죽의 양이 얼마나 많은지 그 아까운 것을 다 먹지 못했다.

나올 때는 보리밭길을 가로질러 걸었다. 강한 바닷바람에 물결치는 보리밭은 다시 봐도 장관이다. 출렁출렁 움직이는 초대형 그림 같다. 청보리축제 때는 특별한 이벤트 없이 그 사이를 그저 걷게 한다는데, 걸어보니 세상에 이런 길도 있구나 하는 생각이 들었다. 아름답고 신비스럽다.

축제의 효과, 문화의 힘은 이렇게 막강하다. 캐나다에 사는 나까지 불러들여 감동시키니까.

11코스

모슬포 - 무릉 올레

정난주 묘를 지나
밀림 속으로

가파도에서 1시 20분 배를 타고 모슬포항으로 나왔다. 허리가 좋지 않은 친구 학훈이는 종일 걷는 것이 부담이 되는 모양이다. 아쉽지만 오늘 숙소로 정한 현순여할망집으로 버스를 타고 먼저 갔다. 나는 다시금 '나홀로 올레꾼'이 되어 11코스를 시작했다.

모슬포 부두가 나타난다. 평일 오후 부두는 한적하다. 인적도 드물고 드나드는 배도 없다. 만국기가 펄럭이는 이곳에는 오래된 부두 특유의 을씨년스러움 또한 없다. '선창' '부두' 하면 자동적으로 떠오르는 이미지가 있다. 흐리거나 비가 오거나, 안개가 짙게 낀 음울한 분위기. 비린내 나는 거리와 지저분한 바다. 기름이 떠 있는 더러운 바다. 그리고 술에 취한 사람들.

내 머릿속에 이런 이미지가 왜 만들어졌는지 모르겠으나, 모슬포 부두는 선창에 대한 이런 선입견을 말끔하게 바꿔놓는다. 바다 길 건너에는 횟집들이 즐비하고 그 앞으로는 자동차가 오가거나 주차되어 있다. 길바닥이며 바다도 깨끗하다. 분위기는 정오의 햇살처럼 밝다.

부두 한쪽에 제주올레 표지판이 보이고 모슬포장이 나온다. 1일과 6일에 서는 장이라 9일인 오늘은 텅 비어 있다. 공식 이름은 대정오일시장이라고 하는데 여전히 모슬포장이라 불린다. 사람들은 누구나 이곳을 모슬포라고 한다. 그러나 어느 지도를 봐도 '모슬'이라는 지명은 없다. 상모1~3리, 하모1~3리가 있을 뿐이다.

'모슬'이라는 예쁜 이름은 모래를 뜻하는 제주말 '모살'('모실'이라고도 한다)에서 유래한다고 했다. 모슬포摹瑟浦는 모살개(개는 갯가를 뜻한다)의 한자 표기이다. 바닷가에 모래가 많다는 뜻에서 붙여진 이름이다. 마을 이름은 예부터 웃(위)모살개 ㅁ·을·알(아래)모살개 ㅁ·을로 불렸는데, 그것이 언제부터인가 상모리·하모리로 바뀌었다. 상모리·하모리가 나쁜 이름은 아니지만 '모슬개' '모살개'라는 옛 지명에 비하면 확실히 맛은 덜하다.

산이물이라는 이름의 근사한 야외 공중목욕탕이 보인다. 용천수가 솟아오르는 이곳에 돌담을 두르고 입구에는 돌 지붕까지 만들어 놓았다. 아직 더위가 오지 않아서 그런지 정물처럼 고요하다. 옆에 꾸며놓은 작은 공원에도 사람은 없다. 사람들은 모두 어디에 있을까?

검은색 해변을 지나 올레길은 검은색 밭담 곁으로 이어진다. 드넓은 밭에는 줄기 끝이 노란색으로 물들기 시작한 마늘이 가득하다. 수확할 때가 거의 다 된 듯 보인다. 파란색 옷에 초록색 모자를 쓴 할머니 한 분이 밭에서 일을 하고 있다. 낫이 아닌 생소한 칼을 들고 마늘 줄기를 쳐낸다. 무엇을 골라 툭툭 쳐내는 것이 명인의 솜씨이다.

"지금 뭘 하세요?" "마늘종 잘라내요. 그런데 어디서 왔어요?"

입장이 뒤바뀌어 내가 한참 동안 대답을 했다. "진짜 먼 데서 왔구먼. 그럼 고향은 어디인고?" 이런 식으로 할머니가 이야기를 주도해 간다. 다른 분들은 끈기 있게 질문을 해야 마지못한 듯 이야기를 들려주는 데 반해, 고순부 씨는 말하기를 퍽 즐기는 어른이다.

마늘종을 잘라내고 있는 고순부 씨. 팔순 할머니가 오전 6시부터 하루 열한 시간을 일한다. "몸을 움직일 수 있으니 일을 한다." 제주도에서는 자연스러운 일이다.

마늘은 양력으로 8~9월에 파종해서 이듬해 5월 중순께 수확한다. 고씨는 지금 수확을 앞두고 마늘종을 치고 있다. 그것을 쳐내야 마늘의 씨가 굵어진다. 무침이나 볶음, 장아찌 등으로 만들어 먹는 마늘종은 한창 비쌀 때는 킬로그램당 5~6천 원이나 한다. 지금 것은 너무 크고 질겨서 먹지 못한다. "마늘종이 가장 맛있을 때는 4월이다"라고 고씨는 말했다.

팔순 노인이 아침 6시부터 오후 5시까지 뙤약볕에 서서 일을 하면, 한국은 물론 캐나다에서도 믿지 않을뿐더러 노인 학대라고 비난이 쏟아질지도 모른다. 그러나 제주도에서만은 전혀 이상한 일이 아니다. "몸을 움직일 수 있는데 일을 해야지, 왜 안해?"라고 고씨는 반문한다. 일을 하지 않으면 오히려 몸이 아프고 힘들다는 것이다.

게다가 농촌이니 일도 많다.

열한 시간을 일하면 9시 새참, 12시 점심, 3시에 새참까지 먹고 하루 5만 원을 번다. 오래전에 남편과 사별하고 5남매 모두 가정을 꾸렸지만 고씨는 혼자 산다. "왜요? 며느리가 차려주는 밥 드시면 좋잖아요"라고 했더니 명쾌한 답을 내놓는다.

"나도 시어머니와 따로 살았어. 나는 만날 밭에서 일을 해서 시어머니 밥 차려줄 시간이 없었어. 할망들도 모두 밖에 나가서 일하니까."

한낮에 하릴없이 거니는 사람들이 없는 이유를 알겠다. 고씨는 "농촌이니 일을 해야 한다"고 했다. 도시에서야 일할 것이 없으니 자식에게 용돈을 얻어 쓰지만 여기서는 일거리가 있으니 당연히 일을 한다는 것이다. 강인하고 부지런하고 독립심 강한 제주도 여성의 표본을 다시 본다.

마늘 농사를 짓기 전에는 조와 고구마, 보리농사를 지었다. 얼마나 고생을 했던지, 말은 못하고 고개만 절레절레 흔든다. 해발 고도가 가장 낮은 저지대 평원이어서 제주도에서도 가장 바람이 세다는 대정읍, 그중에서도 모슬포는 '못살포'로 불릴 정도로 강한 바람이 분다. 이 때문에 감귤 농사는 많이 하지 못한다고 고씨는 말했다.

그이가 사는 곳은 동일1리이다. 친정도 같은 마을이다. 같은 동네 총각에게 시집온 것이다. "연애결혼이었느냐"고 물었더니 "그건 아니었다"며 웃는다. 육지에서와 달리 제주도에서는 예전에도 부모들이 연애로 맺어지는 혼인을 별로 꺼리지 않았다. 또 육지와 달리 생활권 범위가 좁았던 예전에는 한마을에서 혼인하는 경우가 많았다.

각성바지 마을에서는 부락의 절반이 친인척으로 엮이는 수도 있었다.

제주도 고유의 '삼촌'이라는 호칭은 바로 여기에서 나왔다. 한동네에 부계뿐 아니라, 모계·처계 등 친척이 많다 보니 멀고 가까운 친척, 남녀 구별 없이 어른은 모두 삼촌이라고 부른다. 현기영의 중편소설 「순이삼촌」의 주인공 '순이'는 먼 친척 아주머니이다.

제주도에 사는 사람들은 처음 보는 어른한테도 '삼촌'(발음은 '삼춘'이라고 한다)이라고 하던데 나는 입이 잘 떨어지지 않는다. "어르신, 건강하세요"라고 인사를 했다.

마늘밭과 낮은 밭담이 어우러지는 아름다운 풍경이 길게 이어진다. 길은 모슬봉으로 향한다. 길가에 트럭을 세우고 쉬는 부부가 있기에 인사를 했다가 또 이야기를 시작했다. 올레길이 난 지 몇 년 되었으나 낯선 사람이 배낭을 메고 관광지도 아닌 자기 동네 길을 걷는 것이 여전히 신기하다고 했다. 대개 그렇듯 "어디서 왔느냐?"로부터 말은 시작된다.

70대 초반 부부라는데 60대 초반 정도로 보인다. 젊게 보이는 비결을 물었더니 남편이 "제주도"라고 말한다. "세계에서 대한민국이 살기 가장 좋고, 그중에서도 제주도가 제일 좋아. 사계절 확실하지, 공기 좋지……" 부인이 "농촌은……" 하고 끼어들자 남편은 버럭한다. "조용 좀 해라. 내가 말을 못하겠네." 자칫하면 부부싸움이 시작될 기세다.

당연한 얘기 말고 좀 특별한 이야기를 해달라고 부탁했다.

"특별한 거? 우리 부부가 70대인데, 사람 써가며 둘이 일해서 연봉 1억대여. 믿어져? 귤 농사, 마늘 농사지어서…… 귤이 만 평, 마

모슬봉 정상으로 가는 길. 소나무가 하늘을 가리는
고즈넉한 오솔길이다. 잊힌 옛길이었는데 산불 감시원 김철신 씨가
제주올레에 알려주어 '바람의 코스'라는 이름으로 되살아났다.

늘은 4천 평. 대정읍 보성리에 국가에서 영어타운 몇십만 평을 짓고 있거든. 10퍼센트 지었을라나? 그거 때문에 땅값도 엄청 올랐어."

뭍이든 제주도든 요즘 이렇게 잘사는 농부들이 많다. 말을 하는 데도 한결 여유가 있다. 남편 말이 끝나기만을 기다리던 부인이 말한다. "바쁘지 않으면 집에 가서 차라도 한잔 대접하고 싶은데……" 갈 길이 멀어 사양했다. 아깝고 안타까웠다. 이 길이 걷기에 좋고, 산을 넘어가면 공동묘지가 나온다고 알려주었다.

정난주 마리아의 묘

숲길로 접어든다. 소나무가 하늘을 가린 오솔길이다. 모슬봉. 표고 180.5미터의 오름을 오르는데도 평지와 같은 완만한 길이다. 고즈넉함의 극치라고나 할까. 한적함을 넘어 적막감이 감돈다. 아침부터 흐렸던 하늘은 금방이라도 비를 뿌릴 듯 어둑어둑하다. 폭이 1미터도 채 안 되는 길은 소나무 사이로 계속 이어진다. 벅찬 감동이 밀려온다. 이제 내가 길을 제대로 즐길 줄 알게 되었다는 느낌이 든다.

힘들지 않게 정상에 이르렀다. 전망은 남서쪽으로 툭 트여 있다. 오름과 들이 보인다. 안개 너머로는 바다가 있을 것이다. 땅 전체가 완만하여 마음을 편안하게 해주는 곳이다. 대정읍은 한라산이 치맛자락처럼 평평하게 펼쳐진 용암지대라고 한다. 제주도 안에서 해발고도가 가장 낮고 경사도도 낮은 저지대이다. 오름을 올라도 오르는 것 같지 않은 느낌이 든 것은 바로 이 때문이다.

빗방울이 툭툭 떨어진다. 그러나 우의를 꺼내 입을 정도는 아니다.

오름 아래로 내려가는데 공동묘지가 나타난다. 규모도 크지만 공동묘지의 역사가 놀랍다. 조선 시대부터 최근에 이르기까지 수백 년을 이어져온 공동묘지이다. 묘지 근대 박물관이라고 해도 무방할 것이다. 역사가 긴 만큼 누워 있는 분들께는 미안한 말이지만 볼거리가 많다.

공동묘지여서 제주도 산소 특유의 산담은 두르지 않았다. 묘소마다 독특한 모양을 하고 있다. 생전의 지위를 묘비에 크게 새기고 높이 세워 지체가 높았음을 자랑하는 묘지가 있는가 하면, 단순 소박한 묘비에 이름만 적은 것도 보인다. 찾는 후손이 없는 듯 폐허가 된 묘지가 태반이다. 눈에 띄게 특이한 것들도 있다.

묘 전체를 콘크리트로 바른 것이 있는가 하면, "오 사랑하는 벗이여 서럽고 애닯도다 정녕 우리 곁을 떠나는가……"라고 친구들이 적은 묘비명도 보인다. 특히 눈길을 끄는 묘비가 있는데, 높이 30센티미터쯤 되는 팔각형 돌이다. 나지막한 묘 앞에 놓인 돌에는 한글 한 글자만 적혀 있을 뿐이다. '숙'. 묘비를 세운 사람의 딸은 아닌 듯하고 아내라도 저렇게 적을 리는 없을 것이다. 극도로 축약된 묘비명은 여러 상상을 불러일으킨다. 글자 하나가 인생 내력을 길게 새긴 그 어떤 묘비보다 더 많은 이야기를 하고 있는 것이다.

묘지에는 고사리가 많다. 내 눈에 보일 정도이니 공동묘지에는 고사리가 지천일 것이다. 조상 제사에 고사리를 쓰기 때문에 산소에서 자라는 고사리는 절대 꺾지 않는다고 했다.

빗발이 조금 더 굵어진다. 커버를 꺼내 배낭을 덮었다. 모자와 재킷만으로도 몸은 여전히 견딜 만하다. 발은 방수가 되는 고어텍스

신발 덕을 톡톡히 본다.

마늘밭이 계속 이어진다. 전국 마늘 생산량의 10퍼센트, 제주도 내의 60퍼센트를 감당한다는 대정읍 마늘밭이다. 너른 들을 가진 보성리는 대정읍 마늘 생산의 중심이라고 했다. 들이 넓어서 들길을 따라 걷는 기분을 만끽한다.

농부가 모자를 눌러쓰고 비료를 뿌리고 있다. 브로콜리밭이다. 농부는 밭고랑을 오가며 일을 하는데, 걷는 모양새나 팔동작이 얼마나 절도가 있는지 잘 훈련된 군인의 행진을 보는 듯했다. 그이가 너무 바빠 보여서 말을 걸 엄두도 내지 못한다. 그저 인사만 하고 지나간다. 제주도가 우리나라에서 브로콜리를 가장 많이 생산한다는 이야기는 들었으나 브로콜리밭을 구경하는 것은 처음이다. 넓고 두꺼운 이파리 사이에서 브로콜리는 푸르게 익고 있다. 푸른 이파리와 브로콜리 위에 빗방울이 투명한 구슬처럼 도르르 구른다.

11코스는 묘지 순례라 해도 좋을 것 같다. 공동묘지에 이어 인상 깊은 묘지들이 잇달아 나온다. 천주교모슬포성당 교회 묘지. 들판 한가운데에 소나무 몇 그루와 더불어 예수가 매달린 큰 십자가와 성모마리아상이 높이 서 있다.

조금 더 걷자 이국적인 풍경이 등장한다. 도열하듯 서 있는 야자수 열 그루 사이로 길이 나 있고 검은색 돌담과 단정한 돌 지붕을 한 입구가 보인다. 그 안에는 정난주 마리아(1773~1838)의 묘가 자리하고 있다.

정난주 마리아. 한국 가톨릭의 최고 명문가 출신. 아호는 명련. 정약현의 딸이다. 정약전 정약종 정약용 형제가 그녀의 숙부들이다.

정난주 마리아의 묘. 다산 정약용의 조카이자 황사영의 처로, 제주도에 관비로 유배를 와서 생을 마감했다. 정난주는 유배 생활 중에 풍부한 학식과 교양으로 주민들을 교화시켜 칭송을 받았다고 전해진다.

어머니는 우리나라 최초의 천주교 신자로 알려진 이벽의 누이. 남편은 백서를 써서 순교한 황사영이다. 1801년 황사영은 신유박해의 참상을 설명하고 프랑스 군함을 요청하는 백서를 작성해 베이징 주교에게 보내려다 발각되어 서소문 밖에서 능지처참 당했다.

이후 황사영의 어머니 이윤혜는 거제도에, 그의 처 정난주는 제주도에 각각 관비가 되어 끌려갔다. 정난주는 두 살 난 아들 경한을 등에 업고 제주도로 향하던 중, 사공에게 돈을 주어 배를 추자도에 들르게 하고 그곳 바닷가에 내려놓았다. 자식마저 노비 신분이 되는 것을 원치 않았기 때문이다(경한이 추자도 유배형에 처해졌다는 설도 있다). 하추자도 예초리의 어부 오씨가 경한을 거두어 자식처럼 키웠으며, 그 후손이 지금 추자도에 살고 있다(378쪽 참조).

제주도가 처음으로 맞이한 천주교 신자 정난주는 대정현 관노의 신분이었으나, 현감과 막역지우인 토호 김석구의 집에 위리안치되었다. 이곳에서 정난주는 김석구의 아들 형제를 양자처럼 기르고, 풍부한 학식과 교양으로 주민들을 교화시켰다고 전해진다. 제주도에서 66세의 나이로 사망하자 주민들은 '한양 할망이 돌아가셨다'며 슬퍼했다고 한다. 김씨 집안에서 대대로 벌초를 해오던 정난주 마리아의 묘는 1977년 천주교 순교자 묘지로 단장되었다. 1994년에는 천주교 제주선교 백주년 기념사업의 하나로 성역화했다.

정난주 마리아 묘역은 단정하고 단단하게 살다간 묘지 주인을 닮은 듯 고즈넉하고 깨끗하다. 소설가 김훈은 황사영 백서사건을 전후한 천주교 박해와 정약전의 『자산어보』를 소재로 쓴 장편 『흑산』(학고재, 2011)에서 정난주의 처녀 적 모습을 이렇게 묘사하고 있다.

"명련(정난주)은 겨울에도 개밥을 데워서 먹였다. 개에게 먹이를 던져주지 않았고, 밥을 줄 때는 나무그릇이나 깨진 사기그릇에 담지 않고 질그릇에 담아서 주었다. 아무도 보지 않는 뒤란 장독대의 오지항아리 뚜껑을 피마자기름으로 닦아서 윤을 냈고……" 소설 속 묘사이기는 하지만 정난주의 성품을 살필 수 있게 하는 대목이다. 이런 성품의 소유자로서 서울 할머니로 널리 칭송을 받았다 하니, 정난주 마리아가 제주도에서 어떤 삶을 살다 갔는지를 어렵지 않게 짐작할 수 있다.

이곳에서 보낸 37년 동안 추자도에 내려두고 온 두 살배기 혈육에 대한 어머니의 그리움은 그 무엇보다 절절했을 것이다. 뼈에 사무치게 그리워하면서도 아들에게 해가 될까 싶어 찾지 못했을 터이다.

밀림 속을 걷다

11코스는 이제 자동차 도로로 이어진다. 길옆 전봇대마다 원색 리본들이 휘날린다. 제주올레길에 더해 다른 길이 이쪽으로 난 모양인데, 리본들이 경쟁을 하듯 묶여 있다. 이 정도면 시각 공해이다. 호젓하게 걷는 길이 많으면 많을수록 좋겠으나 이렇게 눈살 찌푸리게하는 장면이 생겨난다면 없느니만 못하다.

몸이 말끔하게 낫지 않아서 그런지 아스팔트 길을 걷다 보니 몸이다시 처지기 시작한다. 속도를 내기 위해 만든 길은 천천히 걸으려하는 사람에게는 최악의 길이다. 다소 지친 상태에서는 조금만 걸어도 피곤이 무겁게 밀려온다. 발바닥과 관절이 아프고 무엇보다 지루하다.

비닐하우스에서 걸그룹의 노래가 흘러나온다. 일을 하면서 들으려고 틀어놓은 모양이다. 경쾌하고 발랄한데다 귀에 익은 노래여서잠깐 듣는데도 신이 난다. 운동선수에게 응원가란 이런 느낌으로 들리겠구나 하는 생각이 든다.

아스팔트 길 위에서 올레길 안내 표지를 놓쳤다. 맥이 탁 풀린다.아스팔트 길을 얼마나 되돌아가야 하는 걸까? 정신을 딴 데 팔다 보니 또 이렇게 되고 말았다. 조금 전에 자동차 하나가 지나가면서 내게 전조등을 번쩍번쩍했더랬다. 이제야 그 뜻을 알겠다. 올레길이이쪽이 아니라는 표시였다. 다행히도 5분 만에 올레길에 다시 접어들었다.

농로와 마을길을 걷는데 그저 고요할 뿐이다. 비가 와서 그런지

인적이 드문 게 아니라 아예 없다. 다소 지쳐서 초코파이라도 하나 먹고 싶은데 가게도 보이지 않는다. 길에 떨어진 주황색 귤 하나가 눈에 들어온다. 껍질이 살짝 터졌을 뿐 멀쩡하다. 체면 불구하고 까서 입에 넣었다. 달고 시원하다.

신평사거리를 지나 신평곶자왈 입구에 섰다. 이름이 낯선 만큼 숲에 대해 아는 바가 전혀 없다. 그동안 제주도에 여러 번 왔지만 곶자왈이라는 곳을 일부러 찾을 일은 없었다. 입구의 표지판에는 두 가지 중요한 정보가 적혀 있다. '통신 불능 지역' '오후 3시 이후에는 들어가지 말 것.' 그 밑에 '동절기의 경우'라고 누군가가 육필로 적은 것도 보인다. 나중에 보니 여름에도 오후 4시 이후에는 들어가지 말라고 했다.

아무것도 모르면 용감해지는 경우가 있다. 곶자왈을 전혀 모르는 내가 그랬다. 시간을 보니 오후 6시. 일몰 시간은 7시 30분쯤이다. 종점이 5.4킬로미터 정도 남았고 오늘 숙소로 잡은 현순여할망집은 2.7킬로미터만 가면 나온다. 시간이 늦어지면 오늘 일정을 숙소에서 마쳐도 별 문제는 없을 것 같았다.

곶자왈에 접어들자마자 숲에 압도당하고 말았다. 나무와 넝쿨식물, 풀과 이끼 등 수많은 식물들이 모여 빽빽한 숲을 이루고 있다. 종도, 높이도 다양하다. 나무와 넝쿨식물들이 얽히고설킨데다 바닥은 야생풀들로 촘촘하다. 생전 처음 보는 숲이다. 길은 나뭇잎이 쌓여 고급 융단처럼 푹신푹신하다. 아픈 무릎과 발바닥이 금방 치유되는 느낌이다.

나는 제주올레가 바다를 따라 제주도를 한 바퀴 도는 길인 줄 알았다. 물론 산(오름)을 오르내리는 줄은 알았지만 이런 밀림 속을 지나갈 줄은 곶자왈에 들어가기 직전까지도 몰랐다. 일반적으로 접하는 울창한 숲이라고만 여겼을 뿐, 길이 아닌 곳으로는 단 몇 발자국도 내딛지 못하는 촘촘한 숲일 줄은 상상도 하지 못했다.

숲이 크고 깊은 데 비해 이상하게도 나무의 키들은 높지 않다. 숲 전체가 나무에 가려지지는 않아 간혹 하늘도 보인다. 그러나 워낙 촘촘한 숲이어서 길은 어둡다. 여름에도 오후 4시 이후에는 들어가지 말라는 안내 표지가 괜히 붙어 있는 게 아니다.

오래전부터 삼림욕이니 산소 목욕이니 하는 것이 유행한다 하지만 그 어느 곳도 곶자왈과 비교하기는 어려울 것 같다. 나무 숲속을 걷는 것이 아니라, 밀림이라는 늪에 푹 빠지는 기분이 들기 때문이다. 새소리, 바람 소리까지 가세한다. 빗소리도 들리지만 빗물이 숲속으로는 떨어지지 않는다. 걸을수록 신비스러운 숲이다.

숲이 너무 울창하니 좋지 않은 것도 있다. 길을 잃지 않도록 바짝 긴장을 해야 한다. 안내 리본도 다른 곳과는 달리 비교적 촘촘하게 달려 있다. 검푸른 이끼가 낀 돌담이 나온다. 이 깊은 숲속에 누가 들어와 무슨 용도로 돌담을 쌓았을지 문득 궁금해진다.

숲 한가운데에 하늘이 뻥 뚫린 곳이 나온다. 바닥이 돌로 이루어진, 말 그대로 숲속의 빈터이다. '웃빌레질(길)'이라는 이름의 이곳 안내문에는 이렇게 적혀 있다. "용암이 파도 물결처럼 흐르다가 넓게 형성되어 굳어져 붙여진 이름이다."

빌레란 암반岩盤을 뜻하니 '윗 암반길'이라는 뜻이겠다. 이같은 검은 바위 위로 흙이 덮이고, 그 위에 생명이 움트고 나무와 넝쿨식물,

야생풀들이 자라서 조성된 밀림이 바로 곶자왈이다.

하긴 제주도 어디에서건 땅 아래로 30센티미터만 파들어가면 돌에 닿는다고 하니, 땅 자체만을 놓고 본다면 그리 신기할 것이 없겠다. 신기한 것은 '사람의 때'를 전혀 타지 않은 빌레 위에 조성된 원시림이다.

신평리에서 시작된 곶자왈은 무릉리 곶자왈로 일단 빠져나오게 되어 있다. 숲에서 나오자 마치 신비로운 마법의 숲에 들어갔다 나온 듯 얼떨떨하다. 날씨가 흐려서 그런지 어둠이 금방 깔린다.

현순여할망집은 무릉곶자왈 숲길이 끝나는 지점에 있다. 몸 상태도 아직은 좋지 않고 다소 지친 터라, 나그네가 첩첩산중에서 인가를 만난 듯 반갑다. 낮에 버스를 타고 먼저 온 친구 학훈이가 "수고많이 했다"며 집에서 나온다. 식사도 미리 부탁해두었다고 했다.

안채에 들어가니 저녁상이 차려져 있다. 나물이며 생선 반찬이 많아서 일부러 세어보았다. 열한 가지나 된다. 속은 여전히 안 좋았지만 집에서 차려주는 음식은 순하고 따뜻해서 밥 한 공기를 달게 비울 수 있었다.

우리가 묵을 바깥채는 황토로 지은 새집이다. 장작불을 때는 온돌방이다. 바깥은 습했으나 아랫목이 탈 만큼 군불을 때서 그런지 방안 공기는 뽀송뽀송하다. 대강 씻고 구들장에 습하고 무거운 몸을 뉘었다. 천국이 따로 없다.

14-1 코스

저 지 - 무 릉 올 레

'씨크릿 가든'
곶자왈의 신비

밤새 비가 왔다. 황토방의 뜨끈뜨끈한 구들에 허리를 지지며 빗소리와 바람 소리를 들었다. 소리 때문에 여러 번 잠이 깼으나 깰 때마다 황홀했다. 방바닥 타는 고소한 냄새에 잠도 고소하고 달았다.

아침 일찍 집을 나섰다. 현순여할망집의 바깥어른 박태주 씨가 14-1코스 출발 지점까지 차를 태워주었다. 원래는 출발 지점으로 버스를 타고 갈 예정이었으나, 어른은 "10분만 가면 된다"며 저지리 마을회관 앞까지 차를 몰았다.

덕분에 아침 일찍 14-1코스를 걷기 시작한다. 11코스에 이어 12코스로 바로 가지 않은 이유는 14-1코스 또한 곶자왈을 지나게 되어 있기 때문이다. 전날 곶자왈에서 얻은 감흥을 계속 이어가고 싶었다. 또 14-1코스를 먼저 걷는 것이 일정상 수월할 것 같았다(첫날 서동성 전 제주올레 탐사국장이 짜준 일정을 그대로 따랐다).

오전 7시 30분. 문도지오름을 향해 가는 올레길은 마을과 들을 잇달아 지난다. 짙은 안개가 아름다운 아침 풍경을 만들어낸다. 올레길을 걷기 시작한 이후, 서귀포시 구역에서만 걷다가 제주시에 처음 발을 들여놓는다. 제주시 한경면 저지리는 역사가 4백 년이 넘는 동네라고 했다. 집담과 밭담과 구불구불한 길이 동네의 오랜 역사를 드러낸다.

촘촘하게 쌓여 있는 돌담의 돌들은 오랜 세월 비바람에 깎여서 모두 동글동글하다. 밭담은 원래 차고 강한 바람을 막는 보온 기능을 한다고 했다. 돌 사이에는 틈이 나 있는데 바람이 불어도 그 틈 때문에 담이 넘어지지 않는다. 틈새로는 바람과 더불어 해충도 휩쓸려나간다.

그러나 저지리의 돌담에서는 바람구멍이 보이지 않는다. 돌과 돌이 마치 접착제로 붙여놓은 것처럼 빈틈없이 맞물려 있다. 세월에 깎이고 둥글어지면서 돌들이 마치 서로에게 스며든 듯한 느낌을 준다. 푸른 이끼가 돌을 감싸고 하얗게 피어난 버짐 같은 것도 더러 보인다. 역시 세월의 흔적이다.

돌담은 비와 안개에 젖어 숯덩이처럼 검다. 아예 담쟁이덩굴로 덮여서 돌담이 초록색 덩굴담이 된 것도 있다. 저지리에는 문화예술인 마을이 있다는데 아침에 보는 저지리 돌담길은 어떤 예술가도 만들어낼 수 없는, 평범한 농부의 땀과 세월이 빚어낸 위대한 예술작품으로 보인다.

감귤밭·보리밭·마늘밭 등 제주도 서부에서 볼 수 있는 밭들이 계속 이어진다. 안개에 덮여 있는 밭 풍경이 몽환적인 분위기를 자아낸다. 언덕 위의 솔밭, 말이 풀을 뜯는 초지, 길 끝에 아스라이 보이는 폭낭(팽나무). 인적이 없는 아침, 새소리를 들으며 혼자 걷는다. 내 몸을 둘러싸고 펼쳐지는 모든 풍경을 온몸으로 빨아들이는 고적한 아침 산책이다.

어제 저녁까지도 별로 좋지 않던 몸은 뜨끈한 온돌방 덕분인지 한결 개운하다. 올레길을 걸으면서 늘 그랬다. 하루 종일 걷고 나면 밤에는 지쳐서 다른 사람과 술 한잔 나눌 여유도 없이 쓰러져 잠자기

14-1코스의 초입인 한경면 저지리 돌담길. 오래된 돌담이 담쟁이덩굴에 덮여서 초록색 덩굴 담으로 변했다.

일쑤였다. 너무 지쳐서 다음날 일어날 수나 있겠나 싶을 때도 있었다. 그러나 아침에 눈을 뜨면 언제나 다시금 힘이 생겨났다. 하룻밤의 휴식으로 몸이 회복되는 것이 신기할 따름이다. 공기가 좋고 음식이 입에 맞아 그럴 것이다.

비닐하우스 앞을 지나는데 길에 서서 이야기를 나누는 사람들이 보인다. 여자 분들이다. 인사를 했더니 대뜸 "혼자여? 혼자 댕기지마, 위험햐. 왜 혼자 댕겨"라고 걱정한다. 처가에 가면 쉽게 들을 수 있는 귀에 익숙한 충청도 말투이다.

"제주도 분이 아니신가 봐요?"라고 했더니 옆에 있던 중년 여성이 "충청도에서 와서 밭 사고 귤나무 심고 집 지으셨어요. 부자예요"라고 말한다. 제주도 말이다.

이야기를 들어보니 80대 청주 할머니는 10년 전 아들이 제주도에

새벽안개 속의 보리밭. 안개에 젖은 보리가 멀리 보이는 검은색 돌담과 더불어 환상적인 분위기를 연출한다.

서 근무할 때 한경면 저지리에 땅을 좀 사두었다. 거기에 귤나무를 심고 집도 지었다. 그 과정에서 동네 사람인 고씨가 도움을 많이 주었다. "제주시에 있는 자기 아들들까지 오라고 해서 우리 귤나무 심어주고, 우리 식구들 와서 일할 때 국수도 해서 먹이고…… 이웃사촌이 친척보다 더 나아"라고 청주 할머니 김씨는 말했다.

"외지에서 온 분들이라 더 열심히 도와줬다"는 고씨는 남편과 20년 전에 사별하고 혼자 농사를 지어 2남 1녀를 키웠노라고 했다. 자식들은 모두 대학 공부까지 마치고 도시에 나가 있다. 무슨 농사를 얼마나 짓느냐는 질문에 그이는 또박또박 말했다.

"마늘 2천 평, 귤나무 천5백 평, 옥수수 천 평, 오이 6백 평."

"그 많은 농사를 혼자 짓느냐"는 물음에 고씨는 "제주도 여자는 다 그렇게 일한다. 어르신들도 애기(자식)들한테 손 안 벌린다"고 답했다. 고씨는 얼마 전에는 손자도 보았다고 자랑한다.

이야기를 듣던 청주 할머니는 덧붙였다. "아이구, 여기 여자들 무섭게들 일해. 그랑께, 여기 사람들은 늙어 꼬부라져서 밭에서 일하다 죽어야 복이라고 한디야. 그렇게들 얘기햐."

유기농 귤 농사를 많이 한다는 고씨는 귤 감별법을 넌지시 일러주었다. 껍질이 매끈하고 고운 것은 농약을 많이 친 귤이고, 울퉁불퉁 밉게 생긴 것은 농약을 치지 않은 유기농 귤이라는 것이다. 농약을 많이 친 귤은 잘 씻어서 까야 한다고 말했다.

"근데, 아저씨는 어디서 왔대요?"라고 묻는다. "캐나다요." 두 사람 모두 "거짓말"이라며 믿지 않는다. "제가 왜 그런 거짓말을 해요?"라며 신분증을 꺼냈더니 청주 할머니는 "얼레? 이게 캐나다 운전면허쩡이여?"라고 했다. 왁자하게 웃음이 터졌다. 유쾌했다. 아침 일찍부터 아주 기분 좋은 만남이었다. 헤어지는 인사도 인상 깊었다.

청주 할머니는 "혼자 댕기지 마, 위험햐"라며 우리 어머니처럼 걱정이 많았다. 제주도 아주머니의 인사는 간결했다. "갑서."

곶자왈 이야기

새소리에 희미한 말울음 소리가 섞여 있다. 문도지오름 입구에 저지곶자왈 입간판이 서 있다. 식물 현황판에는 빌레나무, 녹나무, 생달나무, 콩짜개덩굴, 가는쇠고사리, 석위, 후박나무, 새우란 등 모두 열여덟 개를 사진 찍어 소개했다. 곶자왈 설명문이 단순 명쾌하다.

"곶자왈이란 화산이 활동할 때 분출된 암괴상 아아 용암류 분포

지대에 형성된 숲을 뜻하는 제주어로, 지역에 따라 곶·자왈·곶자왈 등으로 불린다. 곶자왈은 제주의 생명수인 지하수를 함양하는 중요한 역할을 하며, 멸종 위기의 야생 동식물을 비롯한 다양한 동식물이 서식하고 있는 생태계의 보고이자 한라산과 해안을 연결시키는 생태축의 역할을 하고 있다."

곶자왈로 가는 길. 사유지 목장을 지난다. 명성목장이라는 팻말이 붙어 있다. 말과 소를 방목하는 개인 목장을 도보 여행자들에게 내주는 주인의 넉넉한 배려가 고맙다. 제주시 한림읍 금악리 3445번지라는 주소가 나온다. 대정읍 저지리에서 한림읍 쪽으로 휘어져서 올레길이 나 있다는 얘기다.

문도지오름. 표고 260.3미터로 그다지 높지는 않다. 저지곶자왈을 굽어보는 '곶자왈의 지붕'이라는데, 안개 때문에 아래 풍경이 보이지 않는다.

아쉬운 마음을 오름 정상의 풍경이 채워준다. 초지에 나 있는 붉은색 흙길. 길을 덮고 있는 안개가 바람에 쓸려 흐른다. 선경仙境이란 바로 이런 풍경을 두고 하는 말일 터이다. 그 아름다움에 말문이 턱하고 막힐 지경이다.

문도지오름은 저지곶자왈로 이어진다. 2년 전에 들이닥친 태풍 때문에 피해를 많이 입은 지역이라고 했다. 삼나무 숲이 빽빽하게 조성되어 있는데, 뿌리를 드러내고 넘어진 큰 나무들이 보인다. 수십미터나 되는 나무들이 뿌리째 뽑힐 정도였으니 태풍의 위력이 어느 정도였는지 짐작이 가고도 남는다. 길을 막은 나무도 많은데 일일이 톱으로 잘라서 옆으로 치운 사람들의 노고도 쉽게 느낄 수 있다.

곳자왈에도 안개는 여전히 흐른다. 어제 걸었던 신평·무릉곳자왈은 곳자왈에 대한 첫 경험이어서 충격이 컸다. 오늘은 모든 감각을 열고 곳자왈을 즐긴다. '사람의 때'를 타지 않은 풍경이 여럿이다. 가는쇠고사리라는 생경한 야생초가 이끼가 끼어 푸르게 변한 돌 사이에 무더기 무더기 피어 있고, 식물넝쿨이 나무를 뒤덮고, 나무 덩굴이 몸을 뒤틀며 가지를 뻗은 모습도 보인다. 열대 북방한계 식물과 한대 남방한계 식물이 공존한다더니, 식물과 나무 들이 겹치면서 신비한 풍경을 만들어낸다. 나로서는 처음 보는 풍경이다.

사람의 발길이 닿지 않는 울창한 숲에서 어떻게 길을 찾아냈을까? 며칠 전 서동성 전 탐사국장에게서 들은 이야기가 떠올랐다.

해안길은 길 내기가 비교적 수월했다고 한다. 바다를 따라가면 되기 때문이다. 반면 중산간 지역의 길은 경우의 수가 너무나 많다. 샛길이란 샛길은 모두 가봐야 했다. 위성사진으로 보려 해도 판독이 안 되는 곳이 있으니, 바로 곳자왈이다. 도무지 길을 찾아낼 방법이 없었다.

7코스 수봉로와 마찬가지로 곳자왈 길라잡이가 있었다. 짐승이다. 말·돼지·노루가 지나간 자리를 따라가면 길이 되었다. 짐승들도 걷기에 편한 자리, 곧 바닥이 편한 곳을 찾아다녔다. 그 길을 따라가면 따로 공사할 필요도 없었다.

과연 그랬다. 신비한 숲속에 마치 오래전에 만든 것인 양 길은 자연스레 다져져 있었다. 안내 리본만 잘 따라가면 숲을 걸으며 느끼고 즐기는 데 아무런 지장이 없었다. 비가 내린 후여서 깜짝 놀라게 하는 것이 있었다. 눈앞에 갑자기 죽은 벌레가 나타나서 얼굴을 때린다. 평온 속의 날벼락이다. 입을 벌리고 가면 입으로 들어갈 수도 있다. 나무의 거미줄에 잡혔던 벌레가 비 때문에 아래로 떨어져 거미줄에 대롱대롱 매달려 있는 것이다. 느닷없이 나타나 얼굴을 때리는 벌레를 피하기 위해 나뭇가지를 하나 들고 앞을 휘휘 저으며 나아가야 했다.

다음날 12코스를 시작하면서 곶자왈 올레길을 내는 데 길잡이를 했던 강영식 무릉생태학교 촌장을 만나 곶자왈 이야기를 들었더랬다. 강촌장에 따르면 제주도에는 모두 네 개의 곶자왈 지대가 있다. 내가 걷고 있는 한경·대정·안덕곶자왈과 애월, 조천·함덕, 구좌·성산곶자왈이다. 이 중에서 한경·대정·안덕곶자왈이 총 32킬로미터로 가장 길기도 하거니와 외부인에게 가장 알려지지 않은 곳이다.

무릉곶자왈(네 개 곶자왈은 다시 구역별로 별도의 이름을 가지고 있다)을 '아름다운 숲 전국대회' 등에 출품해 수상하게 하는 등 강촌장은 이 지역에서 곶자왈의 발견과 보존에 각별하게 신경을 써왔다. 그이에 따르면 암반이 흘러 평평해진 곳에 조성된 곶자왈은 농사를 짓지 못하는 아무짝에도 쓸모없는 땅이었다. 쓸모없는 땅이었기에 잘 보존될 수 있었다. 예전부터 소나 말을 방목하는 목장으로만 사용되었다. 곶자왈 안에 있는 돌담의 정체가 궁금했는데, 그것은 바로 목장의 경계를 표시하고 동물이 달아나지 못하게 하는 담이었다.

강촌장은 곶자왈을 원시림이 아니라 천연림이라고 부른다. 원시림이라면 수십 미터 키 큰 나무가 있어야 할 터인데, 곶자왈에서는 키 큰 나무라고 해봐야 고작 10미터 정도밖에 안 된다. 50~60년 전, 석탄을 사용하기에 앞서 사람들은 곶자왈에서 땔감을 조달했다. 사람들이 나무를 베어가는 바람에 당시만 해도 곶자왈 지대는 허허벌판이었다. 나무 대신 석탄을 사용하기 시작하면서 곳자왈은 숲으로 되살아났다. 나무의 나이를 조사해보면 석탄을 때기 시작한 연대와 정확하게 맞아떨어진다.

더불어 이곳 곳자왈은 제주도에서 옹기가 가장 많이 나는 지역이기도 했다. 땔감을 필요로 하는 가마터가 이곳에 일고여덟 개나 있었기 때문이다.

강촌장은 동네 사람들끼리만 즐기던 '씨크릿 가든'을 제주올레길로 소개하고, 곳자왈 올레길을 하나 더 만들자고 제안했다. 그렇게 해서 탄생한 길이 저지곳자왈을 중심으로 하는 14-1코스이다.

올레길 위에서 푸른 녹차밭과 군부대도 만난다. 아스팔트 도로를 걷다가 다시 숲속으로 들어가는데, 이번에는 우마차가 다녔을 법한 단단하고 넓은 흙길이 나온다. 비 온 다음날 햇빛이 비치는 맑고 호젓한 숲길을 홀로 걷는 맛은 황홀하다. 카메라로 아무리 찍어대도 그 느낌이 살아나지 않는다. 마음껏 즐기며, 눈과 마음속에 차곡차곡 담아가자며 일부러 천천히 걷는다.

곳자왈 속에도 눈에 거슬리는 것이 있다. 한국전파기지국주식회사에서 세웠다는 탑이 하나 보인다. 기지국 탑이야 꼭 필요한 것이니 그렇다 치고, 그 곁에 세운 안내판과 거기에 적힌 문구가 가관이다. 붉은색 제목의 '경고문' 아래 적힌 내용은 '징역' '벌금' 등에 관한 것이다. '무선설비를 파괴하거나 기능에 장애를 주어 무선통신을 방해'하면 전파법에 따라 처벌받아 마땅할 것이다. 전파법은 있는데 아름다운 숲을 파괴하거나 훼손하는 폭력적인 안내판을 처벌하는 환경법은 왜 없는지 모르겠다.

곳자왈 숲길. 열대 · 한대 식물이 공존하고 식물과 나무 들이 겹치면서 신비한 분위기를
자아낸다. 사진은 곳자왈 중에서 비교적 밝고 복잡하지 않은 축에 속하는 길이다(위).
위의 숲에서 빠져나오면 녹차밭이 펼쳐지는데, 그 옆에는 오설록티뮤지엄이라는
국내 최대의 차 종합 전시장이 있다(아래 왼쪽). 아래 오른쪽은 과거 마차가 다녔을 법한
숲속의 좋은 길. 평평하게 잘 다듬어진 흙길이어서 숲을 만끽하며 걷기에 그만이다.

숙소로 돌아오는 길

숲에서 벗어나자마자 신기하게도 바람이 많이 분다. 숲속에서는 전혀 느낄 수 없던 바람이다. 평온하고 아늑한 숲길이었다.

걷는 것보다 구들장에서 허리 지지는 게 더 좋겠다던 친구 학훈이는 어제 내가 걸었던 신평·무릉곶자왈을 걷고 왔다고 했다. 그의 평은 짧고 간단했다. "무지 좋더라, 야."

친구를 만난 인향동 입구에는 작은 연못이 하나 있다. 어른 한 분이 지나가시기에 연못 이름을 물어보았다. 어른은 이름을 말하지 않고 연못이 못마땅하다고 말했다.

"예전에는 소 물도 먹이고, 빨래도 하고 그랬는데 40년 전에 개조하는 바람에 재미가 없어. 빨래를 이곳에서 모여서 안하고 집에서들하니까. 그 재미가 다 없어졌지, 뭐."

올해 84세인 강할머니는 지금 '꼬다리'를 따주러 마늘밭에 나가는 길이다. 남편은 올해 83세. 같은 동네 처녀 총각이 혼인했다고 한다. 자식은 '여섯 개'를 두었는데 모두 도시에 나가 산다고 했다. 힘들게 왜 일을 하시느냐는 질문에 제주도 할머니답게 똑같은 답을 내놓았다. "먹고살아야지. 내가 일을 안하면 누가 먹여줘?" 단호하고 확실한 대답이다.

오후 12시 30분이 조금 넘었다. 18.8킬로미터를 의외로 빨리 걸었다. 사람을 만나 이야기하는 시간이 거의 없었기 때문이다. 오늘은 여기에서 걷기를 마치고 친구와 서귀포 구경을 하러 나가기로 했다.

버스를 타고 모슬포로 가서 중문행 버스를 갈아탔다. 그곳에서 다시 서귀포 가는 버스를 탔다. 자연 속을 걷다 보니 서귀포는 큰 도시 느낌을 주었다. 제주도에 와서 자주 들른 곳이라 고향처럼 반가웠다. 7코스를 잠깐 걸은 다음, 고기국수도 먹고 커피와 맥주를 마시면서 밤늦게까지 재미있게 놀았다.

밤 10시쯤 현순여할망집으로 돌아갈 일이 막막했다. 모슬포까지 가서 택시를 타면 될 것 같았다. 서귀포 월드컵축구경기장 앞 터미널에서 버스에 올랐다. 맨 앞자리에 앉아 버스 기사와 이러저런 말을 주고받았는데 모슬포에서 함께 내린 이가 우리 이야기를 들었던지 "내 트럭을 타고 가자"고 했다.

그이는 한경면 고산리에 산다고 했다. 곶자왈 지역은 농사지을 땅이 30퍼센트도 채 안 되는데 고산은 90퍼센트 이상이 들판이라고 소개했다. 곶자왈이 있는 저지리 같은 곳은 돌밭이어서 기계가 부러질 정도라고 했다. "예전에는 땅값이 싸서 분재원 같은 곳이 많이 들어섰는데, 이제는 역전되어 우리 동네보다 비싸다"고 그이는 말했다.

차를 타고 가면서 그는 여러 이야기를 들려주었다. 옛날에는 보리와 감자 농사를 하다가, 지금은 마늘과 붉은 양배추 농사를 짓는다, 고산 감자는 전국적으로 유명하다, 땅 색깔이 이곳은 붉은데 남부는 검다, 이유는 잘 모르겠다 같은 지역에 관한 재미있는 이야기였다.

비가 오는 칠흑 같은 어둠이었다. 그이는 우리를 숙소 앞에 내려주면서 멋있는 말을 남겼다. 성함이라도 알고 싶다고 했더니 "모르는 게 참 좋은 거다"라고 말했다. 의미심장한 말이었다. 나중에 지도를 보니, 그는 우리를 내려주려고 한참을 돌아갔다.

12코스

무 릉 - 용 수 올 레

줄무늬 절벽에서 보는
환상적인 서쪽 바다

현순여할망집에서 아침을 먹었다. 이 집에서 먹는 세번째 밥이다. 상차림을 보니 우리 두 사람을 위해 최선을 다한다는 것을 느낄 수 있다. 새로운 나물과 생선 반찬이 오르고 끼니마다 국이 다르다.

밥을 먹고 일어서는데 할머니가 돈 만 원을 불쑥 내민다. 첫날, 숙박과 네 끼 식사 요금을 먼저 드렸었다. 우리가 어제 저녁을 밖에서 먹었다고 내주는 돈이다. 물론 전화는 미리 했었다. "괜찮다. 그냥 넣어두시라"고 아무리 거절해도 기어이 손에 쥐여주고 만다. 제주도에 와서 이런 단호함·깔끔함을 여러 번 경험한다.

친구 학훈이가 떠나는 날이다. 조금 이른 시간이라 현순여할망집 마당에 앉아 바깥어른 박태주 씨(72세)와 이런저런 이야기를 나누었다. 말투에 경상도 사투리가 섞여 있어서 궁금했는데, 50년 전 대구에서 제주도로 건너왔다고 했다.

박씨는 군대 생활 중에 제주도 출신의 똑똑한 부하를 만났다. 부하는 말했다.

"제주도가 지금 개발되려고 꿈틀대고 있으니 건너가라. 기술 가진 사람은 먹고사는 데 아무런 지장이 없을 것이다."

요즘 말로 하면 제주도 이민을 권유한 셈이다. 1960년대 초중반 직장 잡기가 어려운 시절이었다. 박씨는 제주도로 건너왔다. 제주도에 처음 온 대구 사나이에게 가장 인상적으로 보인 것은 초가집이었다. "어디를 봐도 초가집밖에 없었다." 물론 건축 관련 일에 종사해서 그랬을 것이다.

그이는 돌을 쌓는 조적 담당 전문가로서 50년 가까이 제주도의 변화와 발전 현장에 있었다. "제주도의 호텔·아파트·대학 등 큰 건물 공사에는 다 참여했다"고 박씨는 말했다. "그때는 감귤밭 가진 사람이 몇 명 되지도 않았다. 그들이 부자였고 나머지 사람들은 엄청나게 가난했다. 가난해도 여기 사람들, 참 대단했다. 어떻게 해서라도 자식들 공부시키려고 애를 썼다." 군대에 있을 때도 마찬가지였다. 장병 대부분이 초등학교 졸업자였는데, 제주도 출신만은 최저 학력이 중졸이었다.

1968년 제주도 처자 현순여 씨를 만나 결혼한 뒤 박씨는 "제주도에 말뚝을 박았다." 제주도에 건너와 돈을 많이 벌었냐는 물음에 그이는 웃으면서 답했다.

"벌기는 많이 벌었다. 그런데 돈이 사람에게 붙어야지, 사람이 돈을 잡으려고 하니 안 되더라고. 잡은 돈이 다른 데로 다 새버렸다."

그동안 제주시에 살다가 4년 전에 대정읍 무릉2리로 옮겨왔다. 은퇴하고 와서 집을 직접 지었다. 그이의 요즘 주업은 감귤 농사. 마침 제주올레길이 집 앞을 지나게 되어 제주시에 사는 아들의 권유로 할망숙소를 하게 되었다. 돈보다는 심심치가 않아서 좋다고 했다.

학훈이는 집주인의 차를 얻어 타고 공항 가는 버스가 있는 신평리로 나갔다. 제주도까지 와서 사흘 밤낮을 함께해주었다. 많이 고맙고 서운했다.

강영식 무릉생태학교 촌장. 환경생태 전문기자를 하다가 귀향해 폐교에 무릉생태학교를 세우고 학생들을 대상으로 제주도의 생태와 환경·역사·문화 등을 가르치고 있다. 강촌장을 통해 이 지역의 보물 곶자왈이 세상에 알려졌다.

오전 9시. 12코스 출발점인 무릉생태학교에 들어섰다. 과거 무릉동초등학교가 있던 자리이다. 운동장이었던 너른 마당에는 잔디가 깔려 있고 선사 시대 움집, 제주도 초가집 등이 여러 채 서 있다. 풀을 뜯는 소도 보인다. 마침 마당에 나와 있던 강영식 무릉생태학교 촌장을 만났다.

강촌장은 원래 서울에서 환경생태 전문기자로 일했다. 서귀포시 중문이 고향인 그는 제주도 출장을 왔다가 이곳에 눌러앉았다. 이후 폐교에 무릉생태학교를 세우고 운영하면서, 초등학생과 수학여행 온 중고생들을 대상으로 제주도의 생태·환경·농경·역사·문화 등을 교육하고 있다.

제주도 중산간 마을이 공동 목장을 소유하듯, 곶자왈도 마을이 소유한 숲이다. 강촌장은 학생들을 데리고 곶자왈에 들어가 숲에 관한 현장교육을 오랫동안 진행해왔다. 숲의 존재를 아는 외부인이 별로 없어서 '아는 사람들끼리만 조용히 즐기자'던 그는 고민을 하기 시작했다. 공개를 하자니 훼손이 걱정되고, 숨기기에는 너무 아까운 마을의 자랑거리였다. 곶자왈에 익숙해 있던 마을 사람들은 곶자왈을 특별한 숲이라고 생각하지 않았다. 심지어 그들은 "우리 동네는 내세울 것이 하나도 없다"고 여기고 있었다.

"곶자왈이 얼마나 대단한 것인가를 우선 동네 사람들에게 인식시켜줄 필요가 있었다. 그래서 내가 외부에 알렸다." 그 방법은 2008년 아름다운 숲 전국대회(숲길 부문) 출품. 무릉곶자왈은 나가자마자 큰 상을 받았다. 당연한 결과였다. 비밀 정원의 베일이 벗겨지는 순간이었다. 자연환경에 대한 인식이 크게 달라진 만큼, 외부에 널리 알려야 보존이 더 잘되는 시대가 되기도 했다.

이 동네 쪽으로 제주올레길이 온다는 소식을 듣고 강촌장은 제주올레 탐사대를 곶자왈로 안내했다. 아름다운 숲으로 선정된 숲길에다가 2킬로미터를 더 붙여 11코스와 연결했다. 11코스에 이어 내친 김에 그가 꼽는 가장 아름다운 곶자왈로 제주올레 탐사대를 이끌었다. 제주올레 14-1코스는 그렇게 해서 탄생했다. 덕분에 곶자왈 중에서도 바깥 세상에 가장 알려지지 않은 신평·무릉·저지·청수곶자왈의 비경이 제주올레의 숲길로 진화했다.

자연생태우수마을·녹색농촌체험마을·정보화마을 등으로 선정되고, 올레꾼들이 들어와 열광하기 시작하면서 내세울 것 없던 무릉2리는 볼거리와 체험거리가 풍부한 동네로 거듭났다. 과거 개발의 혜택을 받지 못해 보존된 생태 환경이 이제는 이 마을이 자랑하는 상징이자 보물로 탈바꿈했다.

마당에 서서 강영식 촌장과 한 시간 동안 이야기를 나누었다. 나도 이민자 처지여서 직설적으로 물었다. "이제 먹고사는 데는 지장 없어요?" "16년을 버텼으면 성공한 건가요? 남은 건 빚밖에 없어요"라며 그는 웃었다.

무릉2리에서는 강촌장이 깊이 관여한 문화 프로젝트가 2005년부터 해마다 만들어져 가동 중이다. '녹색농촌체험마을' '난장축제마을' '술 익는 마을' 등이 각종 볼거리와 체험거리, 지역 특산물 들을 제공하고 있다.

'무릉외갓집'이 히트 상품이다. 무릉외갓집은 제주올레가 '1사社 1올레 마을 결연'으로 만들어낸 농수산물 브랜드. 연회비를 내는 회원들에게 무릉2리의 농수산물을 매달 보내주는 프로젝트이다. (주)벤타코리아가 후원하고 있는데, 무릉외갓집에서 나오는 수익금은 모두 무릉2리 마을 사람들에게 돌아간다.

오늘 12코스를 함께 걷기로 한 이수진 제주올레 비주얼커뮤니케이션 실장이 도착해 강촌장과 반갑게 인사한다. 강촌장이 이 지역 올레길을 내는 데 기여하고 11코스 올레지기이자 '열혈' 자원봉사자여서 잘 안다고 했다.

12코스는 무릉2리 마을에서 출발한다. 마을 바깥 풍경은 평범하다. 마을길은 아스팔트로 포장되어 있고 길옆에는 마늘밭이 펼쳐져 있다. 마을 입구에는 연자방아와 장독대, 검은색 돌들을 쌓아놓았다. 마을 안도 평범하기는 마찬가지이다. 색다른 점이라고는 집 앞에 제주도 특유의 대문 '정랑'이 몇 개 보인다는 것뿐이다. 검은색 돌담만 빼면 전형적인 우리나라 시골 풍경이다. 마을만 놓고 보면 무릉2리 사람들이 "우리 동네는 내세울 것이 없다"고 여길 법도 하다.

제주도에 내려와 수려한 풍광을 하도 많이 접해서 그런지 몰라도, 이제는 사람 사는 평범한 마을과 시골길이 더 정답게 느껴진다. 외부인을 맞으려고 딱히 꾸민 것도 없고, 그저 사람 사는 모습 그대로이다. 동네는 밝고 깨끗하다.

무릉리와 옆 동네 신도리(신도리는 원래 도원리였다. 일제강점기에 이름을 바꾸었다)를 합치면 이 지역은 말 그대로 '무릉도원'이다. 무릉도원의 원래 뜻을 찾아보니 제주도의 무릉도원과 비슷하다.

무릉도원 전설은 중국의 시인 도연명이 쓴 『도화원기桃花源記』에서 유래한다. 거기에서 무릉도원은 "풍요로운 논밭이 이어져 있고 사람들은 평화로운 나날을 보내는 곳"으로 묘사되어 있다. 금은보화로 장식한 호화로운 궁전이 아니라, 일반인들이 친근감을 느낄 수 있는 평범한 마을이다.

제주도 무릉도원은 놀랍게도 무릉도원의 본래 이미지와 이렇게 잘 맞아떨어진다. 제주도 무릉도원에는 복숭아나무 숲이 없지만, 곶자왈이 복숭아나무 숲에 밀릴 것도 없다.

이수진 실장

이수진 실장은 제주올레에서 일하며 관록을 쌓아서 그런지 마치 병정처럼 잘 걷는다. 비주얼커뮤니케이션 실장은 쉽게 말하면 디자인 실장이다. 제주올레길과 관련한 모든 시각 이미지와 디자인은 이 실장을 통하게 되어 있다. 본인이 직접 디자인하는 것이 많고, 외부 사람이 한다 해도 최종 결정은 디자인 실장의 몫이다.

서명숙 이사장은 자기 책에다 이실장을 한마디로 요약해 소개했다. "까칠한 수진씨." 성격이 까칠하다는 뜻보다는 일하는 방식이 그렇다는 쪽으로 나는 읽었다. 까칠하고 까다롭다는 것은 프로페셔널로서의 큰 덕목이다.

그이의 까칠함은 제주올레와 관련된 디자인의 품격에서 확인된다. 안내판·가이드북은 물론 스카프·두건·열쇠고리·모자 등 작은 기념품에서도 전문가의 빈틈없고 수준 높은 안목이 드러난다. 제주올레가 지닌 의미와 뜻을 제주도의 아름다운 풍경 및 특유의 색상과 잘 버무려 단순하게 뽑아냈다.

특히 제주도의 밭 풍경을 옮겨놓은 두건과 스카프가 일품이다. 세계 유명 미술관에서나 볼 수 있는 격조 높은 문화상품이어서, 올레길을 걸은 사람이라면 기념품에 열광하게 마련이다. 일본 규슈, 경기도 양평 등에 제주올레의 개념을 '판매'할 때도 이미지 관련 일은 모두 디자이너의 몫이다.

디자인이 그저 겉만 예쁘게 하는 작업이 아니라는 것은 과거 시사 주간지 기자로서 미술부 기자들과 일을 해봐서 잘 아는 편이다. 기사(일)에 대한 폭넓은 이해가 없으면 좋은 디자인이 나올 수 없다. 이수진 실장은 그런 면에서 최적의 이력을 지녔다. 대학에서는 국문학을 전공했고, 호주 대학에 유학 가서는 디자인을 공부했다.

이실장의 본래 직업은 보석 디자이너였다. 제주올레의 초창기인

2008년 올레길을 걸으며 잠시 쉬러 왔다가 대학신문 기자 후배인 안은주 사무국장의 포로가 되었다. 아니, 제주도의 자연과 올레길에 사로잡혔다고 하는 것이 정확할 터이다. '까칠하고 도도한 도시 여성'인 그이가 제주올레 사무국에 둥지를 튼다는 것은 당시로서는 모험일 수도 있었으나, 올레길의 마력이 모험이고 뭐고 다른 생각을 할 수 없게 만든 모양이다.

내가 이실장을 처음 본 것은 2010년 가을 안은주 사무국장과 함께 캐나다로 출장을 왔을 때이다. 캐나다 브루스트레일과 '우정의 길'을 협의하려고 토론토에 왔는데 이실장은 나와 말이 잘 통했다. 내가 제주올레길을 종주한다고 하자, 미국 출장에서 돌아오자마자 토요일 하루를 내어 12코스를 함께 걷기로 했다. 서명숙 이사장뿐만 아니라 이사장의 양날개 '좌수진 우은주'(제주올레 사무국에 실장·국장의 책상이 왼쪽, 오른쪽에 놓여 있다. 안은주 사무국장은 21코스에서 동행한다) 등 제주올레의 '최고위급 인사'들이 길동무를 해주었으니 평범한 올레꾼인 나로서는 이만저만한 영광이 아니었다.

농로는 콘크리트 길이 대부분이다. 올레길을 위해 농로 한가운데 콘크리트를 50센티미터쯤 파내고 흙으로 덮은 뒤 잔디를 새로 깐 길이 이어진다. 도보 여행자에게 베푸는 배려이다.

작은 연못, 솔밭길, 들길을 따라 걷다 보니 눈앞에 야산이 하나 나타난다. 들판 한가운데 동그랗게 솟아오른 마을 뒷산 오름이다. 표고 100.4미터 녹남봉. 울창한 소나무 숲 사이로 올라간다. 길바닥은 푹신푹신하고 숲의 분위기는 아늑하다. 작은 오름치고는 볼거리가 꽤 많다.

'가매창'이라 불리는 둥근꼴 분화구에는 농경지가 있다. 삼나무 울타리를 한 감귤밭이 편안하게 들어앉았고, 그 둘레의 비탈은 보리밭이다. 오름의 정상에서 보는 이색적인 풍경이다. 정원수·가로수로 인기가 높았고, 건축재와 배를 만드는 데도 쓰였다는 녹나무가 많아서 녹남봉이라는 이름이 붙었다. 그러나 녹나무는 더 이상 없다. 몰지각한 사람들이 '싹쓸이 벌채'를 했기 때문이다.

무릉리와 신도리 사람들이 합동으로 산신제와 기우제를 지냈다는 녹남봉에서 북서쪽을 바라보며 내려갔다. 북쪽으로는 신도리 마을과 들이 보이고, 그 너머로는 바다가 있다고 했다. 안개가 끼어서 바다는 눈에 들어오지 않는다.

도자기 작업장 및 전시장 '산경도예'가 나온다. 분홍색 건물과 잔디 깔린 운동장을 갖춘 옛 초등학교 자리이다. 한쪽 벽 전체를 차지하고 있는 사발들이 눈에 산뜻하게 들어온다. 작품들을 둘러보더니 이실장이 한 점을 구입한다.

도예가 김경우 씨는 2001년에 이곳에 들어왔다. 계룡산에 도예촌을 만들어 작업하다가 "분주한 것이 싫어서 무작정 왔는데 너무 멀리 온 것 같다"고 그이는 말했다. 작업 공간으로는 좋지만 외지다 보니 작품을 판매하는 데 어려움을 겪는 듯했다. 12년째 운영해왔으면 명소로 자리잡을 법한데 좋은 예술가가 버티기 어렵다니 안타까울 따름이다.

앉아서 쉬고 싶던 참에 마침 카페가 하나 나타난다. 주인이 없는 무인카페이다. 손님이 알아서 먹든 마시든 하고 설거지까지 하는 대신 가격은 일반 카페에 비해 싸다. 커피와 음료수 모두 2천 원씩이다.

무인 공간에 손님이 들이닥친다. 우리 뒤를 이어 자전거를 타고 온 꼬마 손님 셋. 신도2리에 사는 무릉초등학교 5학년들로 아이스크림을 먹으러 왔다고 했다. 학교에는 버스를 타고 다닌다. 학년마다 한 반밖에 없고 5학년은 열두 명이다.

12코스에서만 문 닫은 초등학교 두 곳을 보았다. 어디를 가나 학교는 사라지고 아이들은 줄어든다. 우리 때는 한 반 80명에다, 교실이 부족해 2부제 수업까지 했다. 세상은 이렇게 많이도 변했다. 아이들은 아이스크림을 퍼먹고 어른들은 차를 마신다. 어른들이나 아이들이나 눈을 둔 곳은 바다다. 창문 너머 바다는 햇빛을 받아 눈부시게 반짝인다.

마을에서 바다로, 바다에서 다시 마을로

12코스의 특징을 꼽으라면 중산간 마을에서 바다로, 바다에서 다시 중산간 마을로 들락날락 반복한다는 것이다. 전형적인 농촌 마을이 아름다운 바다와 번갈아 나타나는 것이 신기하다.

검은색 해변에 '도구리'라는 것이 있다. 돌이나 나무를 파서 만든 소·돼지의 먹이통이 도구리인데, 바위가 파인 천연 도구리가 바닷가에 만들어져 있다.

캐나다 토론토에서 북쪽으로 열한 시간을 가면 나오는 슈피리어 호수에 놀러갔다가, 도구리 비슷한 바위섬에서 한나절을 보낸 적이 있다. 파도에 밀려 바위 위로 넘어온 차가운 호숫물은 가운데가 움푹 파인 바위 안에서 햇살에 따뜻하게 덥혀진다. 맑고 따뜻한 물속에 발을 담그고 놀았다. 제주 바다 도구리는 슈피리어 호수 바위섬보다 질적으로 한 단계 위다. 파도가 치면서 물이 올라와 고이고, '눈먼' 고기와 문어 등이 얼떨결에 물에 쓸려 함께 올라온다. 대형 어항인 동시에 천연 양어장이다. 도구리에서는 역시 부모와 아이들이 발을 담그고 고기와 더불어 놀고 있다.

나는 도구리에서 그저 노는 것만 생각하고 있는데, 이실장은 디자이너답게 돌 색깔이 예쁘다고 했다. 도구리를 둘러싼 돌의 색깔이 검은색이 아닌 회색이다. 바다와 검은색·회색의 돌들이 아름답게 조화를 이룬다.

길을 걸으며 회색 현무암에 붉은색 꽃이 핀 돌들을 자주 만나게 된다. 이실장은 그것을 송이라고 불렀다. 길을 낼 때 송이 알갱이들을 바닥에 깔기도 한다. 전문가와 동행하면 이렇게 배우는 것이 많다.

"수고하시네요. 여기가 12코스의 딱 반입니다."

다시 들길로 들어서는데 마늘밭에서 일하던 농부가 말을 건네온다. 올레길을 걸은 이래 일하는 사람이 내게 말을 먼저 건 것은 처음이다. 백경선 씨(59세) 부부가 넓게 펼쳐진 마늘밭에서 마늘종을 쳐내고 있다. 신도2리이다.

"제주에서 택시 운전을 하면서 이곳에서 농사를 짓는다. 한가할 때는 왔다 갔다 하고 바쁠 때는 여기서 산다"고 백씨는 말했다. 농사 규모는 만5천 평. 김장용 마늘인데 "매운 제주도 마늘이 전국 일등"이라고 자랑한다.

이 동네에서 태어나 줄곧 살아왔다는 그에게 이 마을에도 젊은 이민자가 있느냐고 물었다. "감귤이나 원예 하는 쪽으로는 가도 우리 동네로는 아직 온 사람이 없다." 마늘 농사는 '돈은 되는데' 손이 너무 많이 가서 귀농자들에게 인기가 없다는 것이다. "일일이 낱개로 다 쪼개서 심고, 거름 주고, 쳐주고, 뽑고, 비닐 위로 데치고, 자르고…… 마늘 한 쪽 얻으려면 손이 예순 번은 간다. 힘이 들어서 안하려 한다."

그래도 이제는 귤 농사 짓는 서귀포가 부럽지 않다고 했다. 신도2리는 마늘 농사로 고소득 마을로 올라섰다. "농사짓는 사람들, 우습게 생각들 하잖아요. 그런데 우리 다 억대 넘어요"라고 백씨가 자랑하자 옆에서 일하던 부인이 "투자금 빼고 억대를 해야 하는데……"라고 덧붙인다.

그이에 따르면 밭이 넓고 비옥하기가 제주도에서 제일인 이 동네에서도 예전에는 농사만 지어서는 먹고살지 못했다. 땅이 좋기는 해도 모두 화산토여서 화학 비료를 쓰지 않으면 농사가 되지 않았다. "요즘은 유기질 비료를 써서 싹 달라졌다." 백씨는 말한다. "그래서 옛날 제주도는 농업이 아니라 목축업으로 먹고살았다. 농사는 우리 아버지 세대에서나 시작했고……"

신도2리 역사는 2백 년밖에 안 되었지만 중산간에는 5백 년 이상 된 마을이 많다. 제주도의 산업은 중산간에서 시작되어 목축업에서 농업으로, 그리고 바다로 이어져왔다는 것이다.

요즘은 주요 작물이 마늘이지만 그전에는 보리, 고구마, 콩, 감자 등을 주로 했다. 벼농사도 조금씩은 짓는다. "쌀을 사서 먹지 않는다. 우리 먹을 것은 여기서 짓는다. 무농약으로 물을 줘서 벼를 키운다." 백씨는 파이프라인을 가리키면서 "저것으로 물을 끌어온다. 제주도

신도2리 마을길에 서 있는 소나무. 바닷바람에 잘 견디는 곰솔로, 숱은 듬성듬성 빠지고 몸통은 기울어져서 쓸쓸한 모습이다(위). 절벽 바위 사이로 물이 흘러내린다. 침을 흘리는 듯한 악귀의 모습이 재미있다(아래 왼쪽). 물결치는 모양의 절벽. 만8천 년 전 바다에서 터져나온 화산의 재가 줄무늬를 이루며 겹겹이 쌓인 모습이다(아래 오른쪽).

에서 안 되는 농사는 없다"고 말했다.

신도2리에서 감귤 농사는 바닷바람 때문에 짓지 못한다. 바람이 너무 강해서 겨울밤 잠을 이루지 못할 정도라고 했다. 귤은 염분과 상극인데 해풍은 소금을 실어온다.

워낙 말을 잘해서 이야기를 더 하다가는 해가 질 것 같았다. 인사를 하고 돌아서는데 "고국 잊어서는 안 돼요. 언제나 고국이 먼저고, 다음이 고향이에요"라고 그이는 말한다. 제주도 사람이 하는 말이라 허투루 들리지 않는다.

"선배, 저 소나무 좀 봐요. 특이하지 않아요?"

너른 들판, 마늘밭 사이로 난 들길을 걸으면서 이실장이 소나무 몇 그루를 가리킨다. 소나무가 뭍에서 보는 것과 사뭇 다르다. 잎이 무성하여 아름답고 기품이 있는 적송赤松과 달리 제주도 소나무는 숱이 적고 듬성듬성 빠진 쓸쓸한 모습이다. 바닷바람에 시달리지만 바닷바람에 잘 견디는 곰솔(해송海松)이다. 나무 색깔도 회백색이다.

이 소나무들이 왜 눈에 익었나 싶었더니, 추사 김정희의 「세한도」(국보 제180호)에 나오는 스산한 분위기의 곰솔과 닮았다. 지금 걷는 이 길은 추사가 9년 동안 귀양살이를 했던 대정읍 안성리 추사적거지에서 그리 멀지 않다.

곰솔 몇 그루가 홀로 걷는 중년 남자의 뒷모습과 오버랩된다. 그 남자를 따라잡았다. 쓸쓸한 곰솔 풍경과 외롭게 걷는 남자가 잘 어울린다 싶었더니 남자는 "이 코스는 지루해서 못 걷겠다"고 불평한다. 반전. 이실장이 "조금만 더 가면 멋진 바다 풍경이 나온다"고 해도 "14코스 중간 쪽으로 바로 가야겠다"며 휙 가버린다.

자구내포구와 제주도 서쪽 바다. 안개가 끼어 멀리 볼 수는 없었으나 에메랄드 바다 색깔은 온전히 즐길 수 있었다.

조금 더 가니 수월봉이라는 작은 오름이 나오고 그 너머 제주도 서쪽 망망대해가 펼쳐진다. 언덕 바로 아래로 내려다보이는 바다 색깔이 선명하다. 쪽빛이다. 이실장은 안개가 끼어 차귀도가 잘 보이지 않는다며 아쉬워한다. 제주도에서 일몰이 가장 아름다운 곳이 바로 여기라고 했다.

좋은 풍경을 찾아 바삐 떠나는 남자를 비난할 일이 아니다. 나도 마음이 갑자기 바빠진다. 수려한 풍경이 한꺼번에 들이닥쳤기 때문이다. 돌연 나타난 바다 풍경에 감탄을 그칠 새도 없이 난생처음 보는 절벽이 눈앞에 다가온다. 만8천 년 전 바다에서 터져나온 화산의 재가 줄무늬를 이루며 겹겹이 쌓인 모습을 고스란히 드러낸다. 절벽 표면에 가느다란 붓으로 부드럽게 선을 그은 듯, 절벽은 물결치는 모양으로 길게 이어져 있다.

절벽 바위 사이사이로 물이 흘러내린다. 악귀의 얼굴을 바위에 붙여놓고 입에서 물을 뿜게 만든 재미있는 조각품이 눈에 띈다. 지금은 약수처럼 졸졸 흘러내리지만 비가 와서 물이 많아지면 악귀의 얼

용수포구에서 오징어를 말리는 광경과 한경면 용수리에서 본 제주도의 평범한 옛집.

굴은 근사한 분수로 변할 것이다.

바닷길은 당산봉에 이르러 절벽 위의 길로 이어진다. 가느다란 나무들이 촘촘하게 서 있는 나무 궁륭 숲길이다. 감탄하는 말도 지겨워질 때가 있다. 지금이 그렇다.

한 지점에 멈춰 섰다. 제주도 서쪽의 망망대해가 펼쳐지고, 돌아서면 한경면 고산리의 드넓은 벌판이다. 벌판 사이사이에 솟은 크고 작은 오름. 안개가 끼지 않았다면 한라산까지 보였을 터이다. 바다, 섬, 산, 들, 숲…… 이곳은 제주도의 모든 풍경을 한눈에 감상할 수 있는 천혜의 전망대이다. 조금만 더 지나면 섬을 배경으로 펼쳐지는 그림 같은 포구 풍경까지 덤으로 얻는다. 자구내포구이다.

이실장이 싸온 간식과 아이스크림 등을 먹어서 점심이 늦어졌다. 자구내포구 근처에서 해물국수로 점심을 먹었다. 바닷길을 다시 걷는다. 남쪽 바다와는 사뭇 다른 선 굵은 해안을 끼고 길은 느릿느릿 흘러간다. 풍경이 좋으면 잊게 되는 것이 있다. 시간을 잊고 말을 잊는다.

12코스 종점 용수포구에 닿았다. 오늘은 12코스(17킬로미터)만을 목표로 한 까닭에 느긋하게 걸었다. 바다를 바라보는 정자가 보인다. 캔맥주를 하나씩 들고 다리를 쭉 뻗고 앉아 말없이 바다를 바라보았다. 또 시간이 훌쩍 지나간다.

도보 여행객 차림의 우리를 보고 동네 사람이 언덕에 서 있는 김대건 신부 제주표착기념관을 구경하라고 권한다. 한국인 최초로 사제 서품을 받은 김대건 안드레아 신부가 1845년 귀국길에 폭풍우를 만나 표류하다가 처음 닿은 우리 땅이 이곳이라고 했다. 그는 한국인 첫번째 사제로서 이 땅에서의 첫 미사를 바로 이곳에서 봉헌했다. 가톨릭 신자들에게는 뜻깊은 장소이다.

토요일 오후, 기념관 옆 성당에서 토요 특전 미사 올리는 소리가 들려온다. 잘 꾸민 기념관을 둘러보고 옥상에 올라갔다. 서해 바다로 해가 뉘엿뉘엿 지고 있다. 장엄하다.

13코스

용수 - 저지 올레

여기가 섬 맞아요?

어젯밤에 왜 그랬을까? 아침 6시에 눈을 뜨자마자 후회가 밀려온다. 13코스 초입에 있는 뿌리게스트하우스에 여장을 풀었는데, 다른 여행객들과 저녁 술자리에서 어울리다가 작은 언쟁이 벌어졌다. "나라에서 국고 수십억 원을 들여 제주올레를 만들었다" "제주도에서도 노부모와 함께 사는 게 미덕이다" 같은 이야기들을 하기에 "그게 아니다"라고 내가 강하게 부정한 게 문제였다. 처음 보는 사람들을 너무 몰아붙여서 미안한 마음이 들었다.

아침에 그들과 만나면 민망할 것 같아 일찍 서둘러 나왔다. 샌드위치와 커피를 만들어 먹고 길을 나선다. 7시가 조금 넘은 시각이다.

밤늦게 뿌리게스트하우스의 주인과 잠시 이야기를 나누었다. 서울에서 독립프로덕션 PD를 하다가 제주도로 살러 내려온 1983년생 신동민 씨이다. 독신이다. 게스트하우스 문을 연 지 1년 되었는데 "행복한 삶과 꿈을 찾아 제주도에 왔다"고 했다. 신씨의 꿈은 인도에 게스트하우스를 여는 것이다. 아직 여건이 되지 않아 제주도로 먼저 왔다고 했다. 올레길 도보 여행자가 급증하면서 제주도에 생겨난 게스트하우스가 3백 개를 헤아린다. "돈을 원한다면 운영하기가 힘들다. 모두들 자기 행복을 위해 왔을 것"이라고 신씨는 말했다.

행복을 위해 왔다는 말은 그냥 하는 말이 아니다. 따지고 보면 나도 캐나다에서 여기까지 시간과 돈을 들여가며 행복을 찾아왔기 때문이다. 사단법인 제주올레에서 펴낸『제주올레』의 파란색(서귀포시 가이드북)을 배낭에 넣고 주황색(제주시 가이드북)을 새로 꺼냈다. 주황색 책자는 13코스로 시작된다.

제주시 한경면 용수리. 올레길은 일주도로를 가로질러 다시 내륙으로 들어간다. 지도를 보니 13코스는 섬 느낌이 나지 않는 전형적인 내륙 농촌길이다. 제주올레길 26개 코스 중 바다가 보이지 않는 길은 13코스와 14-1코스 두 개뿐이다.

길 위에서 산책을 나온 어른 한 분을 만난다. 서울 말씨이다. 김아무개 씨(82세). 경기도 안산시에서 제주도에 살러 온 지 10년째라고 했다. 제주도가 '은퇴한 사람들의 천국'이 되어간다는 이즈음, 그이는 반대로 제주도 생활을 청산할 준비를 하고 있다. "내외가 노후를 따뜻한 곳에서 보내려고 왔는데 선택을 잘못했다. 처음에 서귀포 쪽으로 갔어야 했다. 이쪽은 바람이 너무 강해서 갈수록 살기가 더 어렵다." 그는 외지 사람들은 바람 때문에 적응하기가 좀 어려워도 이곳 사람들은 농사를 지으며 모두 잘산다고 했다.

길가에는 마늘과 양파, 브로콜리를 심은 밭들이 이어진다. 들길을 따라가는 길옆으로 재미있는 집들이 연달아 나타난다. 먼저, 순례자의 교회. 폭이 3미터, 길이가 6미터 정도밖에 안 되는 단층 교회 건물이 길가에 서 있다. 규모는 작아도 종탑에 스테인드글라스까지 갖춘 예쁘고 번듯한 교회이다. 머릿돌에는 2011년 7월에 설립되었다고 적혀 있다. '순례자들의 영혼의 쉼터' '길 위에서 묻다' 같은 문구들이 보인다. 내부는 밝고 경건한 분위기이다. 은은한 음악이 흘러

한경면 용수리에 있는 뿌리게스트하우스. 서울에서 내려온 30대 초반 젊은이가 운영하는 곳이다 (왼쪽). 오른쪽은 제주모모라는 무료 숙박시설. '어머님 전상서'만 쓰면 공짜로 잠을 잘 수 있다.

나온다. 무릎을 꿇고 잠시나마 그 분위기에 젖으니 좋다. 방명록에 적힌 내용 하나가 눈에 들어온다. "바람이 많이 불어 들어와 잠시 쉬다 갑니다. 세상은 이런 곳이 있어 살 만합니다. 2013. 4. 14 겨울나무."

　세상은 살 만하다는 느낌을 주는 곳이 또 나온다. '제주모모'라는 이름의 무료 숙박시설이다. 길 왼편 소나무 숲 아래 빨강·파랑·노랑·초록색 원통형 숙박시설 네 개가 2층으로 포개져 있다. 마침 그 안에서 20대 초반 청년이 부스스한 얼굴로 나온다. "밤에 춥지 않았느냐"고 묻자 "잘 잤다"고 그는 말했다. 미리 알았더라면 이곳을 경험해볼걸 하는 아쉬움이 컸다.

　제주모모 바로 옆에 집 한 채가 있고 안주인이 텃밭을 돌보고 있다. 인사를 했더니 차를 한잔하고 가라고 한다. 제주모모를 운영하는 주인집이다. 오윤하 씨는 양봉을 하고 과수원 농사를 짓는 평범한 농부이다. 그는 제주모모 홈페이지(다음카페)에 무료 숙박시설을 만든 이유를 이렇게 적었다.

　"IMF 경제 위기에 자식이 실의에 빠진 모습을 마지막으로 기억하며 어머니께서 숨을 거두셨습니다. 불효가 얼마나 큰 죄인가를 나이 예순이 되어서야 알았습니다. 저와 같은 슬픔이 조금이라도 덜어지 길 바라며 어머니 뱃속 같은 애기별궁이라는 공간을 마련했습니다."

애기별궁에서 공짜로 잠을 자되 의무적으로 해야 하는 일이 하나 있다. 자기 어머니께 편지 쓰기. 편지를 써서 주인에게 맡기면 대신 부쳐준다. 재미있는 이벤트이다.

땅에 묻는 원통형 토관으로 만들어진 제주모모 애기별궁의 내부 는 나무를 붙여서 아늑하다. 방을 들여다보니 전기담요가 깔려 있고 이부자리도 보인다. 문 반대쪽 작은 창으로는 넓은 들이 내다보인다. 화장실과 샤워실은 주인집을 이용하면 된다.

"한 번밖에 없는 인생인데 즐겁게 살고 싶다. 농사지으면서 이렇 게 사니까 재미나는 인생이 된다." 주인 오윤하 씨는 말했다. "작지 만 감동을 주는 일을 찾고 만들고, 받고 느낄 줄 알아야 세상이 편하 고 아름다워진다. 나이가 드니 이런 일을 하면서 사는 게 좋다."

쉼팡에서 쉬었당 갑서예

13코스는 제주올레길 중에서 유일하게 제주도 중심 한라산을 향 해 서쪽에서 동쪽으로 걸어 들어가는 길이다. 바다가 보이지 않아서 그런지 가면 갈수록 우리나라의 평범한 시골길 정취를 풍긴다. 용수 저수지에 이르러서는 그 느낌이 훨씬 더 강해진다.

용수저수지는 1957년 주변의 논에 물을 대기 위해 만든 인공 호수 이다. 소나무 숲과 갈대밭이 있고, 넓은 습지가 생겨나 철새 도래지로 유명하다. 맑은 물이 찰랑대는 저수지와 넓은 습지는 이곳이 섬이라는 사실을 잠시 잊게 한다. 저수지 근처에서 논은 보이지 않는다. 작물을 심으려고 평평하게 골라놓은 밭들이 펼쳐져 있을 뿐이다.

저수지 너머로 울창한 숲길이 이어진다. 예전에는 마을과 마을을 잇는 지름길이었으나 자동차 도로가 생겨서 수명을 다한 길이다. 그 오솔길 3킬로미터를 제주도에 순환 주둔하던 제13공수특전여단 장병 50명이 이틀 동안 땀을 흘리며 살려냈다. 옛길의 흔적은 찾았으나 올레길로 만들 힘이 부족해 안타까워하던 제주올레 탐사대에 특전여단은 하늘에서 떨어진 특공대였다. 특공대는 자연 속에 깊이 스며든 옛 사람들의 흔적, 곧 숲속의 보물을 찾아냈다. 중산간 마을의 깊은 숲속에 이렇게 좋은 길이 잠자고 있을 줄은 지금 이곳에 사는 사람들도 몰랐을 것이다.

숲속의 오솔길을 홀로 만끽하며 걷는다. 들리는 것이라고는 내 숨소리와 새소리밖에 없다. 숲길, 들길, 다시 숲길. 이 구간의 길들은 이렇게 번갈아 이어진다. 들길에서 조금 지루하다 싶으면 숲길이 다시 나와 땀을 식히게 한다. 들녘의 밭에서는 마늘이 익어가고, 보리밭은 물결치듯 펼쳐져 있다.

숲길에서 막 나오는데 작은 오두막이 하나 서 있다. '쉼팡'이라는 작은 간판 아래 "쉬었당 갑서예"라고 적혀 있다. 오두막에는 차가운 물을 담은 물통, 커피믹스와 녹차, 물을 끓일 수 있는 도구들이 놓여 있다. "조수리 청년들이 13코스를 걷는 올레객들을 위해 마련한 쉼팡(쉼터)입니다. 커피와 녹차는 무료입니다. 물통의 물은 매일 아침 정수를 하여 채워 넣습니다"라는 설명이 적혀 있다.

조수리 청년들이 올레꾼들을 위해 만든 쉼팡(왼쪽)과 조수리 마을 입구에 있는 '천 원의 행복 무인 사랑의 농산물' 판매대. 농산물 판매 수익금은 소년소녀 가장 돕기에 쓰인다(오른쪽).

쉼팡은 오아시스 같았다. 한 시간 넘게 숲과 들을 걸어온 터여서 우선 시원한 물을 한 잔 마셨다. 주전자에 물을 끓여 커피를 만들고 있는데, 내 뒤에 온 장년의 올레꾼 부부도 물을 마시며 "참 멋진 노천 카페"라며 고마워한다.

올레길을 잠시 벗어나 발길을 조수리 쪽으로 돌렸다. 설명문 맨 아래 적힌 '천 원의 행복 쉼팡'이라는 문구가 궁금했다. 조수리 청년 회가 어떤 연유로 쉼팡을 만들었는지 알고 싶었다. 매일 아침 누군 가가 이곳에 와서 물과 차, 커피를 채워놓아야 한다. 농번기에 보통 정성이 아니다. 10분 정도 걸어가니 동네가 나왔다. 동네 입구에서 일을 하고 있는 내 또래 농부를 만났다. 마침 청년회에 소속된 노아 무개 씨이다.

노씨에 따르면 '천 원의 행복'은 한경면 조수리 청년회에서 운영 하는 소년소녀 가장 돕기 프로그램이다. 마을 입구에 농산물 무인 판매대를 설치하고, 이 동네에서 나오는 농산물을 판매한다. 곡물 · 야채 · 과일 한 봉지에 천 원씩이다. 수익금은 모두 한경면 소년소녀 가장을 돕는 데 쓰인다. 판매대에 대한 호응이 꽤 뜨거운 것 같다. 4

월 한 달 수익금은 54만3,210원. 어린 가장 다섯 명에게 매달 3만 원씩 지원한다는 내용이 적혀 있다.

노씨는 '천 원의 행복'을 지난 1월에 시작했다고 했다. 올레길 곁에 있는 쉼팡은 '천 원의 행복'에서 파생된 일로 "우리 마을 곁을 지나는 올레객들에게 마을 인심을 전하는 곳"이라고 했다. 겨울에는 쉼팡에서도 귤을 판매한다.

5월 '천 원의 행복' 판매대에는 배추 세 단, 감자 세 봉지, 잡곡 세 봉지가 나와 있다. 나는 나중에 어떻게 쓰일지 모르겠지만 잡곡 한 봉지를 사서 배낭에 넣었다.

올레길로 돌아오는 길. 청년회에서 길옆에 화단을 만들었다. 꽃길을 걸으며 '천 원의 행복'을 만끽했다. 바쁜 농사철이어서 노씨와는 5분도 채 이야기를 나누지 못했다. 이렇게 바쁜 사람들이 농산물 무인 판매대와 올레꾼 쉼팡을 어떻게 기획했고 운영하는지 그 정성이 놀랍고 아름답다. 마음이 맑고 부지런한 사람들이다.

13코스는 제주 바다를 낀 화려한 풍경이 없는 대신 이렇게 재미있고 의미 있는 볼거리가 많다. 볼거리라면 낙천리도 빠지지 않는 동네이다. 올레길 13코스의 상징물은 '낙천리의자마을'. 마을에 들어서기 전부터 나무의자가 보이기 시작한다. 길은 감귤밭 한가운데를 지난다. 누가 자기 귤밭을 올레길로 내주었는지 궁금했다.

귤밭을 빠져나가자 한 어른이 밭에서 일을 하고 있다. 예사로워 보이지 않는다. 평평하게 잘 골라놓은 밭에서 나뭇가지를 끌며 써레질을 하고 있다. 나뭇가지를 여러 개 묶어 고무 밧줄로 연결한 뒤 앞에서 당기며 땅을 써는 일이다. 김두생 씨(75세). 자기가 바로 올레길이 지나가는 감귤밭 임자라고 했다.

예전에는 낙천리와 조수리를 잇는 좁은 농로가 있었다. 큰 도로가 생겨나면서 좁은 길들은 자연스럽게 사라졌다. 사람들이 다니지 않으니 밭주인들은 돌을 쌓아 옛길을 막았다. 김씨는 말했다. "방법이 없잖아. 우리 마을로 올레길 걷는 사람들 들어오게 하려면 담을 허물고 귤밭에라도 길을 내줘야지."

길도 길이지만 김씨가 하는 일과 도구가 퍽 신기해 보인다. 밭에 40일종(꽃피고 40일 만에 열매를 따는 종) 참깨 씨를 뿌렸다. "참깨를 깊이 묻으면 씨가 작아서 발아를 못해. 흙 위에 그냥 뿌려놓으면 새들이 와서 쪼아 먹어. 그래서 선비를 이래저래 끌고 다니면서 밭을 고르면서 참깨 씨를 흙에 묻어주는 거지."

옛날 농촌에서 사용하던 도구인데 이름이 '선비'라고 했다. 키가 나직한 꽝낭(꽝꽝나무) 가지들을 여러 개 묶어 만들었다. 밭에서 나는 벼를 제주도에서 '산디'라고 하는데, 예전에는 주로 산디 씨를 뿌린 후 꽝낭 선비로 써레질을 했다.

"요즘은 농사를 모두 기업식으로 크게 해서 소농가에서 쓰던 이런 건 볼 수가 없다. 예전에는 이것으로 밭의 흙을 덮어주었다"고 김씨는 말했다. "내가 아니까 이걸 만든 거지. 할아버지, 아버지한테서 물려받았거든." 선비를 끌어보니 보기보다 무거워서 쉽게 당겨지지 않는다. 그런데 김씨는 그것을 어렵지 않게 슬슬 끌고 다녔다.

그이는 말하기를 퍽 즐기는 듯 하나라도 더 알려주려고 애를 썼다. 이번에는 낙천리 이야기를 한다.

낙천리는 다른 지역과는 달리 찰흙 땅이다. 흙이 풀풀 날리는 황

참깨밭에서 섬비를 끌고 있는 농부 김두생 씨. 꽝꽝나무로 만든 전통적인 방식의 섬비이다. 김 씨는 귤밭 한가운데로 올레길이 지나도록 해주었다(위). 낙천리 의자 공원 입구에 서 있는 나무 의자 조형물(아래 왼쪽). 아래 오른쪽은 제주도 마을 입구에서 흔히 만날 수 있는 팽나무. 이 나무는 수령이 360년이다.

토가 아니라 아주 야물고 딴딴하다. 이런 땅에는 물이 스며들지 않는다. 옛날에는 흙을 파서 토기를 만들어 많이 팔았다. 토기와 대장간에서 필요로 하는 흙을 파냈더니 구덩이가 만들어졌다. 땅이 단단해 구덩이에 물이 고였다. 물구덩이 연못이 아홉 개여서 낙천리의 다른 이름이 아홉굿(구덩이)마을이다. 김씨는 말했다. "큰 가뭄이 닥쳐서 다른 부락에 물이 없으면 사람들이 우리 마을로 왔지. 우리 마을에서는 한 번도 물이 떨어진 적이 없거든."

이야기가 재미있어서 헤어지기가 퍽 아쉬웠다. "지나가는 사람들이 귤을 따먹으면 어쩌려고 귤밭에 길을 내주었느냐?"고 물었다. "안 그래." 어른은 단호하게 답하고 명함을 하나 내민다. 귤 농사는 3천5백 평 정도 짓는데, 전국에서 주문을 받아 택배로 보낸다고 했다. "귤이 맛있고 당도가 높으니까." 명함에는 010-9898-0967이라고 적혀 있다.

낙천리 입구에는 특이하게도 의자를 주제로 하는 3층짜리 나무 조형물이 서 있다. 2007년부터 2년에 걸쳐 마을 주민들이 의자 천여 개를 만들어 의자 공원을 조성했다고 했다. '왜 의자인가?' 궁금했으나 '수다뜰'이라는 아홉굿마을 체험관 문이 닫혀 있어서 물어보지 못했다.

의자 공원은 잣길이라는 오래된 길로 이어진다. '잣'은 널따랗게 돌들로 쌓아올린 긴 담을 의미한다. 돌무더기 땅을 농토로 만들 때 자연적으로 조성된, 동네와 동네를 잇는 돌담길이다. 낙천리는 "잣길을 2011년 11월 복원하여 제주올레길에 편입시켰다"고 안내판에 적어놓았다. 잣길의 특징은 돌담이 야트막하고 두꺼우며 탄탄하다는 점이다. 돌이 얼마나 많았던지 길바닥에도 돌들이 촘촘하게 깔려 있다.

중산간 마을인 낙천리는 다른 마을에 비해 특별히 내세울 것이 없는 동네로 보인다. 유명한 오름도 없고 곶자왈 같은 숲도 없다. 그러나 이 마을에서 단연 돋보이는 것이 있으니, 동네를 널리 알리려는 마을 사람들의 의지와 노력이다. 감귤밭 한가운데를 올레길로 내주고 의자 공원과 잣길을 만들고 복원했다. 그 정성이 놀랍다.

'삼다도'의 속사정

올레길은 너른 보리밭을 지나 360년 수령의 잘생긴 폭낭(팽나무) 옆으로 이어지며 종점인 저지오름으로 향한다. 포장된 도로를 따라 마을을 지나가면서 약간 지루해진다. 제주도라고 하지만 이쯤 이르면 이곳이 전라도인지 경상도인지 구분이 가지 않을 만큼 평범한 농촌 마을이다. 가이드북을 보면서 길이 얼마나 남았는지 확인하고 있는데, 길 왼편 묘지에 사람들이 보인다. 아버지가 중학생·초등학생 두 자녀를 데리고 낫으로 벌초를 하고 있다. 부럽기도 하고 보기에도 좋아서 인사를 하며 말을 걸었다.

아버지는 제주도청에서 주무관으로 근무하는 고창억 씨. 청명淸明 지난 지가 얼마 되지 않아 아이들을 데리고 벌초를 하러 왔다고 했다. 제주도에서는 청명이나 한식에 산소를 돌보거나 이장을 하는 풍습이 있다. 지상에 있는 신들이 하늘로 올라간 날이라고 여기기 때문이다.

지금 벌초하는 곳은 "둘째 어머니 산소"라고 했다. 고씨에게는 어머니가 세 분이다. 그이의 아버지는 1918년생. 아버지 세대만 해도 제주도에서는 일부다처가 흔한 일로, 사회적으로 공인되었다.

육지와는 반대로 제주도에서는 전통적으로 남아를 선호하지 않는 경향이 있었다. 아들을 낳으면 "이 아이는 고기밥"이라고 여길 만큼 해상 사고가 잦았다. 조선 후기에 이르면 관의 지독한 수탈과 왜구의 노략질 등을 피해 뭍으로 도망간 제주도 남자만 만 명을 헤아렸다. 남해안을 떠도는 제주도 사람들이 하도 많아서 '두모악' '도독야지' '두무악'처럼 이들을 부르는 이름까지 따로 있었다. 도망가는 사람이 하도 많아서 급기야 조선 인조 7년(1629년)에는 출륙금지령까지 내렸다. 금지령은 2백 년이나 지속되었다.

근대에 이르러서도 기근에 일제의 가혹한 수탈이 더해져서 제주도 남자들은 탈출 러시를 이룬다. 4·3사건으로 인한 인명 피해도 엄청나게 컸다. 해상사고와 핍박, 수탈, 흉년 등으로 일찍 죽거나 생존을 위해 섬 바깥으로 도망쳐야 하는 운명. 태생적으로 그런 운명을 타고나는 남자 아이를 집안 어른들이 선호할 리는 만무하다.

사정이 이렇다 보니 한 남자가 여자 여럿을 첩으로 거느리는 것이 아니라 여러 여자와 함께 살아야 했다. 역사적·사회적 환경 탓이다. 육지에서는 첩을 비하하지만 제주도에서는 본부인을 큰각시, 작은부인을 조근각시라고 부른다. 조근각시를 첩으로 하대하여 차별하는 풍조가 없고 큰각시·조근각시가 함께 살기도 했다.

뭍에서와는 달리 제주도에서는 둘째 어머니 산소라고 하여 벌초를 하지 않을 이유도 없고, 남에게 말하지 않을 이유도 없다. 이런 사연을 알고 나면 "제주도는 삼다도"라고 가볍게 이야기하기가 어려워진다. 바람과 돌은 제주도의 척박한 자연환경을 말하고, 여자가 많다는 것은 제주도의 오랜 아픔과 관련 있기 때문이다.

고창억 씨의 친모는 셋째 어머니. 큰어머니는 아직 생존해 계시고, 둘째 어머니와 친어머니는 작고했다. 고씨는 친모에게서 난 8형제의 막내. 세 어머니에게서 난 자식은 모두 14남매이다. 고씨가 1968년생이니 시대를 감안하면 형제가 특별히 많은 것도 아니다.

그이의 고향은 한경면 저지리. 공무원인 그에게 제주도 농민이 얼마나 잘사는지 물었다. 길 초입에서 "부농이 많다"는 이야기를 들었기 때문이다. 대답은 간단했다. "젊은층에서는 딸기·키위·한라봉 등 시설 원예를 해서 부농이 많이 생겨났지만 노년층에는 아직 영세농이 많다." 그이는 제주도청 제주올레 담당과가 자기네 과 바로 앞에 있다면서 명함을 주었다. 궁금한 것이 있으면 언제든 전화를 달라고 했다. 이렇게 당당하고 친절한 공무원은 처음 본다.

저지오름이 눈앞에 모습을 드러낸다. 울창한 숲이다. 2007년 아름다운 숲 전국대회에서 대상을 탔다고 하니 기대가 되면서도 표고 239.3미터가 약간 부담스럽다. 몸집이 큰 30대 젊은 아빠가 초등학생 딸 셋을 데리고 오르는 모습을 보면서 나도 힘을 낸다. 원래 제주도 초가집을 덮을 때 사용하는 새(띠)를 생산하던 곳이었으나 마을 주민들이 나무를 심어 숲을 조성했다는 안내판이 보인다. 삼나무 등이 길을 따라 일자로 도열하듯 서 있는 것은 바로 이 때문인 듯하다.

정상에 오르니 전망대가 있다. 시원한 바람을 맞는다. 바람의 맛이 갈증 끝에 마시는 차가운 물맛과 같다. 발아래 펼쳐지는 오름과 밭, 동네 풍경을 보면서 시간 가는 줄 모르고 앉아 있었다. 일요일이어서 그런지 이곳에 오르는 이들이 많다.

내려가는 길. 올레길 리본을 놓치는 바람에 오름 둘레를 두어 바퀴 돌았다. 길을 잃었을 때의 짜증은 나지 않는다. 초록색 동굴을 빙빙 도는 기분이다. 발은 푹신푹신하다. 산불 감시를 하러 나온 듯한 안내원의 도움을 받아 저지리 마을로 내려갈 수 있었다. 거리가 눈에 익다. 그제 걸었던 14-1코스의 출발 지점이다.

시골 동네치고는 번화하다. 길이 넓고 가게가 여럿이다. 중국음식점이 하나 보인다. 생긴 지 얼마 되지 않은 듯 안팎이 깨끗하다. 짜장면을 먹었는데 맛이 예상 밖으로 좋다. 식당은 손님으로 가득하다. 그들 사이에 끼여서 류현진 선수가 미국 LA에서 승리 투수가 되는 장면을 텔레비전으로 지켜보았다.

14코스

저 지 - 한 림 올 레

선인장으로 김치 담그고
국수 해먹고

한경면 저지리에서 14코스를 시작했다. 오후 1시 30분. 5분쯤 걸었는데 뭔가 좀 찜찜하다. 짜장면 맛에 감탄하랴, 류현진 승리 소식에 기뻐하랴, 다소 흥분한 상태에서 출발했다가 스탬프 찍는 것을 잊어버렸다. 돌아가는 것 외에 달리 방법이 없었다. 은근히 부아가 치밀어올랐다. 그러나 누구를 탓하랴! 허투루 본 풍경을 한 번 더 본다고, 좋게 생각하기로 했다.

다소 지루한 중산간 마을길이 다시 시작된다. 5월 제주 농촌은 어디를 가든 마늘종 쳐내느라 바쁘다. 말 걸기가 미안해서 그저 "안녕하세요?" 하고 인사만 하고 지나간다.

돌담 바로 너머로 감귤밭이 보인다. 손만 뻗으면 귤나무가 손에 닿을 거리에 있다. 짙은 초록색 이파리 사이에 하얀 꽃이 피어 있다. 꽃은 목련꽃이 터지기 직전의 모습처럼 몽실몽실 예쁘다. 이즈음 제주도 사는 사람들은 바깥에 나갔다가 섬에 들어설 때마다 강렬한 감귤꽃 향기를 느낄 수 있다고 했다. 나는 그 향기가 어떤 것인지 구별을 못했는데 이곳에서는 냄새가 난다. 약간 비릿한 향이 섞인 좋은 향기이다. 방금 내려온 저지오름이 보인다. 영락없는 마을 뒷산이다.

귤밭 한켠의 가건물에 귤을 주문하면 택배로 보내준다는 광고판이 붙어 있다. 광고판을 보고 궁금증 하나를 풀었다. 제주도 동남쪽에서 서북쪽으로 오면서 땅 색깔은 검은색에서 붉은색으로 변한다. 왜 그런가 궁금했는데 광고판은 "제주 서부지역의 땅은 비화산회토(붉은 토양)"라고 명쾌하게 알려준다. 한라산 분화구가 터져서 화산재가 온 섬을 덮을 때, 바람이 북동쪽으로 많이 불어서 그렇게 되었다는 설이 있다.

검은색 화산회토에 비해 붉은색 비화산회토는 비옥하다. 제주도 서쪽 대정읍·한경면 등에서 농사가 잘된다고들 하는데 그 이유를 알 것 같다. 동쪽에 비해 흙이 좋기 때문이다. 더불어 제주도 서부는 "동·남·북부보다 일조량이 많고 강수량은 적어서 감귤의 맛과 향이 뛰어나다"고 광고판은 자랑한다.

마을 주변 포장도로를 오래 걷다가 흙길을 만나니 더없이 반갑다. 흙길이 얼마나 '위대한 길'인가 하는 것은 며칠만 길을 걸어보면 안다. 다리가 훨씬 덜 피로할 뿐 아니라 밟을 때마다 감촉이 다르고 새롭다. '딱딱' '말랑말랑' '푹신푹신' 등 흙길의 느낌은 제각각이다. 콘크리트나 아스팔트 길이 규격화·표준화되어 재미없는 프랜차이즈 커피점 같은 느낌을 준다면, 흙길은 저마다 자기 개성을 드러내는 작은 카페를 연상케 한다. 각기 다른 개성을 맛볼 수 있으니 흙길을 걸으면 지루하지가 않다. 초록색이 가미되면 더욱 좋다.

14코스의 초입이 그렇다. 예전 저지오름은 초가지붕의 재료인 새(띠) 생산지였다는데, 그 흔적인 듯 누렇게 변한 새가 드문드문 보인다. 찔레 덩굴 같은 풀이 우거진 사이로 길이 나 있다. 독특한 풍경이다.

언덕을 하나 넘어가니 초지에서 소들이 풀을 뜯고 있다. 개인이

하얗게 핀 귤꽃. 5월이 되면 제주도 전역에 귤꽃 향기가 진동한다. 약간 비릿한 냄새가 섞인 좋은 향기이다. 초겨울에 꽃은 감귤로 변한다.

운영하는 목장이다. 마침 축사에서 초지로 소들을 끌어내고 있다. 아버지와 두 아들이 일을 한다. 해안가에 있는 해촌이 '반농반어'라면, 중산간 마을 농촌은 '반농반목'을 했다는데 이곳 목장 주인은 목축을 주로 하는 듯이 보였다.

이 목장에 있는 소는 30두. 송아지가 딸린 소를 끌고 나오던 주인은 "소 값이 좋지 않아서 많이 줄였다"고 했다. 많이 했을 때는 몇 두나 있었느냐는 물음에 "그냥 많이 했다"며 대답을 피한다. 미안했던지 바로 제주도 소에 대한 이야기를 술술 풀어놓는다.

목장 주인에 따르면 수십 년 전까지만 해도 제주도 한우가 있었다. 흑소. 제주도 흑소는 납작하고 탄탄하고 강했다. "벼룩 모양을 한 말은 빨리 튀고, 이를 닮은 소는 납작하고 아주 강했다. 겨울이고 언제고 산에 풀어놓기만 하면 알아서 잘 자랐다. 육질도 일반 소에 비해 훨씬 뛰어났고……" 목장 주인은 탄식하듯 말을 이었다.

"그런데 5공 때 전경환(전두환 전 대통령의 동생으로 새마을운동중앙
본부 회장을 지냈다)이가 장난을 치는 바람에 제주도 한우가 사라져
버렸다. 개량을 한다고 뉴질랜드 소와 교접시켜서 순종이 모두 없어
졌다. 참 아깝다."

지금 목장에서 키우는 한우는 제주도 흑소에 비하면 하늘하늘하
고 무릎이 무르다. "당최 소 같지가 않다"고 주인은 말했다.

목장 주인은 60년 동안 소를 키웠다고 했다. 이름과 나이를 알려
주지 않아서 확인은 못했으나, 연배가 70대 중반쯤인 것으로 보아
그이는 열댓 살 무렵부터 제주도 초지에서 테우리(목동)로 일해온
것이 확실하다. 그는 소목장 주인답게 말과 관련한 제주도의 상징에
대해서도 못마땅해했다.

"제주 목장 하면 말을 연상하지만 실제로는 말보다 소가 많았다.
중앙으로 상납하던 것 때문에 말이 유명했을 뿐이지, 전체적으로 봐
서는 소를 더 많이 키웠다. 쟁기질로 밭을 갈고 목장에서도 크고 하
면서……"

이야기를 나누는 우리 앞에서 소 두 마리가 보란듯이 뿔을 맞대고
싸움을 시작한다. 소싸움이다. 두 마리가 한 치의 양보도 없이 머리
를 들이밀며 버틴다.

"소를 풀어놓으면 축사의 다른 방에 있던 소들끼리 이렇게 기세
싸움을 한다. 둘 다 만 1년 된 송아지인데, 형 아우 정하는 승부를
벌이는 것이다." 큰아들은 나에게 "오늘 좋은 구경 한다"고 말했다.

초지에서 '짱'을 가리려는 듯 뿔을 들이밀고 주인들의 응원 소리

중산간 목장에서 본 소싸움. 목장 주인이 우사에 있던 소와 송아지 들을
바깥의 초지로 데리고 나왔다. 다른 우사에 있던 1년생 송아지들이
기세 싸움을 시작한다. "내가 짱이다" 하는 듯 송아지들의 싸움은
관객들이 지켜보는 가운데 5분 가까이 지속된다.
"그래, 네가 짱해라" 하는 듯 한 마리가 갑자기 등을 돌려 도망을
간다(위 왼쪽부터 시계 방향으로).

까지 들어가며 5분 가까이 싸우다가 한 마리가 갑자기 등을 돌리고 도망을 간다. 승부가 갈린 것이다. 이 목장에서 사육하는 소들은 1~3년생이다. 초지에 있는 서른 마리의 소가 풀을 뜯는 풍경. 참 평화롭고 예쁘다.

처음에는 무뚝뚝했던 목장 주인은 시원시원하게 이야기를 잘해준다. 내가 만난 제주도 남자들은 대개 그랬다. 잘 웃지 않고 불친절한 듯하지만 일단 이야기를 시작하면 100퍼센트 이상 만족시킨다.

지루한 길이 때로 반갑기도 한 법

밭에서 보리가 물결을 치는 풍경은 아무리 자주 봐도 정겹다. 보리밭을 지나 숲이 잇달아 나타난다. 나지막한 풀과 덩굴식물들로 뒤엉킨 오로지 풀들로 이루어진 수풀을 지나면, 여러 종의 나무가 하늘을 가린 동굴처럼 깊은 숲이 등장한다.

이번에는 20미터는 족히 넘어 보이는 소나무 숲길이다. 제주도에 이렇게 잘생긴 소나무 숲이 있다는 사실이 놀랍다. 바다에서 멀리 떨어져서 해풍의 영향을 비교적 덜 받은 듯 곰솔의 쓸쓸한 모습은 보이지 않는다. 해가 중천에 떠 있는데도 숲길은 어두컴컴하고 서늘한 기운을 내뿜는다. 그 뒤를 잇는 정글 같은 곶자왈은 말할 것도 없다.

맞은편에서 대학생으로 보이는 청년이 걸어온다. 혼자 걷다가 사람을 만나니 반갑다. 제주공항에서부터 서쪽으로, 제주올레길을 4일째 거꾸로 돌고 있다고 했다. 제주시에서 서진을 하면 다른 풍경이 보인다는데, 그 때문인지 '역주행'을 즐기는 사람들이 의외로 많다. 오름과 올레길을 번갈아 걷는 여행자도 많이 만난다. 제주도 도보 여행은 이렇게 여러 갈래로 세분화해 진화하고 있다. 제주올레길이 제주도의 속살을 경험하는 것이라면, 최근 나타나는 젊은층의 여행 경향은 '속살의 속살'을 맛보는 쪽으로 나아간다.

청년은 말했다. "그런데 14코스 이 길은 별로네요. 좀 지루해요." 평가 기준이 '아름다운 경치'라면 별로일 수도 있겠다. 나는 그에게 말했다. 속으로…… "조금만 더 걸어봐라. 생각이 달라질 거다. 지루한 길이 오히려 좋을 때도 있거든."

하긴 물이 바싹 마른 하천 옆을 한참 동안 걸으면 다소 지루할 것이다. 그러나 나는 흙길만 있으면 어디를 걷든 지루하다는 느낌을 가지지 않을 정도의 '경지'에 이르렀다. 내 몸이 터득한 경지이다. 화려하고 아름다운 경치를 자주 접하다 보니, 아이러니하게도 평범하고 단순해서 지루한 길이 나오면 때로 반갑기도 하다. 볼거리가 많으면 시간 가는 줄 모르고 걷지만, 눈에 뵈는 게 없으면 생각이 많아진다.

평범한 천변 길이 끝나자 이번에는 이국적인 풍경이 등장한다. 선인장밭이다. 어릴 적 내가 보았던 손바닥선인장은 화단이나 화분에 심어진 작은 것이었다. 손바닥선인장이 넓은 밭을 가득 메운 광경을 처음 보기도 하거니와 그 규모가 놀랍다.

1-1코스에서 만난 어느 올레꾼의 말이 떠오른다. 그는 올레길 중에서 14코스 선인장 자생지를 가장 인상적인 풍경으로 꼽았다. 선인장 하면 보통 삭막한 사막을 떠올리게 마련이다. 깊고 푸른 숲 근처에서 만나는 선인장 군락은 생경함을 넘어 신선하다.

선인장밭. 손바닥선인장들이 넓은 밭을 가득 채우고 있다. 돌담을 넘어 번식해나가는 초강력 생명력을 보여준다. 우리나라에서는 보기 드문 이국적인 풍경이다.

선인장밭에도 돌담이 둘ㅇ러쳐져 있다. 선인장밭과 검은색 돌담, 그 곁에 가로수처럼 줄지어 선 곰솔. 소나무는 가지를 제외하고는 모두 덩굴식물로 덮여 있다. 내 생애 처음 보는 낯선 풍경이다.

재미난 것은 선인장밭의 돌담이다. 돌 두세 개를 쌓아 만든 담은 선인장 높이로 야트막하다. 선인장은 낮은 돌담을 타고 바깥으로 넘어온다. 선인장이 강력한 생명력과 번식력을 과시하는 장면이다.

제주시 한림읍 월령리가 보인다. 마을이 가까워질수록 선인장밭도 더 넓어진다. 바닷가로 나오자 이번에는 선인장이 제주 바다와 어울리기 시작한다. 선인장 야생 군락지가 바다 주변에 드문드문 펼쳐져 있다. 안내판은 '국내에서 유일한 야생 군락지로 천연기념물(제

429호)로 지정되어 있다'고 알려준다.

14코스 중간 지점인 이곳에서 스탬프를 찍었다. 오늘 일정은 여기에서 끝낸다. 내일이 아버지 기일이어서 어머니가 계신 본가에 가야 한다. 서귀포로 가서 친구들과 놀다가 내일 아침 일찍 서울행 비행기를 타기로 했다.

버스를 타려고 월령마을을 가로질러 일주도로로 나오는데 신기한 광경이 또 보인다. 집을 둘러싼 돌담 위에서 선인장이 무성하게 자란다. "해안 바위 틈과 마을 안의 울타리 잡석이 쌓여 있는 곳에 넓게 분포되어 있다"고 안내판에서 읽었더랬다. 울타리 잡석이란 곧 돌담을 뜻한다.

나중에 자료를 보니 돌담에 선인장이 무성하게 자라 뱀이나 쥐, 도둑이 넘어오지 못하도록 한다는 설명이 있다. 도둑은 물론 뱀과 쥐까지 막아낸다면 선인장만큼 강력한 방어망은 없을 것이다. 돌담에 낀 이끼와 수분을 빨아들이며 사는 선인장의 무시무시한 생명력이 놀랍다.

월령리 선인장

14코스의 중간 지점 월령리 바닷가 선인장 야생 군락지로 돌아온 것은 5월 16일 목요일이었다. 12일 이후 나흘 만이다. 13일에 아버지 제사를 모시고 14일 제주도로 돌아왔다. 12시쯤 제주공항에 내려서 제주 4·3사건을 다룬 영화 「지슬」을 보려고 했다. 아쉽게도 상영이 며칠 전에 끝났다고 했다.

시간이 어정쩡해서 18-1코스 추자도 가는 배편을 확인했더니 시간도 맞고 날씨도 배가 뜨는 데 지장이 없었다. 14~15일 추자도 올레길을 걸은 뒤, 제주도로 복귀해 14코스에 있는 협재리 게스트하우스에 여장을 풀었다.

16일 아침 7시, 게스트하우스에서 나오다가 30대 중반 남자를 만나 동행했다. 어젯밤 숙소에서 저녁을 함께 먹어 구면이었다. 협재해수욕장에서 14코스 중간 지점 월령리 선인장 군락지로 되돌아갔다. 5킬로미터쯤 되었다. 버스를 탈까 하다가 산책 나온 동행자와 이야기도 나눌 겸해서 걸었다.

제주시 한림읍 월령리 선인장 자생지. 선인장이 바다의 검은 돌 해변에 소복소복 꽃피듯 모여 있다. 다시 봐도 신기한 풍경이다. 마침 동네 어른 한 분을 만나서 선인장에 관한 이야기를 들었다. 그이는 "내 이름은 알 필요 없고, 성은 고씨다. 나이는 67세"라고 했다. "아주 옛날 선인장 꽃잎이 바다에 떠밀려온 것을 바위에 얹어놨더니 그게 잘 자라서 군락이 된 것으로 어른들에게서 전해 들었다. 선인장은 아열대식물인데, 흙밭보다는 모래밭이나 마른땅에서 잘 자란다."

월령리는 태고 이래로 겨울철 서북풍이 모래를 실어 날아오는 모래밭 동네이다. 밟으면 기분 좋아지는 모랫길도 근처에 있다는데 나는 걸어보지 못했다. 모래밭 동네이니 선인장 자생지가 되었을 것이다.

고씨에 따르면 백년초라 불리는 월령리 선인장은 천식과 변비 등에 좋고 항암 효과가 있어서 상품으로 나온 것이 많다. 동네에서는 선인장으로 김치도 담그고, 국수와 차, 술도 만들어 먹는다.

그이는 선인장에 얽힌 어릴 적 아픈 추억을 들려주었다. 선인장 열매에는 사람 눈에 안 보이는 미세한 가시가 5백 개쯤 있다. 맨손으로 만지면 가시가 박히고, 먹으려면 가시를 제거해야 한다. "우리가 초등학교 다닐 때 먹을 게 뭐 있나. 배가 고프니까 학교 가는 길에 선인장 열매를 따서 가시 없앤다고 담에 죽죽 밀어가면서 먹었다. 그런다고 가시가 없어지지 않는다. 모두들 입안에 피가 나서 입을 발갛게 하고 돌아다녔다."

그이는 "선인장 꽃이 곧 피는데……"라며 그 예쁜 꽃을 내가 보지 못하고 간다고 아쉬워했다.

올레길은 월령리 바닷길로 이어진다. 바닷가 바위 사이에서 무더기로 자라는 선인장이 많다. 모래사장에 나무를 깔아서 걷기에 편하다. 사람과 선인장을 서로 보호하면서 선인장을 가까이에서 들여다보게 해놓았다. 푸른 바다와 검은색 해변, 연두와 노란색이 섞인 선인장 군락. 색깔들이 서로에게 녹아들면서 선인장이 있는 멋진 바다 풍경을 연출해낸다.

협재해수욕장으로 가는 길. 바다를 지나 마을 골목으로 접어든다. 선인장국수 식당이 있고, 초등학생들이 그려서 만든 예쁜 문패들이 보인다. 문패를 그렇게 만들어놓으니 골목길이 마치 갤러리 같은 느낌을 준다.

어느 집 마당은 아름드리 정원수로 가득하다. 마침 집주인이 마당에 나와 있어서 이야기를 나눴다. 금릉1리. 4백 호쯤 헤아리는 큰 마을이다. 바다를 끼고 있지만 밀감·마늘 등 밭농사도 많이 짓는다고 했다. 오랜 세월 몸이 아팠던 주인은 집에서 쉬면서 20년 동안 정원

가장 어린 섬 비양도. 1002년에 분출된 화산섬이다. 월령해안에서부터 한림항에
이르기까지 비양도의 앞과 옆모습을 보며 걸을 수 있다(위).
금릉1리에서 만난 어른. 인사를 했더니 이렇게 좋은 웃음으로 화답했다.
이 동네의 문패들은 초등학생들이 '시화詩畵'로 만들었다(아래 왼쪽).
넓고 넓은 바닷가에 전형적인 집 한 채. 올레길을 걸으면서
이렇게 오래된 집들을 많이 볼 수 있다(아래 오른쪽).

수 '주목'을 키웠다. 올레길 덕분에 마을 깊숙이 묻혀 있는 보물 같은 볼거리들을 접한다.

길을 걸으며 동행자와 이런저런 이야기를 나누었다. 그는 대학 졸업 후 은행에 입사한 지 6년째이다. 그에게서 우리 또래 사람들, 은행의 중장년층 선배들에 대한 이야기를 많이 들었다. 우리 세대뿐 아니라 그 아래 차장급 이상만 되면 은행의 시스템에서 배제되는 추세라고 했다.

"젊은 사원 한두 명이 사실상 지점 일을 다 보고 있다. 청년 실업 150만 명이라고 하는데, 그렇다고 은행에서 부장급 이상을 무작정 나가라고 할 수도 없는 노릇이다. 부장을 내보내면 그 가정은 또 어떻게 될까? 내 앞날의 모습이기도 하고…… 베이비부머만 힘들어하는 거 아니다. 취직 못해 걱정, 취직하면 이런 걱정. 젊은층도 대단히 피곤하다."

좀더 나은 환경에서 좀더 편하게 살아보려고 그렇게들 열심히 일하는데 왜 갈수록 살기가 힘들다고 하는 걸까? '힐링'이 2010년대 한국 사회를 관통하는 한 가지 키워드라는 점을 감안하면, 젊은층은 그들대로, 중장년층은 또 그들 나름대로 모두들 참 피곤하다.

협재해수욕장이 가까워지면서 '제주도에서 가장 늦게(1002년) 터진 화산도' 비양도의 모습이 보이기 시작한다. 바다는 푸르고 맑다. 검은색 해안에 이어 모래사장이 넓고 아름답게 펼쳐진다. 유명한 협재해수욕장이다. 해수욕장은 때가 일러 아직 한산하다.

이곳에서부터 게스트하우스·카페 등 제주올레의 붐을 타고 새로 생겨난 업소들이 부쩍 눈에 띈다. 간판에도, 건물 바깥의 페인트 색

한림읍 금능리 금능석물원의 석공예 명장 장공익 씨(위 왼쪽). 1931년생으로 제주도 돌을 재료로 60년 넘게 조각을 해왔다. 제주도의 상징 가운데 하나인 돌하르방은 18세기 중엽에 세워진 읍성의 수호신이자 수문장. 옛것은 47기가 남아 있고, 나머지는 모두 새로 만들어진 것들이다. 장공익 씨는 돌하르방을 제작해 국내외로 널리 보급한 주인공이다. 제주도를 방문한 세계 각국 정상들에게 준 선물 등 새로 만든 대표적인 돌하르방은 거의 모두 그의 손을 통해 나왔다. 위 오른쪽은 제주 사람들에게 젖을 먹이는 제주도 탄생 설화의 설문대할망. 아래는 금릉석물원의 돌하르방 정원. 장씨의 작업장이자 전시장인 금능석물원에는 돌하르방을 비롯한 그의 돌조각 작품이 총망라되어 있다. 장공익 씨는 요즘도 돌을 깨고 깎는 작업을 하루 다섯 시간씩 하고 있다.

깔 하나에도 개성들이 넘쳐난다. 과거 바닷가 민박집 특유의 서민적인 눅눅함은 새로운 풍속 앞에서 거의 말라버렸다. 게스트하우스나 카페 등은 주로 외부인이 들어와 운영한다는데, 유행에서 상대적으로 밀리는 토박이 업자들은 거기에 대응하려고 안간힘을 쓰고 있을 것이다. 토론토에서 '스몰 비즈니스'에 종사하다 보니 이런 일이 눈에 보이고 나 또한 예민해진다.

동행자와 숙소 앞에서 헤어져 나 혼자 한림항으로 나아간다. 깨끗한 마을이 이어지고 고려 시대 삼별초와 최영 장군 부대가 상륙했다는 옹포포구(명월포전적지) 등 역사에 기록된 유적들이 등장하기 시작한다. 제주도의 북쪽, 곧 육지와 직접 교류하는 곳에 왔다는 사실을 이런 유적을 통해 알게 된다.

어선들이 정박하고 있는 큰 항구가 눈에 들어온다. 한림항이다. 제주 서부지역 연안 화물을 처리하는 항구라는 설명문이 붙어 있다. 항구에서는 생선 말리는 풍경이 보이고 하루 세 번 비양도로 오가는 여객선 대합실도 눈에 들어온다. 14코스 종점이다.

15코스

한림 - 고내 올레

올레길은 해안길을
왜 버렸을까?

한림항을 지나 다시 동네 골목길로 접어들었다. 배낭을 멘 젊은 남녀가 마주보고 서서 길 위에서 큰 소리로 싸우는 모습이 보인다. 불현듯 대학 시절 친구들과 지리산 종주를 하다가 다툰 기억이 난다. "라면을 저녁에 먹을까, 아침에 먹을까"로 시작되어 말꼬리 잡기 싸움으로 번졌다. 지나가면서 슬쩍 들으니 남녀의 싸움도 그 단계에 진입했다. 자고로 산사처럼 공부하기 좋은 곳이 놀기에도 좋은 것처럼, 놀기 좋은 곳은 싸우기에도 좋은 모양이다.

바닷길을 따라가는데 마을 입구에 높이 쌓아올린 원통형 돌담 두 개가 나타난다. 돌담 아랫부분이 물에 잠겨 있는 것으로 보아 해녀의 불턱은 아니다. 궁금해 돌아 들어가보았다. 입구에 '용천수 목욕 체험'이라고 적혀 있고, 남탕·여탕을 따로 만들어놓았다. 탕 안에서는 용천湧泉이라는 말뜻 그대로 땅에서 물이 펑펑 솟아오른다. 제주섬 전체가 스펀지처럼 물을 잔뜩 머금고 있다고 했다. 지하로 흐르다가 땅에서 솟아나는 물을 보니 스펀지 호수의 진면목을 실감할 수 있다. 사시사철 푸지게 솟아오르는 해변의 용천수들은 어떤 가뭄에도 마르는 법이 없다.

길은 오른쪽으로 꺾어져서 한림읍 수원리로 향한다. 마을 입구에서 손님을 가장 먼저 맞는 것은 정자나무 폭낭(팽나무)이다. 폭낭의 모양이 독특하다. 북쪽 바다에서 불어오는 강한 바람 때문인 듯 가지가 남쪽으로 심하게 쏠려 있다. 폭낭뿐 아니라 마을에 있는 나무란 나무는 모두 똑같은 모습이다.

올레길은 수원리를 지나 중산간 마을 쪽으로 접어든다. 이 동네 역시 이야깃거리가 많을 것 같아 마침 올레길 옆에 있는 수원리사무소로 들어갔다. 건물 1층에서는 음악 소리가 흘러나온다. 마을 어른들이 그 소리에 맞춰 열심히 운동을 하고 있다. 2층이 리사무소이다. 마을 사람들이 각종 서류를 떼러 수시로 들락거린다. 이미선 사무장이 바삐 일하는 중에 질문에 짬짬이 답을 해준다. 지역 문인협회 회원으로서 글을 쓴다는 그이는 제주도의 가정과 여성에 대한 이야기를 재미있게 들려주었다.

이사무장의 집은 지금 4대가 함께 살고 있다. "할머니는 올해 아흔둘이신데 오늘도 아래층에 운동을 하러 오셨다." 집 대문은 하나지만 건물들은 각각 독립되어 있다. 대문의 왼쪽 바깥채에는 부모님, 가운데 안채에는 할머니, 그리고 바깥채를 또 하나 새로 지어 이미순 씨 부부와 자녀들이 산다. 제주도 전통적 가족 형태인 '따로 또 같이'의 전형이다.

"4대가 안거리(안채)·밖거리(바깥채)에 살면서 밥을 따로 해먹는 것을 육지에서는 이해하기 어려울 것이다. 아니, 육지에서는 상상도 하지 못할 풍습이다. 구순 할머니께서도 밥을 직접 지어 드신다. 제주도에서는 어른이고 자식이고 이렇게 독립심이 강하다."

"살림을 따로 하니 시집살이는 하지 않겠다"고 했더니 이사무장은 웃기만 했다. 서류를 떼러 왔다가 이야기를 듣던 한 주부가 작은 소리로 말했다. "그래도 안하는 건 아니죠."

수원리는 제주도 북쪽 해안을 3킬로미터 정도 끼고 있는 반농반어의 해촌이다. 어촌계가 있고 계원이 80명에 이른다. 이사무장은 말했다. "예전에는 제주도 사는 여자라면 당연히 물질을 해야 한다고 생각했다. 그러나 요즘 우리 동네에서도 가장 젊은 해녀가 50대이다." 해녀의 숫자가 줄어들고 있는 것은 수원리라고 해서 예외가 아니다.

"나는 어릴 적에 물에서 죽을 뻔한 적이 있어서 물질을 못한다"고 이사무장은 말했다. "이런 기억이 없더라도 요즘 젊은 주부들은 물질은 자신들이 할 일이 아니라고 여기는 것 같다. 1943년생인 우리 어머니 세대만 해도 일고여덟 살만 되면 작은 박을 가지고 얕은 물에서 놀기 시작해 자연스럽게 물질로 이어졌다. 그런데 바로 그 어머니들이 딸들은 힘든 물질을 시키지 않으려 한다." 생활 여건이 좋아지고, 상급 학교에 진학하고, 취업을 하면서 "험한 물질을 하지 않아도 되는 삶"을 살 수 있으니 해녀가 자연스레 줄어든다는 것이다.

2012년 기준으로 제주도 해녀 인구는 4천574명. 제주도 여성 인구의 1.5퍼센트를 차지한다(1965년에는 2만3,081명으로 여성 인구의 20퍼센트). 해녀 인구의 절반이 70세 이상이다. 이 때문에 수원리에서 가까운 한림읍 귀덕2리에 2008년 한수풀해녀학교가 설립되어 해녀를 양성하고 있다. 지원자가 많아 6기까지 배출했으나, 마을 공동목장처럼 마을 공동바다를 운영하는 각 마을 어촌계에 진입하기가 어려워 고민인 모양이다. 마을 어촌계가 외부인을 꺼리는 경향이 있기 때문이다.

마을 어른 한 분이 들어오자 사무장이 반색한다. 마을에 대해 말씀을 잘하시는 분이라고 소개한다. 45년생인데 고씨라며 "이름은 굳이 말할 필요 없잖아"라며 이야기를 시작한다. 그이는 수원리의 특성을 일목요연하게 말했다.

먼저, 바람. 나뭇가지가 모두 남쪽으로 쏠려 있는 것은 역시 강한 북서풍 때문이다. 수원리에서는 바닷바람 피해를 비교적 덜 받는 고구마와 조 농사를 주로 지었다. 바람이 불면 감귤 농사는 짓지 못한다. 요즘에는 양배추와 쪽파로 작물이 바뀌었다.

둘째는, 넓은 들. 수원리는 관광지도 아닌데 1958년에 일찌감치 전기가 들어왔다. 예전에는 그 정도로 '잘나가던' 동네였다. 재일교포 등 출향 인사들이 기부를 많이 하기도 했지만, 들이 넓어서 옛날 어려운 시절에도 굶지는 않았다. 수원리는 우리나라에서 처음으로 밭을 농경지로 구획 정리한 곳이다. 밭의 면적은 30만 평. "밭에 엄청나게 돌이 많아서 밭과 밭 사이의 경계선이 길 대신 돌이었다. 그것을 잣이라고 부른다. 1973년 잣을 다 걷어내고 밭을 반듯반듯하게 구획 정리했다."

고씨는 말했다. "가까운 들에 먹을 것이 있어서 그다지 궁핍하게 살지는 않았다. 그래서 그런지 수원리 사람들이 순한 편이다. 예전에는 우리 마을 같은 해촌이 부자 소리 들었다." 바다에서는 수산물이 나고, 해안가에 밀려오는 '감태' 같은 해초를 밭에다 깔아 거름으로 쓸 수 있었기 때문이다. 화학 비료가 없던 시절이었다.

화학 비료가 나오고 농업이 기계화하면서, 농토가 제한된 해촌보다는 농지 개발 여지가 많은 중산간 농촌의 살림살이가 펴지기 시작했다. 결정적인 것은 일본에서 들여온 묘목을 심어 수확한 감귤이었

올레길 표시 화살표는 두 가지 색깔을 하고 있다.
파란색은 정방향을, 주황색은 역방향을 가리킨다.
화살표는 돌담에, 전봇대에, 길바닥에
보일 듯 말 듯 작게 그려져 있다.

올레길을 걷다 보면 '역주행'하는 사람들을 자주 만난다.
"거꾸로 걸으면 정방향을 걸을 때와는
전혀 다른 풍경을 만나게 된다"고 했다.

다. "중산간 마을들이 1970년대부터 감귤 농사로 여유 있는 생활을 하기 시작하더니, 그 이후에는 해촌과 농촌의 살림이 완전히 역전되었다"고 고씨는 말했다.

이파리를 잘라 화환에 쓰는 소철 농사를 짓는다는 고씨는 저가 항공 때문에 화물 싣는 비행기가 없어서 큰 문제라고 했다. 저가 항공사들이 작은 비행기를 띄우다 보니 보잉 747로 화물을 실어 나르던 대한항공과 아시아나항공도 작은 비행기만을 운행한다는 것이다.

저가 항공 이야기를 하다가 그이는 갑자기 '이재수의 난'을 아느냐고 묻는다. 저가 항공인 제주항공이 애경그룹 계열사인데, 애경그룹이 제주항공을 운영하게 된 배경이 있다고 했다. 애경그룹 창업자 장영신 회장의 시댁 선조가 장두 이재수를 통인(관노)으로 데리고 있던 대정군수 채구석이라는 얘기다. 군수로서 백성 편에 서서 난을 수습하려고 애를 썼던 채구석은 제주도민들의 민심을 얻은 관장이었다. 도민들은 채구석 군수의 우선 석방을 조건으로 내걸고 프랑스가 요구한 배상금을 물겠다고 자원하고 그 약속을 이행했다. 제주도와 애경그룹 간에 그런 인연이 있고, 그 연이 제주항공에까지 이르렀다는 것이다.

들판으로 나왔다. 제주도에서는 보기 드물게 광활한 벌판이다. 마치 육지의 드넓은 평야에 와 있는 착각을 불러일으킨다. 소철을 키우는 비닐하우스가 찢어져 안이 다 들여다보일 정도로 바람은 강하게 분다.

들판을 지나 길을 건너자 동네가 금세 나타난다. 한림읍 귀덕1리 성로동. 바람은 여전히 강하게 분다. 길을 따라 서 있는 돌담은 웡웡

소리를 내며 부는 바람에도 미동도 하지 않는다. 근사한 팽나무 아래 '그루터기 쉼터'라는 가게가 나온다. 야생화 갤러리라고 적은 문구도 재미있고 점심시간도 되고 하여 가게 문을 열고 들어갔다.

가게를 지키는 이는 문경돈 씨(50세)이다. 한라산에서 야생화를 찾아 사진을 찍고 있는데, 그의 작품이 가게 한쪽에 전시되어 있다. 주문한 라면을 먹으면서 그이와 이런저런 이야기를 나누었다. 제주시에서 직장 생활을 하다가 고향에 들어와 농부로 산 지 3년째이다. 올레길이 생기면서 부업으로 가게를 열었다. 제주시만 해도 큰 도시여서 흙을 밟을 일이 없었다. 도시에 살면서 여름이면 아토피 피부염 때문에 고생하던 막내가 이곳에 와서는 약을 바르지 않는다고 했다.

문씨와 나눈 이야기 중에서 가장 흥미로운 내용은 돼지 추렴이다. 지난 주말 친구들을 불러 집에서 파티를 했는데 농촌 살이의 장점을 만끽했다. 돈 주고 산 것이라고는 쌀밖에 없다. 채소든 고기든 전부 집에서 조달했다. 돼지는 직접 잡았다.

"제주도에서는 큰일이 있거나 농사철 끝나고 쉴 때, 돼지 한 마리를 추렴해 잡는 전통 풍습이 있다. 지금은 그걸 법으로 금하고 있는데, 뭔가 잘못된 것이다. 돼지는 제주도에서 늘 먹는 고기이고, 1년 내내 먹어도 물리지 않는 고기인데……" 법을 위반하면 벌금 30만 원.

그이는 제주도와 육지 남자의 차이를 돼지 잡기와 관련해 이야기했다. "육지에서 군대 생활할 때 보니 육지 남자들은 개는 잘 잡으면서도 돼지 잡는 것을 어려워했다. 제주 사람이 보기에는 이상한 일이었다." 제주 남자들은 두 명만 있으면 한 시간 안에 돼지 한 마리를 잡는다. 혼자서도 가능하다. 대신 제주 남자는 육지와 반대로 개 잡는 것을 어려워한다. 제주도에서 개고기를 먹은 지 얼마 안 되기 때문이다.

납읍리의 학교 살리기 운동

올레길은 밭길을 따라 이어진다. 양배추를 한 트럭 가득 실어가는 광경이 보인다. 제주도 밭은 언제, 어디서, 어떻게 보든 각기 다른 모습을 하고 있다. 백전백색百田百色이다. 지금은 수확을 마치고 들판이 텅 비어 있는데도 밭마다 제각기 흙 색깔을 달리하며 이곳만의 색다른 풍경을 연출한다. 밭담의 곡선은 더 유연하고, 하늘과 오름이 밭과 잘 어울린다.

들길을 걷다가 조금 지루하다 싶으면 어느새 귤밭이 보이고 숲이 등장한다. '사유지를 제주올레길로 허용해주신 구간'이라는 팻말이 서 있다. 덕분에 밭 한가운데 조성된 깊은 숲을 지나는 복을 누린다.

중산간 마을의 귤밭이 연이어 보이더니 마을 한가운데에서 시끄러운 소리가 들린다. 조용한 마을에서 시끌벅적한 소리가 들려오니 반갑다. 애월읍 납읍리 납읍초등학교에서 운동회를 하고 있다. 시골 학교 운동회 구경을 할 수 있으니 오늘은 운수가 '참말로 좋은 날'이다.

푸른 하늘에는 만국기가 펄럭이고 청군과 홍군은 마지막 승부를 펼치고 있다. 확성기에서는 "현재까지 동점인 관계로 응원전으로 최종 승부를 가리겠습니다"라는 말이 흘러나온다. 운동회답게 목소리의 톤이 높고 격양된 어조이다.

60대가 청년회 회원이라는 요즘 시골에서 30~40대 학부모와 어린 자녀들이 학교에 이렇게 많이 모여 있는 것은 매우 보기 드문 광경이다. 납읍초등학교에서는 어찌된 사연인지 젊은 학부모들이 응원석을 가득 메우고 있다. 시골 초등학교 대부분이 한 학년이 열 명도 되지 않는 '미니 학교'가 되어가는 와중에 이 학교는 예전 운동회 분위기를 제법 내고 있다. 학생 수도 많고 시끌벅적하다.

1990년대 초반 납읍초등학교도 다른 시골 학교와 다를 바 없었다. 1946년 개교 이후 최대 위기를 맞았다. 학생 수가 자꾸 줄어들어 이대로 가다가는 분교로 격하되고 폐교되는 순서를 밟을 것이 뻔했다.

납읍리 사람들은 학교 살리기 운동을 전개했다. 어린 자녀를 둔 전국의 학부모를 대상으로 파격적인 제안을 했다.

"연립주택 제공." "최상의 교육 수준 보장."

연립주택에 입주하면 보증금 2백만 원에 평수에 따라서 연 50~백만 원을 낸다. 그것은 관리비 정도에 불과하다. 18평 이상의 새로 지은 집들이다.

결과는 대성공. 제주시와 자동차로 20분 거리에 있다는 지리적 이점도 있어서 서울을 비롯한 전국에서 납읍리로 찾아왔다. 연립주택은 세 동 55세대를 3차에 걸쳐 지었다. 마을 사람들과 납읍리 출신 인사들이 대대적인 학교 살리기 모금운동을 전개했고 도의 지원을 받아 총 40억 원을 모았다. 납읍초등학교 운동장 한켠에는 누가 어떻게 기여했는가를 꼼꼼하게 기록한 공덕비가 줄을 지어 서 있다.

납읍초등학교는 대기자 리스트가 있을 만큼 인기가 좋다. 주택 제공을 하기 때문만은 아니다. 제주시에 직장을 둔 젊은 부모들이 이 학교를 선호하는 가장 큰 이유 중의 하나는 '시골 학교다움'이다. 대

15코스를 걸으면서 본 여러 풍경들.
위 왼쪽부터 시계 방향으로 귀덕1리 마을길을 걷는 올레꾼들,
납읍초등학교 운동회, 알로에농장, 객의게스트하우스를 운영하는
제주 이민자 정성진 씨(게스트하우스는 14코스 협재리에 있다.
이곳에서 사흘 밤을 잤다).

전에서 자녀 셋을 데리고 왔다는 30대 아빠는 "아이는 놀자주의로 키워야 한다고 생각하는데, 이 학교에서는 그것이 가능하다"고 말했다. 대도시에서는 아이가 눈앞에 보여야 마음이 놓이는 반면 여기서는 두어 시간 집에 들어오지 않아도 걱정하지 않는다. 부모가 자녀의 동선을 훤하게 파악할 수 있기 때문이다.

마치 캐나다 학교처럼 납읍초등학교 앞에는 문방구가 없다. 학교가 아이들에게 문구까지 제공한다. 맞벌이 부모들을 위해 오후 5시까지 하는 방과 후 수업 또한 부모들을 만족시킨다. 영어 수업에, 음악·미술 특별 수업 등 각종 프로그램을 가동한다.

한때 53명이었던 학생 수는 2013년 116명으로 늘어났다. 외부에서 온 어린이가 80퍼센트 이상이다. 전국에서 오고 싶어하는 사람들이 많지만 초등학교 취학 자녀를 많이 둔 가정일수록 우선권이 있다. 초등학생 자녀가 학교를 졸업하면 연립주택에서 살 자격은 자연스럽게 사라진다.

이 학교 34회 졸업생으로 학부모회운영위원장을 맡고 있는 진근석 씨는 "조건을 갖추었다고 해서 다 받을 수는 없다"고 말했다. 운영위원회에서 인터뷰 등 여러 사전 조사를 한다는 것이다. 제주시에 있다가 3남매를 데리고 와서 10년째 산다는 진씨는 막내가 지금 3학년이라고 했다.

초등학교가 살아나면서 마을도 덩달아 살아나 현재 납읍리는 5백여 가구를 헤아린다. 어린이들이 북적대다 보니 마을 도로도 여느 도시 못지않게 잘 정리되어 있다. 무엇보다 30킬로미터 제한속도, 멈춤 표지 등이 굵은 선과 색깔로 선명하게 강조되어 있다. 어린아이들이 눈에 많이 띄니 시골 동네에 생기가 돈다.

마을 집들은 옛 돌담을 유지하면서도 모두 깨끗하고 단정해 시골 마을의 고급스러운 멋을 한껏 풍긴다. 이 동네를 더 고급스럽게 돋보이게 하는 것이 있으니, 납읍리 난대림(천연기념물 375호) 금산공원이다. 초등학교 앞에서 올레길 스탬프 찍기에만 급급하면 이 숲을 놓치기 십상이다(나중에 만난 종주자 강아무개 씨는 "그런 숲이 있었어요?"라며 아쉬워했다).

숲길 시리즈

올레길은 당연히 숲속을 한 바퀴 돌고 나오는 것으로 되어 있다. 햇빛이 쨍쨍한 한낮인데도 숲속은 어둡고 시원하다. 나무는 높고 울창하다. 육지의 숲에서는 보기 드문, 난대림 특유의 흐드러지는 분위기를 느낄 수 있다. 마을은 6백 년 전에 만들어졌다는데, 숲 또한 마을과 더불어 세월을 보낸 듯 크고도 깊다. 올레길 덕분에 보물을 또 하나 만난 기분이다. 올레길 15코스가 해안길을 버리고 왜 굳이 중산간 내륙으로 방향을 틀었는지 그 이유를 정확하게 알려주는 숲길이다.

중산간 마을에도 바람이 많이 분다. 5월 초여름 바람이 이토록 강하면, 겨울의 북서풍은 얼마나 매섭고 날카로울지 감이 잡히지 않는다. 산이 없어서 가도 가도 평원만 나오는 캐나다 동부의 겨울은 차고 맵다. 그러나 대평원의 바람이 아무리 강하다 한들 제주의 해풍에는 미치지 못할 성싶다.

동네를 빠져나오자 길은 다시 소나무 숲을 시작으로 알로에농장, 도새기(돼지) 숲을 지나 대나무 숲으로 마무리되는 숲길 시리즈로 나아간다. 숲길 시리즈의 시작은 과오름 둘레길. 올레길은 오름의 동쪽 면을 돌아 내려간다. 울창한 소나무 숲 아래 붉은색 땅 위로 길이 나 있다. 너무 넓지도 좁지도 않은 걷기에 딱 알맞은 길이다. 과오름 둘레길이 끝나는 지점에서 도새기 숲길이 시작된다고 했다. 인근 축사에서 돼지를 풀어놓고 키우는 지역이라는데, 돼지를 만나면 어떻게 할까 생각을 했다. 생각이 많았는데 돼지는 만나지 못한 채 그 숲길을 벗어나버렸다.

  고내봉. 올레길을 걸으면서 오름을 여러 개 올랐으나 고내봉만큼 멋진 길과 풍경을 제공하는 곳은 별로 보지 못했다. 175.3미터로 낮은 산이지만 오르는 길이 굽이굽이 만만치가 않다. 고내봉이 주는 기분 좋은 충격은 두 가지이다.

  첫째는, 소나무 숲길. 도무지 소나무 같지 않은, 위로 쭉 뻗은 소나무들이 길 양옆에 서 있다. 소나무들은 공중에서 지붕을 이루며 맞닿아서 그 아래 길을 동굴처럼 만들어놓았다. 붉은색 땅은 또 얼마나 예쁜지 레드 카펫을 연상케 한다. 소나무 숲 사이사이로 햇살이 땅에 물을 들이듯 언뜻언뜻 스며든다. 햇살 조명을 받으며 레드 카펫을 밟는 스타가 된 기분이다.

  둘째는, 정상에서 바라보는 풍경. 고내봉 정상에 서면 제주 바다와 한라산이 동시에 보인다. 물결은 양쪽에서 밀려온다. 북쪽으로 몸을 돌리면 저 멀리 제주 바다가 하얀 포말을 일으키며 이쪽으로 달려온다. 몸을 휘청이게 하는 강한 바람의 진원은 바로 저곳이다.

동남쪽에서는 오름이 물결처럼 장관을 이룬다. 오름은 좌우 앞뒤로 한라산과 더불어 산맥을 만들고, 바다로 달려나가듯 힘차게 밀려드는 모양새다. 잠시 넋을 놓고 바라보게 할 만큼 장엄한 광경이다.

내려가는 길. 여전히 좋은 숲길이다. 갑자기 서늘한 기운이 느껴져 눈을 들어보니 '고내봉 하르방당'이다. 덩굴과 이끼로 덮인 큰 바위 두 개가 있고, 나무에는 빨강·파랑·노랑 천들을 묶어놓았다. "하가리 주민과 상가리 주민 일부가 하르방당을 이용한다." 안내문에 적힌 문구이다. 1년에 한 번 정초에 마을제를 지내며, 개별적으로는 새벽에 조용히 와서 복을 빈다고 했다.

재미있는 사실은 마을 수호신을 모시는 본향당의 땅 주인이다. "1999년도에 개인 소유지로 되어 있는 것을 토지주와 협의하여 하가리 새마을회로 무상기부 체납……"이라고 적혀 있다. 1970년대 새마을운동이 한창일 때, 당집과 성황목 들은 미신을 믿게 하는 '헌마을'의 상징이 되어 타파되었다. '새마을'과 '당'은 이렇게 상극이다. 하가리 본향당 땅 임자가 '새마을'회가 되었는데, 화해를 한 것인지 한쪽에서 투항을 한 것인지 잘 모르겠다.

이제는 대나무 숲길이다. 큰 대숲 바로 옆을 지나가는 일직선 길이다. 대숲은 틈이 보이지 않을 만큼 빽빽하다. 대나무끼리 쓸려서 내는 대숲 바람 소리가 크게 들려온다. 오름과 대숲 사이로 난 길은 새로 만든 길이 아니다. 옛길을 찾아내 풀을 베고 다듬어 걷는 길로 복원시킨 듯하다. 길바닥이 단단하다.

종점인 고내포구에 도착했다. 오늘 하루, 다른 날에 비해 조금 무리를 했다. 길 위에 오른 지 열한 시간쯤 지났다. 14코스 일부를 합쳐서 총 28.4킬로미터를 걸었다.

고내포구에서 버스를 타고 숙소로 잡아둔 협재리 객의게스트하우스로 돌아갔다. 숙소는 이제 새로운 곳보다는 편안한 곳이 좋다. 이집이 편안해서 가능한 한 오래 묵고 싶었다.

16코스

고 내 – 광 령 올 레

삼별초의 최후 근거지
항파두리 성에 올라보니

숙소에서 오전 7시에 나왔다. 도로를 건너는데 버스가 막 지나간다. 손을 들었으나 서지 않는다. 버스는 30미터쯤 떨어진 정류장에 가서 멈추더니 나를 기다려준다. "왜 안 가느냐"고 운전기사를 다그치는 승객이 없는 모양이다. 하루가 기분 좋게 시작된다.

버스 안의 아침 풍경이 재미있다. 이른 아침인데도 승객이 많다. 허리가 절반 가까이 굽은 '꼬부랑 할머니'가 머리에 짐을 이고 버스에 오른다. 운전기사는 할머니가 자리를 잡고 앉을 때까지 차를 움직이지 않은 채 느긋하게 기다린다. 다른 승객들이 짐을 들어주고 할머니를 부축해 자리에 앉는 것을 도와준다. 제주도 버스 안에는 시골 인심이 살아 있다.

16코스 시작점인 한림읍 고내리. 바다를 향해 있는 마을은 밝고 깨끗하다. 햇살은 좋지만 바람은 어제처럼 거세게 분다. 동네 골목길을 걷다가 동네 주민을 만났다. 김경원 씨. 1951년생. 이 동네에서 태어나 줄곧 살아왔다. 김씨에 따르면 250가구쯤 되는 고내리는 전형적인 반농반어 해촌이다. 요즘은 주로 농사를 많이 짓는다. 보리·콩 농사를 많이 하다가 20년 전부터 브로콜리·양배추·취나물 등 고소득 작물로 바꾸었다.

이 동네에 배를 가진 사람은 별로 없고 해녀도 30여 명밖에 남지 않았다. 김씨는 해녀가 줄어드는 이유에 대해 남들과 다른 의견을 내놓았다. 딸들에게 힘든 물질을 시키려 하지 않는 경향도 있지만 무엇보다 "벌이가 예전 같지 않아서"라는 것이다.

"20년 전만 해도 아주 좋았다. 한창 좋을 때는 동네 바다가 소라 반, 물 반이었다. 20~30명이 들어가 잡으면 해삼만 해도 하루에 3백 킬로그램 드럼통을 두 개씩 채웠다. 예전에는 그걸로 자식들 대학 공부 다 시켰다. 요즘은 하루에 많이 잡아야 15킬로그램 정도이다."

그는 해산물이 크게 줄어든 데 대해 농약 때문일 가능성이 크다고 말했다. "농약을 쓰지 않던 예전에는 바다가 이렇지 않았다. 장마철에 농약 섞인 물이 하천을 통해 바다로 흘러든다. 그 때문에 해초도 사라지고, 심지어 돌들도 허옇게 죽어버린다."

전복·소라 등 해산물의 채취 기준은 어떻게 정해져 있는지, 공동 채취한 후 분배는 어떻게 이루어지는지 궁금했다. 김씨에 따르면 소라든 해삼이든 7센티미터 이상 되어야 채취물로 인정한다. 수확량은 개인별로 저울로 잰 다음 입찰 가격대로 지불한다. 모두 어촌계가 관장하는 일이다.

그이가 어촌계장 출신이라고 하기에 어촌계장은 왜 해녀가 아닌 남자들이 주로 맡느냐고 물었다. "도청이든 시청이든 요망진 놈이 가야 사업비 하나라도 더 받아 온다. 사교성도 좋고 빠릿빠릿해야 한다. 그건 남자들이 해줘야 할 일이다."

요망지다. '총명하다'는 뜻의 제주도 말이다. '총명하다'보다 그 뜻이 더 확실하게 들어온다.

고내포구와 북쪽 바다. 해가 좋은 날 탁 트인 먼 바다를 보며 걸을 수 있는 바닷길이다. 남쪽 바다는 수려한 풍경이 좋은 데 비해 북쪽 바다는 이렇게 단순한 아름다움을 선사한다.

제주의 특별한 풍습들

　올레길은 바다를 따라간다. 그리 높지 않은 절벽 길이 계속 이어진다. 동네를 벗어나면 자동차 도로를 걷게 되는데, 왼쪽으로 바다와 울창한 숲이 번갈아 나타난다. 이렇게 경치가 좋으면 아스팔트 길도 시간 가는 줄 모르고 즐겁게 걸을 수 있다. 자동차가 드문드문 지나가고 울긋불긋한 차림으로 아침 산책을 하는 이들이 많다. 호루라기를 불어가며 도로를 휙 지나가는 자전거족들도 보인다. 오늘따라 사람들이 많다 싶었더니 '부처님 오신 날' 사흘 연휴의 첫날이다.
　도로를 따라 역사의 현장들이 다시 나타나기 시작한다. 섬의 북단이다 보니 다른 쪽에 비해 육지와의 교섭이 잦을 수밖에 없다. '애월읍경은 항몽멸호의 땅'이라고 적힌 비석이 보인다. 그 곁에 몽골군과 최후의 결전을 벌인 삼별초의 김통정 장군과 그로부터 97년이 지난 뒤 몽골 세력을 제주도 땅에서 섬멸한 최영 장군의 석상이 바다를 등진 채 한라산을 바라보고 있다. 삼별초의 대몽 항쟁 거점이었던 항파두리缸坡頭里와 최영 장군이 진을 쳤다는 새별오름이 근처에 있다는 표시가 나온다.

그곳에서 멀지 않은 곳에 제주도에서만 볼 수 있는 뜻깊은 비석이 하나 서 있다. 재일고내인시혜불망비. "이국만리 타향에서 맨주먹으로 거친 삶을 일구면서도 손에 쥐어지는 것이 있으면 오로지 향리 발전을 위해 내었음"을 기리는 비석이다. 비석 뒤에는 1917년 '오두만'이라는 이름을 시작으로 일본으로 건너가 일했던 고내리 사람들의 이름이 빼곡히 적혀 있다. 일제강점기에 일본 대도시에서 노동품을 팔아 피땀 흘려 번 돈을 고향 발전기금으로 보내온 정성도 놀랍지만, 수십 년이 지난 후에도 그 은혜를 잊지 않고 비를 세워 기리는 마을 사람들의 마음도 예사롭지 않다. 비석은 2012년 1월 8일에 세워졌다. 일본 대도시로 노동품을 팔러 간 제주도 사람은 남녀 합쳐 5만 명에 이르고, 그 절반이 젊은 여성들이었다. 젊은 여성들은 방직공장이나 고무공장에서 여공으로 일을 했다.

생활이 과거와 비교할 수 없이 좋아진 요즘, 제주도 사람들이 과거에 크게 도움을 준 일본 사는 고향 선배들을 초청한다는 이야기도 들린다.

부부가 길가에 앉아서 나물을 다듬고 있다. 밭이 아닌 길가에서 남편까지 합세해 나물 만지는 광경이 재미있어 그 옆에 털썩 주저앉아 말을 걸었다. 제주시에 사는 60대 부부이다. 휴일이어서 미나리를 뜯으러 왔다고 했다. "이거 한번 먹어봐요. 자연산 돌미나리예요" 하며 부인이 아랫부분이 붉은 미나리 줄기를 다듬어 쑥 내민다. 향이 입안 가득 퍼진다. 바구니에는 잘라서 다듬어놓은 미나리가 수북하다. 자연산 미나리가 지천이어서 낫으로 쓱쓱 베면 된다고 했다.

부인이 경상도 말씨이다. "뭍에서 시집왔느냐"고 물었다. 고향이 경남 밀양인데 여행을 왔다가 신랑을 만났다고 했다. "만나자마자 딱 나한테 넘어왔지, 뭐"라고 남편이 말하자 부인은 "육지 것이라고 괄시받게는 하지 말았어야지" 하고 불평한다. 1953년생으로 동갑내기인 두 사람이 결혼할 당시만 해도 육지 사람에 대한 거부감이 남아 있었던 모양이다.

"4·3사건 때 육지에서 온 토벌대가 순박한 양민들을 폭도로 몰아 무차별 학살한 것 때문에 그렇다. 그때부터 육지 것들이라는 말이 나오고, 사위·며느리를 삼지 않으려 했다." 말하는 것을 보니 육지 아내를 얻은 남편도 그런 분위기 때문에 마음고생을 많이 한 것 같다. "집안에서 어른들이 반대를 하셔서 '내 인생 내가 산다'며 고집을 부렸다."

이런 경향은 1980년대 중반까지 지속되었다. "요즘은 달라졌다. 제주도에 육지의 젊은 사람들이 많이 살러 오니 당연히 반갑고…… 10년 전만 해도 제주도민이 50만 명이 안 되었는데 지금은 60만 가까이 된다."

두 사람은 미나리를 넣어 라면을 끓이려고 했는데, 브루스타 가져오는 것을 잊었다면서 아쉬워했다. "라면이라도 대접할 수 있었는데……" 하면서. 나는 더 아쉬웠다. 미나리 라면이란 걸 처음으로 맛볼 수 있었는데……

다시 소나무 숲이다. 잎이 얼마나 많이 떨어져 쌓였는지 길이 푹신푹신하다. "해안길 솔밭은 올레길의 백미다." 혼자서 이렇게 감탄을 해가며 느긋하게 걷고 있는데, 눈에 익은 올레꾼 뒷모습이 보인다.

2코스에서 처음 만나 4코스를 함께 걸었던 강아무개 씨다. 완주를 목표로 한 그이는 하루 한 코스씩 본선本線만 걷겠다고 했었다. 나는 지선支線을 포함해 하루 평균 1.5코스씩 걸었으니 한 번쯤 다시 만나리라 예상은 했었다.

길 위에서 친구를 우연히 만난 듯 반가웠다. 그 사이에 강씨는 약한 모습을 보이던 초반과는 많이 달라 보였다. 처음에는 '포기할 수도 있겠다'는 느낌을 주었는데, 지금은 씩씩한 도보 여행자로 바뀌었다. 무엇보다 자신감에 차 있었다.

강씨는 특이하게도 무섭다는 표현을 쓴다. "일하고 밥하고 청소하는 손이 무서운 줄 알았다. 걸어보니 발도 참 무섭다. 발이 이렇게 많은 일을 하게 될 줄은 몰랐다." 나도 이번에 걸으면서 처음 알았다. 보통 느리다고 생각하는 사람의 걸음걸이가 실제로 오래 걸어보면 느리지가 않다. 동행을 해보면 안다. 동행자를 먼저 보내고 잠시만 지체해도 동행자는 따라잡기 벅찰 정도로 멀리 가 있다. 이제 올레길의 3분의 2를 넘게 걸었으니 '발이 많은 일을 했다'는 느낌이 들기 시작한다.

제주도 조랑말. 올레길을 걸으면서 자주 볼 수 있다. 작으면서도 지치지 않고 일 잘하기로는 으뜸이다(왼쪽). 오른쪽은 올레길 주변에서 뜯은 미나리. 미나리를 뜯어 다듬던 60대 부부는 "길 주변에 자연산 미나리가 지천이어서 낫으로 쓱쓱 베면 된다"고 했다.

길은 꺾여서 다시 중산간 지대로 접어든다. 강씨와 다시 자연스럽게 길동무가 된다. 야트막한 오름 수산봉으로 접어들었다. 산기슭에서 북적대는 분위기가 느껴진다. 사찰은 연등과 꽃으로 화려하게 장식을 하고 있다. 절 앞의 길은 자동차와 신도들로 가득하다.

'만8천 신들의 고향'이라는 제주도에서는 불교와 무속신앙의 관계가 육지와 사뭇 달랐다. 육지에서는 불교가 민간 무속신앙의 요소를 받아들이면서 종교의 틀을 유지해왔다면 제주도에서는 무속신앙이 승하고 불교 신앙은 약했다. 제주도 전체를 놓고 보면 무속신앙 속에 불교가 파묻혀 혼재된 양상이었다. 제주도에는 고찰이나 명찰로 이름난 곳이 없다. 올레길에서 본 사찰 대부분은 새로 지은 것들이다.

강씨는 말했다. "절밥을 얻어먹으면 좋겠는데 그런 숫기가 없다." 원래 나도 숫기가 없었으나 기자 생활을 오래하다 보니 나도 모르게 '들이대는' 습관이 몸에 뱄다. 부처님 오신 날이니 틀림없이 절밥 공양을 할 터인데 들이대고 싶어도 시간이 너무 일렀다.

절 아래에서는 물이 넘실댄다. 수산저수지. 용수저수지에 이어 민물 저수지를 또 만난다. 물이 맑고 깨끗하다. 습지를 끼고 있는 한경면 용수저수지와 달리, 수산저수지는 마을 바로 곁에 있어서 그런지 주변이 깔끔하다. 저수지 뚝방 길에서 이어지는 마을은 애월읍 수산리 예원동. 길가에는 하얀 찔레덩굴꽃이, 담 너머로는 하얀 감귤꽃이 경쟁을 하듯 피어 있다. 말 그대로 꽃피는 산골이다.

팽나무 두 그루가 마을 입구에 서서 손님을 맞는다. 파랑과 주황색 지붕을 이고 있는 집들은 얼마나 단정하며 골목길은 또 얼마나 단장이 잘되어 있는지, 과연 이 마을이 우리나라 시골이 맞나 잠시

의심을 하게 된다. 길에서 사람을 볼 수 없다는 것이 유일한 아쉬움이다. 농번기이니 동네 사람 모두 들에 나가 바쁘게 일하고 있을 것이다.

길가에서 덤불을 정리하고 있는 어른이 보여서 인사했더니 반갑게 맞는다. 이야기가 또 시작되어 동행자는 먼저 보냈다. 바람 이야기부터 나왔다. 오늘 부는 바람은 동풍인데 아마도 비를 몰고 오는 바람 같다고, 평소에는 5월에 이렇게까지는 불지 않는다고 했다.

양재헌 씨. 72세. 수산리 예원동에는 지금 50가구 정도가 산다고 했다. 그이는 노지와 하우스를 포함해 감귤 농사만 5천 평 정도 짓는다. 지난 40년 동안 감귤 농사만 지어왔다. 지금도 마을에 기부금 내는 문화가 살아 있는지, 기부금을 낼 일이 있는지 궁금했다.

이 마을에서는 얼마 전 복지회관을 짓기 위해 돈을 다시 모았다고 했다. 동네 사람들은 '놀고 있는' 목장 땅 1~2천 평을 팔아서 마을에 기부했다. "육지에 나가 있는 사람들이 우리보다 곱절은 많이 낸다. 일본에 가 계신 분들은 이제 연로해서 못 도와주시고……"

전형적인 중산간 마을이라 4·3사건 때 마을이 큰 피해는 입지 않았느냐고 조심스럽게 물었다. 그이는 선선히 대답해준다. 일이 벌어질 당시 그이는 여덟 살이었다. 이 동네도 초토화된 130여 마을 가운데 하나였다. "마을이 모두 불타서 우리는 해안가로 피난 갔었다. 산으로 도망갔다가 죽은 사람도 많고. 한국전쟁 이후 3년 만에 올라왔더니 동네가 잿더미였다. 산에서 벤 나무를 등에 지고 와서 집을 지었다. 굶주림과 고생은 이루 말할 수 없었다."

양씨는 "협조심이 있어서"라고 했지만 기부금 문화에 대한 실마리를 본 듯했다. 완전히 잿더미가 되어버린 고향을 일으켜 세우는 일에 일본에서든 육지에서든 이 마을 출신이라면 적극적으로 나설 수밖에 없었을 것이다. 이런 불행을 겪어본 일이 없는 육지 사람들에 비해 고향에 대한 애정의 강도도 훨씬 더 클 수밖에 없을 터이다.

이 동네에는 도시에서 온 젊은 사람들이 있다. "다섯 집 정도 된다"고 양씨는 말했다. "농사를 금방 지을 수 없으니까 농협에서 배우고 마을 사람들한테서도 배우는 중이다. 젊은 사람들이 들어오니 동네가 밝아져서 좋다." 여기서도 중국인의 제주도 러시에 대한 이야기를 듣는다. "서귀포 쪽에는 중국 사람들이 살러도 온다고 하는데, 우리나라 사람은 좋아도 중국 사람은 별로다."

길은 이제 고려 시대 대몽 항쟁으로 유명한 삼별초의 최후 근거지 항파두리로 향한다. 자동차 한 대가 지날 정도의 길에는 아스팔트가 깔려 있고 소나무가 가로수처럼 높게 서 있다. 70대 중반쯤 되어 보이는 노부인이 홀로 천천히 걸어가고 있다. 성당의 묵주를 손에 들고 기도하며 걷는 중이다. 인사를 하니 기도를 멈춘다. 걷는 방향이 같아서 10분 정도를 함께 걸었다.

노부인은 서울에서 제주도로 살러 왔다. 방송사 촬영감독인 아들이 7년 전 처가가 있는 제주도로 먼저 내려왔고, 부모는 4개월 전에 따라 내려왔다. "자꾸 늙어가니까 아들·손자 곁에서 살고 싶었다. 남편이 건강도 좋지 않고…… 아들 집에서 걸어서 30분 되는 거리에 살고 있다."

"심폐이식수술을 받은 남편의 건강이 제주도에 살러 온 이후 좋아져서 다행"이라고 부인은 말했다. 그전에는 호흡도 가쁘고, 자주 쓰러져서 응급실에 실려가곤 했으나 제주도에서는 아직 그런 일이 생기지 않았다. "건강이 좋아진 것은 좋은 공기와 물 때문인 것 같다." 남편은 혼자서 산책도 하고 텃밭도 가꾼다고 했다.

부인은 아들 집에 텃밭을 만들었는데, 오늘은 걸어서 아들 집에 처음 가보는 날이라고 했다. 깊은 숲길을 홀로 걸으며 기도하는 노부인의 모습이 한 폭의 그림 같다. 정난주 마리아 묘지를 지나왔다고 했더니 부인은 그곳도 가보았고 4·3 현장에도 가볼 예정이라고 했다. 천주교 제주교구에서 1년에 한 번씩은 4·3 유적지를 찾아 기도하라고 신자들에게 권유한다는 것이다.

제주도와 천주교의 만남은 1901년 '이재수의 난'이라는 악연으로 시작되었다. 그로부터 102년이 흐른 2003년 제주도민과 천주교는 공식적으로 화해를 했다. 천주교 신자들이 제주도 최대 비극 4·3사건의 현장을 찾아 기도를 바치는 것은 화해의 구체적인 증표이자 실천으로 보인다.

항파두리 성

완만한 고개를 넘어가자 또 난생처음 보는 풍경이 펼쳐진다. 항파두리. 고려 시대 세계 최강의 전투력을 자랑하던 몽골에 저항해 제주도에 들어온 삼별초가 6킬로미터에 걸쳐 쌓은 성이다. 돌로 쌓은 내성과 흙으로 쌓은 외성이 있었으나 지금은 외성의 일부만 남아 있다. 항은 항아리를 의미하며, 파두리는 둘레라는 뜻의 제주어 '바두리'에서 연유했다. 항아리 둘레 모양의 성이라는 뜻이다.

성은 마치 저수지의 둑을 연상케 한다. 토성의 높이는 5미터 남짓하지만 북쪽 바다가 훤히 내려다보이고 가파르다. 성 아래로 내려가 위를 올려다보았다. 성 위에서의 느낌보다 훨씬 더 높아 보인다. 지형 자체가 성을 쌓기에 좋은 곳이다.

기념비와 기념관을 세우고 바닥을 정비하는 등 의외로 잘 꾸몄다는 생각이 들면서도 조금 의아했다. 오늘은 휴일인데 항파두리를 구경하는 사람은 나밖에 없다. 어른 입장료가 5백 원이라고 적혀 있으나 매표원은 없고 매표소 문도 잠긴 듯했다.

눈여겨 둘러보니 '관제' 냄새가 물씬 풍긴다. 1977년 거액을 들여 단장했다는데, 유적지를 문화적으로 조명하지 않고 특정 정권의 홍보물로 꾸미고 이용했을 때 그 결과가 어떻게 나타나는가를 잘 보여준다. 외면당하는 것은 물론이거니와 홍보는커녕 이렇게 두고두고 비판거리나 안겨주는 것이다.

다른 것은 몰라도 토성 하나만큼은 의미가 있고 대단해 보인다. 성 주변의 흙은 붉다. 제주도에서 보기 드물게 기와를 구워낼 만큼 질 좋은 흙이 있는 지역이라고 했다. 그 흙이 있으니 토성을 쌓아올릴 수 있었다. 『탐라기행』(학고재, 박이엽 옮김, 1998)을 쓴 일본 작가 시바 료타로에 따르면, 그 양식 또한 세계에서 유례를 찾아볼 수 없는 독자적인 것이라고 한다.

북쪽을 보니 아래로 들과 마을이 연이어 멀리 애월 바닷가까지 펼쳐진다. 옆으로 보면 토성은 능선처럼 구불구불 이어진다. 성은 허물어져 빈터인데, 그 빈터는 들로 변해 밭농사를 짓고 있다. 성이 흙이어서 정감이 가고 밭으로 연결되니 더 좋아 보인다.

항파두리 성을 오르는 올레길이 잘 정리된 공원 숲길 같다면, 동쪽으로 이어지는 곳은 자연 그대로의 야생적인 숲길이다. 곶자왈 속을 걷는 듯하다. 숲이 얼마나 깊은지 하늘이 보이지 않는다.

숲에서 나오자마자 항파두리 성을 정복하고 백 년 가까이 제주도를 통치한 몽골의 흔적이 눈에 들어온다. 작으면서도 일 잘하는 제주도 조랑말 두 마리가 들판에서 풀을 뜯고 있다. 13세기 '대몽골제국' 말의 흔적은 이렇게 제주도에만 남아 있다. 물을 긷는 '허벅'을 진 제주 여인 돌상이 하나 서 있다.

16코스의 종점 애월읍 광령1리에 거의 다다랐다. 동네 입구에 사찰이 하나 있는데, 역시 초파일을 맞아 사람들로 붐빈다. 마당은 연등으로 가득하다.

혹시나 하고 들어갔더니 역시 점심 공양 시간이다. 그냥 들어가기

제주도 보리밭은 뭍과는 다르게 참 아름답다.
검은 밭담에 둘러싸여 있고, 바람이 많이
불어 늘 물결치는 풍경을 보여주기 때문일 것이다.

가 뭣해서 아무나 붙잡고 허락을 얻었다. "들어가도 됩니까?" 식당에는 신도 수백 명이 앉아서 식사를 하고 있다. 그 속으로 자연스럽게 스며들었다. 옆에 앉은 신도들이 내 차림을 보고 "많이 드시라"며 음식을 권한다. 고기보다 훨씬 고급스러운 나물 반찬으로만 이루어진 뷔페식 공양이었다. 상추·고추 등 야채가 싱싱하다. 오이생채국과 떡볶이도 있다. 밥맛이 아주 좋았다. 떡과 과일, 커피까지 제대로 얻어먹었다.

향림사였다. 절에서 나오면서 "착하게 살겠습니다"라고 합장하는 것으로 고마움을 표했다.

17코스

광 령 - 산 지 천 올 레

제주 도심도
걸을 만하다

"장이야, 장이야, 장이야, 장이야~"

17코스가 시작하는 광령1리 사무소. 그 옆에 있는 경로당 문을 열고 들어서니 장기 두는 소리가 쩌렁쩌렁 울린다. "큰일났쪄, 큰일났쪄, 죽어버렸네" 하는 소리가 이어진다. 어른들 10여 명이 모여 있는데 모두 장기판에 집중하고 있어서 외부인이 들어오든 말든 아무도 거들떠보지 않는다.

소파에 빈자리가 있기에 슬쩍 앉았다. 함께 장기판을 들여다보며 옆에 앉은 김장헌 씨(74세)에게 슬금슬금 말을 붙였다. 광령1리가 몇 가구나 되느냐는 질문에 "5백 가구 됨시까?" 하고 답하는데, 옆에서 바로 반박이 이어진다. "제일빌라하고 합쳐서 973가구." "아녀, 그건 빼야지." "973가구 맞다니까?" "어쨌거나 중산간에 이리 큰 마을은 없어. 납읍이 우리만할까?"

제주시와 맞닿아서 그런지 농촌이어도 인구가 줄어들지 않는 모양이다. 5분 거리에 있는 다리(광령교) 하나만 넘으면 제주시라고 했다. 김장헌 씨는 30년째 감귤 농사를 짓고 있다. 그전에는 특이하게도 벼농사를 지었노라고 했다. 밭에서 나는 쌀 '산디'가 아니라 육지에서처럼 논에 물을 대고 정식으로 짓는 일반 벼농사였다.

"광령의 쌀농사는 제주도 전체에서 알아줬다. 한라산에서 내려오는 물을 받아 수로를 만들고 논에 물을 댔다." 김씨는 말했다. "가뭄 때 물싸움도 하고, 다른 사람이 우리 물 터갈까봐 밤새 지키기도 했다." 육지의 쌀농사와 똑같았다. 쌀은 집에서 먹기도 하고 바치기도 했다.

벼농사 짓던 논을 감귤밭으로 바꾼 것은 채산성 때문이다. 육지에서도 벼농사 짓던 논을 고추밭이나 사과밭 등으로 바꾼 곳이 많다. "벼농사는 힘들어서 다 치워버렸다. 이곳은 밭농사도 별로 없고 주로 감귤 농사만 짓는다." 김씨는 5남매를 두었으나 모두 도시에 나가 산다고 했다. "귤 농사는 1정(3천 평)을 하는데 여든까지는 일할 생각이다"라고 김씨는 말했다.

김씨는 나오는 내게 바나나 하나를 들려주었다. 등 뒤로 또 큰 소리가 들린다. "이제부텀 장기가 기분 나쁘게 되에 가아안다, 잉~" "까불고 있어~" "어쩌고저쩌고 하안다, 잉~"

월령교를 건너자 제주시로 들어가는 큰 도로가 나온다. 큰 도로의 차량 물결을 보니 도시 분위기가 확 밀려온다. 왼쪽으로 꺾어 들어가자 어디에 도시가 있었냐는 듯 깊은 숲과 계곡이 이어진다. 논농사에 물을 대준 하천이 바로 이것인 듯한데, 무수無水천이라는 이름과 다르게 물이 끊이지 않고 흐른다. 위에서 졸졸 내려오는 물도 있지만 중간에서 솟는 것 같기도 하다. 천 주변에는 널찍널찍하게 구획된 밭들이 있다. 밭담이 특이하다. 돌들이 물에 깎인 듯 동글동글하다. 돌을 깎아낼 만큼 오랫동안 많은 물이 이곳에 흘렀다는 얘기다.

아파트 단지와 보리밭이 오버랩되는 도농 접경 지역. 도시와 농촌이 섞여 있다. 상수도 보호구역이라는 곳을 지나자 졸졸 흐르던 실

광령1리 경로당에서 장기를 두는 마을 어른들. 장기 두는 소리가 쩌렁쩌렁 울린다(왼쪽). 오른쪽은 월대 앞 외도천의 깊은 웅덩이. 초여름의 쌀쌀한 날씨인데도 아이들은 물속에 들어가 놀고 있다.

개천이 강물처럼 변한다. 외도천이다. 지나가던 50대 중반쯤 되는 동네 사람에게 "늘 물이 흐르느냐"고 물어보았다. "제주도 천은 대부분 건천인데 여기는 상시 용천이다"라고 그는 말했다.

하류로 내려갈수록 물이 많아진다. 외도천 바닥에서 용천수가 솟아오르는 모양이다. 과거에 선비들이 앉아서 달을 보며 시를 읊었다는 월대月臺 앞에는 폭 10미터가 넘는 깊고 큰 웅덩이가 만들어져 있다. 5월 17일 초여름의 약간 쌀쌀한 날씨인데도 물에 들어가 멱을 감는 아이들이 있다. 바깥에 나와서는 이를 부딪혀가며 덜덜 떨면서도 시퍼런 입술을 한 채 다시 물속으로 풍덩 뛰어든다. 아이들답게 노는 아이들을 정말 오랜만에 본다.

월대 앞 숲길이 장관이다. 수백 년 수령을 헤아리는 팽나무와 소나무로 이루어져 있다. 가지가 구불구불한 노송과 팽나무 가지가 외도천으로 뻗어 있는 풍경에 이어 민물과 바다가 만나는 광경을 볼 수 있는 아름다운 숲길이다.

외도교 아래로 외도천은 흐르고 그 너머로 다시 바다가 보인다. 5월 17일 걷기는 여기서 끝내기로 했다. 22킬로미터를 걸었다. 오후 4시였다.

제주에 눌러앉은 사연들

5월 18일 일요일. 오전 7시에 게스트하우스에서 아침을 먹었다. 토스트를 만들고 있는데 주인 정성진 씨가 나온다. 30대 중반의 젊은 가장. "다섯 살, 세 살짜리 두 아이를 전원에서 키우고 싶어서" 서울에서 직장을 그만두고 제주도로 살러 왔다. 7개월째라고 했다. "아버지 도움을 받아 게스트하우스를 짓고 운영 중인데, 3년쯤 지나야 손익분기점을 넘길 것 같다." 지금은 많이 벌어 풍족하게 사는 것보다는 자연이 주는 혜택을 누리며 살자는 쪽에 초점을 맞추고, 그저 알뜰하게 살고 있다고 했다.

방이 여덟 개인 2층 건물인데 여섯 명이 함께 쓰는 공동 침실에서도 잠자리가 편안했다. 여기서 사흘 밤을 지냈다. 버스가 집 앞을 지나고 욕실, 인터넷, 분위기 등에서 불편함이 거의 없었다. 시설이 깨끗하고 좋아서 그런지 몰라도 손님이 많았다. 대부분 20~30대 젊은 층이다. 하긴 내 또래만 하더라도 게스트하우스보다는 펜션을 선호하는 편이다.

전날 저녁에 여행객 몇 사람과 이야기를 나누었다. 그들은 이구동성으로 제주도를 "꿈의 섬"이라고 했다. 여행 방식이 바뀌어서 지금

쑥밭과 보리밭과 바다. 선명하게
대비되는 색깔이 아름답다. 제주
시로 들어가는 길에서 만난 풍경
이다(위·가운데). 제주시가 독
일 로렐라이 시와 우호협력을 맺
은 것을 기념해 기증받은 로렐라
이 요정상. 로렐라이 시에는 돌하
르방이 서 있다(아래).

은 각자 주제를 정해서 구석구석 들여다보는 여행이 주류를 이룬다. 그같은 새롭고 독창적인 여행에 눈을 뜨게 한 것이 제주올레라고 했다. 젊은 여행자들은 올레길을 걷다가, 오름에도 올랐다가, 차를 빌려 드라이브도 하는 등 자기들만의 독특하고 경쾌한 방식으로 여행을 하는 중이다. 올레길을 천편일률적으로 우직하게 걷는 이들은 50대 이상 장년층이 대부분이다.

버스를 타고 어제 오후까지 걸었던 17코스 외도교로 향했다. 이른 아침 버스에는 어디로 일을 하러 가는지 60~70대 승객들이 유독 많이 보인다.

올레길은 외도교를 지나 다시 바다로 나간다. 어제 외도천 근처의 밭담들도 그랬지만 바닷가 돌들도 작고 동글동글하다. 제주도 해안이 신기하게도 날카로운 현무암도 아니고 모래도 아닌 자갈로 이루어져 있다. 50만 년 전 이 동네로 흐르던 큰 하천이 만들어낸 돌들이라고 했다.

바닷가에 아침 산책을 나온 동네 아주머니가 보인다. "어디서 오는 길이냐?"며 관심을 보인다. 68세. "58세로 보이십니다"라고 했더니 "뭐 먹고 싶어?" 하며 이야기보따리를 잔뜩 풀어놓는다. 올레길 걸으면서 말을 재미있게 하는 이야기꾼을 여럿 만난다. 그이도 마찬가지였다. 내용 또한 감동적이다. 바람을 맞으며 마주선 채로 30분 이상 이야기를 들었다. 그이의 말을 거의 그대로 옮긴다. 반말투였지만 어색하지 않았다.

"아저씨, 몇 살이래? 뭐? 오십? 완전 어리네. 우리 막내가 오십넷인데. 내 고향? 응. 인천. 그니까 여그 온 지 벌써 25년 됐네. 그때

나 혼자 와서 여그서 쭉 살어. 여그는 이호동인데 이 동네가 싸더라
고. 왜 혼자 왔냐고? 믿을랑가 몰겠는데 죽으러 왔어. 마흔둘에.
자세히 말하기는 그렇고, 그때 스트레스가 너무 심해서 딱 죽고 싶
은 거야. 나 돌아댕기는 거 좋아하거든. 죽기 전에 제주도 구경이나
하고 죽자 하고 차비만 달랑 들고 왔지 뭐야. 근데 저거 누구 집 개
야? 혼자 댕기면 차에 치이는데. 밤에는 맥주병 하나 들고 다녔지,
뭐. 건드리는 놈 있으면 머리통 후려갈기려고. 근데 아무도 안 건드
려. 참 이상한 거 있지. 댕기다 보니 마음이 저절로 치유가 되는 거
야. 고통 주는 사람들 눈에서 멀어지니까 차츰 아픔이 잊혀지는 거
있지. 스트레스는 인간이 주는 거잖아, 자연은 안 주잖아. 그때부터
여그서 기냥 눌러앉았네. 최진실 아들 딸, 여그 국제중에 온다잖여.
잘 오는 겨. 자연은 상처 안 주고 풀어주니까. 몸으로 일하자고 맘만
먹으면 일거린 많어. 난 학력이 없으니 청소, 애기 보기, 식당 일 다
해봤어. 마음 병은 다 나았는데 나이 드니까 성인병 생기는 거야. 아
이, 지겨워. 이젠 몸이 아파서 죽겠어. 그제도 서울 병원에 댕겨왔네.
여기 여자들? 말도 마. 아주 무서워 죽었어. 낮에는 직장 댕기고 밤
에는 자기 텃밭 매. 우리 뒷집 아줌마는 팔십서이여, 올해. 서귀포에
귤 따러 간대잖아. 한 달씩이나. 숙식 제공하고 하루 오만 원 준대.
올레길? 걷는 거 좋아해서 모슬포부터 여그까지 싹 걸었지. 이 동네
올레길이 젤 후져. 젊은 사람들 살러 많이 오지. 먹고사는 건 자기
하기 나름이여. 몸으로 일하겠다고 해봐. 일거리는 쌨어. 내 이름?
뭐 비싼 거라고 숨긴대? 임병애여. 나 첨에 여기서 기절할 뻔했잖아.
자기 아들 며느리 같이 살면서 밥은 따로 해먹더라니까. 한집에서도

같이 안해먹어. 육지에서 보면 그런 몰상식이 어딨어? 근데 시간이 지나고 보니까 그게 합리적이야. 시어머니들이 그러더라고. 며느리들하고 살면 배가 고프대. 옛날에는 식량이 없잖아. 젊은 애들이 일을 많이 하니까 많이 먹고 노인들은 적게 먹는데, 더 달라고 할 수도 없잖아. 그래서 따로 먹기 시작했대. 허허허. 아이구, 저거 진짜 뉘 집 개래? 저리 혼자 댕기다 치고 말지. 오늘 밤 비 온대. 그래, 살펴가.”

'후지다'는 이야기를 들었으나 걸어보니 17코스가 과연 후진 길인가 싶다. 도시 변두리의 개성 없는 마을을 지나기도 하지만, 변두리 풍경마저도 나 같은 이방인의 눈을 즐겁게 한다. 더불어 길은 바다와 들을 들락거린다. 빨강색과 흰색 조랑말 등대가 멀리 보인다. 해수욕장이 나타나는가 하면 솔밭 텐트촌이 등장한다. 소나무 아래 자리잡은 텐트들이 구경거리이다. 캐나다 주립공원의 깊은 숲속에서 텐트를 치고 야영한 경험이 많아서 웬만한 야영지는 부러워하지 않는다. 그러나 이곳만큼은 달랐다. 해송을 머리에 이고 텐트는 바다를 바라보고 있다. 지금은 붐비는 시기가 아닌 듯 공간의 여유도 보인다. 솔잎을 통과한 빗방울이 텐트 위로 떨어지는 소리. 바다 소리와 섞여 들리는 그 소리는 얼마나 근사할까.

들길에서 올레길을 걷는 40대 부부를 만났다. 남편이 공무원이다. 10년 전 발령을 받아 부산에서 제주도로 왔다. 부인은 피아노를 가르치고 있다. “3년만 살다 가려 했는데 살다 보니 좋아서 그냥 눌러앉았다”고 남편은 말했다. 무엇이 좋은가에 대한 그이의 답변이 재미있다. “외국말 안해도 되는 외국 같지 않습니까?”

이곳에 눌러앉은 가장 큰 이유는 자녀들 교육 때문이다. "인구 대비 최고의 대학 진학률을 기록하는 곳이 제주이다. 또 유해 환경이 없어서 좋다. 아이들이 어디에 있는지 부모 눈에 훤히 보인다."

애향비를 세우는 사람들

도두동. 제주시의 평범한 마을로 보인다. 올레길은 여기서도 우회하지 않고 마을 중간으로 들어간다. 도시인데도 돌담 골목길은 이어지고, 팽나무들이 마을을 수호하듯 곳곳에 서 있다. 도두항 옆에 어촌계 사무실이 있기에 쉬면서 간식도 먹을 겸 들어갔다. 마을 남자네 명이 앉아서 또 류현진이 등판하는 야구 중계를 보고 있다. 동전을 찾고 있는데 한 남자가 와서 동전을 슥 집어넣더니 커피를 뽑아 준다. "손님인데 이 정도는 대접해야죠." 대화 내용으로 보아 뱃사람인 40대 남자의 말과 표정은 무섭도록 무뚝뚝했다. 그러나 정은 뚝뚝 떨어졌다.

도두道頭는 섬의 머리라는 뜻이다. 육지를 향한 섬의 머리여서 제주국제공항이 가깝다. 표고 65미터밖에 안 되는 도두봉을 오르면서 바다와 도두항, 마을 풍경에 감탄하는 와중에 이착륙하는 비행기 소음이 퍽 거슬린다. '이 동네 사람들은 어떻게 사나?' 싶었더니 역시 공항으로 인해 피해를 입은 마을이 나타난다.

도두2동 몰래물 마을. 바닷가에 애향비를 세운 '몰래물쉼터'라는 이름의 작은 공간이 보인다. 일제강점기에 비행장을 건설해 주변 농토와 가옥이 강제 수용당하면서 이 마을은 1차로 분산된다. 애향비는 이를 '치욕'이라고 적고 있다. 광복 이후 토지를 되찾고 부지런히 살아오던 중 1978년 제주공항이 국제공항으로 승격하면서 마을의 절반이 수용된다. 남은 사람들도 소음 공해 때문에 더 이상 살 수 없게 되어 마을은 사라졌다. 마을 사람들은 주변 마을로 흩어졌다.

이 내용이 '몰래물 향우회 애향비'에 적혀 있다. 몰래물 사람들은 '우리 고향을 지키지 못한 것이 후회'되어 마을의 전통과 미풍을 영원히 기리기 위해 20년 만에 애향회를 결성하고 비석을 세웠다.

제주도의 애향심은 기부금 문화로만 나타나는 것이 아니다. 마을이 사라진 후 20년 만에 찾아가서 마을에 대한 기억을 후손들에게 물려주기 위해 마을의 역사를 기록한 애향비를 세운다. 마음에서나

일명 닥그네마을 유적비. 이 마을 사람들은 1980년대 비행장 확장 공사와 비행기 소음을 피해 모두 마을을 떠났다. 뿔뿔이 흩어져 사는 이 마을 사람들은 해마다 5월이 되면 이곳에 모여 고향에 대한 그리움을 달랜다.

마 고향이라는 뿌리를 보존하려는 눈물겨운 노력이다.

바다에는 물질을 하는 해녀들의 테왁이 10여 개 떠 있고 하늘은 푸르고 맑다. 유홍준 씨가 우리나라는 전 국토가 박물관이라고 한 적이 있는데, 제주도는 도 전체가 전시장이다. 올레길을 따라 어디를 가든 신기하고 의미 있는 볼거리가 있다. 제주시가 독일 로렐라이 시와 우호협력을 맺은 것을 기념하여 기증받은 로렐라이 요정상이 서 있는가 하면(로렐라이 시에는 돌하르방이 서 있다), 해변 근처에 솟아나는 용천수가 이어지고, 빌레(너럭바위) 위에 바닷물을 가두어 소금을 만든 제주식 염전 '소금 빌레'도 보인다.

제주도의 중산간 지역에서는 4·3사건 당시 불타고 없어진 마을들을 여럿 보았다. 광복 이후 제주도에서 사라진 마을은 왜 이리도 많은가. 물래물 마을에 이어 마을이 또 하나 사라졌음을 알리는 애향동산이 나온다. 여름철 얼음처럼 차가워서 유명했다는 용천수 닥그네물. 그 옆에 용담3동 닥그네마을을 추억하는 애향동산과 유적비가 서 있다.

해마다 5월이 오면 닥그네마을 사람들은 이곳에 모여 "망향의 그리움을 달래고 언젠가는 다시 향토로 돌아올 것을 기약한다"고 유적비에 적혀 있다. 1942년에는 일제의 비행장 땅으로 수용, 한국전쟁 때는 포로수용소로 징발, 1980년대에는 공항 부지로 수용. 이후에는 소음 때문에 생활 불가. 닥그네마을의 현대사이다.

올레길 곁에 '예비검속희생자 위령비' 팻말이 보인다. 또 무슨 희생자인가 싶어 올레길을 벗어나 안내판을 따라갔다. 5분 정도 걸어가니 위령비가 나온다. 한국전쟁 당시 제주도의 예비검속자(공무원·

교사·학생·보도연맹원·농민·부녀자) 학살 사건이 10코스의 섯알오름 쪽에서만 벌어진 줄 알았다.

제주시 쪽에서는 그보다 더 큰 비극이 발생해 비문을 읽어 내려가는 것조차 힘이 들 지경이었다. 한국전쟁이 일어나자 제주경찰서 관할 세 개 읍면(제주읍·조천면·애월면)에서는 천 명이 구금되었다. 그중 5백여 명은 배에 태워져 먼 바다에서 수장되었고, 나머지 수백 명 또한 속칭 '정뜨르'(제주비행장)에서 학살, 암매장되었다고 증언자들은 밝혔다. 노략질을 한 왜구도 아니고 공산주의자로 판명된 '빨갱이'도 아닌 일반 국민들이 이렇게 희생당했다. 바로 그 혼령들을 위무하는 위령비이다. 이런 참상이 벌어진 것도 끔찍하지만, 사건 발생 후 50년이 넘어서야 이 사실이 비로소 알려졌다는 것도 끔찍하기는 마찬가지이다.

기자가 되어 1990년대 중반 다랑쉬굴에서 발견된 4·3 피해자 유골을 취재하러 온 적이 있었다. 그때 제주 사람들은 "광주 사람들이 부럽다"고 했다. 청문회가 열리고 진상이 많이 밝혀지고 폭동이 아닌 '광주민주화운동'으로 명예가 회복되었기 때문이다. 공교롭게도 길을 걷는 오늘이 광주항쟁이 일어난 5월 18일이다. 제주 사람들이 광주 사람들을 왜 부러워했는지 이 위령비 하나만 봐도 알 수 있다.

제주 도심을 걷다

이제, 용두암이다. 제주도에서 가장 유명한 관광지 중의 하나인데 올레길을 걸으며 관심사가 달라져서인지 크게 궁금하지는 않다. 그

'바닷물 속에서 용천수가 무진장 터져나와 만들어졌다'는 용연. 예전의 모습을 많이 잃어버렸
다고 하지만 여전히 푸르고 신비로워 보인다.

동안 제주도에 올 때마다 숱하게 구경했기 때문일 것이다. 용두암
아래 바닷가를 지나는데 관광객들로 붐빈다. 예나 지금이나 싱싱한
해산물을 바닷가에서 썰어 파는 곳은 인기가 높다.

　길은 바로 용연으로 이어진다. 한라산에서 발원한 수맥이 지하로
스며들었다가 바닷가에서 터지는 용천수, 그중에서도 바닷물 속에
서 무진장 터져나오는 곳이 바로 용연이다. 물속에 용이 산다는 용
연은 예전의 모습을 많이 잃어버렸다고는 하지만 이방인의 눈에는
여전히 푸르고 깊고 신비로워 보인다. 양안에 기암절벽과 파란 물빛
이 어우러져 빚어내는 수려한 경관. 서귀포 쪽의 쇠소깍과 비슷한
모습이다.

이제 길은 제주 시내로 본격적으로 접어든다. 길은 제주시의 중심지인 제주목 관아와 관덕정으로 향한다. 탐라국 시대부터 제주 행정과 권력의 중심지였던 제주목 관아는 2002년 1차 복원이 완료되어 말끔한 모습을 하고 있다. 그 앞에 서 있는 관덕정. 세종 때 세워져 중건·보수를 번갈아 하다가 지금은 17세기의 모습으로 남아 있다. 건물들보다 더 보고 싶었던 것은 관덕정 앞 광장이었다.

제주도에 자주 왔으면서도 관덕정 광장을 알고 찾은 적은 한 번도 없었다. 올레길은 평소 몰라서 볼 수 없었던 제주도의 다양하고 중요한 모습을 보여준다. 제주도의 관광 명소는 많이 보았으나 제주도의 역사적 명소를 접하는 것은 이번이 처음이다. 관덕정 광장은 제주의 심장이라 불린다. 광장은 큰 사건의 시발점이었으며 비극적인 종결지이기도 했다. 기념식이든 정치 집회든 행사는 으레 여기서 열리고, 큰일이 발생하면 제주 사람들은 여기로 모여들었다고 했다.

관덕정 앞 광장은 예상했던 것보다 좁았다. 신도시가 되는 과정에서 광장이 마당으로 오그라들었다고 했다. 관덕정 양쪽에 버티고 서 있는 돌하르방 2기가 제주도에 남아 있는 옛 돌하르방 47기 중에서 가장 빼어난 작품이라고 했다. 관덕정 앞 돌하르방들은 돌하르방 하면 떠오르는 전형적인 모습들을 하고 있다. 소박·순박해 보이면서, 무뚝뚝하고 자꾸 보면 웃음을 짓게 하는 제주도의 전형적인 할아방들이시다.

제주시로 진입하면서 나는 새로 지은 제주목 관아 같은 큰 건물보다 여전히 살아 있는 작은 가게들에 눈이 더 갔다. 대형 슈퍼마켓이 할인 물량 공세를 펴는 이 시대에 토마토 여덟 개, 참외 여섯 개, 계

제주시 동문시장. 올레길은 시장 안으로 이어지는데, 해산물과 농산물이 풍성하게 나와 있는 제주도에서 가장 큰 시장이다(왼쪽). 오른쪽은 제주시에서 먹은 함흥냉면. 사리를 하나 더 얹었다. 만 원.

란 한 판, 말린 생선 들을 진열해놓고 파는 작은 구멍가게가 골목에 살아 있다는 것이 신기하고 재미있다. 골목에서 길을 잃어 유흥가도 덤으로 구경할 수 있었다. 대낮의 유흥가는 참 을씨년스러웠다.

동문시장을 향하는데 도저히 그냥 지나치지 못하게 하는 식당이 눈에 들어왔다. 함흥냉면집이다. 건물이며 간판에서 풍겨나는 '포스'를 느낄 수 있다. 역시 손님으로 가득 차서 합석을 해야 했다. 사리까지 하나 추가해 배부르게 먹었다. 비빔냉면인데도 자극적이지 않아서 좋다. 사리 포함 만 원.

동문시장 쪽으로 가다가 길을 잃었다. 도심에서는 길을 잃어도 별로 당황스럽지가 않다. 거기가 거기이기 때문이다. 물어물어 오현단을 찾았다. "제주도에 유배되었거나 관인으로 내려와 민폐 제거와 문화 발전에 기여한 조선 시대 다섯 분을 기리기 위해 만든 제단"이라고 했다. 비석들이 소박하게 서 있는 모습, 김상헌, 송시열 같은 알 만한 분들의 이름이 보인다. 서울에서 만난 제주도 출신 남자들

대부분은 오현고 출신이었다. '오현'이 무엇을 의미하는지 이번에 처음 알았다.

제주도 최대, 최고 시장이라는 동문시장으로 접어든다. 올레길 안내 리본은 잘 보이지도 않고, 볼 필요성도 별로 느끼지 않는다. 그저 시장을 돌아다니다가 17코스 종점 산지천 마당을 물어서 찾아가면 되겠지 싶었다. 재래시장은 언제 가도 사람을 흥분시킨다. 동문재래시장은 농산물에 건어물, 싱싱한 해산물까지 가세해 더욱 풍성해 보인다. 어디를 가든 먹거리, 볼거리가 지천이다. 가장 인상적인 것은 눈부시게 빛나는 길다란 은색 갈치들이다. 은빛이 어찌 저리도 곱고 화려할 수 있을까 싶다. 구수한 냄새를 풍기는 장터국밥 한 그릇, 고기국수 한 그릇이 간절했으나 냉면으로 배를 채워 더 이상 먹을 수가 없었다.

눈 구경이라도 배부르게 하자 싶어 동문시장을 이리저리 몇 바퀴 돌았다. 돌다 보니 올레길 리본이 보였다. 17코스 종점 산지천 마당이다.

18-1 코스

추 자 도 올 레

제주도 속의 '전라도'
추자도

제주연안여객터미널에서 오후 2시에 배에 올랐다. 추자도로 가는 한일페리호 606톤짜리 배이다. 배는 속도를 못 느낄 정도로 느리게 움직였다. 승객은 그리 많지 않고 배낭을 멘 올레꾼 차림의 사람은 없었다.

날씨는 좋고 바다는 아름답다. 고동 소리를 길게 울리며 배가 도착했음을 섬에 알린다. 버스가 한 대 서 있고 사람들은 버스에 오른다. '항구가 중심지일 텐데 왜 버스를?' 하며 나는 버스를 타지 않았다. 추자도에는 상추자도·하추자도 두 군데에 항구가 있다. 오후 배는 하추자도 신양항으로 들어가고, 오전 배가 추자도의 중심지인 상추자도 추자항으로 간다. 올레길도 상추자도에서 출발한다. 나는 몰라서 버스를 놓친 셈이다. 버스는 한 시간 후에나 온다고 했다. 그냥 앉아서 기다리기보다는 어차피 올레길로 이어지니 거슬러 올라가기로 했다.

거꾸로 걷기는 또 처음이어서 조금 헤매고 있는데, 산책을 하고 있는 동네 주민이 눈에 들어온다. 길을 묻자 그이도 지금 올레길을 걷는 중이라며 함께 가자고 했다. 신양2리 뒷산을 지나 묵리라는 곳까지 20여 분 동안 동행을 했다. 부산 말을 하는 부인은 건강이 나빠진 남편을 따라 추자도에 쉬러 왔다가 "3개월만, 1년만 하다가 13년째 살고 있다"고 했다. 연배는 일흔은 안 되어 보였다.

"남편이 사업을 하다가 정리했었다. IMF 지나고 다만 몇 개월이라도 마음 편히 살자고 찾아온 곳이 추자도이다. 남편이 사업을 하면서 낚시 접대를 많이 했는데, 접대가 아니라 자기가 즐기고 싶다고 해서 추자도로 왔다. 추자도는 낚시 천국이다."

그이는 "놀기도 그렇고 하여" 낚시점을 운영하고 있다. "이곳은 문화와 음식이 제주도와 완전히 다르다. 전라도라고 보면 된다." 처음에는 그이가 외지인이라고 동네 사람들 중에 까다롭게 구는 사람이 한둘 있었다. 지금은 이웃들과 뭐든지 갈라먹고 사는 추자도 주민이 되었다.

언덕에 올라서니 동네가 하나 보인다. 동네가 얼마나 편안하고 예쁘게 자리잡고 있는지 언덕에서 보기만 해도 "와~" 하는 감탄사가 절로 나온다. 묵리는 산과 언덕 속에 폭 파묻혀 있다. 제주도처럼 지붕을 파랑과 주황색으로 칠해서 마치 만화영화에 나오는 마을을 보는 듯했다. 멀리 바다 위에 세로로 길게 누운 햇살이 보인다. 생선 비늘처럼 반짝반짝 눈부시게 빛난다.

동네는 규모가 제법 크다. 골목이 여러 갈래로 나뉘어서 잘못 들면 길을 놓치기 십상이다. 이 동네에도 역시 어른들이 많다. 마당에서 미역을 말리는 어른과 길도 물을 겸 이야기를 나누었다. 미역은 바다에서 따온 자연산인데 사흘을 말려서 판다. 킬로그램당 만7천 원을 받는다고 했다.

내가 캐나다에서 왔다고 했더니 "한국말 잘합니다, 잉~"이라고 말했다. 전라도 말투이다. 올해 76세인 송아무개 씨는 "예전엔 5천 명쯤 살았는데 지금은 젊은이들이 바깥으로 다 나가고 2천 명 정도 된다"고 말했다. 이곳에서 태어나 지금까지 줄곧 살아왔다는 그는 예전에는 고구마와 감자 농사도 더러 지었으나 지금은 소도 없고 젊은이도 없어서 농사를 짓지 않는다고 했다. 추자도는 1910년 전라도 완도군에서 제주도로 편입되었다. 그러나 "추자도는 풍속도 전라도고 음식도 전라도 음식이다. 추자도 음식을 알아준다"고 송씨는 말했다.

추자도는 이곳 묵리를 포함해 모두 여섯 개 리로 구성되어 있다. 추자군도 가운데 사람이 사는 섬은 모두 네 개. 상추자도와 하추자도에 많이 살고, 서른여덟 개 섬은 무인도이다. 상도라 불리는 상추자도에는 사람이 많고, 하도라 불리는 하추자도는 면적이 넓다. 묵리는 하도에 속한다.

해질 무렵이어서 미역을 걷는 손길들이 바쁘다. 추자항 가는 길이라고 알려준 쪽으로 갔더니 올레길이 아니라 자동차 도로이다. 올레길은 어차피 내일 걸을 예정이어서 차도로 그냥 질러가기로 했다.

차도 바로 아래에 검은색 천을 뒤집어쓴 양어장이 보인다. 여기서는 또 무엇을 키우나 싶어 들어갔다. 양어장이 맞기는 한데 '중간 육성장'이다. 양어장은 원래 바닷물만 사용하는 것이 아니라 지하수를 필요로 한다. 여름 바닷물은 28도까지 오른다. 양어장은 17도 지하수로 바닷물을 식혀 22~23도를 유지해야 한다. 추자도에는 지하수가 나지 않아 5~6개월 중간 크기까지 키워서 제주도로 옮겨간다. 총 1년을 키우면 광어는 상품이 되어 나간다.

추자도의 소박하고 예쁜 섬마을. 추자도는 이곳 묵리를 포함해 모두 여섯 개 리로 구성되어 있다.
추자군도 마흔네 개 섬 가운데, 네 개 섬에 사람이 살고 있다.

"우린 제주도 깍쟁이라 불러"

추자항이 보이는 도로의 언덕에서 파를 말리는 팔순 할머니를 만
났다. 어부였던 남편은 30년 전에 돌아가시고, 그이는 얼마 전까지
물질을 하며 살았다. "예전에는 여기 남자들이 농사지으면서 배를
탔는데 지금은 안한다. 그저 식당·민박 영업들을 한다." 할머니는
"깔짝깔짝 몸을 움직여야 덜 아파서" 텃밭을 가꾸며 일을 이렇게 조
금씩 하고 있다.

말투가 완벽한 전라도 사투리이다. 제주도와 전라도, 어느 쪽을
가깝게 여기는지 물어보았다. 풍속·말투·음식 모두 전라도풍이
니 정서적으로는 전라도 사람이라 여길 수도 있기 때문이다. 할머니

| 추자도 올레 | **369** |

는 말했다. "우린 제주 사람이지. 그런데 인심이 좋고 안 좋고를 떠나서 제주도 사는 사람들은 순조롭지가 않아. 그래서 우리는 제주도 깍쟁이라 불러"라며 웃었다.

상추자도 대서리의 추자항이 있는 동네는 식당과 가게 등으로 규모가 꽤 커 보였다. 길을 등진 채 바다를 향해 홀로 앉아 있는 사람이 보인다. 외국인 노동자이다. 한국말은 더듬거리고 영어는 아예 못한다. 방글라데시 출신으로 아내와 한 살짜리 아들이 있다. 2년 계약으로 문어잡이 배를 타고 있는데, 아침 6시부터 하루 열두 시간씩 일한다. 오늘은 쉬는 날이다. 한국말이 서툴러서 더 이상 대화가 진척되지 않는다. 그는 휴대폰으로 어디론가 계속 전화 통화를 시도하고 있다. 방글라데시의 집에 전화를 거는 것 같았다.

전화를 거는 방글라데시 노동자의 등을 보니 떠오르는 것이 있다. 캐나다 토론토에는 1960년대 독일 광부로 일하러 갔다가 바로 이민을 온 이들이 많다. 1960년대 독일에서 한국 출신 광부들도 저렇게

추자도의 저녁 밥상. 금방 잡아 올린 생선회, 참게 된장국, 갈치조림, 멸치젓갈 등의 반찬이 올랐다. 한 사람당 5천 원.

등을 보이며 공중전화를 붙잡고 있었을 것이다.

제주올레 18-1 게스트하우스에 짐을 풀었다. 게스트하우스라고 하지만 여럿이 쓰는 방이 아니라 작은 방 하나를 내준다. 저녁식사 또한 게스트하우스 아래층 식당에서 했는데 참게 된장국에 갈치조림, 멸치젓갈 그리고 생선회가 나왔다. 진수성찬이다. 생선회는 올레지기인 김정일 씨가 방금 낚시로 잡아 올린 것이라고 했다. 이름은 물어보지 못했다.

추자도 출신인 김씨는 어릴 적에 서귀포에 나가 살다가 10년 전에 귀향했다고 했다. 서동성 전 탐사국장과의 인연 때문에 올레지기로 자원봉사 중인데, 제주올레길을 내고 다듬고 관리하는 일을 도맡아 하고 있다. 애초에 제주올레 탐사대와 함께 길을 냈으나 지금은 올레지기가 탐사대 역할을 대신하고 있다. 본도에서 너무 멀리 떨어져 있기 때문이다.

2011년 올레길은 일단 포장도로 중심으로 개통한 뒤, 더 좋은 옛길을 찾아 잇는 방법으로 계속 진화 중이다. "추자도를 찾는 관광객이 1년에 만2천 명 정도였으나 올레길이 생겨난 이후 6만 명이 온다"고 올레지기는 말한다.

밤 9시께 인터넷을 보려고 식당에 다시 내려왔더니 내 또래로 보이는 남자가 혼자 소주를 마시며 늦은 식사를 하고 있다. 무슨 사연이 있기에 추자도까지 홀로 여행을 왔나 싶어서 그와 술자리를 함께하며 이야기를 나누기 시작했다.

박아무개 씨. 50대 초반. 모 연구소에서 일하는 박사 연구원이다. 최근에 우울증 증세가 있어서 병가를 내고 여행을 다니는 중이다.

숲길과 섬 위주로 제주올레를 걷고 싶어 제주도에는 열흘 예정으로 내려왔다.

"연구소에 있다 보니 연구-보고-발표-평가로 모든 것이 이루어진다. 평가에 연연하지 않는 게 살길이다 싶어서 최선을 다한다는 걸로 위안을 삼으며 살아왔다."

얼마 전 박씨 앞에 장벽이 하나 등장했다. 심포지엄 연구 발표를 준비하다가 갑자기 눈앞이 하얘지는 경험을 했다. 과거, 그의 논문을 심사했던 교수가 토론자로 나오게 되었다는 것이다. 박씨의 졸업을 한 학기 늦추게 한 심사위원이었다.

"20대 때의 두려움이 30년이 지난 지금까지 남아 있을 줄 몰랐다. 그 두려움 때문인지 뭔지 모르겠지만 지금까지 살아온 관성 같은 것이 한꺼번에 무너지는 느낌이었다. 내면에 깊숙이 숨어 있던 트라우마가 발동하는 것 같았다. 아무것도 할 수 없었다."

박씨는 숨 쉬는 것조차 힘들었노라고 했다. 발표는 당연히 다른 사람에게 넘겼다. 정신과 치료를 받고, 여행을 하며 되돌아보니 보이는 것이 있었다. "모든 것이 경쟁이고, 제3자의 평가에 의해 이루어지는데 나는 그걸 회피했다. 최선만 다하면 된다는 식으로, 문제를 제대로 보려 하지 않고 그저 나 혼자 만족하며 살아왔다. 남의 평가를 의식하지 않는다고 생각했지만 실제로는 거기에 연연해왔다는 사실을 알게 되었다. 문제를 적극적으로 풀려고 하지 않고 수동적으로 방어만 해왔는데, 그것이 하나의 계기를 통해 터진 것이다."

박씨는 제주도에 내려와 걷고 쉬면서 생각을 많이 정리했다고 말했다. 자기 문제를 이렇게 분명하게 이야기하는 것을 보면 트라우마에서 조금 벗어난 것 같기는 했다. 1980년대 초반에 대학을 다녔다는 그이는 말했다. "우리 세대에게는 직장이 온실이나 마찬가지였다. 취직하기도 쉬웠고…… 우리 후배들은 취직할 무렵 혹독한 IMF 시기를 거쳐서 맷집들이 아주 세다. 그 아래는 더하고…… 우리가 힐링을 이야기하면 후배들은 잘 이해하지 못할 것이다."

내 생각도 그랬다. 더 치열해진 입시경쟁에, 고액 등록금에, 한없이 높아지는 취업 문턱에, 갈수록 살벌해지는 경쟁에 내몰린 후배 세대에 비하면 한국의 50대는 편하고 행복하게 살아왔다. 송호근 서울대 교수는 한국의 50대 베이비부머를 『그들은 소리내 울지 않는다』(이와우, 2013)는 책을 써서 변호했지만, 우리 두 사람은 "그들은 징징대고 있다"는 데 동의했다. 박씨처럼 방어만 하면서 살아도 살 수 있는 세상이었으며, 어떤 계기로 방어기제가 무너지자 이렇게들 당황하고 있다는 것이다. 우리는 서로의 이름과 소속, 배경에 대해 묻지 않았다. 그저 여행지에서 자연인으로 만나니 말이 잘 통했다.

짙은 안개 속에 만난 추자도

이튿날 아침 6시에 숙소를 나섰다. 17.5킬로미터의 거리에 코스 난이도가 '상'이다. 제주도로 나가는 배가 오후 3시에 있어서 조금 서둘렀다. 마음 급하게 다니느니 일찍 출발해 느긋하게 걷는 편이 나을 듯싶었다.

추자초등학교 오른편에서 최영장군사당을 거쳐 봉글레산(표고 85.5미터)으로 향한다. 고려 공민왕 때 몽골 세력을 제주도에서 몰아낸 최영 장군의 흔적은 추자도에서도 보인다. 정벌군은 제주도로 향하던 중 풍랑을 만나 추자도에 잠시 머물렀다. 그 사이에 최장군은 어망을 만들어 고기 잡는 방법을 가르쳐주었는데, 추자도 사람들은 제를 올리며 지금도 감사를 표하고 있다.

언덕에 오르니 나뭇잎 사이로 바다가 나타난다. 작은 섬 하나가 안개 사이로 아스라이 보인다. 소나무 사이로 내려다보이는 추자항 풍경이 좋다. 출항을 준비하는 어선들이 떠 있다. 일부러 숨을 크게 쉬며 언덕 위로 나 있는 길을 따라간다.

추자항에서 이어지는 마을의 지붕을 향해 길은 아래로 뻗어 있다. 이 동네에서도 지붕 색깔을 일부러 맞춘 듯 주황과 파랑의 원색으로 빛난다. 슬라브집 옥상은 대부분 '포리스트 그린'이라는 짙은 초록색이다.

오전 7시. 마을에서 길을 잃었다. 이른 시간 동네 사람들은 텃밭을 돌아보려고, 바다에 나가려고 분주한 모습이다. 추자천주교회 앞에서 동네 사람들에게 길을 물었다. 그런데 가리키는 방향마다 올레길이 아니어서 낭패를 당했다. 제주도에서와는 달리 동네 사람들은 올레길을 잘 모르고 큰 관심이 없는 듯했다. 이럴 때는 정석 플레이를 해야 한다. 리본이 있는 곳으로 되돌아가는 것이 가장 안전하고 빠른 길이다.

안개는 더 짙어지기 시작한다. 새벽안개는 해가 뜨면 옅어지는 법인데 어찌된 일인지 여기서는 그 반대다. 동네 집들은 낮은 지붕을 하고 다닥다닥 붙어 있다. 골목을 돌아 다시 산길로 접어든다. 소나무 아래 펼쳐진 오솔길이 예쁘다.

새벽, 추자도는 안개에 잠겨 있었다. 시간이 지날수록 안개는 점점 더 짙어져서 나중에는 전방 20미터도 보이지 않았다. 안개는 카메라에까지 스며들었다. 이틀 동안 물기가 마르지 않아 사진 왼쪽이 부옇게 나왔다. 바로 그 안개 사이로 보이는 추자군도의 무인도. 숨이 턱 하고 막힐 만큼 아름답다(위). 추자도의 활어 보관 창고 겸 천연 양어장인 가두리. 거대한 설치미술 작품처럼 보인다(아래).

산의 정상. '절기미 절골'이라는 이름이 붙어 있다. 깎아지른 절벽이 눈에 들어온다. 안개는 점점 더 짙어져서 먼 바다 풍경은 아예 보이지도 않는다. 발아래 펼쳐진 바다에 네모 열 개, 동그라미 일곱 개가 그려져 있다. 바다 위에 그려진 도형은 마치 거대한 설치 미술을 연상케 한다. '활어 보관 창고' 겸 양어장인 가두리이다. 겨울철에 대량으로 잡히는 방어와 참치 종묘 등을 살아 있는 상태로 보관하면서 출하량을 조절하는 시설이다. 참치의 천연 양어장이기도 하다.

상추자도에서 가장 높은 곳에 있는 추자 등대에 올랐다. 그 사이에 안개가 더 끼어서 발아래만 간신히 보일 뿐이다. '추자군도 마흔두 개 한눈에 담아 가세요'라는 안내판을 보니 이 지점에서 보는 풍경이 최고일 듯하다. 그런데 지금은 20미터 앞도 보이지 않는다.

상도와 하도는 추자교로 이어진다. 다시 묵리로 향하는 산길. 키작은 나무들로 숲이 이루어져 있지만 산길은 근사하다. 섬에 이런 길이 있다는 것도 신기하고, 이런 길을 찾아내 걷게 만든 것은 더 신기하다. 마을 뒤 대나무 숲도 장관이다.

묵리슈퍼 앞에서 스탬프를 찍고, 슈퍼에서 라면으로 아침을 해결했다. 묵리에서 신양2리로 넘어가는 길. 어제 넘어온 길이지만 다시넘어도 새롭다. 소나무 아래 붉은 흙 위로 길은 이어지고 억새밭 사이를 지난다. 나무 아래에 기다란 교회 나무 의자가 놓여 있다. 쓰레기를 여기다 버렸나 싶었더니 그게 아니다. 앉아서 쉬라는 의자이다. 이후에도 세 개를 더 보았는데 교회 의자답게 잠시나마 앉아 안식을 취할 수 있었다.

어제 배에서 내려 나에게 길을 일러주었던 분의 낚시 가게가 눈에 들어온다. 그곳에서 차를 얻어 마시며 30분 가까이 머물렀다. "남편은 처음에 낚시를 잘 못했다. 그냥 바다를 가만히 바라보는 것만으로도 좋다고 했다." 부인은 추자도에 온 지 3~4년 정도 지나자 남편이 사업하다 망가진 몸과 정신을 회복했고, 이제는 귀 어두운 것을 빼고는 건강하게 잘살고 있다고 말했다.

자리에서 일어서는데 "밥을 대접해야 하는데 준비한 게 없어서……"라며 진심으로 아쉬워한다. 집에 손님이 오면 밥을 먹여 보내려 하는 인심, 우리나라에나 있을 법한 그 따뜻한 인심이 제주도나 추자도에는 아직도 이렇게 살아 있다.

신양리 마을을 거의 벗어날 무렵 벼락치듯 하는 목소리가 하늘에서 들린다. 올려다보니 슬라브집 옥상에서 어른 한 분이 큰 소리로 전화 통화를 하는 중이다. 목소리가 하도 크고 괄괄해서 말도 아주 잘하겠다 싶어 옥상으로 올라갔다. 세 사람이 모여 우뭇가사리를 말리면서 이야기를 하는 중이다. 우뭇가사리인데 이들은 이를 '천초'라고 했다. 말투는 역시 전라도 사투리다.

"추자도는 제주도인데 전라도 말을 쓰시네요?"라며 모른 척하고 말을 걸었다. 목소리 큰 남자가 이야기를 시작했다. 역시 예상한 대로 좋은 이야기꾼이다.

김아무개 씨는 완도군이 고향이다. 열네 살에 이곳에 와서 50년을 살았다. 그이는 기억을 더듬었다. "추자도가 목포 생활권에서 제주 생활권으로 바뀐 게 언제지? 40년은 넘은 거 같은데?" 예전에는 목포로 자식들을 유학 보냈는데, 김씨 본인은 네 딸 모두 제주시로 보냈다는 것이다. 장녀가 올해 마흔이다.

예전에는 보리농사를 짓다가 지금은 어업에 종사하고 있다. 조기, 삼치, 방어가 많이 난다. "참조기는 억만 나버리지. 많이 나서 값 떨어진다고 못 잡게 할 정도니까. 삼치는 일본으로 다 보내고." '억만' 은 '엄청'을 의미하는 것 같았다.

지금 옥상에서 말리는 천초는 아침에 바다 바위에서 뜯어온 것이라고 했다. 술집 고급 안주로 들어가는데 킬로그램당 3만 원을 넘게 받는다고 했다. 일하는 사진을 찍으려고 했더니 "찍지 마, 찍지 마" 하며 거부한다. "어르신이 아니라 천초 찍으려고요" 했더니 옆에 있는 사람이 한마디 거든다. "찍어봐야 못 쓸 겨. 저 친구 인물 땜에."

황경한의 묘

길은 풀과 덩굴이 우거진 수풀로, 산길로 다시 이어진다. 안개는 여전하다. 산길 오르막에는 나무 계단이 만들어져 있다. 나뭇가지를 바닥에 박아 넣은, 산길에 잘 어울리는 계단이다. 길을 낸 사람들의 정성이 느껴진다.

'천주교 황경한의 묘'라는 팻말이 오솔길에 나타나고, 잘 단장된 황경한의 묘지가 보인다. 11코스에서 정난주 마리아의 묘를 보았다. 제주도 유배길에 두 살배기를 포대기에 싸서 바위틈에 몰래 내려놓았다는, 바로 그 정난주 마리아의 아들의 묘이다. 황경한의 묘는 제주도 천주교 전래 백주년을 기념하여 공원으로 조성되었다. 제주도에 유배 온 어머니와 아들의 묘가 동시에 성역화하고 공원으로 만들어진 것이다.

올레길을 걸으면서 모자의 묘지를 다 둘러보게 된다. 생전에 어머니와 아들은 눈물로 서로를 그리워했을 것이다. 출생의 비밀을 알고 난 뒤 황경한은 제주도에서 배가 들어올 때마다 어머니의 안부를 물었다는 이야기가 추자도에 전해진다. 젊은 아들이 남몰래 섬을 빠져나가 어머니를 만났을 법도 한데, 어머니는 관노요 아들은 어부 신분이었던 만큼 전해지는 이야기는 없다. 어머니가 살던 곳에서부터 이곳까지 온 내가 아들 황경한에게 "어머니 뵙고 왔습니다. 편안하게 잘 계십니다"라는 소식을 전한다는 느낌이 든다. 아들의 묘 앞에 서니 모자의 그리워하는 심정이 애틋하게 와 닿는다.

문제가 하나 보인다. 정난주 마리아 아들의 이름이 황경한黃景漢인가 황경헌黃景憲인가. 묘비에는 황경한, 묘지를 설명한 돌 안내판에는 황경헌이라고 적혀 있다. 인터넷으로 자료를 찾아보니 두 이름이 다 나온다. 나는 묘비에 적힌 이름을 따르기로 했다.

길은 해안가로 이어진다. 황경한의 묘에서 시작해, 황경한이 추자도 '창원 황씨 입도조入島祖'가 되어 살다 간 예초리까지 절경이 이어진다. 동백나무가 군락을 이루고 나무 사이로 안개를 거느린 쪽빛 바다가 모습을 언뜻언뜻 드러낸다. 제주도 해안이 숯처럼 검은 곳이 많은 반면, 추자도에서는 검은색이라고는 찾아볼 수 없다. 뭍의 해안과 같은 화강암으로 이루어져 있다.

예초리 마을에 들어서자 돌담에서도 검은색은 보이지 않는다. 붉고 하얀색이 섞여 있는 날카로운 화강암이 촘촘하게 쌓여 있다. 구멍이 숭숭 뚫려 바람을 통과시키는 제주도 돌담과 달리 추자도 돌담에는 빈틈이 없다.

돌담길을 돌아 예초리로 들어서자 동네 사람들이 너른 길바닥에서 우뭇가사리 말리는 작업을 하고 있다. "여기 황경한 자손 계십니까?"하고 큰 소리로 물었다. "마을 맨 위로 올라가면 집이 나온다"며 손으로 산 쪽을 가리킨다. 골목을 따라가다가 길을 잘못 들어 산까지 올라가버렸다. 산에 있는 밭에서 할머니 한 분이 허리를 구부리고 일을 하고 있다.

"황경한 자손 댁이 어느 쪽입니까?"

"지대로 찾아오셨네. 내가 그 집안 며느리요. 내가 여그 있는 줄 어찌 알고 찾아왔소?"

김정례 씨. 아흔인지, 아흔 하나인지 "너무 오래 살아서 낫살도 잘 모른다"고 했다. "우리 시아버지 계실 때도 입도조(황경한) 이야기를 잘 안해주셨다. 시어머니 말씀이, 오씨 어부가 데리고 와서 키웠고, 그래서 그때부터 오씨는 한집안이라 생각해서 혼인 안한다고 했다."

40년 전에 어부였던 남편을 먼저 보냈다는 김씨는 물질을 해서 딸 넷, 아들 둘을 키우고 독립시켰다. 예초리에서도 가장 높은 곳에 자

정난주 마리아의 아들 황경한의 묘. 11코스에는 어머니 묘가 있고 추자도의 18-1코스에는 아들의 묘가 있다(왼쪽). 황경한 집안의 며느리 김정례 씨가 조상이 포대기 속 아기로 추자도에 들어왔던 지점을 손으로 가리키고 있다(오른쪽).

리잡은 그이의 집은 방 두 개짜리 독채에 마당이 꽤 너른 편이다. 시집올 때부터 줄곧 여기서 살았다고 하니 과거 황경한이 터를 잡은 집이 아닐까 싶었다. 이 집에서는 장남 부부와 함께 살고 있다. 황경한의 자손은 6세손까지 이어졌다는데, 황사영의 집안인 창원 황씨와는 교류가 없다고 했다.

황경한은 물론 그 후손도 추자도에서 평범한 어부로 살아왔다. 천주교에서 정난주 마리아를 신앙의 증인으로 기리게 되면서 황경한의 묘지도 새로 단장했다. "성당 사람들이 데리러 와서, 그때부터 나도 성당에 다니다가 지금은 허리가 오그라져서 못 다녀요."

바닷가 식당 앞에서 어떤 이가 낚시를 하고 있다. 차림새로 보아 동네 사람 같은데, 놀랍게도 낚시를 던지기만 하면 팔뚝만한 고기가 물려 올라온다. 바다를 들여다보니 물 반, 고기 반이다. 이건 낚시가 아니라 숫제 양어장에서 고기를 건져 올리는 수준이다. 추자항 식당에서 물어보니 숭어라고 했다. 식당 주인은 삼치 같은 좋은 고기들이 많아서, 섬 낚시에서는 숭어가 고기 축에 끼지도 못한다는 말도 보탰다.

164미터라는 돈대산 정상에 올랐다. 추자도에서 가장 높다는 이곳에서 사방을 둘러보았다. 안개는 아래쪽으로 여전히 짙어서 바다는 보이지 않는다. 돈내산에서 내려와 이제는 더 올라갈 산은 없겠다 싶었다. 이번에는 온달산이라고 했다. 추자도를 일컬어 '섬 속의 첩첩산중'이라더니 산이 많다. '또 올라가?' 하며 투덜대는데 길이 절묘하게 이어진다. 산으로 오르지 않고 해안가를 따라 폭이 1미터쯤 되는 길이 산 중턱으로 끊길 듯 끊길 듯 계속 이어진다. 올레길과 해안선 사이에는 신작로가 나 있다.

길옆에는 묘지들이 있다. 걸으며 살펴본다. 이 길은 새로 낸 길이 아니라, 추자도에 사람이 살기 시작한 이래 수백 년 동안 사람들이 밟고 다닌 길이다. 흙이 단단하고 반질반질하다. 상추자도에서 하추자도의 예초리를 오가는 길. 이 길을 찾아서 복원한 올레지기 김정일 씨는 말했다. "나무와 덤불로 덮여 있어서 10미터 내는 데 나흘이 걸리기도 했다." 오른쪽으로는 바다를 보며, 솔잎 향기 맡으며, 새소리·파도 소리를 들으며 소나무 아래를 걷는 길이다.

추자교를 건너 추자항을 향한다. 지금부터는 아스팔트 도로이다. 새벽부터 움직였더니 몸이 조금씩 처지기 시작한다. 다리를 건너 언덕을 오르는데 어디선가 귀에 익은 아름다운 선율이 흘러나온다. 모차르트 피아노협주곡 21번 제2악장 안단테. 음악을 따라갔더니 제주소방서 추자119지역센터가 나온다. 소방관이 음악을 틀어놓은 모양이다. 그 앞에서 음악이 끝날 때까지 바다를 바라보며 한참을 앉아 있었다. 더없이 편안하고 행복했다.

18코스

산 지 천 - 조 천 올 레

제주도와 해병대 사이에
무슨 사연이 있기에?

제주시 동문로터리 산지천 마당에서 18코스는 시작된다. 제주 도심이어서 사람들의 왕래가 잦다. 도시의 한복판에 있는 산지천은 제주시에서 제주항 쪽 바다로 향하는 그리 길지 않은 하천이다. 폭 20미터 정도 되는 천을 따라가다 보면 동문교·광재교·북성교·산지교 등의 근사한 다리들을 차례차례 만난다. 파리의 센강을 떠올리게 하는 풍경이다. 다리 아래로는 늘 푸른 물이 흐른다.

산지천 주변 작은 광장에는 해병대 관련 시설물이 설치되어 있다. 자동차들이 오가는 동문로터리 한가운데 서 있어서 일반인들이 그 내용을 자세히 들여다보기 어려운 '해병혼海兵魂 탑'을 설명하기 위해 이곳에 따로 세운 시설물이다. 동문로터리 같은 도시 중심지에 왜 하필이면 해병대의 혼을 기리는 탑이 서 있을까? 그 점도 심상치 않거니와, 접근성이 떨어진다는 이유로 산지천 마당에 탑의 내용을 알리는 시설물을 굳이 설치했다는 사실 또한 예사롭지 않다. 해병혼 탑을 세운 이유를 반드시 알려야겠다는 의지를 느낄 수 있다.

소설가 현기영의 성장소설 『지상에 숟가락 하나』(실천문학사, 1999)에는 이런 대목이 나온다.

"(4·3사건으로) 타고 남은 섬 땅의 죽고 남은 사람들, 그중에서도 청년들의 희생이 막심하여 태반이 죽었는데, 이번엔 그 나머지 청년들에게 (6·25전쟁) 출정 명령이 떨어졌다. 맨 먼저 출정한 것은 도 내 중학생들로 구성된 해병 3기였다. 단시일에 이루어진 벼락치기 징집이었는데, 대부분이 15세 이상 십대 후반의 앳된 청소년들이었다. (……) 지옥 같은 섬 땅에 갇혀 있을 바에야 차라리 전쟁터에 나가 몸 던져 싸우다 죽는 것이 낫지 않느냐는 자포자기가 있었다. 그랬다. 섬 땅의 젊은이들에게 뒤집어씌워진 '폭도'의 누명을 벗는 길은 오직 출정밖에 없었다. 이렇게 해서 탄생된 해병 3기와 4기는 그 전쟁의 최대 모험인 인천상륙작전에 투입된 이래, 최악 조건의 전투들을 여러 차례 승리로 이끌어 국내외에 명성을 떨쳤음은 이미 전사에 기록된 바다. (……) '귀신 잡는 해병'이라고 했고 '무서운 아이들'이라고 했다. 무엇이 그들을 불퇴의 용사로 만들었던가."

미국이 '레드 아일랜드'로 지목한 후, 총인구 10분의 1에 해당하는 3만 명이 살육당한 제주 섬의 10대들. 그들은 '빨갱이' 누명을 벗기 위해, 또 눌러앉아 있다가는 언제 죽을지 모를 섬에서 벗어나기 위해 출정했다. 바로 그들이 성공 확률 5천 분의 1에 불과했다는 인천상륙작전의 선봉에 섰다는 것은 역사의 아이러니다. 제주도 청년들은 공산 폭도이기는커녕, 한국전쟁의 대세를 뒤집는 인천상륙작전에서 혁혁한 전공을 세운 반공 전쟁영웅인 것이다.

4·3사건 당시 한라산 밑 동굴에 숨어 있던 도피자들은 선무공작으로 상당수가 귀순했다. 마침 한국전쟁이 일어나고 해병대 모병이 있자, 귀순자들 또한 너도 나도 입대를 자원했다. 그들에게도 빨갱이 누명을 벗을 수 있는 절호의 기회였기 때문이다. '귀신 잡는 해병'이라고 용맹을 떨친 초창기 해병대는 이렇게 제주도 출신 3만 명을

주축으로 이루어진 것이다.

해병혼 탑은 종전 7년 후인 단기 4239년(1960년) 4월 15일에 건립되었다. 탑에 기록된 내용 중에서 "10대의 젊은 이 고장 학도들" "세기의 전사에 찬란한 인천상륙작전은 대한민국의 운명을 반석에 안치케 하였다" "영구불멸의 상징의 탑을 이 고장 한라록에 세우노라"라는 내용과 의미가 선명하게 읽힌다. 해병대는 제주도와 이렇게 깊은 인연을 맺고 있다.

당시 출정했던 제주도 해병 중에는 여성 스무 명이 끼여 있었다. 남학생들은 전선으로 떠나면서 호소했다고 한다. "누이들 몫까지 맡아서 우리가 더욱 용감하게 싸울 테니 제발 누이들일랑 고향에 보내달라." 그 탄원 때문만은 아니겠지만, 직제에도 없이 강제 차출된 한국 최초의 여성 해병대는 진해훈련소에서 모진 훈련만 받고 전투에는 투입되지 않았다.

제주도에는 '죠낭 정신'이 있다

산지천 천변길은 제주항으로 이어진다. 이곳에는 산지항 유물 출토터, 김만덕객주터, 옛 건입포, 제주주정공장터 등의 존재를 알리는 안내판이 즐비하게 서 있다. 예부터 육지를 향해 열린 가장 큰 관문이었던 까닭에 이 주변은 제주 그 어느 곳보다 붐볐다. 지금은 제주항연안여객터미널이 자리를 잡고 있다.

'거상 김만덕의 얼이 살아 숨 쉬는 건입동'이라는 글씨가 벽에 자랑스레 쓰여 있다. 건입동을 지나 사라봉으로 향하는데, 오른쪽으로 모충사 안내판이 보인다. 김만덕의 묘가 그곳에 있다고 했다. 올레길을 벗어나 5분 정도 걸어가자 모충사가 나온다. 사찰인 줄 알았는데, 사찰이 아니라 지은 지 40년이 채 안 된 사당이다.

모충사는 1909년 제주의병항쟁 기념비, 독립운동을 하다가 1920년에 옥사한 순국지사 조봉호 기념비와 더불어 거상 김만덕의 묘를 모셔놓은 곳이다. 김만덕(1739~1812)은 1795년(정조 19년) 대흉년 때 전 재산을 털어 제주도의 기아민을 구휼한 의인이다. 당시 세계적으로 화산이 폭발하고 이상 기후를 보이면서 제주도에도 3년 동안 전례가 없는 대흉년이 들었다.

정조는 김만덕에게 의녀반수라는 벼슬을 내리고 궁궐과 금강산 구경을 시켜주며 크게 치하했다(당시에는 제주도에 출륙금지령이 내려져 제주 사람은 누구도 섬 바깥으로 나갈 수 없었다). 김만덕의 묘는 제주성내가 내려다보이는 건입동에 있었으나 1977년 시가지를 확장하면서 모충사로 옮겨졌다. 유해는 묘탑에 안치하고 묘비와 상석, 동자석, 망주석 등의 석물은 김만덕기념관 옆에 따로 모아놓았다.

기근으로 죽어가는 제주 백성들의 목숨을 살린 거상 김만덕의 의로운 행동은 공동체 의식이 투철한 제주도 고유의 전통 문화와 깊은 연관이 있어 보인다. 올레길을 걸으면서 어느 동네를 막론하고 기부 문화가 활성화한 것을 목격했다. 김만덕의 구휼은 비상 상황에서 특히 빛나는 제주 기부 문화의 상징으로 보인다.

일제강점기에 일본으로 노동품을 팔러 간 제주도 사람들이 고향 발전을 위해 기부를 하는 문화가 제주도에 갑자기 생겨난 것은 아닐 터이다. 캐나다 이민자인 나는 타국에서 돈을 만들어 고향에 보내는

제주도 북쪽 길을 걷다 보면 고유의 초가집이 눈에 많이 띈다.
강한 바람 때문에 집들이 야트막하다. 새(띠)로 덮은 지붕이 날아가지
않도록 끈으로 꼭꼭 싸맨 것이 인상적이다.

것이 얼마나 어려운 일인가를 잘 안다. 정직하게 말하자면 돈을 보내기는커녕 그런 발상조차 쉽게 하지 못한다.

외국에서 굶주림 속에 중노동을 하여 모은 돈을 부모 형제도 아닌 마을 공동체에 희사한다는 것은 거의 기적과 같은 일이다. 한국에 생겨난 수많은 트레일 가운데 오로지 제주올레길만이 민간의 기부를 바탕으로 만들어지고 운용된다는 것이 결코 우연한 일이 아니라는 사실을 김만덕의 묘 앞에서 다시 한번 확인한다. 제주올레길에는 김만덕으로 상징되는 제주도의 깊은 문화가 흐르고 있는 것이다.

올레길은 제주올레가 자랑하는 명품 코스인 사라봉과 별도봉의 산책로로 이어진다. 왼쪽으로 제주 앞바다를 바라보며 오름의 중턱을 끼고 길게 이어지는 길은 이루 말로 표현할 수 없이 아름답다. 일요일이어서 그런지 산책 나온 사람들이 많이 보인다.

다시 제주 4·3사건의 상처가 나타난다. 당시 마을 자체가 초토화되어 집터만 남아 있는 곤을동이 있던 자리. 바다를 향해 별도봉 기슭에 편안하게 자리잡았던 이 동네에는 집을 둘렀던 돌담만이 남아 과거 사람이 오랫동안 살았던 마을이었음을 알려준다.

길은 화북동으로 이어진다. 동네가 크다. 예전에는 5백 호를 헤아렸으나 지금은 5천 호나 되는 큰 동네이다. 편의점 여주인의 말을 들으니 제주교대와 오현고등학교가 있고 중학교 두 개, 초등학교 세 개가 있는 전형적인 교육 도시여서 인구가 많이 늘었다.

1950년생인 편의점 주인은 이 동네에서 "구멍가게를 하면서 3남매 대학 공부까지 시켰다"고 말했다. "대단하다"고 했더니 "워낙 척박한 땅이다 보니 제주도 사람들이 강하다"고 답했다. "제주 사람들이 겉으로 조금 딱딱해 보이는 것은 바로 그 강한 생활력 때문이다.”
그이는 제주도에는 '죠낭 정신'이 있다고 했다. “생활력 강하고 단단하게, 짠돌이같이 지독하게 절약하는 정신을 죠낭이라고 한다.” 자식들도 부모들에게서 그 정신을 배워서 어딜 가든 단단하게 산다는 것이다.

부모는 자식들에게 “절대 뒷걸음치지 말고 앞으로 나가라”고 교육을 시킨다고 했다. 제주도 전통의 죠낭 정신이 높은 교육열과 결합되어 제주도 사람은 어딜 가든 교육 수준이 전국 평균을 훨씬 웃돈다고 그이는 자랑한다. 가게 주인은 말했다. “그런데 안타까운 건 요즘은 바깥 물을 먹어서 그런지 죠낭 의식이 자꾸 옅어지고 있다. 그리고 좀 참고들 살지 이혼은 왜 그렇게들 많이 하는지……”

가게에 들르기 직전 바다 곁 마을 정자에서 동네 어른들이 모여 막걸리를 마시는 것을 보았다. 올라갈까 하다가 분위기가 심각해 보여 그냥 지나쳤는데, 가게에서 나오자마자 정자에서 내려온 그분들과 마주쳤다. 첫마디가 심상치 않다.

“왜 혼자 다녀?”

“예?”

“왜 혼자서 왔냐고? 같이 안 오고……”

“예~에~”

말을 튼 김에 아까 지나쳤던 곤을동 마을에 대해 물어보았다. 한 어른이 말했다.

“곤을동 말할 것도 없다. 내가 꼭 곤을동 꼴이다. 내가 열세 살 때, 군인들이 할아버지 할머니 할 것 없이 집안 어른들을 트럭에 모두

태웠다. 나는 울면서 따라가는데, 트럭이 출발하자 할아버지가 우리 어머니를 트럭 밖으로 탁 차버렸다. 너는 남아서 애들 키우라고. 트럭에 실려간 어른들 중에 살아 돌아오신 분은 없다."

10남매였다. 홀로 남은 어머니가 자식들을 다 키워서 일본에 간 형도 있고 뭍에 나가 사는 형제도 있다. 넷째였던 그이는 1956년 해군에 자원입대해 20년을 근무했다. 약간의 술기운 탓인 듯 이야기를 거침없이 쏟아냈다. "어른들 그렇게 돌아가신 것도 억울한데 연좌제에 걸려서 참 오랫동안 고생했다. 상사 계급장을 달고 월남전에도 다녀왔다. 하도 억울해서, 이를 갈면서 군대 생활 열심히 했다. 지독하게 버텨서 정년퇴직하고 지금은 연금을 받고 산다."

삼양동 검은 모래 해변을 지난다. 현무암이 산산이 부서져 모래가 된 듯 검은색이 신비롭다. 길가의 집에서 할머니 한 분이 빨래를 말리는 모습이 보인다. 올해 연세가 91세. 특이하게도 뒷집에서 앞집으로 시집을 와서, 이 집에서만 70년 넘게 살았다고 했다.

"땅이 많아서 예전부터 부자였다. 우리 집은 농사를 지었는데, 보리·마늘·쪽파를 주로 했다. 예전 그 어려운 시절에도 우리 집은 안 굶었다. 굶는 사람들 불러서 먹여줬다. 우린 배가 안 고프니 집에 점심을 해놓고 밭에서 일하는 사람들을 부르곤 했다."

제주도 사투리를 써도 할머니는 발음을 또박또박 한다. 내가 외지인이라고 구순 할머니가 말을 하면서 배려를 하는 게 느껴진다.

할머니는 부잣집 며느리였으나 밭에 가서 남들처럼 열심히 일을 했다. 10남매를 두었는데 홍역으로 절반을 잃었다. 몇 년 전에 남편을 먼저 보내고 집에서 혼자 살게 된 이후, 옆집에 사는 둘째 아들

네가 조석을 끓여준다고 했다. 할머니는 정정하다. 비결을 물었더니
"쉬지 않고 일을 해서 그렇다"고 했다.

길은 원당봉으로 이어진다. 세 개 능선과 일곱 개 봉우리로 이루
어졌다고 해서 삼첩칠봉三疊七峯이라 불린다. 올레길이 지나가는 오
름의 중턱쯤에 불탑사라는 절이 있다. 원래 이 자리에는 몽골(원)이
제주도를 통치하던 시절인 고려 충렬왕 26년(1300년) 칭기즈칸의 손
자며느리 기황후가 아들 낳기를 소원하며 지은 원당사元堂寺가 있었다.

기황후는 몽골에 공녀로 끌려갔던 고려의 여인이다. 고려 출신의
내시들과 '연합'하여 "몽골 부족에서만 황후를 세우라"는 칭기즈칸
의 유언에도 불구하고 순제의 황후 자리에 올랐다. 그녀의 오라비인
기철은 원을 등에 업고 고려에서 세도를 부리다가 원의 세력이 약화
된 뒤 공민왕에 의해 처단된 인물이다.

이후 원당사는 화재로 사라졌고 그 자리에 1914년에 불탑사가 중건되었다. 불탑사 안에 있는 오층석탑은 세계에서 유일한 현무암 석탑이자 제주도에서 유일한 불탑이다. 기황후가 아들 낳기를 소원하며 세웠다고 전해지지만, 탑을 제작한 석공은 고려 사람일 터이며 탑의 재료 및 양식 또한 이 땅의 것이다. 오층석탑은 날렵하면서도 소박한 아름다움을 보여주고 있다.

오층석탑이 조성되어 있는 정원이 좋다. 감귤나무·배롱나무·동백나무·대나무가 그윽한 분위기를 자아낸다. 언제부터인가 '잘생긴' 탑을 보면 마음이 차분하게 가라앉는 느낌이 든다. 새소리·바람 소리가 들린다. 탑을 바라보며 정원 안에서 한참 동안 머물렀다. 정원에는 아무도 없었다.

봉지 커피 한잔

신촌리로 향한다. 제주시에서 조천읍으로 넘어가는 경계에서 제주올레 주황색 모자를 쓴 올레지킴이를 만났다. 권오택 씨. 올레지킴이는 제주시로부터 교통비 정도의 지원은 받지만 자원봉사나 다름없는 일을 하고 있다. 18코스에서는 삼양동 세 명, 조천읍 세 명이 격일로 번갈아 나온다.

권씨는 은행에서 정년퇴임한 후 올레아카데미 등을 거쳐 올레지킴이로 2년째 일하고 있다. 지킴이가 하는 일은 올레꾼 안내와 보호. 외진 곳에서 올레꾼과 함께 걸어주는 일도 중요한 임무이다.

"18코스는 역사의 길이다. 역사를 알고 걸으면 참 재미있다"고 권씨는 말한다. 삼양동 선사유적지에 대한 이야기부터 시작되어 18코스 올레길에 녹아 있는 오래된 이야기를 길 위에 서서 한 시간 넘게 들었다. 정년퇴임하기 수년 전부터 제주도 역사를 공부해왔다는 그이는 무슨 질문을 해도 막히는 법이 없었다. 나는 길을 걸으면서 가졌던 많은 궁금증을 풀었다.

권씨의 이야기 가운데 제주도 할머니들에 관한 대목이 인상적이다. 예부터 제주도 남자들은 군역과 부역, 해산물 진상 등으로 자기 집안일을 돌볼 겨를이 없었다. 감옥 같은 섬에 갇혀 혹독한 부역과 진상에 시달리다 못해 뭍으로 도망가는 일이 잦아지자, 조선 정부는 인조 7년(1629년) 8월 13일 제주도민이 육지로 나가는 것을 금지하는 출륙금지령을 내렸다. 제주도를 바다 위에 떠 있는 진짜 감옥으로 만들어버린 것이다. 제주도 사람들은 남녀 불문하고 모두가 빠삐용 신세였다.

군역과 부역, 진상품 조달에 죽도록 시달리는 남자가 짬을 내어 할 수 있는 집안일이라고는 마소를 몰아 밭갈이하는 것 정도밖에 없었다. 나머지는 모두 여자의 몫이었다. 권씨는 말했다. "영화 「지슬」에 나오는 가수 양정원이 부르는 「삼춘」이라는 노래 중에 '부지런히 나댕겨야 먹고산다'라는 가사가 있다. 제주도 할머니들은 평생을 그렇게 살아왔으니 나이가 들어서도 놀 수가 없다. 비만 내렸다 하면 그분들이 모이는 곳이 있다. 보건소와 병원이다."

제주시 삼양동에서 조천읍 신촌리로 넘어가는 길. 들길과 소나무 길이 이어지는 아름다운 오솔길이다.

"그 길이 아니에요."

뒤에서 소리가 들려서 돌아보았더니 농부 한 사람이 방향을 제대로 가르쳐준다. 감사는 곧 감격으로 이어진다. "여기 와서 커피 한 잔하고 가요."

마늘밭이다. 그이는 트럭에서 물 끓이는 도구를 꺼낸다. 물은 금방 끓었다. 그가 나를 부른 이유가 있었다. 속상한 일이 생겨서 누구에게라도 털어놓고 싶었던 모양이다. 그가 가리키는 곳을 보니 마늘을 2백여 포기 뽑아서 뿌리만 싹둑 잘라가고 줄기를 버린 무더기가 있다. "귤 농사를 함께 지어서 마늘밭에는 사흘 만에 와봤더니 이렇게 해놓았다. 표시 안 나게 하려고 마늘만 잘라간 것을 보니 외지인 소행은 아니다. 잡히기만 하면 다리몽둥이를 그냥⋯⋯"

마늘은 9월 중순에 심어서 이듬해 5월 말에 수확한다. 1년 농사나 마찬가지이다. 작물은 농부에게 자식 같을 것이다. 일본에서 건너온 온주밀감 이야기를 하다가 화제는 일본 밀항으로 옮겨갔다. 1910년대 중반부터 수탈과 굶주림에 시달리던 제주도 사람들은 공장 찾아, 공사판 찾아 일본으로 노동품을 팔러 떠났다. 일제강점기에는 제주 전체 인구의 4분의 1이 일본으로 건너갔고, 오사카에 사는 한국인의 60퍼센트가 제주 사람으로 모두 4만 명을 헤아렸다. 제주 사람치고 일본에 친척 없는 사람이 없었다. 광복 이후에는 4·3사건을 피해 넘어간 사람도 숱했다. 밀항자가 많았다.

"나는 1969년 12월 중순에 배를 타서 이듬해 1월 3일 일본에 도착했다. 큰 배의 한구석에 10여 명이 함께 탔었다." 그때까지도 한국이 살기가 어려웠던 만큼 밀항이 많았다. 그는 닥치는 대로 일했다. 공장에도 다니고 '노가다'도 하면서 돈을 모았으나 '합법적인 신분'

을 만들어준다는 브로커에게 속아 10년 동안 번 돈을 몽땅 털리고 말았다. 요코하마 불법 체류자 수용소에서 5년을 보냈다. 나중에 불러들였던 아내도 따로 수용되어 아이 둘을 수용소에서 키웠다.

"한국으로 돌아가겠다"며 벌금을 내고 풀려났으나 그이는 "너무 억울해서" 약속을 깨고 도망을 갔다. 3년 후인 1990년에야 고향 땅을 밟았다. 20년 만이다. "예전에는 한국이 못살 때고 일거리도 없고 해서 나처럼 많이들 건너갔었다. 요즘에야 일본에서 고생하는 만큼만 일하면 여기서도 다 부자 되는 거지."

1944년생. 성은 백씨라고 했다. 옛이야기를 풀어놓으면서 상한 마음을 조금 달랜 듯 인사를 할 때 웃음을 지어 보였다. 나는 좋은 커피에 누구보다 집착하는 커피 마니아지만 봉지 커피를 최고로 칠 때가 있다. 지금처럼 커피 한잔을 함께하면서 뜻깊은 이야기를 나눌 수 있다면, 바로 그 커피가 세상에서 가장 수준 높은 커피이다.

제주올레길의 좋은 점을 여기서 또 본다. 길이 약간 지루하다 싶으면 마치 내 마음을 읽은 듯 바다가 모습을 드러낸다. 예전에 달구지가 다녔을 법한 너른 흙길에 이어 날카로운 검은색 바위들로 이루어진 해변이 보인다. 언덕 위에 시비詩碑가 서 있다. '○○○영전에 바친다'는 내용 외에는 글자가 마모되어 보이지 않는다. 먼 바다를 바라보는 해변의 시비는 깊은 사연을 담고 있을 것이다. 파도와 바람에 글씨는 씻겨 내렸으나 시비가 지닌 운치는 그대로 살아 있다.

가곡「떠나가는 배」는 제주 섬이 낳은 노래라고 했다. 제주대 교수를 지낸 양중해 시인이 젊은 시절 '날 바닷가에 홀 남겨두고 기어이 가고야' 말했던 친구의 연인 이야기를 노랫말로 적었다. 배에 실려 떠나가는 연인을, 바닷가에 홀로 남아 보내는 제주 남자의 애끓는 심정을 표현한 노래이다. 이 시비에도 바로 그런 절절한 마음이 녹아 있지 않을까 싶다.

제주도 북쪽 바다 풍경은 남쪽과 많이 다르다. 서귀포를 중심으로 한 남쪽 바다가 화려하다면, 북쪽 바다는 단순하고 강건한 모습을 하고 있다. 남쪽 바다가 섬세한 여성미를 드러낸다면, 북쪽 해안은 선 굵은 남성미를 뽐낸다. 같은 섬, 같은 바다라도 남과 북은 이렇게 다르다.

바닷가에 제주도 연안의 고기잡이 배 '테우'에 대한 설명문이 서 있다. 테우는 제주도 지형에 가장 잘 어울리는 뗏목 모양의 전통 배이기는 하지만, 테우가 제주도를 대표하는 배로 남아 있다는 것은 제주도의 슬픈 역사를 말하는 것이기도 하다.

제주 사람들은 삼국 시대부터 육지와 교역을 했으므로, 제주해협의 거센 물결을 다스리는 뛰어난 조선술과 항해술을 지니고 있었다. 몽골이 일본을 정복하러 갔다가 태풍에 휘말렸을 때, 살아서 돌아온 배는 '메이드 인 제주도'밖에 없었다. 제주도의 그 뛰어난 조선술이 사라진 것도 조선 시대 말엽의 출륙금지령과 연관이 깊다. 섬사람들이 제주해협을 건널 만한 튼튼한 돛배를 만들어 부리는 것을 관령으로 금했기 때문이다. 제주 사람들이 낚시를 핑계로 먼 바다로 나갔다가 육지로 도망칠 것을 우려해 기껏 배라고 해봐야 뗏목만 해변을 맴돌게 했을 뿐이다. 테우는 한라산에서 베어낸 삼나무 같은 것을 통째로 잘라 굴비를 엮듯이 물푸레나무 줄기로 엮은 것이라고 했다.

신촌리에 접어들자 초가들이 유난히 많이 남아 있다. 사람이 살지는 않는 듯 초가는 검은색 가림막으로 덮여 꽁꽁 싸매져 있다. 마당에는 잡초가 무성하고, 돌담은 잎이 죽어서 촘촘한 그물처럼 변해 버린 담쟁이덩굴로 뒤덮여 있다. 초가들은 집을 그냥 두고 타향으로 떠난 사람들의 것이라고 했다.

마을과 바다가 만나는 지점에 만들어진 용천수가 솟는 샘물통. 예전에는 식수로 썼으나 수도가 생긴 이후에는 목욕탕으로 사용한다고 했다. 이 동네 탕은 어떻게 생겼나 보러 들어갔다가 깜짝 놀라 튀어나왔다. 목욕을 하기에는 추운 날씨인데 여탕 안에 누가 있었다. 샘물통 앞에서 만난 50대 동네 남자는 말했다. "어릴 적에 바다에 나가 놀다가 돌아오면 으레 여기서 몸을 씻었다. 물이 너무 차가워서 3분 이상 몸을 담글 수가 없었다."

해안가에 세워진 돌탑 3기가 나타난다. 큰 돌 위에 작은 돌을 받치고 사이사이에 돌을 끼워 넣었다. 금방 무너질 듯 위태로워 보이지만 탑은 '소가죽도 벗긴다'는 그 강한 제주 바람에 끄떡도 하지 않고 서 있다. 이곳을 오가는 수많은 사람들이 돌을 하나하나 끼워 넣으며 소원을 빌었을 터이다. 숯덩이 같은 돌멩이들로 쌓아올린 탑의

바닷가의 돌탑. 돌을 다듬지 않고 있는 그대로 투박하게 쌓아올린 탑이다. 돌을 얹은 많은 사람들의 간절한 마음을 느낄 수 있어서 세련된 탑보다 정감이 간다(왼쪽). 오른쪽은 바다에 들어간 해녀들이 벗어놓은 신발들.

모양은 보잘것없으나 세련된 불탑보다 정감이 많이 간다. 돌을 얹을 때의 간절한 마음들을 느낄 수 있기 때문이다.

탑에서 그리 멀지 않은 곳에 해녀의 집이 있다. 해녀들은 바다에 들어간 듯 여기저기 벗어놓은 신발들이 보인다. 보라색·파란색·붉은색의 부드러운 고무 신발 중에서 눈에 선명하게 들어오는 것이 하나 있다. 붉은색 왼쪽 신발의 오른쪽 윗부분 갈라진 곳을 흰색 실로 꿰맨 모습이다. 기운 신발이 정겹다 못해 눈물이 날 지경이다. 제주도 사람들의 몸에 밴 '죠냥', 곧 절약하는 습관은 시대가 변하든 말든, 물질적으로 풍요롭든 말든 요지부동이다. "먹돌도 ㄸ·람시민 고망 난다(차돌도 뚫으면 구멍난다)." 이 속담에는 제주도 사람들의 끈질긴 생활 철학이 들어 있다. 그 철학을 흰색 실로 꿰맨 싸구려 고무 신발 한 짝에서 확인한다.

연북정戀北亭이다. "제주도에 유배되어 온 사람들이 제주도의 관문

제주도에 유배 온 사람들이 기쁜 소식을 기다리며 북녘의 임금에게 사모하는 마음을 보냈다는 연북정. 이곳에 앉아 함께 쉬었던 올레꾼이 필자의 사진을 찍어주었다.

인 이곳에서 한양의 기쁜 소식을 기다리면서 북녘의 임금에 대한 사모의 충정을 보낸다 하여 붙인 이름이다"라고 안내판에는 적혀 있다. 이같은 일반적인 견해에 대해 유홍준 씨는 "귀양살이 온 죄인인 주제에 유배객이 어떻게 (조천진의) 군사시설인 진지 위 망루 위에 올라 북쪽을 바라보았겠는가"라고 반박한다(『나의 문화유산 답사기 7』, 창비, 2012).

그 내용이야 어떻든 간에 연북정은 올레객이 쉬어 가기에 안성맞춤인 정자이다. 기와를 이고 있는 널찍한 정자는 사방이 탁 트여서 전망이 좋고 시원하다. 나는 북쪽을 바라보며 연모할 '임'도 없고 하여, 길 위에서 만난 올레꾼 부부와 정자 마루에 앉아 음료수를 마시며 잠시 쉬었다. 현기영의 소설 『변방에 우짖는 새』에는 제주도에 온 유배객들이 "유서 깊은 연북정에 올라 주과를 들면서 일망무제로 펼쳐진 바다를 바라보았다"라는 대목이 나온다. 유배객들이 이 지방 양반들로부터 주과 접대까지 받았으니, 지나는 객들이 정자에 올라 간식과 음료수 정도는 먹고 마셔도 괜찮겠다 싶었다.

19코스

조천 - 김녕 올레

초록빛 바닷물에
두 손을 담그면

연북정에서 만난 최기문 씨 부부와 18코스의 종점이자 19코스 출발점인 조천만세동산까지 함께 걸었다. 1958년생인 최씨는 직장에서 남들보다 조금 일찍 은퇴해 부인과 더불어 도보 여행 마니아로 변신했다. 최씨는 만 킬로미터 걷기를 목표로 천천히 걷는다고 했다. 2009년 스페인의 카미노 데 산티아고를 종주했고 제주올레에는 봄·가을마다 내려와 몇 번째 걷고 있다. 최씨는 말했다. "걷는다는 것은 단순한 운동이 아니라 자연이라는 훌륭한 스승 밑에서 겸손을 배우는 과정이다."

국내외 트레일을 두루 경험한 그이는 제주올레의 장점을 여럿 꼽았다. 지난 20일 가까이 올레길을 걸으면서 내가 느낀 것과 비슷했다. 첫째, 풍경이 아름답고 바다·오름·마을·숲·섬 등이 번갈아 나와 지루하지 않다. "카미노에서는 지평선만 보며 2백 킬로미터를 걸은 적도 있다"고 최씨는 말했다. 다음은, 지역 음식. 여행하는 재미의 절반은 맛있는 음식을 먹는 것인데, 음식으로 말하자면 제주올레길은 절반은 먹고 들어간다. 길 근처에서 싸고 맛있는 음식점들을 어렵지 않게 찾을 수 있기 때문이다.

마지막으로 숙박과 교통. 게스트하우스의 요금과 시설은 내가 사는 캐나다와는 비교할 수 없을 정도로 싸고 편리하다. 길을 가다 지치면 일주도로를 도는 버스를 쉽게 탈 수 있다. 이 또한 올레길에서만 누릴 수 있는 혜택이다.

조천읍 조천리 조천만세동산에서 19코스는 시작된다. 조천만세동산은 제주도 항일운동의 성지답게 3·1독립운동기념탑과 제주항일기념관, 유공자비, 묘비 등으로 조성되어 있다. 1919년 3월 1일 시작된 만세운동은 전국으로 번져나갔는데, 제주도에서 불을 당긴 곳은 조천리 미밋동산(만세동산)이었다. 왜 제주시가 아니라 조천리인가?

두 가지 배경이 있다고 했다. 조천리는 김해김씨에 뿌리를 둔 조천김씨의 집성촌이자 유림촌이다. 역대로 3읍 수령을 많이 냈고 조천포구를 통한 한반도와의 무역으로 큰 재산을 축적한 이들이 많았다. 그 재력을 바탕으로 일찍이 서울이나 일본에 유학을 많이 보냈는데, 바로 그 조천 출신 유학생 지식인들이 3·1운동의 불씨를 고향으로 가지고 내려와 제주 만세운동에 불을 붙였다. 조천김씨 문중은 만세운동을 주도하는 바람에 토호로서 누려오던 기득권의 태반을 잃고 말았다.

제주도가 공동체 의식이 유독 강한 지역인 만큼, 공동체를 수호하려는 반외세 독립운동 또한 어느 지역보다 뜨겁게 타올랐다는 사실을 만세동산에서 확인할 수 있다. 특이한 것은 항일운동에 투신해 옥살이를 한 이들의 명단뿐 아니라, 그들이 산 형기까지 꼼꼼하게 비석에 새겨놓았다는 사실이다. 마을 발전에 기여한 분들의 공적을 세월이 지나도 잊히지 않도록 돌에 깊게 새겨놓은 것과 마찬가지이다.

신흥리로 접어든다. 해녀의 집 앞을 지나는데 해녀들이 건물 마당에 앉아 식사를 하고 있다. 다소 쭈빗거리며 인사를 했다. 내 마음을 조천만세동산에서 바닷가로 나가는 길.
길가에는 들꽃이 피어 있고 보리밭에는 황금물결이 이는
평화로운 시골길이다.

읽었는지 내가 속으로 소원하던 말이 나온다.

"이리 와서 한 술 뜨고 가요."

오늘 아침, 18코스 중간에서 걷기 시작해 점심때가 훨씬 지난 시간이다. 해녀들도 일을 마치고 늦은 점심을 먹는 듯했다. 밥 한 공기와 컵라면, 배추김치와 열무김치, 삶은 돼지고기. 풍성하고 맛이 좋다. 마당에 앉아 먹는 밥이지만 나에게는 그 어떤 초대보다 뜻깊고 맛있는 식사였다.

오늘은 전복 씨를 바다에 뿌리는 특별한 날이라고 했다. 신흥리 해녀 쉰 명 중 스물다섯 명이 나와서 일을 한다. 마을이 소유한 바다이니 함부로 들어가지 말라는 경고판을 동네마다 세워놓은 이유를 알겠다. 밭에 곡식 씨앗을 뿌리듯 전복과 해삼 씨를 바다에 뿌려놓고 3년 뒤에 수확을 한다고 했다. 수확량이 줄어들어 이제는 씨를 뿌려야 한다는 것이다.

앉아서 10여 분 동안 밥을 먹는 사이에 눈에 들어오는 것이 있다. 해녀 사회의 위계질서이다. 40대로 보이는 젊은 사람들이 식사를 준비하고 뒷정리까지 도맡아 한다. 밥은 편안하게 먹게 하되, 그들의 동작과 손놀림은 번개처럼 빠르다. 어느새 물을 끓이고 커피까지 준비해 마시라고 한다. 어른들은 식사를 한 뒤 자연스럽게 뒤로 물러난다.

신흥리 앞바다. 물 색깔이 신비롭다. 맑고 투명한 물은 엷은 초록빛으로 시작해 점점 짙어지다가 먼 바다에 이르러 검푸른 색깔로 변한다. 엷은 연두색을 칠한 듯한 모래사장에는 액막이 방사탑 2기가 서 있고, 갈매기가 물 위를 낮게 날고 있다. 올레길에서 만나는 새로운 풍경이다.

신흥리에 사라진 학교가 하나 보인다. 신흥초등학교. 학교는 조천초등학교에 통합되었으나 졸업생들은 '신흥초등학교 옛 배움터'라는 비석을 세워, 이 학교가 1966년부터 2010년까지 666명을 배출했다는 사실을 기록해놓았다. 그 옆에는 송덕비 10기가 서 있다. 자기가 나온 초등학교가 사라져도 그 사실을 모르고 지내는 사람들이 대다수인 이 시대에 학교는 없어져도 기록을 통해 역사만은 남기겠다는 졸업생들의 관심과 애정이 놀랍다. 신흥초등학교 자리에는 제주다문화교육센터가 들어서 있다.

함덕리로 가는 길. '바다 빛깔 올레길'이라 불러도 좋겠다. 초록색 계통의 모든 색들이 색채의 향연이라도 펼치듯 눈부시게 빛난다. 고운 바다 빛깔을 품은 드넓은 모래사장이 함덕해수욕장이다. 올레길 위에서 만난 가장 큰 해수욕장이 아닐까 싶다.

전국적으로 유명한 해수욕장이다 보니 바다에 면한 길은 번화하다. 함덕리라는 마을을 알고 싶어서 번화가 뒤에 있는 리사무소를 찾았다. 함덕리는 행정 단위로는 '리'이지만 육지의 웬만한 면보다 더 크다. 인구는 7천 명. 마늘과 감귤 농사를 짓고 해녀도 있는 동네이다. 그러나 유명한 해수욕장을 보유한 동네답게 주력은 역시 서비스업이다.

특이한 것은 함덕해수욕장이 국유지가 아니라 마을 재산이라는 사실이다. 해수욕장 입장료는 없으나 해수욕장에서 나오는 여러 수익은 모두 동네 재산이 된다.

유명 해수욕장을 보유한 함덕리라고 해서 과거 어려운 시절을 겪

■
조천읍 신흥리 해녀의 집. 마당에 해녀들이 타고 온 스쿠터가 10여 대 서 있다. 이곳을 지나가다가 점심을 얻어먹었다(왼쪽). 오른쪽은 물 색깔이 신비로운 신흥리 앞바다. 엷은 연두색을 칠한 듯한 바다에 액막이 방사탑 2기가 서 있다.

지 않았을 리는 없을 것이다. 리사무소 앞 비석거리에는 동네 발전을 위해 크게 기여한 이들의 공적을 기리는 비석과 흉상이 서 있다. 향우회 인사들은 장학회까지 만들어 지금도 계속 고향 후배들을 지원하고 있다.

함덕도서관, 리사무소 등으로 쓰이는 건물 앞에는 '함창숙 선생상'이 서 있다. 아홉 살에 일본으로 건너가 자수성가하여 함덕리 발전에 기여했다는 설명이 적혀 있다. 어릴 적에 고향을 떠나 평생을 객지에서 살아온 사람이 자기 고향 발전을 위해 거금을 희사하는 문화가 제주도 말고 또 어디에 있을까 싶다.

흉상이나 비석에 적힌 글들은 모두 명문장이다. 문장뿐 아니라 맞춤법과 띄어쓰기까지 정확하다. 마을 사람들이 얼마나 정성스럽게 흉상과 비석을 조성했는지 잘 알 수 있다.

비석거리에 있는 수많은 비석들은 한자로 이름을 기록하고 있다. 그 가운데 눈에 띄는 것이 하나 있으니 한글로 쓴 비석이다. 앞과 옆, 뒤에는 이렇게 적혀 있다. '양성준 군을 기념함.' '단기 4291년(1958

년) 12월 15일 함덕리민 일동 세움.' '몸은 서울에 있지만 고향 생각하는 마음 돈 5만 환을 보내어 우리 샘물 마치었네 아름답고 높은 뜻이 천추 길이 빛나오리.'

마을 공동체를 생각하는 마음, 고마움을 표시하는 마음들이 천추 길이 빛날 것이다.

제주 4 · 3사건

함덕해수욕장 동쪽으로 오름 하나가 우뚝 솟아 있다. 서우봉이다. 해수욕장에서 보면 언덕배기에 있는 모자이크 밭 풍경이 일품이다. 언덕을 캔버스 삼아 그림을 그린 듯 자연스럽게 구획되어 노란색으로 색칠을 한 듯하다. 올라가서 보니 보리밭이다. 함덕해수욕장의 아름다운 모래 바다를 내려다볼 수 있는 서우봉에는 좋은 산책로가 만들어져 있다. 제주올레가 탄생하기 4년 전인 2003년 마을 이장과 젊은이들이 서우봉 둘레길을 내기 시작했다. 이 길이 제주올레길과 연결되어 서우봉 주변 풍경을 제대로 즐기게 한다. 깊은 숲과 가파른 벼랑 때문에 서우봉은 길이 아니면 갈 수가 없다.

서우봉을 넘으면 조천읍 북촌리이다. 4 · 3사건을 '공식 활자'로 써서 처음으로 세상에 알린 소설가 현기영의 중편 「순이삼촌」(『창작과비평』 1978년 가을호)의 무대가 된 마을이다. 제주 4 · 3 당시 단일 사건으로는 가장 많은 인명 피해를 입은 곳이어서 비극을 상징하는 마을이 되어버렸다.

마을 입구에서 30~40대 동네 청년 두 사람을 만났다. 다섯 개 동으로 나뉜 북촌리에는 4백여 가구가 살고 있다고 했다. 반농반어의 해촌이다. 조심스럽게 현기영 선생을 아느냐고 물었더니 모른다고 하다가 "아, 순이삼춘?" 하면서 기억해낸다.

"우리 마을 사람 아닌데?" 하면서 40대 청년은 말을 이어간다. "1949년 1월 17~18일 양일간 동네 사람들이 전멸한 거나 마찬가지다. 323가구 중에 207가구의 479명이 희생되었으니까. 남자들은 그때 거의 다 죽었다고 보면 된다." 청년은 숫자를 정확하게 이야기했다.

1월 17~18일은 집안 제삿날이 아니라 동네의 제삿날이다. 제삿날마다 얼마나 많은 이야기들이 오갔을까. 연좌제가 풀린 것이 1990년대 문민정부 들어서이니, 사람들은 숨을 죽이며 "오히려 잊힐까봐 제삿날마다 모여 이렇게 이야기를 하며 그때 일을 명심해두는 것이었다."(「순이삼춘」) 무자년 난리라고 했다. "어린 시절 제사 때마다 귀에 못이 박일 정도로" 들으며 수십 년 동안 명심해둔 일이어서 마을 청년이 숫자를 이야기하는 것이 하등 이상할 이유가 없다.

그날을 「순이삼춘」은 이렇게 묘사한다.

"음력 섣달 열여드렛날, 그날은 유달리 바람끝이 맵고 시린 날씨였다. (……) (북촌초등학교) 교문 밖에 맞바로 잇닿은 일주도로에 내몰린 사람들은 모두 한결같이 길바닥에 주저앉아 울며불며 살려달라고 애걸했다. 군인들의 바짓가랑이를 붙잡고 울부짖는 할머니들, 총부리에 등을 찔려 앞으로 곤두박질치는 아낙네들, 군인들은 총구로 찌르고 개머리판을 사정없이 휘둘렀다. (……) 군인들이 이렇게 돼지 몰 듯 사람들을 몰고 우리 시야 밖으로 사라지고 나면 얼마 없어 일제사격 총소리가 콩볶듯이 일어나곤 했다. 통곡 소리가 천지를 진동했다. (……) 중낮부터 시작된 이런 아수라장은 저물녘까지 지긋지긋하게 계속되었다."

당시 군경이 파악한 제주도 전역의 유격대 숫자는 5백 명. 5백 명 잡겠다고 중산간 마을들을 불태우고 초토화시키며 3만 명을 죽였다. 섬 인구의 10분의 1이었다. 광기가 아니고는 설명이 되지 않는 동족에 의한 동족 대학살이었다. 국제법은 전쟁 중에도 제노사이드(집단학살)를 엄격하게 금하고 있다. 북촌리 사건은 전쟁 중에 일어난 일도 아니었다.

넓은 쉼터를 의미하는 너븐숭이, 큰 바위가 많이 있던 그곳은 여러 학살터 가운데 하나였다. 바로 그 자리에 너븐숭이 4·3기념관이 들어섰다. 기념관 안에서는 마침 관련 영상을 상영 중이다. 살아남은 사람들의 증언이 이어진다. "나는 할머니 치마폭에 들어가 숨었는데, 치마를 들치고 보니까 어머니는 죽었는데 세 살 난 아기가 어미젖을 빨더라고……"

기념관은 2009년에 지어졌다. 기념관에서 해설을 하고 있는 이는 도유족회 직원 고은숙 씨. 기념관을 지키는 인원이 넉넉지 않아 지원을 나왔다고 했다. 고씨는 북촌리로 시집온 며느리인데 시할아버지가 초기 희생자였다고 말했다. 무장대의 공격을 받아 북촌리에서 군인 두 명이 사망했다. 상황이 심상치 않다고 여긴 동네 연장자 열 명이 시신을 수습해 연대 본부에 갔다가 그 자리에서 경찰 가족 한 명 빼고 모두 총살을 당했다. 시할아버지는 열 명 중 한 명이었다. 그길로 군인들이 마을로 몰려와 집들을 불태우고 남녀노소 가리지 않고 동네 사람들을 학살하기 시작했다. 고씨 시댁의 큰아버지, 고

모도 이때 희생되었다. "한 집에서 희생자 서너 명을 낸 것은 흔한 일"이라고 고은숙 씨는 말했다.

사건도 사건이지만 문제는 이후에도 지속되었다. 먼저, 마을 공동체가 깨졌다. 제주도는 신화 시대 이래 "기쁨은 모래알처럼 작았고 시련은 바위처럼 컸다"는 말이 나올 정도로 험한 환경 속에서 한 많은 역사를 이어왔다. 제주도 사람들이 척박한 자연환경과 관권의 폭압 및 왜구의 노략질 등을 견뎌낼 수 있었던 힘은 서로 상부상조하는 '수눌음' 정신에서 나왔다. 농촌에는 공동목장, 해촌에는 공동어장이 있고, 거의 모든 일은 계 조직을 통해 이루어졌다. 아홉 살에 고향을 떠난 사람이 고향 발전을 위해 거금을 희사하는 곳이 제주도이다. 제주도 사람들의 생존 조건이자 자부심의 원천인 바로 그 공동체 의식이 4·3사건으로 인해 산산조각 나버렸다. 영화 「지슬」이 묘사하는 가장 아픈 내용은 총에 내몰린 마을 청년이 동네 사람들이 숨은 굴을 향해 손가락질을 하는 장면이다. 밀고당한 가족과 밀고한 가족은 한동네 살면서도 지금까지 말을 섞지 않는다.

두번째는, 후손이 겪은 고초이다. 부모가 죽었으니 정상적인 교육을 제대로 받지 못했고, 설사 공부를 했다 해도 연좌제라는 족쇄가 그들을 채워버렸다. 마을은 마을대로 '폭도 부락'이라고 낙인 찍혔다.

제주올레길을 걸으면서 "제주도 어른들은 인사를 해도 잘 받아주지 않는다. 너무 무뚝뚝하다"며 서운한 감정을 토로하는 올레꾼을 본 적이 있다. 고은숙 씨는 말했다. "대참화로 인한 큰 아픔이 내재되어 있으니 어른들 얼굴이 어두울 수밖에 없고, 육지에서 사람들이 와도 아직까지는 마음으로 반갑게 맞을 수가 없다."고씨는 지금까지 남아 있는 가장 큰 아픔으로 공동체 의식의 파괴를 꼽았다. 한마을에서 대대로 가족처럼 의지하며 지내온 이웃들이 서로 등을 돌린 것만큼이나 불행한 일은 없기 때문이다.

마을의 밭에서는 수십 년이 지나도록 호미 끝에 흰 잔뼈가 튕겨져 나오고 녹슨 납탄환이 부딪혔다고 했다. 너븐숭이 4·3기념관 근처에는 당시 목숨을 잃은 어린아이들의 '애기 무덤'이 있고 희생자 위령비가 서 있다. 북촌리는 다른 마을과 다르게 바다가 마을 안까지 쑥 들어온 참 예쁜 동네이다. 물과 물 사이에 길이 나 있어서 길을 걷는 맛도 색다르다.

제주도 마을을 환하게 만드는 것 중의 하나는 밝은 주황과 파랑의 지붕 색깔이다. 내가 선입견을 가져서 그런지는 모르겠으나 북촌리의 분위기는 약간 어두운 편이다. 이 동네 지붕에서는 붉은색 계통의 밝은 주황색을 찾아보기 어렵다.

북촌리 포구에는 단순하고 나지막한 옛 등대가 하나 서 있다. 고기잡이 나간 배가 불을 보고 무사히 돌아올 수 있도록 1915년 동네 사람들이 돌을 쌓아 만든 등명대(도대불)이다. 등명대 위에 건립비를 세우고 건립 연도를 정확하게 기록한 것이 특이하다고 하는데, 건립비의 귀퉁이 하나가 떨어져나갔다. 4·3사건 때 총탄을 맞은 흔적이라고 했다.

나는 왜 걷는가

오후 5시가 넘었다. 북촌리에서 많이 지체하는 바람에 예정보다

너븐숭이 4·3기념관 앞에 있는 '애기 무덤'. 북촌리 주민 학살 사건 당시 희생된 어린아이들이 이곳에 임시 매장된 채 오늘에 이르고 있다.

시간이 늦어졌다. 19코스 종점까지는 7킬로미터 정도 남았는데, 잠시 갈등을 하게 된다. 곶자왈을 통과해야 하기 때문이다. 날씨가 좋아서 빨리 걸어가기로 했다.

곶자왈의 울창한 숲길을 홀로 걷는다. 북촌리를 지나면서 마음이 울적했는데, 숲길에 들어서자 기분이 전환된다. 예전에 우마차가 다닌 길인 듯 숲속에는 2미터 남짓한 단단한 흙길이 한참 동안 이어진다. 아무도 없는 숲길, 오늘따라 바람도 없다. 새소리만이 정적을 깨뜨릴 뿐이다.

늦은 시간에 이 길에 들어선 것이 문득 후회가 되었다. 어두워지기 전에 19코스 종점에 도착해야 한다는 조바심이 생겨난다. 천천히 느긋하게 걸으며 숲이 주는 혜택을 모두 누리면 좋으련만, 목표를

올레길의 막바지에 이른 지금, 호젓한 숲속의 오솔길을 걸으며
'나는 왜 걷는가'를 새삼 생각하게 된다.

정하고 조바심을 내는 습성이 올레길에서도 나타난다. 어쨌거나 해가 있을 때 숲에서 벗어나야 하니 쉬지 않고 걷는다. 아깝다는 생각이 들어서 쉬지 않는 대신 천천히 걷는다.

조천읍에서 구좌읍으로 넘어간다. 동복리이다. 숲에서 빠져나오자마자 마을 운동장이 나타난다. 244세대에 인구 550명이 사는 동네에 번듯한 잔디 축구장이 갖춰져 있다는 사실이 놀랍다. 확성기가 설치되어 있는데다 화장실 시설도 나무랄 데가 없다. 육지의 축구 선수들이 제주도로 전지훈련을 많이 온다는데, 그런 용도로 쓰이는 게 아닐까 싶다. 최근에는 사용하지 않은 듯 운동장에는 잡초가 많이 나 있다.

동복리를 지나 김녕리로 가는 길. 다시 숲이 깊어진다. 붉은색 흙길이 숲으로 이어지는가 하면 소나무가 양쪽으로 줄지어 서 있다. 소나무 잎이 쌓이고 쌓여 길은 푹신푹신하다.

앞으로 올레길 두 개 코스가 더 남아 있다. 올레길의 막바지에 이른 지금, 호젓한 숲속의 오솔길을 걸으며 '나는 왜 걷는가'를 새삼 생각하게 된다. 트레일을 걷는 도보 여행이 여행의 여러 장르 중에서 가장 고급스러운 축에 속한다는 것을 깨닫게 된다.

유람선이나 버스에 몸을 싣고 편히 쉬며 천천히 관광지를 돌아보는 것, 자동차를 타고 먼 거리를 신속하게 움직이며 많은 것을 보고 느끼는 것이 여행의 정형화한 패턴이다. 일반 여행이 몸을 어떻게 하면 좀더 편안하게 하는가 하는 쪽으로 진화해왔다면, 도보 여행은 몸을 어떻게 하면 더 불편하게 만드나 하는 쪽에 관심을 갖게 된다. 걷기 여행은 편하게 빨리 이동하며 보고 느낄 수 있는 방법을 일부러 멀리하면서, 낯선 곳에서의 모든 것을 몸으로 직접 느끼고 받아들이게 한다.

몸을 불편하게 하는 여행은 곧 몸을 위한 여행이다. 숲속에 들어서면 모든 감각이 저절로 열리고 민감하게 작동한다. 새소리, 바람 한 점이 내 몸으로 스며드는 느낌. 동복리에서 김녕리로 넘어가는 늦은 오후의 숲길, 한적한 이곳에서 도보 여행의 즐거움을 만끽하며 홀로 즐긴다. 기분이 좋아서 웃음이 절로 나온다.

숲속에는 구경거리가 많다. 제주도 조랑말이 보이는 목장이 나오는가 하면, 숲속에서 탁 트인 광장을 만나기도 한다. 용암이 흘러 검은 바위가 평지를 이루고 있는데, 폭 30미터, 길이 50미터쯤 되는 타원형의 너른 운동장처럼 보인다. 장관이다.

김녕리로 들어가는 들길. 해는 지고 어둠이 밀려오는 시간. 동구 밖에서 친구들과 실컷 놀다가 어스름이 밀려와 집으로 돌아가는 기분이다. 들에는 보리의 황금물결과 파의 파란색 물결이 선명한 대비를 이룬다. 보리 추수를 끝낸 밭도 더러 보인다. 구수한 보리 짚단 냄새가 훅 하고 코에 들어온다. 이런 냄새는 유년기의 달달한 추억을 저 깊은 기억의 저장고에서 순식간에 불러낸다.

김녕리 남흘동에 들어선 시각은 오후 7시 30분. 어느 마을에서나 볼 수 있는 팽나무 정자목과 탑거리를 지나 19코스 종점으로 간다. 김녕서포구가 보인다.

20코스

김 녕 - 하 도 올 레

바람 부는 날
모래 언덕에 올라

처가 식구들이 제주도에 왔다. 올레길을 나와 함께 걷겠다며 장모님과 처형 두 분, 윗동서, 처남댁이 시간을 맞추었다. 북쪽에서는 숙소를 찾기 어려워 남쪽 중문에 펜션을 잡았고, 저녁에 내가 그곳으로 갔다. 제주도 북동쪽에서 제주시로 들어가 다시 남쪽으로 종단하는 버스를 탔다. 제주도 버스 노선의 위력이 얼마나 막강한가를 새삼 확인했다.

20코스는 오전 8시 45분에 시작했다. 식구들과 함께 자동차를 타고 20코스 출발 지점인 김녕서포구에 도착했을 때 비가 계속 내렸다. 11코스를 걸을 때 이후 처음 맞는 비이다. 밤새 거세게 내리던 빗줄기가 아침에는 다소 가늘어졌다. 올레길 위에서 보낸 20일 동안 제주도 5월 날씨는 그야말로 환상적이었다. 이번에도 그냥 맞으며 걸을 만했지만, 배낭 맨 밑바닥에 깔려 있는 비옷을 한번은 입어보고 싶었다. 선물로 받은 파란색 우의였다.

20코스 출발점을 자동차로 찾아가면서 고생을 꽤 했다. 김녕리 마을로 들어가서 길을 물어가며 자동차로 돌고 돌았다. 일주도로변에 있는 백련사를 찾았더라면 쉬웠을 텐데, 그저 작은 동네일 줄 알고 지도를 꺼낼 생각도 하지 않은 게 문제였다.

이렇게 헤매면 생기는 것도 있다. 마을을 속속들이 보게 된다는 것이다. 동네 규모가 만만치 않게 크다. 과거 김녕사라는 유명한 사찰(1926년 그 자리에 백련사가 들어섰다)이 있었고 그 주변의 밭과 돌담에서 지금도 유물이 나올 정도로 유서 깊은 동네이다. 김녕리는 천연기념물 제98호 만장굴을 비롯해 김녕사굴·뱅뒤굴 등 거문오름의 용암동굴들이 있는 동네로 특히 유명하다.

제주도가 유네스코 세계자연유산으로 등재되는 데 가장 크게 기여한 것이 160개 용암 동굴인데, 제주도 용암동굴의 '간판 스타'가 김녕리에 몰려 있다. 가장 유명한 만장굴을 발굴한 이들은 1946년부터 부종휴 교사가 지도한 김녕초등학교 어린이들이었다. 김녕리는 크고 유서 깊을 뿐 아니라, 용암동굴의 가치까지 일찌감치 알아보고 보존할 만큼 마을 역량이 대단한 곳이다. 천백 가구에 주민은 2천8백 명 정도 산다고 했다.

올레길에 접어들자마자 마을 사람과 마주쳤다. 바닷가 집 대문에 붙어 있는 '대전어물'이라는 작은 간판이 궁금했고 마을에 대해 물어볼 겸 인사를 하고 말을 붙였다. 대전 출신의 주부인데, 대전에서 남편을 만나 28년 전 남편 고향인 이곳으로 왔다고 했다. 양파와 마늘 농사를 짓는 동시에 남편은 7톤짜리 배를 몰고 고기잡이를 한다. 바람이 강하지 않은 날, 한 번 나가면 2~3일씩 조업을 하고 돌아온다.

말소리도 안 들릴 정도로 바닷바람이 강했다. "제주 바람 적응하기가 쉽지는 않았겠다"고 했더니 그이는 "그보다 더 어려운 게 있었다"고 말했다. "시댁 동네로 와서 한동안은 말을 못 알아들었다. 그때만 해도 이곳 사람들이 제주말만 해서 무슨 이야기를 하는지 도통 알 수가 없었다."

돌이켜보니 올레길에서 만난 제주도 사람들은 외지인인 내게 배려를 해주었다. 제주도 사람들은 제주도 말과 표준말을 완벽하게 구사하는 '바이링구얼'이다. 대부분의 사람들은 표준말을 썼고 구순 할머니도 내가 잘 알아듣지 못하면 부연 설명을 친절하게 해주었다.

내가 '대전댁'과 이야기를 나누는 사이에 처가 식구들은 앞서 걸어갔다. 올레길 표지를 따라 혼자서 김녕리 마을 골목길을 걷는데, 앞에서 성당 수녀의 뒷모습이 보인다. 김녕리에는 천주교 성당이 있다. 아침 일찍 신자 집을 방문했는지, 수녀원이 마을에 있는지 모르겠으나 비에 젖어 더 검은 돌담과 수녀의 뒷모습이 아름답게 어울린다.

마을을 지나자 바로 바다이다. 바닷가 이름이 '성세기알'이라고 했다. 정자가 서 있고, 그 옆에는 북촌리에서도 본 도대불이라는 옛 등대가 서 있다. 현무암을 쌓아올려 만든 이 등대는 솔칵(관솔)이나 호롱불로, 바다에 나간 어선에게 신호를 보냈다. 마을 사람들이 만든 등대인데 건립 연도가 1915년으로 북촌리 도대불과 같다. 왜 같은 해에 두 마을에서 도대불을 함께 만들었는지, 우연인지 다른 이유가 있는지 알 길이 없다.

놀멍 쉬멍 걸으멍

도대불 바로 옆에서 배낭을 메고 걸어오는 남자를 만났다. 차림새를 보니 야영을 하며 길을 걷는 여행자이다. 50대 중반으로 보이는데 68세라고 했다. 정영동 씨. 부산에 산다. 은퇴를 한 뒤 전국을 걸어서 여행 중이다. 올레길은 14일째 걷고 있다. 배를 타고 건입동에

야영을 하며 올레길을 걷는 정영동 씨. 은퇴를 한 뒤 전국을 걸어서 여행 중인데 "제주도에 올 때마다 다른 풍경이 보인다"고 말했다(왼쪽). 정씨의 것 말고도 바닷가에 설치된 텐트가 또 보인다. 밤새 빗소리, 파도 소리, 바람 소리를 들었을 것이다(오른쪽).

있는 제주항연안여객터미널로 들어와 서쪽으로 걸어갔으니 섬 한 바퀴를 거의 다 돈 셈이다.

"어젯밤에는 비가 와서 빗소리를 들으려고 일찌감치 텐트를 쳤다. 밤새 빗소리를 들으며 자다 깨다 했는데, 말로 표현할 수 없을 정도로 기분이 좋았다."

정씨는 동해안 통일전망대부터 남해안·서해안 섬까지 걸으며 2년째 여행을 하고 있다. "제주도는 우리나라의 보물이다"라고 그는 말했다. "제주도는 이번이 세번째다. 올 때마다 다른 풍경이 보인다. 계절에 따라 다르고, 내 감정에 따라 다르다. 우리나라 자연이 다 아름답지만 제주도는 그중에서도 특별하다."

그는 내 배낭을 보더니 "전문가신가 봅니다"라고 했다. 배낭만 전문가용일 뿐인데 어떻든 내 배낭 '그레고리'를 알아보고 이렇게 말하는 사람을 두번째로 본다. 정씨는 배낭 상표가 문제가 아니라 몸 전체에서 도보 여행 전문가 냄새를 물씬 풍긴다. 배낭은 작고 단출하다. 배낭에는 침낭·텐트·코펠·버너가 들어 있다. 무게는 총 12

킬로그램쯤 된다고 했다. 쌀과 반찬은 현지에서 조금씩 조달한다. 그이는 2년 동안 텐트를 세 번 바꿨다. 3킬로그램짜리를 들고 다니다가 최근 1.8킬로그램짜리를 발견했다. 제주도에는 마을마다 용천수가 솟는 샘물통이 있어서 목욕하기도 좋고 빨래하기에도 그만이라고 했다.

"제주올레길 전체가 멋지지만 나는 7~8코스가 가장 좋았다. 북쪽은 아기자기한 맛이 있지만 남쪽은 너무 아름다웠다." 나는 제주도 어른들이 하는 질문을 그이한테 했다.

"그런데 왜 혼자 다니십니까?"

"아내가 무릎이 안 좋아서 잘 걷지를 못해요. 안타까워요. 이번에는 집에서 나온 지 25일쯤 되네요. 일본에 사는 딸이 여행 오라고 하는데, 제주도 여행 마치면 함께 가야죠."

그이는 "그냥 살살 놀며, 가며, 쉬며 하면 걷는 여행이 참 재미있다"고 말했다. 서명숙 제주올레 이사장은 "놀멍 쉬멍 걸으멍" 하라던데, 도보 여행 전문가들의 말은 신기하게도 똑같다.

검은 돌과 흰 모래를 바닥에 깔고 푸르게 일렁이는 해변의 잔물결이 일품이다. 이곳에서도 연두색에서 시작해 검푸른색으로 마감되는 초록의 향연을 감상할 수 있다. 색채와 풍광을 카메라에 담으려고 아무리 셔터를 눌러도 그 풍경은 잡히지 않는다. 전문 사진가들도 제주도 사진 찍기가 어렵다고들 하는데, 그렇게 말하는 이유를 조금 알 것 같다.

올레길은 모래 언덕으로 이어진다. 제주올레는 길의 종류도 참 다양하다. 낙엽이 쌓여 융단처럼 푹신한 산길, 마을들을 연결하는 단단한 흙길, 콘크리트와 아스팔트 길, 바닷가 돌길에 이어 이제는 모랫길이다. 풀밭 사이로 난 모랫길이 돌길과 번갈아가며 길게 이어진다. 몸이 휘청하게 하는 강풍이 분다. 바람 부는 바닷가 언덕에 어떻게 길이 이토록 길게 나 있을까 신기하고 궁금했다. 새로 낸 길이 아니라 아주 오래된 옛길이다.

길을 걷다 보니 풍력발전기가 눈앞에 등장한다. 멀리서 볼 때와는 달리 우선 규모에서 압도된다. 회전자 직경 날개 길이가 42.2미터, 회전자 직경 97미터. 이렇게 길고 무거운 쇳덩어리를 돌릴 정도이니 김녕리 바닷바람이 얼마나 강력한지를 어렵지 않게 짐작할 수 있다.

원래 어느 지역에 화력발전소가 들어서면 총 발전량의 10퍼센트는 태양이나 바람으로 만들어내야 한다. 풍력이나 태양력 같은 자연을 활용한 발전을 하지 않으면 지자체에 과태료 50억 원이 부과된다. 태양력은 밤에 모을 수 없으니 바람이 강한 지역에서는 풍력발전기를 세워 전기를 생산한다. 풍력발전기가 있는 구좌읍 김녕리 · 월정리 · 행원리, 한림읍 월령리 같은 마을에는 전기 생산에 따른 보조금이 지급된다.

친자연적인 발전 시설이어서 그런지 몰라도 풍력발전기는 풍경에 거슬리는 느낌을 별로 주지 않는다. 거대한 쇳덩어리가 서 있는데도, 당연히 있어야 할 것이 있는 듯 풍경에 자연스럽게 녹아든다.

바닷길이 2킬로미터 정도 이어진다. 내가 다른 사람들과 이야기를 하는 중에 앞서간 처가 식구들의 모습이 보이지 않는다. 자동차가 신발만큼이나 일상화한 세상이어서 사람의 걸음이 느린 것 같지만, 실은 얼마나 빠른 것인가를 다시 한번 확인한다. 어차피 올레길을 따라갔으니 가다 보면 만나겠지 싶었다.

어느새 비는 그치고 날이 갰다. 바람은 여전히 거세다. 풍력발전기는 초대형 바람개비가 되어 윙~ 윙~ 소리를 낸다. 발전기는 바다 안에서도 바람개비를 열심히 돌리고 있다.

월정리에 들어서면서 놀란 것은 역시 바다 색깔이다. 모래는 동쪽으로 갈수록 더 하얗게 변한다. 날이 흐린데도 바닷가를 걷는 사람들이 많다. 바닷가에는 먼바다에서 밀려온 해초들이 쌓여 있다. 눈부시게 하얀 모래사장과 맑은 물, 그리고 모래 언덕이 만들어내는 이국적인 분위기 때문에 월정리 바닷가가 요즘 제주도에서 새롭게 뜨는 곳이라고 했다.

월정리 마을로 접어들어 작은 가게에 들렀다. 60대 여주인에게 "이 마을에는 풍력발전기가 많지 않은 것 같다"고 했더니 불만을 털어놓는다.

"새로 발견된 동굴들 때문에 풍차를 세울 수가 없다. 우리는 동굴

바닷가 모래 언덕에 길게 나 있는 길. 바다를 바라보며, 강풍을 맞으며 걷는 맛이 더없이 좋다.

위에 산다. 풍차가 돌아가야 마을에 돈이 들어올 텐데…… 땅을 파면 동굴이 나와서 풍차를 못 세운다고 한다."

가게 주인이 말하는 동굴은 1995년 발견된 당처물동굴(천연기념물 제384호)과 2005년 발견된 용천동굴(천연기념물 제466호)이다. 당처물동굴은 밭을 고르는 중에 발견되었고, 1킬로미터 떨어진 용천동굴은 전신주 교체 작업을 하던 중 전신주가 땅 아래로 쑥 꺼지면서 발견된 용암동굴이다. 두 곳 모두 천 년 이상 땅에 묻혔다가 신비스러운 모습을 드러내면서, 제주도와 용암동굴이 세계자연유산이 되게 하는 데 결정적인 역할을 했다. 그러나 동네 사람들에게는 불만을 갖게도 하는 모양이다. 예전에 땅만 파면 유물이 나온다는 경주의 시민들이 가졌던 불만과 비슷한 것이다.

이웃한 행원리에 가서 월정리의 불만을 전했더니 행원리 가게 주인은 "우리는 월정리가 부럽다"고 말했다. 풍력발전기를 세우고 돌려봐야 마을에 눈에 띄게 돌아오는 것이 별로 없지만, 월정리는 동

20코스는 북쪽 바다의 아름다움을 만끽하는 길이다. 길은 고운 빛깔의 바다를 계속 따라간다.

굴 때문에 복 받았다는 것이다. 동굴이 농사짓는 밭 아래로 지나가는 바람에 국가에서 땅을 매입한 뒤 영구적으로 무상 임대해주었다고 했다. "내가 아는 사람은 돈을 많이 벌었다"고 가게 주인은 말했다. 그렇다고 월정리에 풍력발전기가 없는 것은 아니라고 했다. 굴 근처만 피했을 뿐 땅에도 바다에도 바람개비를 세웠다.

역시 60대인 가게 여주인을 만난 것은 행운이었다. 초코파이를 사려고 했더니 유통기한을 살펴보라고 했다. 물질을 하기 때문에 가게 문을 닫을 때가 많아서 일일이 확인하기 어렵다는 것이다. 올레길을 걸으면서 해녀를 많이 보기는 했지만, 대부분 일을 하는 중이어서 제대로 이야기를 할 수 없었다. 나로서는 제주도에 와서 처음으로 마음놓고, 오랫동안 궁금한 것을 모두 물어볼 수 있었다.

이성녀 씨. 올해 환갑인 그이는 열여덟 살에 물질을 시작했다. 옆동네에서 이 동네로 시집왔는데, 농부였던 남편은 서른다섯에 교통사고로 사망했다. 아들 셋, 딸 하나. 이씨가 물질과 농사일을 하며 키워냈다.

바다에 나갈 때는 오전 9시에 일을 시작해서 오후 3시쯤 돌아온다. 한번 들어가면 몇 시간 동안 바다에서 산다. 수심 10미터 정도까지 내려가는데, 잠수를 하면 2~3분 정도 일하다 나온다. 젊다고 물 속에서 오래 견딜 수 있는 것은 아니다. 베테랑도 마찬가지이다. 초보 해녀들은 얕은 바다에서 일하고 이씨 같은 상군들은 깊은 바다까지 나아간다. 올레길을 걷다 보면 "휘이~" 하는 소리를 자주 들을 수 있다. 이를 숨비소리라고 한다. 해녀들이 물속에서 참고 참았다가 뱉어내는 숨인 만큼 휘파람 같은 이 소리는 크고 강하고 길다.

몇 해에 한 번씩 작업 중에 사고가 나기도 한다. "물속에서 숨 끝에 뭐가 보이는 경우가 있다. 그냥 올라왔다가 다시 내려가야 하는데, 욕심 부리다가 까딱 잘못하면 숨이 멎는다." 3년 전에는 젊은 사람이 사고를 당했고, 얼마 전에는 70대 어른이 우뭇가사리를 뜯다가 올라오지 못하고 말았다. "시신은 우리가 찾으러 다닌다"고 이씨는 말했다. "너른 바당 앞을 재연/ㅎ·ㄴ질 두질 들어가난/저승질이 왓닥갓닥(너른 바다 앞을 재어/한 길 두 길 들어가니/저승길이 오락가락)" 한다는 해녀의 노래가 있다. 그들은 목숨을 걸고 물질을 한다.

5월에서 6월초까지는 우뭇가사리 철이다. 행원리에는 해녀가 2백 명쯤 되는데 "할머니들도 근력이 떨어질 때까지 일을 다닌다. 나도 평소에 몸이 안 좋다가도 물에만 들어가면 힘이 난다"고 이씨는 말했다.

3백여 가구를 헤아리는 행원리 마을을 지나면서 '장학재단 임원을 뽑는다' '리사무소에서 사람을 구한다' 같은 공고문을 본다. 부자 마을이라는 느낌을 준다. 이성녀 씨에 따르면 만장굴 위의 산이 마을 땅이고, 풍차에서도 돈이 나오고, 양식을 하는 사람들과 농공단지 쪽에서 기부를 많이 해서 마을은 크지 않아도 돈이 많은 편이다. 마을 공동기금으로 편의시설을 많이 세웠는데, 제주올레길이 마을로 지나자 올레꾼들이 쉴 수 있도록 정자 몇 개를 새로 지었다.

정자는 마을이 잘 내려다보이는 언덕에 있다. 행원리 마을이 가장 아름답게 보이는 지점을 일부러 골라 세운 듯하다. 정자에 서면 마을은 만화영화의 한 장면처럼 예쁘게 다가온다. 멀리 하늘과 바다를 배경으로 하얀색 풍차가 돌아가고, 파랑과 주황색 지붕을 인 작은

시골길의 정취를 만끽하게 하는 풍경들. 풍경 하나하나가 마치 만화영화의 장면들처럼 보인다.
아래 왼쪽은 농부들이 마늘을 수확하는 광경. 아래 오른쪽은 행원리 마을이다.

집들이 자리를 잡고 있다. 그 앞에 펼쳐진 밭. 제주도의 밭 풍경이
왜 특별하게 예쁜지 새롭게 알게 된다. 비 온 다음이라 물기를 머금
은 밭담의 돌 색깔이 선명하다. 멀리서 보니 밭담은 검은색으로 구
불구불 뚜렷하게 그려놓은 굵은 선이다. 검은 선 안에서 초록과 연두,
노랑과 갈색은 저마다 자랑을 하듯 빛을 내며 어울린다.

20코스 바닷길에는 볼거리가 많다

행원리 마을과 포구를 지나자 작은 비석이 하나 나온다. 조선 15
대 임금 광해군이 제주도로 유배를 와서 처음 닿은 곳이라는 사실을
기록한 비석이다. 저물어가는 명과 떠오르는 청나라 사이에서 실리

외교를 펼쳤던 광해군. 명을 숭상하는 세력에 의해 폐위되어 강화도로 유배되었다. 역사 교과서에서 배운 것은 여기까지이다. 광해군이 태안을 거쳐 제주도에까지 왔고 여기서 생을 마쳤다는 사실을 이번에 처음 알았다.

병자호란이 일어난 이듬해, 조선 정부는 광해군과 청나라가 손을 잡을 것을 우려해 광해군을 제주도로 보냈다. 바다를 건널 때 배의 사방을 모두 가려서 광해군은 섬에 도착해서야 제주도인 줄 알았다고 전해진다. 18년 유배 생활 중 마지막 4년을 제주도에서 보낸 뒤 67세에 생을 마쳤으나, 조선 시대 2백여 제주도 유배객 가운데 가장 지체가 높았던 광해군의 흔적은 남은 것이 하나도 없다.

중국이 미국과 더불어 2대 초강대국으로 떠오르면서, 우리나라가 광해군의 실리외교를 연구하고 현실에 적용해야 한다는 목소리가 힘을 얻고 있다고 했다. 광해군은 전쟁으로 쑥대밭이 된 나라를 재건하고, 명·청 교체기에 실리외교를 펼쳐 후대 들어 높은 평가를 받고 있다. 영민한 외교를 펼친 군주를 후대에서 너무 홀대하는 것은 아닌가 하는 생각이 든다.

20코스 바닷길에는 볼거리가 많다. 김녕리에서는 삼별초를 막기 위해 쌓았다가 이후 왜구를 막아낸 환해장성을 볼 수 있었고, 행원리를 지나면 좌가연대라는 것이 나온다. 연기를 피워 비상상황을 알리는 통신시설로, 산에 있는 봉수대와 같은 역할을 했다. 제주도에는 서른여덟 개가 있었는데 지금은 스물다섯 개가 남아 있다. 설명문을 보니 날씨가 흐려 연기를 피우지 못하면 연대煙臺 파수꾼이 뛰어가서 외적의 침입을 알릴 수밖에 없었다고 적혀 있다. 예전에는 제주도를 방어하는 제일선의 통신시설이었으나, 지금은 앞바다가 가장 잘 내려다보이는 곳에 위치한 전망대 역할을 하고 있다. 나는 연대가 나올 때마다 일부러 올라가 바다 구경을 했다.

앞서가던 처가 식구들을 20코스의 막바지인 한동리에 가서야 만날 수 있었다. 내가 따라잡은 것이 아니라 식구들이 나를 기다려주었다. 장모님과 처남댁은 동서가 자동차를 가져와서 종점으로 모셔갔고, 처형 두 분이 남아 씩씩하게 걸었다고 했다. 평소 산과 트레일을 자주 다니는 걷기의 달인들이어서 함께 걷기에는 내가 숨이 찰 지경이었다.

길을 걸으면서 나는 꽃에 별로 눈이 가지 않았었다. 그러나 처형들은 달랐다. 길가에 눈꽃송이처럼 흐드러지게 피어 있는 찔레꽃을 보며 "원래 이 꽃 향기가 짙다"며 좋아했고, 엉겅퀴의 보라색에 예쁘다며 감탄을 했다. 길은 어느새 활짝 개어서 들꽃을 감상하며 걷기에 그만이었다.

발걸음이 빠른 두 처형 덕분인지 20코스는 점심시간이 조금 지날 무렵 끝마칠 수 있었다. 세화오일장터이다. 제주도 동부에서 가장 큰 오일장이라는 세화오일장이 열리는 날이었다면 금상첨화였겠으나 장이 열리지 않는 날이었다. 장터는 썰렁했다.

유명 관광지가 아닌데도 식당은 여럿이다. 이곳에서 점심을 먹고 서귀포로 차를 몰았다. 제주올레의 명소로 꼽히는 곳은 아무래도 서귀포 주변. 나는 나를 찾아온 손님들을 명소에서 접대해야 했다. 저녁때까지 6코스와 7코스 일부를 다시 걸으며 이러저런 설명을 해주었는데, 캐나다에서 온 내가 마치 올레지기가 된 기분이었다.

21코스

하 도 - 종 달 올 레

땅끝이 선사하는
고귀한 선물

제주올레길의 마지막 코스를 걷는 날이다. 오늘 하루만 더 하면 지선 다섯 개를 포함한 스물여섯 개 코스를 모두 걷게 된다. 오늘은 21코스 한 구간만 걷게 일정을 맞추었다. 거리가 10.7킬로미터밖에 되지 않아서, 쉬엄쉬엄 걸으며 마지막 날을 즐기고 음미하기에 맞춤하다는 생각이 들었다.

마침 제주올레 사무국의 살림꾼 안은주 사무국장이 길동무가 되어준다고 하니 마무리를 하는 데 의미 있겠다 싶었다. 안국장은 오전 10시, 21코스의 출발점인 세화리 해녀박물관 앞에서 만나기로 했다. 나는 어제 보지 못했던 해녀박물관을 느긋하게 구경하며 안국장을 기다렸다.

2006년에 개관한 해녀박물관은 해녀의 역사·노동·역할·의미 등을 유물과 간결한 설명으로 일목요연하게 보여준다. "제주의 탄생과 함께 시작되어 2천 년을 이어온 제주를 지키는 정신" "끈질긴 생명력과 강인한 개척 정신으로 전국 각처와 일본 등지로 원정을 가면서 제주 경제의 주역을 담당했던 제주 여성의 상징" 등으로 해녀에 대한 설명이 이어진다. 해녀들의 일상생활과 신앙까지 소상하게 소개된다. 특히 내 눈에 쏙 들어오는 것은 박물관 벽에 적힌 해녀 관련 속담들이다. 속담은 해녀들의 고된 삶을 몇 마디로 응축해 보여준다.

"여자로 나느니 쉐로 나주"(여자로 태어나느니 소로 태어나는 것이 낫다).

"ㅈ·ㅁ녀 애긴 사흘이민 골체에 눅져 뒹 물질ㅎ·ㄴ다"(해녀는 아기를 낳고 사흘만 지나면 삼태기에 눕혀놓고 물질한다).

해녀박물관의 잔디 마당에는 1998년에 세운 제주해녀항일운동기념탑이 서 있다. 1931년 6월~1932년 1월 연인원 만7천여 명이 참가한 해녀 항일투쟁을 기리는 탑이다. 구좌읍·성산읍·우도면의 세화·하도·종달·연평·시흥·오조리 갯마을 해녀들은 채취물의 90퍼센트 이상을 빼앗아가는 일제의 혹심한 수탈에 맞서 격렬한 투쟁을 벌였다. 여성이 주도한 유일한 항일투쟁이자 1930년대 국내 최대의 투쟁으로 역사에 기록되어 있다.

해녀박물관과 기념탑이 이곳에 서 있는 이유는 제주도 동부에 해녀가 가장 많을 뿐 아니라 세화오일장터에서 항일투쟁의 불이 붙었기 때문이다. 하도리 해녀 서른 명 돌격조가 흰 머릿수건에 수경을 올려 쓰고 전복 따는 비창을 휘두르며 세화오일장터를 누비면서 투쟁은 시작되었다. 세화리 해녀가 합세하고 우도(연평) 해녀는 배를 타고 건너왔다. 장터에 모인 사람들이 동조하면서 이 기세는 제주도 전역으로 번져나갔다. 거센 파도와 싸우며 목숨을 걸고 물질하는 여성들이었던 만큼 항일투쟁 또한 치열하게 전개했다.

안은주 사무국장

안은주 국장이 왔다. 제주올레 사무국의 실무 책임자여서 눈코 뜰

제주해녀항일운동기념탑. 1931~32년 연인원 만7천 명이 참가한 제주도 해녀 항일투쟁을 기리는 탑이다. 해녀박물관 마당에 서 있다

새 없이 바쁘다는 것을 잘 안다. "선배하고 한 코스 같이 걸을 거야"라고 하더니 마지막 날 약속을 지키겠다며 서귀포에서 찾아왔다. 미안하고 고마웠다.

안국장은 내가 일하던 직장의 후배 기자였다. 기자들이 회사의 일방적인 기사 삭제에 항의해 모두 사표를 내고 나와 시사주간지를 새로 창간할 때도 안은주는 살림살이를 맡았다. 기자답지 않게 성격이 모난 데가 없어서 사람들에게 두루 인기가 많은 참 특이한 기자였다. 새로운 시사주간지 『시사IN』이 출범한 지 두어 달 뒤, 안은주는 또 살림살이를 맡게 되었으니 이번에는 제주올레였다.

제주도에서 길을 내던 서명숙 이사장이 '살림의 달인'에게 SOS를 보냈고 은주는 몇 개월 휴가를 내어 제주도로 내려왔다. 그길로 눌러앉아 지금은 제주도 여자가 되었다. 은주는 제주올레길을 걸으러 온 대학신문 선배 이수진 씨를 '물귀신'처럼 잡아당겼다. 보석 디자이너였던 이수진 씨는 제주올레 사무국 디자인실장으로서 제주올레 이미지를 보석처럼 반짝이게 해놓았다. 급기야 은주의 남편 최상구 씨까지 서울에서 멀쩡하게 다니던 직장을 그만두고 제주도 이민자 대열에 합류해 서귀포에 정착했다.

해녀박물관을 지나 안국장과 21코스를 걷기 시작했다. 숲으로 이어지는 평평하고 좋은 길이어서 걸으며 이야기를 나누기에 그만이었다.

"선배, 나 여기서 성격 많이 변했어"라고 안국장은 말했다. 어떤 일에도 화를 내지 않던 은주가 제주올레길을 내면서 이리저리 많이 치였던 모양이다. "이제 나도 열받으면 뚜껑도 막 열고 그래." 나 같은 도보 여행자는 남이 만들어놓은 길을 편안하게 걷고 있지만, 우리가 편안하게 즐기는 만큼이나 길을 만든 사람들의 고초는 컸을 것이다.

길을 내는 과정에서 발생하는 이해관계와 갈등을 조정·조율해야 하는 것은 고스란히 제주올레 사무국의 일이다. 누가 지원금을 듬뿍 안겨주는 것도 아니고, 오로지 근사하고 의미 있는 트레일을 만든다는 자부심 하나 가지고 박봉을 감수하며 하는 일이다.

"우리는 가슴에 주홍글씨를 새기고 사는 죄인 같은 기분이 들 때가 많다"고 안국장은 말했다. 사무국 직원을 제외한 모든 사람들을 VIP로 모셔야 하기 때문이다. 캐나다 브루스트레일의 경우, 길이 지나가는 지역 주민들이 자원봉사자로 나서서 길을 내고 관리하는 데 주도적인 역할을 한다. 트레일에 대한 개념이 전혀 없던 우리나라에서는 제주올레 사무국이 모든 일을 감당해야 했다.

안국장의 말을 듣다 보니 어릴 적에 보던 미국 텔레비전 드라마 「타잔」의 한 장면이 문득 떠오른다. 외부에서 사람이 오면 현지인들이 날이 넓고 무거운 밀림용 칼 마체테를 휘두르며 밀림을 뚫고 나가는 장면이다. 사람들의 머릿속에 '걷는 길'에 대한 개념이 전혀 없던 시절, 사단법인 제주올레 사람들은 밀림을 뚫듯 길을 만들어나갔다. 올레꾼들은 오늘 바로 그 길을 걷고 있는 것이다.

제주올레 이후에 만들어진 국내의 수많은 트레일도 제주올레가 닦아놓은 길을 편안하게 따라갔다. 제주올레의 성공에 자극받아 걷는 길을 내기 시작했으며, 시골에까지 올레길 명성이 알려지면서 "올레길을 만든다"고 하면 다른 설명이 필요 없었다.

안국장을 만난 김에 궁금한 것을 모두 물어보았다.

우선, 사단법인 제주올레 사무국의 살림살이. 이사장을 포함해 직원은 모두 열세 명이다. 국고 지원을 받아 길을 내고 운영하는 줄 아는 사람들도 가끔씩 보았다. 그러나 제주올레는 민간이 만들고 민간이 운영하는 국내에서 유일한 트레일이다. 사무국 살림살이는 오로지 후원금과 기념품 판매로 충당한다. 후원자는 개인과 기업으로 나뉘는데 규모는 절반씩이다.

기업 후원금도 한꺼번에 많이 받지 않는다. "홈페이지에 배너 광고 걸어주는 것 외에는 우리가 기업에 해줄 수 있는 게 많지 않기 때문"이라고 안국장은 말했다. 후원금을 많이 내는 기업은 올레길 위에 광고판 등을 설치하고 싶어하지만 그것은 안 된다는 원칙을 세워놓았다. 이 원칙이 깨진다면 제주올레길 풍경은 고속도로 주변과 별로 다르지 않을 것이다.

　직원들에게는 박봉 대신에 "모든 직원을 간부로 만드는 직책 선심을 많이 쓰고 있다"고 안국장은 말했다. 아직 자원봉사 문화가 확고하게 뿌리를 내리지 않아서 사무국 직원들의 고생이 많은 줄은 알고 있었지만, 은주의 말을 듣고 보니 예상보다 희생들이 커 보인다. 이를테면, 여름철 426킬로미터에 이르는 길의 풀베기는 보통 일이 아니다. 사무국 직원 세 명이 제주도 올레길 전체를 여름 내내 뱅글뱅글 돌면서 풀을 벤다. 서명숙 이사장이 "후배들에게 고맙다"는 말을 몇 번씩이나 했던 이유를 알겠다.

　캐나다 브루스트레일을 보면 자원봉사자들이 하는 역할이 아주 많다. 대자연 속의 길은 그 길을 걷는 사람들이 아끼고 가꾸어야 한다는 주인 의식이 대단히 강하다. 길이 지나는 마을마다 길을 사랑하는 모임을 만들고, 그 모임에서 길을 다듬고 보수한다. 길을 새로 만들 때 길이 사유지를 통과할 경우가 생기면 마을의 자원봉사자들이 역시 마을 사람인 땅주인을 만나 설득한다.

　브루스트레일은 멤버십 제도를 운영하고 있는데, 1년 회비는 50달러(약 5만2천 원)이다. 회비를 내면 헝겊으로 만든 브루스트레일 마크를 보내준다. 회원들은 헝겊 마크를 모자나 배낭에 붙이고 다닌다. 브루스트레일을 걷는 중에 "회원 등록을 했느냐?"고 물어오는 회원들이 종종 있다. 트레일은 무료로 이용할 수 있지만 "회원이 되면 더욱 재미있게 즐길 수 있다"고 그들은 강력하게 권한다. 이런 말을 두어 번 듣고도 회원 등록을 하지 않는다면 강심장이다.

　50년 역사를 헤아리는 브루스트레일과 2007년에 길을 열어 2012

년 완성된 제주올레의 멤버십 제도를 단순 비교한다는 것은 어불성설이다. 다만 올레길을 걸으면서 아쉬운 광경을 더러 목격했는데, 올레길은 그 길을 이용하는 사람들 모두의 재산이라는 인식이 아직 확고하게 뿌리내리지 않았기 때문이다. 자원봉사자들이 많이 생겨났지만 아직까지는 충분해 보이지 않는다. 올레길을 걷는 많은 사람들이 길을 사랑하고 관리하는 주인이 되어 후원자에게 주는 '날개 달린 조랑말' 마크를 달지 않은 사람들에게 "회원이 되시라"고 강력하게 권하는 문화가 제주올레에도 머지않아 자리잡게 될 것이다.

하도리 면수동의 해경날

이러저런 이야기를 나누면서 걷다 보니 하도리 면수동이 나온다. 면수동 마을회관 앞에도 역시 공덕비가 서 있고 기부자 명단이 적혀 있다. 올레길을 걸으면서 어느덧 익숙해진 공덕비여서 이제는 그다지 놀랍지 않다. 뭍에서야 특별하지만 제주도에서는 당연한 일로 받아들여지기 때문이다. 돌아보면 공덕비 없는 마을이 없었던 것 같다.

밭에서 일을 하는 마을 사람을 만났다. 김태숙 씨. 1944년생이라고 했다. 그이는 만나자마자 "우리 동네에서 「아빠 어디 가」를 찍었다"고 자랑했다. 지난겨울 텔레비전 프로그램을 보면서 팽나무가 있는 마을길이 퍽 인상적이었는데, 바로 이 마을이었다.

김씨는 무밭에서 일을 하고 있다. "25년 전까지 보리와 조 농사를 지어 먹다가 농사가 발전하여 무와 당근을 재배하고 있다." 한창때는 2만 평 가까이 했으나 "지금은 몸이 아파서 남들에게 다 줘버렸다"

하도리 면수동 마을에서 만난 농부 김태숙 씨. 1960년대 맹호부대 소속으로 월남전에 참전하고 돌아온 후 줄곧 이곳에서 농사를 지어왔다. 해녀인 부인은 우뭇가사리를 2년 만에 캐는 해경날이어서 바다에 나갔다.

고 그이는 말했다. 폐암에 이은 위암이 발병하여 2년 전에 폐와 위를 상당 부분 잘라냈다. 지금은 건강을 많이 회복했다.

그이는 고엽제 피해자이다. 1965년 육군 맹호부대 소속으로 월남전에 참전했다. 밀림에서 한국군이 작전을 하는 중에 미군 헬기가 공중에서 물을 뿌렸다. 산불이 나면 물을 뿌리듯이 헬기가 돌아다녔다. "처음에는 그것이 고엽제인 줄도 몰랐다. 작전 중인 우리가 더울까봐 물을 뿌려주는 줄 알았다. 그 물을 헬기 바로 아래에서 맞기도 했다. 20~30분 지나니 나무 이파리가 다 죽어갔다. 그제야 독한 농약인 줄 알았다. 그 독한 것을 사람 피부에 뿌려댔으니 병이 도지는 건 당연하다." 그래도 김씨의 부대는 고엽제를 뿌리던 초기여서 피해가 상대적으로 덜했다.

그이는 1966년 7월 귀국해 제대했다. 이후 고향인 이곳에서 농사를 지으며 살아왔다. 부인은 해녀인데 오늘 우뭇가사리를 캐러 나갔다고 했다.

하도리 면수동에서 바다로 향했다. 바닷가가 시끌벅적하다. 경운기가 수십 대 서 있고 남자 수십 명이 바닷가에 나와 있다. 우뭇가사리를 채취하는 날이다. 바다에는 테왁들이 동동 떠 있고 물속으로 자맥질해 들어가는 해녀들의 오리발이 곳곳에 서 있다.

오늘은 이 동네의 특별한 날이다. 지난 2년 동안 우뭇가사리가 자라기를 기다리며 캐지 않다가 날을 잡아 하도리 사람들이 모두 나왔다고 했다. 해녀들이 물에 들어간 지 20분쯤 되었는데 망사리가 다 차면 물 밖으로 나온다. 그 사이에 남편들은 바깥에서 경운기를 대놓고 기다린다.

남편들은 우리에게 음식과 소주를 권했다. 지나가는 사람을 그냥 보내는 법은 없다고 했다. 나를 포함한 도보 여행자 몇 명이 졸지에 횡재를 했다. 삶은 돼지고기와 김치. 음식은 입안에서 녹았다. 음식이 금방 동이 나자 "집에 가서 더 가져와야겠다"며 자리에서 일어나는 사람도 있다. 안국장은 제주 아낙이 된 듯 어른들에게 말을 붙일 때마다 "삼춘"이라고 불렀다. 내 입에는 '삼춘'이라는 말이 끝까지 붙지 않았다.

바닷길을 걸으면서 수십 개의 테왁을 띄우고 물질을 하는 해녀들을 또 본다. 올레길을 걸어오는 동안 해녀가 혼자 작업하는 광경은 한 번도 보지 못했다. 바다에서 일하는 사람들은 언제나 공동으로 작업을 한다. 물론 각자 일하는 만큼 수익을 얻지만 집단에서 떨어져나와 개별적으로 물질을 한다는 것은 상상도 할 수 없을 것이다.

올레길 종점에 이르러 재미나는 포즈를 취한 돌하르방을 만났다. "보이는 사랑은 당신이 가져가시고 보이지 않는 사랑은 제주에 남겨주세요."

물속에서 하는 일은 그만큼 위험하기 때문이다. 제주도 사람들의 상부상조하는 공동체 정신은 이렇게 도처에서 확인할 수 있다.

21코스에서 빼놓을 수 없는 볼거리는 토끼섬이다. 토끼섬은 우리나라에서 유일하게 문주란(천연기념물 제19호)이 자생하는 곳이다. 여름철이면 하얗게 피는 문주란 꽃으로 섬 전체가 흰토끼처럼 보인다고 했다. 토끼섬에서 흘러나오는 짙은 꽃향기는 십 리 밖까지 퍼져나간다. 예전에는 하도리·세화리 배들이 문주란의 향기를 따라 포구를 찾아온다는 말까지 있었다. 문주란이라는 가수 때문에 토끼섬을 한 번 더 보게 된다.

폭삭 속았수다

　제주올레길의 막바지를 향해 간다. 지미봉地尾峰과 종달리終達里. 두 지명 모두 섬의 끝이라는 의미를 지니고 있다. 제주도는 고구마 모양을 하고 있는데, 서쪽의 한경면 두모리를 섬의 머리라 했고 동쪽 끝의 지미봉을 땅끝이라고 했다. 지미봉의 속칭인 땅끝은 종달리를 가리키기도 했다. 제주올레길도 땅끝에서 끝난다.

　표고 165.3미터의 지미봉은 가팔라서 오르기가 쉽지 않았다. "선배, 조금만 참아. 올라가면 선물 있어"라고 은주가 뒤따라오면서 말했다. '선물? 맛있는 냉커피라도 가져왔나?' 하고 속으로 생각했다. 힘이 들어서 말이 나오지 않았다. 10여 분 땀을 쏟으며 올라갔더니 과연 큰 선물이 나를 기다리고 있다.

　지미봉 정상에 서니 사방이 다 보인다. 5월 1일 내가 제주올레길로 처음 걸었던 우도가 보인다. 여기서 소리쳐 부르면 소처럼 편안히 누워 있는 섬에서 누가 대답을 할 것 같다. 거리는 3킬로미터. 시원한 바람을 맞으며 오른쪽으로 눈을 천천히 돌리니, 종달포구·성산일출봉·식산봉·두산봉 등이 차례로 보인다. 바다와 섬, 오름과 밭, 숲과 마을 등 제주올레길을 걸어오면서 보았던 모든 종류의 아름다운 풍경을 지미봉 정상에서 내려다본다. 특히 하얀 모래톱과 맞닿아 있는 숲으로 짙게 금을 그은 듯한 모자이크 밭 풍경이 일품이다.

　"제주올레길 모두 걷느라 수고했다. 다시 한번 보아라. 마지막 총정리다" 하면서 제주도가 나에게 주는 선물이 맞다. 날씨는 맑고 바람도 살랑살랑 불어서 선물은 더 바랄 것 없이 완벽하다. 감탄을 넘

제주올레길 완주를 증명하는 21코스 종점에서 마지막 스탬프를 찍고(왼쪽), 21코스를 함께 걸은 안은주 제주올레 사무국장과 기념 사진을 찍었다(오른쪽).

어 "감사하다"는 말이 절로 나온다. 제주올레길을 걸으며 받았던 감동이 농축되어 한꺼번에 밀려오는 순간이다.

아름다운 풍경을 보면 이렇게 가슴이 벅차오른다. 풍경은 상처를 어루만진다. 풍경은 사람을 감동시키고, 감동은 상처를 감싸 안는다. 위로를 받는다는 느낌이 온다. 지미봉 정상. 그늘 한 점 없으나 상쾌한 바람이 불어서 땀을 식혀준다. 그곳에 말없이 한참을 앉아 있었다. 은주가 말했다. "내가 뭐랬어, 선물 맞지?"

21코스의 종점, 제주올레길의 종착점은 지미봉 아래에 있었다.

2013년 5월 21일 오후 2시 40분. 마지막 스탬프를 찍었다. 제주올레 패스포트의 맨 뒷장에는 이렇게 적혀 있다.

"폭삭 속았수다(정말 수고하셨습니다)."

에필로그

안은주 제주올레 사무국장과 21코스를 걷고 난 후 1코스 시흥리 해녀의 집에서 점심식사를 했다. 전복죽이다. 오랫동안 천천히 먹었다. 제주도에서 스무 날을 넘게 보냈으나 막상 떠날 때가 되니 하나하나가 아쉽다. 식당 벽에는 최고참 해녀인 고인호 할머니(85세)가 썼다는 글이 붙어 있다.

"보이는 사랑스러움은 당신이 가져가시고 보이지 않는 사랑은 제주에 남겨주세요."

'아름다운 풍경은 마음속에 담아가고 제주도에 대한 사랑은 남겨놓고 가라'는 뜻으로 해석했다. 우리 국토의 아름다움을 이렇게 오랫동안 가슴 벅차도록 보고 느끼고 즐긴 적은 없었다. 나는 내가 본 아름다운 풍경과 감동을 마음속에 차곡차곡 쟁여가고 싶었다.

완주를 하면 준다는 '제주올레 완주증서'를 받으러 서귀포로 건너갔다. 제주올레 사무국에서 스탬프를 빼곡하게 찍은 제주올레 패스포트 두 개로 나의 완주를 증명했다. 완주증서에는 이렇게 적혀 있다.

제주올레 완주증서

완주번호: JO20130521A017-0059

2013년 5월 21일

성명 성우제

당신은 제주의 아름다운 바다와 오름, 돌담, 곶자왈, 사시사철 푸른 들과 정겨운 마을들을 지나 평화와 치유를 꿈꾸는 제주올레의 모든 코스 약 430킬로미터를 두 발로 걸어서 완주한 아름답고 자랑스러운 제주올레 도보 여행자입니다.

서명숙 사단법인 제주올레 이사장

증서 말고도 완주자에게 주는 것이 꽤 많다. 패스포트 두 개에 변시지·이왈종 화백의 완주 인증 그림 스티커를 붙여주고 '참 잘했어요'라는 스탬프를 팡~ 하고 찍어준다. 훈장을 달아주더니 인터뷰를 하고 사진을 찍자고 했다. 나는 제주올레길의 159번째 종주자로 명예의 전당에 이름을 올렸다.

그날 저녁 전 직장 동료 등 서귀포에 있는 친구들이 모두 모였다. 완주 축하 및 송별 파티. 바다 건너 산다는 이유 하나만으로 칙사 대접을 받을 때가 종종 있다. 그날 그 자리가 그랬다. 많이 고마웠다.

두 발로 걸어서 완주를 했다는 뿌듯함도 있지만 내 몸과 마음속에 많은 것을 담아 간다는 기쁨이 더 컸다. 몸과 마음은 좋은 에너지로 출렁거리는 느낌이었다. 내 생애에 이렇게 행복한 나날이 또 올까 싶었다.

| 참고 도서 |

다음은 제주올레길을 걷기 전, 그리고 책을 쓰면서 직간접으로 도움을 얻었던 책 들이다. 올레길을 걷기 전에 읽고 가면 좋다.

『그들은 소리내 울지 않는다』, 송호근, 이와우, 2013.

『꼬닥꼬닥 걸어가는 이 길처럼』, 서명숙, 북하우스, 2010.

『나의 문화유산답사기 7―돌하르방 어디 감수광』, 유홍준, 창비, 2012.

『놀멍 쉬멍 걸으멍 제주올레 여행』, 서명숙, 북하우스, 2008.

『마지막 테우리』, 현기영, 창비, 1994.

『바람 타는 섬』, 현기영, 창비, 1989.

『변방에 우짖는 새』, 현기영, 창비, 1983.

『산티아고 거룩한 바보들의 길』, 리 호이나키, 김병순 옮김, 달팽이, 2010.

『순이삼촌』, 현기영, 창비, 1979.

『시내버스 타고 길과 사람 100배 즐기기』, 김훤주, 산지니, 2012.

『오름나그네』(전 3권), 김종철, 높은오름, 1995.

『외씨버선길』, 성우제, 휴, 2013.

『와일드』, 셰릴 스트레이드, 우진하 옮김, 나무의철학, 2012.

『제주기행』, 주강현, 웅진지식하우스, 2011.

『제주사』, 이영권, 휴머니스트, 2005.

『제주올레 가이드북』(전 2권), 사단법인제주올레, 2012.

『지상에 숟가락 하나』, 현기영, 실천문학사, 1999.

『탐라기행』, 시바 료타로, 박이엽 옮김, 학고재, 1998.

『한국의 발견—제주도』, 문충성 외, 뿌리깊은나무, 1983.

『한국의 여성과 남성』, 조한혜정, 문학과지성사, 1988.

『흑산』, 김훈, 학고재, 2011.

폭삭 속았수다
성우제의 제주올레 완주기

© 성우제

1판 1쇄 발행	|	2014년 1월 10일
1판 3쇄 발행	|	2014년 8월 1일

지은이	|	성우제
펴낸이	|	정홍수
편집	|	김현숙 김정현
펴낸곳	|	(주)도서출판 강
출판등록	|	2000년 8월 9일(제2000-185호)

주소	|	서울시 마포구 동교로 17안길 21(우 121-842)
전화	|	02-325-9566~7
팩시밀리	|	02-325-8486
전자우편	|	gangpub@hanmail.net

값 18,000원
ISBN 978-89-8218-187-0   03810

이 도서의 국립중앙도서관 출판시도서목록(CIP)은 e-CIP 홈페이지(http://www.nl.go.kr/ecip)와 국가자료공동목록시스템(http://www.nl.go.kr/kolisnet)에서 이용하실 수 있습니다.(CIP 제어번호: CIP2013029059)

* 이 책은 한국출판문화산업진흥원의 2013년 〈우수출판기획안 지원〉 사업 당선작입니다.